Melanie Metzenthin

Mehr als die Ehre

TINTE & FEDER

Das Buch

Gut Mohlenberg, 1941: Seit der Machtübernahme durch die Nazis ist die psychiatrische Klinik geschlossen und wird von Friederike offiziell als Gestüt geführt. Trotzdem beschäftigt sie weiter Menschen mit geistiger Einschränkung, die von Euthanasie bedroht sind. Ein gefährlicher Balanceakt für die Psychiaterin, denn ihre edlen Pferde sind auch bei den Reitern der SS sehr begehrt. Als in den benachbarten Brenner-Hof ein melancholischer, aber tatkräftiger Witwer einzieht, hat Friederike zum ersten Mal seit dem Tod ihres Mannes Bernhard wieder Gefühle für jemanden. Sie wünscht sich nichts mehr, als ihr Leben und ihre Überzeugungen mit einem Mann zu teilen. Doch in diesen Zeiten könnte zu viel Vertrauen lebensbedrohlich sein …

Die Autorin

Melanie Metzenthin lebt in Hamburg, wo sie als Fachärztin für Psychiatrie und Psychotherapie arbeitet. Sie hat bereits zahlreiche Romane veröffentlicht, in denen psychische Erkrankungen oft eine wichtige Rolle spielen, zuletzt die beiden Bestseller »Im Lautlosen« und »Die Stimmlosen«. Für »Mehr als die Erinnerung«, den Auftakt zu ihrer »Gut Mohlenberg«-Reihe, wurde Melanie Metzenthin mit dem DELIA-Literaturpreis ausgezeichnet.

Beim Schreiben greift die Autorin gern auf ihre berufliche Erfahrung zurück, um aus ihren fiktiven Charakteren glaubhafte Figuren vor einem realistischen Hintergrund zu machen.

Melanie Metzenthin

Mehr als die Ehre

Roman

TINTE & FEDER

Deutsche Erstveröffentlichung bei
Tinte & Feder, Amazon Media EU S.à r.l.
38, avenue John F. Kennedy, L-1855 Luxembourg
Oktober 2022

Umschlaggestaltung: bürosüd° München, www.buerosued.de
Umschlagmotiv: © Everett Collection © GrislyFrank © Mikolaj Niemczewski © NVS my world © Art Stocker © Africa Studio © Everett Collection © Zuzule / Shutterstock
1. Lektorat: Marketa Görgen
2. Lektorat und Korrektorat: Rotkel Textwerkstatt
Gedruckt durch:
Amazon Distribution GmbH, Amazonstraße 1, 04347 Leipzig /
Canon Deutschland Business Services GmbH, Ferdinand-Jühlke-Straße 7, 99095 Erfurt /
CPI books GmbH, Birkstraße 10, 25917 Leck

ISBN 978-2-49670-394-8

www.tinte-feder.de

Lüneburg Mai 1941

Provinzial-Heil- und Pflegeanstalt für psychisch Kranke

»Ja, das ist ein wirklich tragischer Fall, Herr Sturmbannführer.« Der Stationsarzt schob fahrig seine Nickelbrille mit dem Zeigefinger etwas höher auf die Nase. Die Anwesenheit eines SS-Arztes in seinem Büro verunsicherte ihn. Es gab viele Gerüchte über die grauen Busse, die all jene, die keine Arbeit von wirtschaftlichem Wert erbringen konnten, nach Hadamar brachten. Offiziell sprach niemand darüber, aber das, was unter der Hand geflüstert wurde, war so unfassbar, dass er es kaum glauben wollte. Er verstand auch nicht, warum sich der Sturmbannführer die Mühe gemacht hatte, von Hamburg nach Lüneburg zu kommen, um einen alten Mann zu sehen, dessen Name für den nächsten Transport vorgemerkt war. War es ein Verwandter oder interessierte sich der Sturmbannführer einfach für die Geschichte dieses Patienten? Immerhin war der alte Herr vor seinem schrecklichen Unfall ein angesehener Psychiater gewesen.

»Bitte bringen Sie mich zu Herrn Doktor Weiß.« Die Stimme des Sturmbannführers duldete keinen Widerspruch.

Der Stationsarzt nickte gehorsam, dann öffnete er die Tür seines spartanisch eingerichteten Büros, in dem lediglich ein Schreibtisch und ein Aktenschrank standen. Die Zeit der Psychoanalyse, in der die meisten Arztzimmer noch über eine Couch verfügt hatten und an den Wänden inspirierende Bilder hingen, war lang vorbei. Für einen Augenblick schweiften die Gedanken des Arztes zurück in die frühen Dreißigerjahre, als dort, wo jetzt das obligatorische Führerporträt hing, noch eine Replik von Franz Marcs »Die roten Pferde« gehangen hatte. Mittlerweile galt das als entartete Kunst. Er atmete kaum merklich durch, dann führte er den SS-Arzt in den Trakt, wo die unheilbaren Fälle lebten.

»Was wissen Sie über Doktor Weiß?«, fragte der Sturmbannführer, während sie gemeinsam durch die Flure gingen. Weiß gestrichene Wände, blank geschrubbte Böden, aber dennoch wirkte es irgendwie schmuddelig, unsauberer als in Krankenhäusern mit normalen Patienten. Darüber hatte der Stationsarzt schon oft sinniert. Weshalb spürte man beim Betreten eines Krankenhausflures sofort, dass man sich in einer Nervenheilanstalt befand? Psychiatrien waren einfach anders. Manchmal hatte er das Gefühl, die Wände saugten die ganze Verzweiflung und den Irrsinn auf und gäben sie an die Besucher weiter. Natürlich war das Unsinn, aber es fühlte sich dennoch jedes Mal so an, wenn er bewusst durch den Flur schritt.

Irgendwo schrie jemand. So laut, dass es den Stationsarzt nicht nur aus seinen Gedanken riss, sondern sie sogar bestätigte. Sie näherten sich dem Trakt, den man hinter vorgehaltener Hand die Heimat der verlorenen Seelen nannte. Vor allem, seit es die grauen Busse gab …

Der Sturmbannführer runzelte die Stirn. »Daran merkt man, dass man in einer Irrenanstalt ist«, sagte er. »Dieses unerträgliche Gebrüll, wenn die Bedürfnisse der Geisteskranken nicht sofort erfüllt werden.«

»Haben Sie Erfahrung im Umgang mit Geisteskranken?«, fragte der Stationsarzt, denn er mochte das nicht wortlos stehen lassen, scheute jedoch eine Diskussion mit dem SS-Mann.

»Sonst wäre ich nicht hier. Aber Sie haben meine Frage noch nicht beantwortet. Was wissen Sie über Doktor Weiß?«

»Der Huf eines Pferdes traf ihn am Kopf. Dabei kam es zu einem Schädelbruch und einer schweren Hirnschädigung, die seine kognitiven Fähigkeiten für immer vernichtete.«

»Ich meinte nicht die derzeitigen Defizite.« Ein feines Lächeln erschien auf den Lippen des SS-Arztes. Ein Gesicht wie eine edle Marmorbüste, dachte der Stationsarzt. Perfekt rasiert, arisch rasserein, aber ebenso kalt und gefühllos.

»Was meinen Sie dann?«

»Seine Vorgeschichte. Er war ein renommierter Psychiater.«

»Darüber kann man sich streiten«, erwiderte der Stationsarzt vorsichtig. »Er war umstritten und seine Experimente … nun ja, die waren wohl nicht mit dem ärztlichen Ethos in Einklang zu bringen.«

»Manchmal braucht es kühne Visionen.« Das kalte Marmorgesicht bekam einen schwärmerischen Ausdruck. »Ich habe mich eingehend mit den Schriften beschäftigt, die Doktor Weiß verfasste, als er noch im Vollbesitz seiner geistigen Kräfte war. Es ist eine Schande, dass wir diesen klugen Kopf verloren haben. Vor allem, wenn man bedenkt, unter welchen Umständen.«

Sie erreichten das Zimmer, in dem der Patient Weiß seit bald zwanzig Jahren lebte. Nein, eigentlich nicht seit zwanzig Jahren, korrigierte sich der Stationsarzt im Geiste. Erst seit zwölf Jahren, seit dieser Trakt renoviert worden war.

Doktor Weiß saß an einem Tisch am Fenster. Das Pflegepersonal achtete darauf, den alten Arzt stets ordentlich zu kleiden und zu frisieren, sodass er mit seinem gepflegten weißen Vollbart und der Brille wie Sigmund Freud persönlich wirkte.

Allerdings passte seine Tätigkeit nicht zu seinem würdevollen Aussehen, denn er war damit beschäftigt, mit Buntstiften ein Bild zu malen. Bei flüchtigem Hinsehen erinnerte es an eine Kinderzeichnung, aber auf den zweiten Blick erkannte man die zwanghafte Akribie des Erwachsenen. Es war faszinierend, wie genau er die kleinen Figuren zeichnete. Ein letztes Relikt der geistigen Fähigkeiten, die er einst besessen hatte, denn seit dem Unfall konnte er nicht einmal mehr lesen oder gar schreiben.

»Ein sehr schönes Zimmer«, bemerkte der Sturmbannführer. »Sogar mit Vorhängen am Fenster. Haben Sie keine Angst, dass die Kranken sich daran strangulieren könnten?«

»Doktor Weiß war nie selbstmordgefährdet«, entgegnete der Stationsarzt.

Bei der Nennung seines Namens blickte Doktor Weiß von seiner Zeichnung auf. Er hatte wieder einmal einen Bauernhof gemalt, mit vielen kleinen Menschen und Tieren. In der Mitte stand ein schwarzes Pferd.

»Sind Sie Soldat?«, fragte der Patient den Sturmbannführer geradeheraus und musterte dessen Uniform mit kindlich anmutender Neugier.

»So ist es«, bestätigte der SS-Mann und betrachtete Doktor Weiß mindestens ebenso interessiert. »Wissen Sie, welches Datum wir heute haben?«

»Dienstag«, lautete die Antwort.

»Und welchen Monat?«

»Dienstag«, wiederholte Doktor Weiß. Dann wandte er sich wieder seiner Zeichnung zu.

Der Stationsarzt sah den Sturmbannführer entschuldigend an. »Er verliert schnell das Interesse an Fremden. Er lebt in seiner eigenen Welt.«

»Seine eigene Welt?«, wiederholte der Sturmbannführer. »Ist es das, was er dort malt?«

»Er spricht nicht über seine Bilder. Ich habe es anfangs versucht, aber es ist unmöglich, mit ihm über sein Seelenleben in Kontakt zu kommen, um zu erkennen, wie viel seines Verstandes noch erhalten ist. Er sitzt den ganzen Tag hier und malt.«

»Und was tun Sie mit diesen Bildern?«

»Anfangs haben wir sie gesammelt. In den späten Zwanzigern gab es viel Interesse an der Kunst Geisteskranker. Man denke nur an die berühmte Prinzhorn-Sammlung. Inzwischen geben wir sie ins Altpapier, sobald er mit einem Bild fertig ist.«

Der Sturmbannführer ließ den Blick über die kahlen Wände des Patientenzimmers schweifen. »Sie hätten sie auch an die Wand hängen und diesen Schmutz überdecken können.« Er wies auf dunkle Abdrücke, die wohl von ungewaschenen Händen stammten.

»Das haben wir früher bei anderen Patienten zugelassen. Aber es gab oft Ärger, wenn die Bilder entfernt werden mussten, weil eine Zimmerverlegung anstand. Viele Patienten haben eine besondere Bindung zu ihren Werken. Es ist einfacher, sie gleich nach der Fertigstellung gegen ein neues leeres Blatt Papier auszutauschen.«

»So wird also kostbares Papier in diesen Zeiten verschwendet?«

Der Stationsarzt überlegte, was er darauf sagen sollte, doch der Sturmbannführer hatte sich bereits hinter Doktor Weiß gestellt und sah ihm über die Schulter. Der alte Arzt war gerade dabei, eine Frau in einem blauen Kostüm neben das Pferd zu malen.

»Wer ist diese Frau?«

Doktor Weiß schwieg.

»Und das schwarze Pferd?«, fragte der Sturmbannführer unbeeindruckt weiter. »Ist das der berühmte Wotan?«

Der Stationsarzt wunderte sich, woher der SS-Mann den Namen des Pferdes kannte, das Weiß so schwer verletzt hatte.

Aber noch viel auffälliger war die Reaktion des Patienten, der bei der Nennung dieses Namens unwillkürlich zusammenzuckte.

»Er ist es also«, sagte der Sturmbannführer. »Ich gehe davon aus, das hier ist Gut Mohlenberg?«

Doktor Weiß antwortete nicht, doch dem Stationsarzt fiel auf, dass Weiß' Hand kaum merklich zitterte, denn die nächsten Striche wurden unsauberer, passten nicht zu der Perfektion, die der Kranke sonst in seinen Bildern anstrebte.

»Sie haben längere Zeit auf Gut Mohlenberg als Arzt gearbeitet, Herr Doktor Weiß«, fuhr der Sturmbannführer fort. »Ich möchte gern mit Ihnen über Gut Mohlenberg sprechen.«

Weiß fuhr herum und starrte den Sturmbannführer mit weit aufgerissenen Augen an.

Der Stationsarzt wunderte sich, warum der SS-Mann den Kranken ausgerechnet nach Gut Mohlenberg fragte. Die Einrichtung hatte ihre Zulassung als private Nervenklinik bereits 1934 zurückgegeben und war seither nur noch ein Gestüt, das landesweit für seine edlen Pferde bekannt war.

»Haben Sie mich nicht verstanden, Herr Doktor Weiß?«, wiederholte der Sturmbannführer streng. »Ich möchte mit Ihnen über Gut Mohlenberg und Ihre Zeit als Arzt dort sprechen.«

Im nächsten Moment schrie Doktor Weiß völlig unerwartet laut los, durchdringender und gellender als jede Sirene.

Hastig wich der Sturmbannführer zurück.

»Dem Mann ist wirklich nicht mehr zu helfen«, rief er verärgert. »Lassen Sie uns gehen.«

Der Stationsarzt räusperte sich verlegen, dann öffnete er dem Sturmbannführer die Tür und sie verließen das Patientenzimmer. Kaum hatten sie die Tür hinter sich geschlossen, verstummte Weiß' Geschrei, als wäre es durch das Klappen der Tür einfach ausgeschaltet worden.

»Es tut mir leid, dass Sie hier keine Antworten bekommen haben.« Der Stationsarzt drückte seine Brille mit dem

Zeigefinger fester auf die Nase. »Aber wie ich Ihnen schon sagte, Doktor Weiß redet weder über seine Bilder noch über seine Vergangenheit.«

»Keine Sorge, das, was ich soeben erlebt habe, genügt mir. Sehen Sie zu, dass er morgen auf den Transport geschickt wird. Es ist wirklich schade um einen so klugen Kopf, aber wenn wir ehrlich sind, ist er bereits seit zwanzig Jahren eine geistig tote Ballastexistenz. Und es wird höchste Zeit, unser Land von all diesen lebensunwerten Kreaturen zu säubern, ganz gleich, wo sie sich vor unserem Zugriff verstecken.«

Dem Stationsarzt lief ein kalter Schauer über den Rücken.

1. Kapitel

Gut Mohlenberg, Juli 1941

»Tante Friederike, schau mal, was ich kann!« Der zehnjährige Martin trieb seinen Haflinger in der Reitbahn zum Galopp an. Dann hielt er sich am Knauf des Cowboysattels fest, zog den linken Fuß aus dem Steigbügel und glitt aus dem Sattel, ohne den Knauf loszulassen. Von dort, wo Friederike stand, sah es so aus, als wäre das Pferd reiterlos, während Martin an dessen rechter Seite hing.

»Old Shatterhand und Winnetou würden vor Neid erblassen«, rief sie ihm zu und applaudierte. Martin war nicht nur ein Naturtalent auf dem Pferderücken, sondern auch ein begeisterter Karl-May-Leser. Und natürlich musste er alles ausprobieren, was er in diesen Büchern las.

Sein Vater Wolfgang Adler, ein ehemaliger Kavallerieoffizier, der für Friederike als Gestütsverwalter und Bereiter arbeitete, hatte seinen beiden Kindern von klein auf die Liebe zu Pferden vermittelt. Seine Tochter Irmgard hatte bereits mit vier Jahren ein Pony bekommen, auf dem später auch der kleine Martin das Reiten gelernt hatte. Aber während Irmgard schon mit neun Jahren auf die großen Pferde umgestiegen war, hatte Wolfgang

Bedenken, was seinen tollkühnen Sohn und dessen artistische Ambitionen auf dem Pferderücken anging. Im letzten Jahr hatte er deshalb den Haflinger Moritz erworben, das ideale Bindeglied zwischen Pferd und Pony. Martin hatte Moritz sofort auf den Namen Rih umgetauft – nach dem edlen Araberross, das Kara Ben Nemsi in Karl Mays Orientwerken durch die Wüste trug.

»Aber er ist kein Rappe«, hatte sein Vater zu bedenken gegeben.

»Er ist ja auch kein Araber, aber ich werde ihn zum besten Pferd machen, das wir hier je hatten«, hatte Martin mit so viel Selbstbewusstsein erwidert, dass Wolfgang ihm kurz darauf zum zehnten Geburtstag den Cowboysattel aus reich verziertem braunem Leder geschenkt hatte, damit er sich ganz wie einer von Karl Mays Helden fühlen konnte.

»Greifen die Indianer wieder an?« Wolfgangs Stimme riss Friederike aus ihren Erinnerungen. Sie drehte sich um und sah das breite Lächeln im Gesicht ihres Verwalters. Obwohl seine Augen leuchteten, wirkte das Lächeln angespannt. Bedrückte ihn etwas, das er mannhaft überspielen wollte, oder bildete sie sich das nur ein, weil die alten Brandnarben, die sein Gesicht entstellten, das Lächeln verzerrten?

»Wenn es so wäre, würden sie deinen Sohn jedenfalls nicht mit Pfeil und Bogen treffen«, erwiderte sie.

»Es wäre schön, wenn man allen Angriffen so leicht entgehen könnte.« Wolfgangs Miene wurde ernst.

Sie hatte sich also nicht geirrt. Es gab etwas, das ihm auf der Seele lag. »Was ist passiert?«

Wolfgang atmete tief ein. »Über dem Hamburger Hafengebiet hat es letzte Nacht wieder Bombenangriffe mit etlichen Toten gegeben. Ich habe es vorhin im Radio gehört und daraufhin gleich bei Annemarie und Adnan angerufen, aber die Telefonleitung nach Hamburg ist unterbrochen.«

Friederike schluckte. »Glaubst du, ihnen ist etwas passiert?«

»Ich hoffe nicht. Im Radio sagten sie, das Elektrizitätswerk sei wegen eines Treffers für ein paar Stunden ausgefallen. Vielleicht sind auch die Telefonverbindungen von den Bombenschäden betroffen. Aber ... na ja, als es noch kein Radio und kein Telefon gab, lebte man hier sorgenfreier.« Da war es wieder, dieses gequälte Lächeln.

»Papa!«, rief Martin. »Hast du mich eben gesehen?«

»He, wo kommst du denn plötzlich her? Ich dachte, Rih galoppiert ganz allein durch die Bahn.«

»Das hast du wirklich gedacht?« Martins Augen leuchteten voller Stolz.

»Ja, das habe ich. Von dir könnte sich jeder Indianer noch eine Scheibe abschneiden.«

»Meinst du, ich bin gut genug, um irgendwann bei den Karl-May-Spielen in Rathen mitzumachen?«

Wolfgang lachte. »Das geht dir wohl nicht mehr aus dem Kopf, was?«

Im vergangenen Sommer hatte Wolfgang trotz des Krieges mit seiner Familie eine Reise in die Sächsische Schweiz unternommen und dort hatten sie auf der Felsenbühne Rathen die »Wild-West-Spiele nach Karl May« besucht, die ihre ganz eigene Version von »Der Schatz im Silbersee« im Programm hatten. Natürlich hatte das Stück nicht viel mit den Büchern zu tun, zumal der Zirkus Sarrasani Dutzende von Pferden, Kunstreitern, Kunstschützen und Messerwerfern beigesteuert hatte. Doch die ganze Familie Adler war begeistert gewesen und Martin hatte zahlreiche Postkarten mit Fotografien der kostümierten Schauspieler vor der Kulisse der Felsenbühne in sein Sammelalbum geklebt.

»Können wir dieses Jahr wieder hinfahren?«, fragte Martin und sah seinen Vater mit bittenden Augen an. »Dann könnten wir doch auch mal fragen, ob ich mitmachen darf.«

»Wenn der Krieg zu Ende ist«, sagte Wolfgang diplomatisch. »Bis dahin übst du hier noch mit Rih.«

In diesem Moment bemerkte Friederike einen Fremden vor dem Hoftor, der sich suchend umsah, als scheute er sich, das Gestüt ohne Einladung zu betreten.

»Entschuldigt mich bitte. Mir scheint, wir haben einen Besucher«, sagte sie und ging dem Ankömmling entgegen.

»Guten Tag.« Sie sah den Mann freundlich an. »Kann ich Ihnen behilflich sein?« Sie schätzte ihn auf Mitte vierzig. Unter seiner Mütze, einem sogenannten Elbsegler, blitzte blondes Haar hervor. Die Länge verriet, dass sein letzter Friseurbesuch wohl schon ein paar Wochen zurücklag. Er hatte blaue Augen und seine Statur wirkte so athletisch, dass er in diesen Tagen eher in eine Uniform als in das verwaschene blau-weiß gestreifte Schifferhemd und die einfache Arbeitshose gepasst hätte. Einen solchen Mann hätte sie eher am Hafen erwartet, aber nicht mitten in der Lüneburger Heide. Seine abgetretenen Arbeitsschuhe wiesen Spritzer von getrocknetem Matsch auf.

»Guten Tag«, erwiderte er ihren Gruß und nahm die Mütze vom Kopf. »Mein Name ist Gustav Brehm, ich bin erst gestern Abend angekommen. Ich habe den alten Brenner-Hof übernommen und will ihn wieder instand setzen. Und … ähm ja, da wir nun Nachbarn sind, wollte ich mich einfach mal vorstellen.«

»Den Brenner-Hof?« Friederike starrte ihn ungläubig an. »Der steht doch schon seit Jahren leer, weil ihn keiner wollte. Da haben Sie sich ja ein schönes Stück Arbeit aufgehalst.«

»Ähm … ja, da haben Sie wohl recht.« Er senkte den Blick und knetete verlegen seine Mütze in den Händen.

Sofort bedauerte Friederike ihre spontanen Worte. »Verzeihen Sie, dass ich gleich so direkt war. Normalerweise habe ich bessere Manieren.« Sie lächelte ihn entschuldigend an. »Ich bin Friederike von Aalen, die Eigentümerin von Gut Mohlenberg.« Sie hielt ihm ihre Hand entgegen.

Er hörte auf, die Mütze zu zerdrücken, und ergriff ihre Hand. Sein Händedruck war warm und angenehm. »Na ja, Sie haben ja nicht so ganz unrecht«, sagte er dann. »Aber ich … ich hatte meine Gründe, hier noch mal ganz neu anzufangen.«

»Lassen Sie uns nicht so lange hier am Eingang herumstehen«, sagte Friederike. »Wenn wir jetzt Nachbarn sind, müssen wir zusammenhalten. Haben Sie Ihre Familie schon mitgebracht?«

»Ähm … nein«, sagte er leise. Wieder knetete er die Mütze. »Meine Frau und meine kleine Tochter sind bei einem der Bombenangriffe auf Hamburg ums Leben gekommen.« Er schluckte. »Das ist auch der Grund, warum ich hier neu anfangen wollte.«

»Oh, das tut mir sehr leid.« Friederike atmete tief durch. Sie hätte ihn gern gefragt, ob er den verfallenen Hof ganz allein instand setzen wollte oder ob er bereits Hilfe hatte. Vor allem fragte sie sich, wie ein Mann aus Hamburg, der wie ein Hafenarbeiter gekleidet war, auf die Idee kam, einen verfallenen Bauernhof zu übernehmen. Oder trug er diese Kleidung nur, weil sie zweckmäßig zum Arbeiten war? Hatte er Erfahrung in der Landwirtschaft?

»Ich sehe Ihnen deutlich an, dass Ihnen zahlreiche Fragen auf der Seele brennen, Frau von Aalen«, sagte Gustav Brehm und bemühte sich um ein Lächeln. »Und wie Sie vermuten, bin ich derzeit allein. Es ist schwierig, Arbeiter zu finden. Sie wissen ja, der Krieg …«

Friederike nickte. Die Musterungsbehörden hatten auch vor Gut Mohlenberg nicht haltgemacht, aber da sie das Gut mit ihren ehemaligen Patienten bewirtschafteten – auch wenn die inzwischen offiziell als Arbeiter geführt wurden –, waren die meisten Männer untauglich gemustert worden. Und Wolfgang war glücklicherweise schon zu alt, um infrage zu kommen.

»Und da wollte ich Sie fragen, ob wir uns vielleicht nachbarschaftlich unter die Arme greifen könnten, Frau von Aalen. Ich … ich habe auch etwas Geld zurückgelegt, um die Arbeiter gut zu bezahlen, falls Sie mir jemanden zur Verfügung stellen könnten.«

»Tatsächlich?« Friederike musterte den Mann erneut. Er sah nicht aus wie jemand, der Geld hatte.

Brehm deutete ihren Blick anscheinend richtig, denn er räusperte sich. »Ich … ähm … ich hätte wohl nicht in meiner Arbeitskleidung vorbeikommen sollen. Jetzt denken Sie bestimmt, ich bin ein heruntergekommener Habenichts.«

Seine Offenheit und der Mut, auszusprechen, was andere nur dachten, um keine Missverständnisse aufkommen zu lassen, beeindruckten Friederike. »Nun, wie wäre es, wenn ich Ihnen erst einmal Gut Mohlenberg zeige und Ihnen die Bewohner vorstelle?«

»Das wäre mir eine große Freude.«

»Darf ich fragen, ob Sie schon Erfahrungen in der Landwirtschaft haben?«

»Mein Großvater hatte ein ansehnliches Gestüt in Ostpreußen, das mein Onkel als ältester Sohn später übernommen hat. Inzwischen schwingt mein Cousin dort das Zepter. Für meinen Vater als Zweitgeborenen blieb nur die Beamtenlaufbahn und es hat ihn schließlich nach Hamburg verschlagen, wo er eine leitende Tätigkeit in der Zollverwaltung am Freihafen hatte. Ich bin sozusagen am Hafen aufgewachsen, auch wenn ich dort nie gearbeitet habe.«

»Deshalb Ihre Vorliebe für diese Kleidung?«

»Ja, die ist zweckdienlich.« Ein jungenhaftes Lächeln huschte über seine Züge.

»Und was haben Sie beruflich gemacht, bevor Sie auf die Idee gekommen sind, einen alten Bauernhof auf Vordermann zu bringen?«

»Ich war in der höheren Beamtenlaufbahn in der Oberfinanzdirektion. Das war der Wunsch meines Vaters. Er wollte, dass ich ein gesichertes Auskommen habe und später mal eine gute Pension bekomme. Aber …« – er atmete tief durch – »nach dem Tod meiner Frau und Tochter war das alles bedeutungslos. Ich meine, es hat mir vorher schon nicht besonders viel Freude bereitet, aber da habe ich immerhin Geld für die Familie verdient. Aber jetzt …« Brehm seufzte. »Im Grunde macht dieser Krieg doch alles bedeutungslos. Mancher Mann hätte sich freiwillig gemeldet. Vielleicht hätten sie mich ja noch genommen, auch wenn ich schon siebenundvierzig bin, aber wenn ich ehrlich bin, sehe ich keinen Sinn darin, meine Mitmenschen zu erschießen. Und da habe ich nach etwas gesucht, das dem Leben einen neuen Sinn gibt. Ich möchte nicht noch mehr zerstören, sondern etwas neu entstehen und wachsen lassen. Sozusagen ein Apfelbäumchen pflanzen, bevor die Welt ganz untergeht.«

Friederike überlegte, ob sie ihm offen sagen sollte, was sie dachte, entschied sich dann aber dafür, ihre Meinung für sich zu behalten. Der Mann erschien ihr wie ein weltfremder Träumer, der sich völlig falsche Vorstellungen von der Landwirtschaft machte – selbst wenn er als Kind regelmäßig auf dem Gut seines Großvaters gewesen sein mochte. Ob er wohl deshalb selbst einen Hof bewirtschaften wollte? Um sich ein Gefühl des Kindheitsglücks zurückzuholen? Vermutlich war das seine Art, mit der Trauer um Frau und Kind umzugehen. Vielleicht musste er erst auf diese Weise erkennen, dass man vor seinen Gefühlen nicht davonlaufen konnte, indem man sein bisheriges Leben aufgab und einem Traum folgte. Aber möglicherweise würde er sie ja auch überraschen. Also hielt sie den Mund und führte ihn lieber zur Reitbahn, von wo aus Wolfgang sie bereits aufmerksam beobachtet hatte.

»Herr Brehm, das ist mein Verwalter Wolfgang Adler. Wolfgang, Herr Brehm hat sich vorgenommen, den Brenner-Hof wieder instand zu setzen und zu bewirtschaften.«

»Freut mich, Ihre Bekanntschaft zu machen, Herr Brehm.« Wolfgang streckte ihm die Hand entgegen und sein Gegenüber ergriff sie. »Da haben Sie sich ja ordentlich was vorgenommen.«

»Ja, das sagte mir Frau von Aalen auch schon. Aber ich scheue mich nicht vor harter Arbeit. Wo ein Wille ist, ist auch ein Weg.«

Martin trabte mit Rih an die Reitbahnbegrenzung und musterte den Besucher neugierig.

»Das ist mein Sohn Martin«, sagte Wolfgang. »Der beste Kunstreiter auf dem Hof. Martin, Herr Brehm ist unser künftiger Nachbar.«

Martin strahlte über das ganze Gesicht, weil sein Vater ihn als Kunstreiter vorgestellt hatte. »Wollen Sie auch Pferde züchten, Herr Brehm?«, fragte er.

»Allenfalls zu meinem Vergnügen, aber keinesfalls als Geschäft, denn gegen die Konkurrenz von Gut Mohlenberg könnte ich nie bestehen.« Er zwinkerte Martin gutmütig zu.

»Reiten Sie?«, fragte Friederike.

»Ja, seit meiner Kindheit. Allerdings hatte ich in den letzten Jahren nicht viel Gelegenheit und fürchte, meine Reitkünste sind etwas eingerostet. Vermutlich sollte ich mich aber wieder darauf besinnen, denn es wird ja immer schwieriger, an Benzin zu kommen.«

»Sie haben ein Auto?«, fragte Wolfgang.

»Nein, ein Motorrad. Eine BMW R20, Baujahr 1937.«

»Ich verstehe nicht viel von Motorrädern«, sagte Wolfgang. »Da bin ich so altmodisch wie Kaiser Wilhelm, der sagte, er glaube an das Pferd.«

»Nun mach dich nicht altmodischer, als du bist«, erwiderte Friederike lächelnd und wandte sich dann an Herrn Brehm.

»Wir haben auf Gut Mohlenberg nicht nur ein Auto, sondern Herr Adler hat auch einen Führerschein.«

»Sie sind also auch als Chauffeur tätig?«, fragte Brehm.

Wolfgang lachte. »Schön wär's. Frau von Aalen besitzt selbst einen Führerschein, ihr Vater ebenfalls und sogar ihre zwanzigjährige Tochter verfügt über eine Fahrerlaubnis. Ich muss mich also brav hintenanstellen, wenn ich den Wagen mal brauche.«

Friederike und Brehm stimmten in sein Lachen ein.

»Möchten Sie nun noch etwas von Gut Mohlenberg sehen?«, fragte sie Brehm dann. Der nickte und so führte Friederike ihn zunächst durch die Stallungen.

Nachdem Brehm sich sehr beeindruckt von den geräumigen Boxen für die Mutterstuten gezeigt hatte, fielen ihm die kleinen Fachwerkhäuschen auf, in denen die Patienten gelebt hatten, als Gut Mohlenberg noch eine Nervenklinik gewesen war.

»Wohnen dort Ihre Arbeiter?«, fragte er.

»Ja«, sagte Friederike.

»Das ist beeindruckend. Solche Gesindehäuser hat nicht mal das Gut meines Großvaters und das ist, mit Verlaub gesagt, deutlich größer als Gut Mohlenberg. Oder beherbergen Sie hier auch Fremdarbeiter aus dem Osten?«

»Nein«, sagte Friederike. »Ich halte nichts von der Anwerbung von Ostarbeitern, zumal nicht alle freiwillig herkommen oder mit falschen Versprechen gelockt werden. Für mich ist das nichts anderes als Zwangsarbeit.«

Brehm sah Friederike erstaunt an. »Das wusste ich nicht. Ich dachte, die Polen sind froh, wenn sie hier arbeiten können. Bereits mein Großvater hatte viele polnische Arbeitskräfte.«

»Nun ja, in Ostpreußen ist das etwas anderes, da wohnten ja schon immer auch Polen im deutschen Reichsgebiet. Aber hier in der Lüneburger Heide war das bis letztes Jahr völlig unbekannt.«

»Gibt es denn im Dorf Mohlenberg Fremdarbeiter?«

»Warum fragen Sie? Wollen Sie welche anwerben?«

»Nein. Wenn es so ist, wie Sie sagen, habe ich kein Interesse daran, mich an der Ausbeutung dieser Menschen zu beteiligen. Ich wüsste nur gern, wie es die übrigen Nachbarn im Dorf sehen.«

»Hier im Dorf hält man nicht viel von Fremdarbeitern. Wir genügen uns selbst und helfen uns aus. Sehen Sie, wenn man jemanden beschäftigen muss, dessen Sprache man nicht versteht und von dem man nicht mal weiß, ob er wirklich freiwillig hier arbeitet, wie soll man da Vertrauen aufbauen? Außerdem haben alle die Vorschriften abgeschreckt.«

»Welche Vorschriften?« Brehm sah sie neugierig an.

»Nun ja, wie man die Fremdarbeiter getrennt von Deutschen unterzubringen hat. So als wären sie Nutztiere. Das gefällt niemandem hier.«

»Stimmt es eigentlich, dass Gut Mohlenberg früher eine Nervenheilanstalt war?«, wechselte Brehm nun das Thema.

»Ja, daher rühren diese kleinen Häuser. Dort lebten früher unsere Patienten.«

»Es war gewiss nicht leicht, Geisteskranke zu behandeln. Ich kann gut verstehen, dass Sie sich lieber ganz auf das Gestüt konzentriert haben.«

Friederike musterte Brehm nachdenklich. Natürlich, ein Finanzbeamter, der sich hier den Traum vom Landleben erfüllen wollte, um über seine Trauer hinwegzukommen, hatte niemals mit sogenannten Geisteskranken zu tun gehabt. Er konnte nicht wissen, wie viel Freude ihr die Arbeit als Psychiaterin gemacht hatte und wie sehr sie es vermisste, auch wenn sie natürlich unter der Hand weiterhin als die Frau Doktor für ihre Patienten da war. »Ja«, sagte sie schließlich. »Es war nicht leicht, aber ich habe es gern getan.«

»Warum haben Sie es dann aufgegeben?«

»Die Zeiten ändern sich«, sagte sie. »Das sollten Sie doch am besten wissen, wo Sie Ihr altes Leben ebenfalls vollständig aufgegeben haben.«

»War ich zu neugierig?« Er lächelte sie entschuldigend an. »Ich habe noch nie mit … Verrückten zu tun gehabt. Ich kenne nur die üblichen Erzählungen und die Irrenwitze, die es so gibt. Es ist schade, dass Sie hier keine Patienten mehr behandeln, denn dann hätte ich meinen Horizont etwas erweitern können.«

Friederike schwieg. Es war immer schwierig, mit Fremden über ihre frühere Arbeit zu sprechen, zumal sie oft das Gefühl hatte, lediglich banale Neugier zu befriedigen, weil jemand mal einen echten Verrückten sehen wollte. »Möchten Sie noch die ausgedehnten Koppeln sehen, die zu unserem Gut gehören und auf denen sich die jungen Pferde gerade tummeln?«, fragte sie, bevor die Stille bleiern wurde.

»Sehr gern.« Brehm lächelte sie an und wirkte dabei so sympathisch, dass sie ihm seine Neugier auf die Geisteskranken nicht übel nehmen konnte. Tatsächlich fühlte es sich wie eine Bereicherung an, ihn künftig als Nachbarn zu haben, selbst wenn sie nach wie vor davon überzeugt war, dass er sich mit dieser Aufgabe übernommen hatte. Aber im Zweifelsfall würden sie ihm schon helfen, sodass er unter der freiwillig aufgenommenen Bürde nicht zusammenbrach.

2. Kapitel

»Ich bin froh, dass wir wieder zu Hause sind.« Doktor Meinhardt ließ sich mit einem Seufzer am Abendbrottisch nieder und nahm sich eine ordentliche Portion Bratkartoffeln. »Die Fahrt nach Celle war wirklich anstrengend. Ich bin so froh, dass Charlotte auf dem Rückweg das Steuer übernommen hat.« Er lächelte seiner Enkelin liebevoll zu.

»Hat das Benzin denn noch gereicht?«, fragte Friederike.

Ihr Vater nickte. »Ja, so gerade eben. Ich fürchte allerdings, bis zur nächsten Tankstelle reicht es nicht mehr. Wolfgang, da müsstest du dann mit der Droschke und den Ersatzkanistern losfahren, wenn der nächste Bezugsschein fällig wird.«

»Wie üblich.« Wolfgang seufzte. »Da kann man den alten Engerlin nur beneiden, dass er seinen Laster auf einen Holzvergaser umgestellt hat.«

»Dafür hat er nun kaum noch Ladefläche«, warf Friederike ein. »Aber ich würde viel lieber wissen, ob eure Reise von Erfolg gekrönt war und dieser Ferdinand Petersen zu uns passt.«

»Ja, wir werden ihn offiziell als Stallburschen einstellen. Ich denke, dafür reichen seine Geistesgaben.«

»Und welche Diagnose hast du gestellt, Papa?«, fragte Friederike.

»Er leidet seit seiner Geburt unter einer Mikrozephalie. Außerdem hat er einen vergrößerten Mund und Schwierigkeiten, die Mundmuskulatur zu kontrollieren, weshalb seine Sprache verwaschen ist. Und er ist deutlich in seiner Kognition eingeschränkt. Er kann nicht lesen und schreiben und auch nur mithilfe der Finger bis zehn zählen. Er war jedoch sehr freundlich und scheint ein sonniges Gemüt zu haben. Charlotte und ich haben den jungen Mann gleich ins Herz geschlossen, nicht wahr?«

Charlotte nickte zustimmend. »Ja, es wäre eine Schande, wenn die Eltern ihn in eine Landesheilanstalt geben müssten, wo er dann womöglich ausgesondert wird. Er ist so liebenswert.«

Bei der Erwähnung einer möglichen Aussonderung herrschte betretenes Schweigen. Jeder am Tisch, selbst der zehnjährige Martin, wusste, was Menschen drohte, die von den Nazis als lebensunwertes Leben eingestuft wurden. Und jeder auf Gut Mohlenberg war bereit, so viele wie möglich zu retten.

Zum Glück durchbrach Wolfgangs siebzehnjährige Tochter Irmgard die Stille, bevor sie bleiern werden konnte. »Was müssen wir uns unter einer Mikrozephalie vorstellen, Onkel Wilhelm? Hat er einen winzigen Kopf?«

»Sein Kopf ist tatsächlich deutlich kleiner als bei normalen Menschen, weil sich die Schädelnähte bei ihm zu früh geschlossen haben«, sagte Doktor Meinhardt.

»Was sind Schädelnähte, Onkel Wilhelm?«, wollte Martin wissen.

»Bei der Geburt sind die Schädelknochen der Kinder noch nicht vollständig zusammengewachsen. Das passiert erst im ersten Lebensjahr. Wenn sie zusammengewachsen sind, bleiben Nähte am Schädelknochen sichtbar. In seltenen Fällen sind die Knochen aber schon bei der Geburt zusammengewachsen. Dadurch kann das Gehirn nicht mehr wachsen und bleibt kleiner. Das ist bei Ferdinand passiert. Deshalb ist er im Denken langsamer und kann viele Dinge nicht, die ein gesunder Mensch kann.«

»Wenn man so etwas gleich bei der Geburt feststellt, könnte man die Schädelnähte dann noch mal öffnen, um dem Gehirn Raum zum Wachsen zu geben?«, fragte Irmgard.

»Das ist ein sehr guter Gedanke«, sagte Doktor Meinhardt anerkennend. »Leider stecken die operativen Möglichkeiten noch in den Kinderschuhen. Bist du dir sicher, dass du wirklich Tiermedizin studieren willst und nicht lieber Humanmedizin?«

»Nein, die Tiere liegen mir mehr. Um die kümmert sich ja sonst kaum einer.«

»Aber es ist viel härtere Arbeit, wenn du ständig zu kalbenden Kühen gerufen wirst und dann womöglich die Kälber noch im Mutterleib wenden musst«, sagte Wolfgang. »Überleg dir das noch mal. Humanmedizin ist auch viel besser angesehen.«

»Nun versuch nicht schon wieder, es unserer Tochter auszureden.« Juliane Adler tätschelte ihrem Mann liebevoll die Schulter. »Irmgard wird ihren Weg gehen und bei kalbenden Kühen kann sie sich wenigstens nicht mit schlimmen Krankheiten anstecken.«

»Und außerdem will ich eine Kleintierpraxis für Haustiere in Lüneburg eröffnen.«

»Ich bezweifle, dass du damit genügend Geld verdienen kannst«, erwiderte Wolfgang. »So viele reiche alte Damen mit verwöhnten Pekinesen gibt es in Lüneburg nicht.«

Doktor Meinhardt räusperte sich. »Um auf Ferdinand zurückzukommen – seine Eltern werden ihn Anfang nächster Woche zu uns bringen. Ich denke, er passt gut zu uns, und vielleicht ist er irgendwann auch in der Lage, die Heidschnucken zu betreuen und als Schäfer mit ihnen herumzuziehen. Im Augenblick braucht er aber noch viel Ansprache und klare Strukturen. Die kannst du ihm am besten bei der Arbeit mit den Pferden geben, Wolfgang.«

Wolfgang nickte. »Glaubst du, er könnte irgendwann auch reiten lernen?«

»Auf jeden Fall wird er von der Reittherapie profitieren«, erwiderte Doktor Meinhardt. »Ob er jemals allein ein Pferd beherrschen kann, wird sich zeigen.«

»Bei uns gibt es übrigens auch etwas Neues«, sagte Friederike. »Wir haben einen neuen Nachbarn. Gustav Brehm, ein Finanzbeamter in meinem Alter aus Hamburg, der sich vorgenommen hat, den alten Brenner-Hof wieder instand zu setzen.«

Doktor Meinhardt hätte sich beinahe an den Bratkartoffeln verschluckt. »Das ist ein Witz, oder?« Er starrte seine Tochter ungläubig an.

»Nein, der Mann meint es völlig ernst«, erwiderte Friederike. »Herr Brehm sucht nach einem neuen Lebenssinn, nachdem er Frau und Tochter bei einem Bombenangriff verloren hat, und glaubt, den könne er finden, wenn er einen heruntergekommenen Hof ganz allein instand setzt.«

»Hat er denn Erfahrung in der Landwirtschaft?«

»Er hat als Kind viel Zeit auf dem Gestüt seines Opas in Ostpreußen verbracht und glaubt, das reicht an Vorkenntnissen.«

»Was?«

»Opa, jetzt machst du ein Gesicht, als ob man den auch gleich einweisen müsste.« Charlotte lachte.

»Normal ist das jedenfalls nicht. Ich frage mich wirklich, was diesen Städtern so im Kopf herumspukt, dass sie auf derartige Ideen kommen.« Er schüttelte den Kopf. »Das muss schon ein komischer Kauz sein.«

In diesem Moment klingelte das Telefon in der Diele.

»Ich geh schon.« Friederike schob ihren Teller ein Stück von sich weg und stand auf.

Es war Adnan, der aus Hamburg anrief. Die Verbindung war schlecht, es knackte so sehr, dass Friederike Schwierigkeiten hatte, ihn zu verstehen.

»Ich rufe von einer Telefonzelle im Hauptpostamt an«, sagte Adnan. »Unsere Wohnung wurde beim letzten Angriff zerstört, aber uns ist nichts passiert.«

»Gott sei Dank!« Friederike atmete auf. »Wir haben uns schon Sorgen gemacht, als wir von den Bombenangriffen hörten.«

»Der Schaden in der Stadt hält sich in Grenzen, aber wir hatten einfach Pech, dass wir in der Nähe der Hafenanlagen wohnen. Hier bombardieren die Tommys ja mit Vorliebe, und gestern hat es dann auch unseren Straßenzug getroffen. Wir hatten Glück, dass wir im Luftschutzkeller waren und die Rettungsmannschaften uns schnell ausgegraben haben.«

»Ihr wart verschüttet? Das ist ja schrecklich!«

»Verschüttet ist dafür ein zu harter Ausdruck. Die Kellertür war durch eine eingestürzte Decke im Treppenhaus blockiert und ließ sich nicht mehr von innen öffnen. Wir waren zum Glück nie in Lebensgefahr, allerdings hat es schon ganz anständig gerumst, als das Haus über uns zusammenbrach.« Er lachte leise, doch Friederike wusste, dass er den Schrecken damit nur überspielen wollte. Sie mochte sich gar nicht ausmalen, was für Ängste die Familie dort ausgestanden haben musste.

»Und wo seid ihr jetzt untergekommen?«

Wieder ein starkes Knacken in der Telefonleitung. Einen Moment lang fürchtete Friederike schon, das Gespräch wäre unterbrochen, aber dann hörte sie Adnans Stimme doch wieder.

»Normalerweise kümmern sich die Behörden um die Zuweisung von Unterkünften, doch als wir uns gemeldet haben, wurde mir gesagt, für Neger sei man nicht zuständig.«

»Wie bitte?«

»Ja, und auch Annemarie wollten sie nicht helfen, sie wurde sogar als Negerhure beschimpft und dann hat man uns gesagt, wir sollen zusehen, wo wir bleiben, und nicht anständigen deutschen Familien die knappen Plätze wegnehmen. Einer der Beamten schlug mir vor, Maurice und ich könnten uns ja bei den Unterkünften der Fremdarbeiter bewerben und in der Munitionsfabrik arbeiten. Ich habe dem Mann gesagt, dass ich am Hafen arbeite und mein Sohn als Automechaniker. Das hat aber keinen interessiert. Wir sind deshalb erst mal in eine Pension gezogen, aber unser Geld reicht höchstens für eine Woche. Maurice kann bei seinem Meister in der Werkstatt schlafen, aber für Annemarie und mich sieht es düster aus. Deshalb wollte ich fragen, ob ihr uns auf Gut Mohlenberg gebrauchen könntet. Ihr wisst ja, dass wir zupacken können.«

»Selbstverständlich, wir haben hier genug Platz für euch und fleißige Hände sind immer willkommen. Kommt am besten schon morgen mit dem Mittagszug, dann hole ich euch mit der Droschke vom Bahnhof ab. Wir haben nämlich kein Benzin mehr für den Rest des Monats.«

»Vielen Dank! Da fällt mir ein großer Stein vom Herzen.«

»Wird Maurice in Hamburg bleiben?«

»Ja, er hat doch nächste Woche seine Gesellenprüfung. Was danach kommt, wissen wir noch nicht. Sein Meister hat schon erklärt, dass er sich keinen weiteren Gesellen leisten kann. Ich denke allerdings, es liegt an Maurice' Hautfarbe. Sein Meister hat sich daran zwar nie gestört, aber es gibt da einige missgünstige Nachbarn. Stramme Parteigenossen. Die werden sich vermutlich schon genug darüber aufregen, dass er Maurice eine Woche in der Werkstatt wohnen lässt. Und wenn er Maurice fest anstellt, fürchtet er um seine Kunden, besonders in Zeiten, in denen das Benzin rationiert ist und sich immer weniger Privatpersonen ein Auto leisten können … Die Konkurrenz ist einfach zu groß.« Adnan seufzte.

»Sobald Maurice seinen Gesellenbrief hat, soll er ebenfalls nach Gut Mohlenberg kommen. Wir werden auch für ihn eine passende Beschäftigung finden. Hauptsache, er wird nicht eingezogen oder in die Munitionsfabriken gesteckt.«

»Um das Einziehen mache ich mir keine Sorge«, erwiderte Adnan. »Als er im letzten Jahr seinen Musterungsbefehl bekam, wurde er zwar tauglich gemustert, aber zurückgestellt mit dem Vermerk ›Negermischling‹. Er hat eben zu wenig germanisches Blut, um für das Vaterland zu kämpfen.« Adnan lachte bitter auf.

»Sei froh darüber. Wer nicht eingezogen wird, kann auch nicht fallen.«

»Ja, das ist richtig.« Es knackte wieder in der Telefonleitung und den nächsten Satz hörte Friederike nur abgehackt. »Ich kann dich gerade schlecht verstehen«, sagte sie. »Aber ich bin morgen Mittag mit der Droschke am Bahnhof und warte dort auf euch.« Sie hörte zwischen all den Störgeräuschen noch, wie Adnan sich bedankte, dann war die Verbindung plötzlich weg.

Friederike atmete tief durch. Wie gut, dass zurzeit Semesterferien waren und sie Charlotte bei sich zu Hause hatte. Als diese im letzten Oktober in Hamburg mit dem Jurastudium begonnen hatte, waren missgünstige Professoren, die das Frauenstudium ablehnten, das größte Problem gewesen. Inzwischen kam ihr das geradezu harmlos vor. Einen Moment lang überlegte Friederike, ob sie Charlottes Zimmerwirtin anrufen sollte, eine sehr nette Witwe, die sich gut um ihre Tochter kümmerte. Andererseits war Frau Mende auch sehr redselig und würde ihr bestimmt bei einem Anruf stundenlang das Herz ausschütten. Nein, das war Charlottes Aufgabe, es war schließlich ihre Zimmerwirtin. Sie selbst brauchte all ihre Kräfte, um Gut Mohlenberg und seine Bewohner durch die schweren Zeiten zu bringen.

3. Kapitel

Am nächsten Morgen begleitete Charlotte Friederike nach Lüneburg. Mit dem Auto hätten sie die Strecke in einer Dreiviertelstunde zurückgelegt, aber die Droschke brauchte gute drei Stunden.

»Wenigstens regnet es nicht«, meinte Charlotte, als sie einstiegen. »Willst du die Zügel führen oder soll ich?«

»Ich mach das schon.« Friederike setzte sich neben ihre Tochter. »Ich ruh mich lieber auf der Rückfahrt aus.«

»Wollen wir vorher noch mal am Brenner-Hof vorbeischauen, wie es unserem neuen Nachbarn geht, Mama?«

»So neugierig?«

»Ja, ich möchte doch wissen, ob dieser naive Finanzbeamte genauso aussieht, wie ich ihn mir vorstelle.«

»Und wie stellst du ihn dir vor?« Friederike trieb das Pferd an und lenkte die Droschke vom Hof.

»Wie einen blassen Schreibtischhengst.«

»Er sah eher wie ein kräftiger Hafenarbeiter aus.«

Charlotte zog die Brauen hoch. »Dann scheint der Staat wohl genügend Steuern einzunehmen, wenn die Steuerakten so schwer sind, dass ein Finanzbeamter Muskeln kriegt.«

Friederike lachte. Diese Art des Humors hatte Charlotte eindeutig von ihrem Vater Bernhard geerbt. Vor seiner schweren Hirnverletzung hatte er ein genauso vorlautes Mundwerk besessen. Oft hatte eine trockene Bemerkung, die er mit todernster Miene hervorbrachte, genügt, um eine schwierige Situation humorvoll zu entspannen. Oder aber jemanden auf elegante Weise zurechtzuweisen, indem er es als Scherz tarnte. Es tat ihr gut, etwas von ihm in Charlotte wiederzufinden, zumal sie ihn noch immer vermisste. Manchmal stellte sie sich vor, wie es wohl gewesen wäre, wenn Bernhard sich mit Charlotte ein Wortduell geliefert hätte, so wie er es früher mit ihr gern getan hatte. Stets liebevoll, aber durchaus mit erkennbarem Ehrgeiz. Doch dann wurde sie jedes Mal traurig. Manche Wunden konnte die Zeit einfach nicht heilen.

»Also schön, dann fahren wir mal bei ihm vorbei. Vielleicht braucht er ja auch noch etwas, das wir ihm aus Lüneburg mitbringen können.«

»Ist er dir eigentlich sympathisch?«

»Sympathisch …«, wiederholte Friederike und ließ die Zügel nachdenklich durch ihre Finger gleiten. »Nun, er ist nicht unsympathisch, aber er erschien mir erschreckend naiv. Gleichzeitig hatte ich das Gefühl, dass er mich vielleicht überraschen könnte, denn er wirkte auch sehr zielstrebig.«

»Na, umso interessanter wird es doch, ihm direkt vor Ort mal einen ganz unverfänglichen Besuch abzustatten, zumal es ja kein Umweg ist«, meinte Charlotte.

Friederike nickte nur.

Der Brenner-Hof lag am Ende des Feldwegs, der von Gut Mohlenberg zum Dorf Mohlenberg führte. Schon von Weitem hörten sie laute Hammerschläge und als sie näher kamen, sahen sie, dass Gustav Brehm gerade damit beschäftigt war, die alten Fensterläden zu richten.

Friederike hielt die Droschke an. »Guten Morgen, Herr Nachbar!«, rief sie.

Brehm hielt in der Arbeit inne. »Frau Doktor von Aalen! Wie schön, Sie zu sehen.« Er trat an die Droschke heran.

Friederike reichte ihm die Hand und sah dann ihre Tochter an. »Charlotte, das ist unser neuer Nachbar Gustav Brehm. Herr Brehm, das ist meine Tochter Charlotte.«

Charlotte reichte Brehm ebenfalls die Hand. »Ich freue mich, Sie kennenzulernen, Fräulein von Aalen«, sagte dieser, während er ihre Hand schüttelte. »Sie sehen Ihrer Mutter sehr ähnlich.«

»Ich hoffe, Sie sagen jetzt nicht, wir könnten Schwestern sein.«

»Keine Sorge, der Spruch war schon außer Mode, als meine Großmutter in Ihrem Alter war, Fräulein von Aalen.«

Charlotte lachte. »Humor haben Sie jedenfalls. Aber vermutlich brauchen Sie den auch – bei allem, was Sie sich hier vorgenommen haben.«

»Nun ja, im Innern ist es bereits sauber und einigermaßen wohnlich, auch wenn dringend neue Tapeten erforderlich sind. Aber mit den Fenstern werde ich heute wohl noch nicht fertig.«

»Dann sind Sie trotzdem schon weiter, als wir dachten«, sagte Friederike.

»Ja, ich bin das Arbeiten gewohnt.«

»Gab es im Finanzamt so viel zu tun?«, fragte Charlotte keck.

Brehm lachte, ging aber nicht darauf ein. »Darf ich fragen, wohin Sie unterwegs sind, meine Damen?«

»Wir fahren nach Lüneburg, um Freunde vom Bahnhof abzuholen, die beim letzten Bombenangriff auf Hamburg ihre Bleibe verloren haben und deshalb bei uns auf Gut Mohlenberg unterkommen werden.«

Brehm senkte den Blick und sofort bedauerte Friederike, dass sie den Bombenangriff erwähnt hatte. Natürlich hatte ihn das sofort an seinen eigenen Verlust erinnert.

»Brauchen Sie noch etwas, das wir Ihnen aus Lüneburg mitbringen können?«

»Vielen Dank, aber ich habe alles.«

»Wenn Sie Hilfe benötigen, melden Sie sich einfach bei uns«, sagte Friederike.

»Das werde ich machen, vielen Dank.«

»Und, was hältst du von ihm?«, fragte Friederike ihre Tochter, nachdem sie außer Hörweite waren.

»Er ist ganz anders, als ich gedacht habe. Kein Schreibtischhengst, sondern jemand mit einem schlagfertigen Humor. Und er kann wirklich anpacken. Du weißt ja, wie die Fensterläden vorher ausgesehen haben.«

»Ja«, bestätigte Friederike. »Er ist ein recht geschickter Zimmermann.«

»Vermutlich hat er früher im Haus viel selbst repariert. Hatte die Familie eigentlich ein Haus oder eine Wohnung?«

»Das weiß ich nicht.«

»Auf jeden Fall müssen sie ordentlich was auf der hohen Kante gehabt haben, wenn er es sich leisten konnte, den Hof zu kaufen und gleichzeitig seine Beamtenstelle aufzugeben.«

»Der Brenner-Hof war doch nichts mehr wert«, sagte Friederike. »Der letzte Preis lag bei zweihundert Mark.«

»Woher weißt du das?«

»Die Erben haben ihn Opa angeboten, aber wir wollten uns mit der Bruchbude nicht belasten.«

Charlotte nickte nachdenklich.

Drei Stunden später erreichten sie den Lüneburger Bahnhof. Aufgrund der Benzinrationierung waren deutlich weniger

Autos zu sehen als noch vor zwei Jahren. Stattdessen dominierten Pferdefuhrwerke der ländlichen Umgebung. Friederike fühlte sich beinahe in die frühen Zwanzigerjahre zurückversetzt, als Autos noch eine Seltenheit gewesen waren. Das Klappern der Hufe, die Rufe der Kutscher … ein Hauch von Wehmut erfasste Friederike und ließ sie an ihre eigene Jugend zurückdenken. Die Zeit mit Bernhard, dem feschen Kavallerieleutnant. Ihre Liebe hatte in einer Zeit begonnen, als Kaiser Wilhelm noch regierte und selbstbewusst verkündet hatte, er halte das Auto für eine Modeerscheinung und glaube an das Pferd. Schon seltsam, wie der neue Krieg sie hier auf dem Land durch die Benzinrationierungen zurückwarf, während das Militär immer moderner wurde. Eine echte Kavallerie gab es längst nicht mehr, die war bereits im Ersten Weltkrieg ein aussterbendes Relikt gewesen, auch wenn es nach wie vor uniformierte Reiterstaffeln gab.

Das laute Brummen von Flugzeugmotoren schreckte Friederike aus ihren Gedanken und sie sah nach oben.

»Die sind vermutlich vom Luftwaffengeschwader des Fliegerhorsts Faßberg«, sagte Charlotte, die dem Blick ihrer Mutter gefolgt war.

»Ich wusste gar nicht, dass du die Namen der Fliegerhorste kennst.«

»Einer meiner Kommilitonen in Hamburg hat einen Bruder dort.«

Friederike nickte. »Apropos Kommilitone – hast du deine Zimmerwirtin schon angerufen und dich nach dem letzten Bombenangriff nach ihrem Wohlbefinden erkundigt?«

»Ja«, bestätigte Charlotte. »Es geht ihr gut. Sie erzählte mir dann in aller Ausführlichkeit, wie die Sirenen losgingen und ihre Nachbarin Frau Kruse auf dem Weg in den Luftschutzkeller beinahe die Treppe hinuntergefallen wäre, weil ihr Kater sich nicht so gern auf den Arm nehmen lässt.« Charlotte seufzte. »Ich habe

Frau Kruse schon ganz zu Beginn der Luftangriffe geraten, für ihren Muck einen Korb zu besorgen, aber sie meinte, er würde im Korb nicht sitzen bleiben, den müsse sie fest packen. Na ja, immerhin ist sie nicht gestürzt und Muck hat es auch so überstanden. Frau Mende hat mir dann noch erzählt, was sie alles im Luftschutzkeller gemacht haben, während sie von Ferne die Einschläge hörten, die sie an ein Sommergewitter erinnerten. Möchtest du weitere Einzelheiten oder genügt das?«

»Das genügt«, erwiderte Friederike lächelnd. »Ich kann mir gut vorstellen, wie sie das geschildert hat. Vermutlich ähnlich ausführlich wie ihre Blinddarmoperation.«

Charlotte lachte trotz des ernsten Themas. Immer wenn Friederike ihre Tochter in Hamburg anrief und Frau Mende ans Telefon ging, reichte sie den Hörer erst weiter, wenn sie Friederike zuvor ihre ganze Krankengeschichte erzählt hatte. Die Erzählung über den Blinddarm hatte eine gute Stunde gedauert, in der es Friederike einfach nicht gelungen war, Frau Mende dazu zu bringen, Charlotte ans Telefon zu holen. Seither hatten Mutter und Tochter ausgemacht, dass Friederike nur noch anrief, wenn Frau Mende sich mit ihren Freundinnen zum Damenkränzchen traf, das zweimal in der Woche stattfand.

Friederike stellte die Droschke auf einem der Parkplätze in Bahnhofsnähe ab, dann stiegen sie aus und gingen in den Wartesaal. Dort saßen zahlreiche Männer in Uniform. Die meisten wirkten so jung, als wären sie geradewegs von der Schulbank an die Front beordert worden. Einige spielten Karten, andere unterhielten sich fröhlich. Anhand der Satzfetzen, die sie verstand, konnte Friederike erahnen, dass es sich um neue Rekruten handelte, die sich auf das große Abenteuer des Krieges freuten. Die ganze Szenerie erinnerte sie an den letzten Krieg. Auch damals waren viele der jungen Männer fröhlich an die Front gezogen. Bereits nach zwei Jahren waren die meisten traumatisiert und desillusioniert gewesen. Aber obwohl auch dieser

Krieg nun schon bald zwei Jahre andauerte, war alles anders als beim letzten Mal. Es gab keine Hungersnot, denn die deutsche U-Boot-Flotte hatte gezielt eine erneute britische Seeblockade verhindert. Außerdem war die deutsche Armee siegreich. Paris war gefallen und seit wenigen Wochen rückte die Wehrmacht auch in Russland vor.

Russland … als Friederike vor zwei Wochen von der deutschen Offensive gegen den ehemaligen Verbündeten gehört hatte, hatte sie Scham empfunden. Man griff seine Verbündeten nicht hinterrücks an. Das widersprach jeglichem militärischen Ehrenkodex, für den Bernhard und Wolfgang als Offiziere im letzten Krieg gestanden hatten. Andererseits war der Krieg ein schmutziges Geschäft, und wer ehrenvoll kämpfte, musste mit einer Niederlage rechnen, da der Feind ebenfalls nicht auf Ehre bedacht war. Das hatten sie in der bitteren Zeit, die nach dem Ersten Weltkrieg und dem Friedensvertrag von Versailles gefolgt war, bitter erfahren müssen.

Ob diese jungen Männer wohl auf dem Weg an die Ostfront waren? Hofften sie, ebenso schnell vor Moskau zu stehen wie ihre Kameraden zuvor in Paris?

Noch während Friederike darüber nachdachte, rollte der Zug aus Hamburg ein. Im Wartesaal wurde es unruhig, die Skatkarten der Soldaten verschwanden, Tornister wurden geschlossen und ordentlich aufgesetzt. Friederike fiel auf, dass Charlotte die jungen Männer intensiv musterte.

»Suchst du jemanden?«

»Nicht direkt«, erwiderte Charlotte. »Ich wollte nur sehen, ob jemand dabei ist, den ich von früher kenne.«

»Und, kennst du jemanden?«

Charlotte schüttelte den Kopf. »Zum Glück nicht.«

Friederike nickte nur. Abschiede an die Front waren immer schwer, selbst wenn die jungen Männer dort voller Patriotismus von großen Heldentaten träumten. Wie viele von ihnen würden wohl unversehrt zurückkehren?

»Da vorn sind Adnan und Annemarie!«, rief Charlotte und zeigte in die Richtung.

Tatsächlich, da standen sie, mit einem abgeschabten Koffer in der Hand. Die umstehenden Fahrgäste musterten Adnan misstrauisch und gingen ihm aus dem Weg, sodass Friederike einen Augenblick lang das Gefühl hatte, er teile die Menschenmenge wie Moses das Rote Meer. War es nur Neugier, weil man dunkelhäutige Menschen sonst nicht so häufig sah, oder auch Abscheu? Hielten die Menschen Abstand, um sich nicht mit einer Berührung zu verunreinigen?

»He, ich wusste gar nicht, dass der Zug aus Afrika kommt!«, rief einer der jungen Rekruten mit Blick auf Adnan und seine Kameraden brachen in lautes Gelächter aus.

»Oder hat die Dame ihren Hausboy dabei?«, frotzelte ein Zweiter mit Blick auf Annemarie. »So was hätte meine Mutter auch gern zum Koffertragen.«

»Ich hoffe jedenfalls, dass das bloß der Hausboy ist und nichts Unanständiges«, rief ein Dritter.

Erneutes Gelächter.

Adnan und Annemarie ignorierten es.

»Wir sind hier!«, rief Friederike und winkte. Annemarie sah sie als Erste, stieß Adnan leicht an und winkte dann zurück.

Adnan atmete erleichtert auf, dann beschleunigte er den Schritt, um der Menschenmenge möglichst schnell zu entfliehen.

»Wie schön, euch wohlbehalten zu sehen!« Friederike nahm Annemarie zur Begrüßung in die Arme und schüttelte dann Adnan die Hand. »Unsere Droschke steht auf dem Parkplatz vor dem Bahnhofsgebäude.«

»Wir sind euch unendlich dankbar«, sagte Annemarie. »Wir hätten sonst nicht gewusst, wo wir nach der Ausbombung unterkommen könnten.«

»Das ist doch selbstverständlich. Wir haben genug Platz und können zwei Paar kräftige Hände zum Zupacken immer gebrauchen.«

Noch während sie sich unterhielten, waren sie gemeinsam zur Droschke gegangen. Adnan verstaute den Koffer, Charlotte stieg vorn ein und griff nach den Zügeln. »Zurück bin ich dran«, sagte sie. »Du wolltest dich ja ausruhen, Mama.«

»Ja, setz dich doch bitte hier hinten zu mir«, sagte Annemarie. Die Art, wie sie es sagte, verriet Friederike, dass Annemarie Aufmerksamkeit vermeiden wollte, die ihnen sicher gewesen wäre, wenn Adnan neben ihr auf den besseren Plätzen gesessen hätte. Angesichts der Reaktionen der jungen Soldaten konnte Friederike es verstehen und folgte Annemaries Bitte, ohne sie weiter zu hinterfragen. Adnan setzte sich zu Charlotte nach vorn.

»Wird Maurice auch zu uns kommen, wenn er seine Gesellenprüfung abgelegt hat?«, fragte Charlotte, während sie das Pferd antrieb.

»Das hoffe ich«, erwiderte Adnan. »Ich möchte nicht, dass sie ihn in irgendeine Rüstungsfabrik stecken, wenn sein Meister ihn nicht übernimmt.«

»Immerhin würde er dort vermutlich mehr verdienen als hier bei uns«, sagte Charlotte. »Aber ich hoffe auch, dass ihm das erspart bleibt, denn die Rüstungsbetriebe sind ja beliebte Ziele von Bombern.«

»Sofern sie wissen, wo die sind«, meinte Adnan.

»Ich bin mir sicher, dass es überall genügend Spione gibt, die das weitertragen«, sagte Friederike. »Diese Plakate *Feind hört mit* hängen ja nicht umsonst überall.«

»Du glaubst, wir haben in Hamburg wirklich englische Spione?« Annemarie sah Friederike mit großen Augen an.

»Ganz sicher. Ebenso wie es deutsche Spione in England gibt. Das sind oft sogar Einheimische, die für die jeweils anderen Mächte tätig sind. Entweder für viel Geld oder aus persönlichen Gründen.«

»Und wie leicht es ist, sich mit falschen Papieren als Deutscher auszugeben, weißt du ja am besten«, fügte Adnan hinzu. »Wenn man sogar mir den Deutschen abgekauft hat, wird man das bei einem Engländer noch eher tun, sofern er akzentfrei Deutsch spricht.«

»Wenigstens sind wir auf Gut Mohlenberg sicher vor Spionen«, sagte Charlotte. »Da kennt jeder jeden und unser neuer Nachbar ist mit Sicherheit kein Spion.«

»Ihr habt einen neuen Nachbarn?«, fragte Annemarie interessiert.

»Ja«, bestätigte Friederike. Dann erzählte sie ihr von Gustav Brehm.

»Der arme Mann«, rief Annemarie, als Friederike vom Tod seiner Frau und Tochter erzählte. »Diese Bombenangriffe sind so grauenvoll. Ich war mir sicher, dass es mit uns zu Ende geht, als das Haus über uns zusammenstürzte. Plötzlich ging das Licht aus und von der Kellerdecke rieselte Sand oder Putz. Zum Glück hatten wir eine Petroleumlampe. Ich habe immer nur gedacht, solang unsere kleine Lampe brennt, ist alles in Ordnung; solang haben wir Luft und können nicht ersticken. Es hat zwar nur eine Stunde gedauert, bis die Rettungsmannschaften den Ausgang freigeräumt hatten, aber mir kam es wie eine Ewigkeit vor. Ich dachte sogar, meine Armbanduhr wäre stehen geblieben, weil die Zeit einfach nicht voranschritt. So etwas habe ich noch nie erlebt.« Annemarie atmete schwer. »Ich habe solche Angst, dass Maurice was passiert, wenn er in Hamburg bleibt.«

»Ihm wird nichts passieren«, sagte Friederike mit fester Stimme. Gleichzeitig dachte sie mit Unbehagen an den Oktober, wenn Charlottes Semesterferien vorüber wären und sie wieder in Hamburg studierte. Auch um Julianes und Wolfgangs Tochter Irmgard machte sie sich Sorgen. Sie wollte nach den Sommerferien wieder nach Hannover zu Friederikes Tante Vera Herzberg ziehen, um dort aufs Gymnasium zu gehen.

Das war der Nachteil des Dorflebens: Es gab nur eine Volksschule, wer höher hinauswollte, musste in die Stadt. Und nicht alle hatten so viel Glück wie Charlotte und Irmgard, die in Hannover bei Friederikes Tante Vera leben konnten, um das Abitur zu machen. Vera hatte auch versprochen, Martin aufzunehmen, sollte er im Herbst aufs Gymnasium wechseln. Allerdings war der Zehnjährige von dem Gedanken, in Hannover fernab des Gestüts zu leben, nicht sonderlich begeistert und im Gegensatz zu seiner Schwester wollte er nicht studieren, sondern wie sein Vater Bereiter auf dem Gestüt werden. Das versprach noch einige Kämpfe, schließlich wollte Wolfgang, dass seine Kinder beide die bestmögliche Ausbildung bekamen. Es wäre wirklich paradox, wenn ausgerechnet der Krieg Martins stärkster Verbündeter wäre, weil es auf Gut Mohlenberg am sichersten war.

Friederike seufzte kaum hörbar. Noch waren Sommerferien und die wollte sie mit ihren Lieben genießen und nicht ständig an den Krieg denken.

4. Kapitel

Am späten Nachmittag rollte die Droschke wieder auf den Hof von Gut Mohlenberg.

Juliane erwartete sie schon und lief den Neuankömmlingen ungeduldig entgegen. »Endlich seid ihr da. Ich habe euch unser schönstes Gästezimmer vorbereitet und wir haben euch auch zwei Betten als Ehebett zusammengeschoben.«

»Allerdings mit Besucherritze«, bemerkte Wolfgang, der seiner Frau gefolgt war, mit einem Augenzwinkern. »Französische Betten hatten wir nicht übrig.«

»So etwas hatten wir nicht mal in Hamburg«, erwiderte Adnan und stieg aus.

Während Wolfgang sich um das Pferd kümmerte, lud Adnan den Koffer aus und Juliane hakte sich freundschaftlich bei Annemarie unter. »Ich freue mich sehr, dich endlich wiederzusehen, auch wenn es unter so schrecklichen Bedingungen ist. Komm, ich mache uns erst mal eine Tasse Tee, wir haben leider keinen Bohnenkaffee mehr bekommen.«

Friederike sah den beiden nachdenklich hinterher.

»Woran denkst du?«, fragte Charlotte.

»An Ingrid Ströbel. Ich frage mich, ob das wohl ein Problem geben könnte, wenn sie Adnan sieht.«

Seit Gut Mohlenberg offiziell nur noch ein Gestüt war, vermieteten sie auch Fremdenzimmer im Haupthaus für reitbegeisterte Sommerfrischler. Allerdings konnten sich das seit Beginn des Krieges nur noch Parteifunktionäre leisten, während die Familien, die sie früher so gern auf Gut Mohlenberg begrüßt hatten, durch den Krieg zerrissen waren: die Väter an der Front und die Kinder eingebunden in die Aktivitäten der Hitlerjugend. Friederike hatte den Fremdenbetrieb deshalb weitestgehend eingestellt. Einzig Ingrid Ströbel hatte sich nicht abwimmeln lassen und sehr penetrant darauf bestanden, auch weiterhin als Sommergast zum Reiten nach Gut Mohlenberg zu kommen. Schließlich seien sie doch Freundinnen, hatte sie am Telefon gesagt, und da könne man doch mal eine Ausnahme machen. Friederike hatte zwar keine Ahnung, wie Ingrid auf die Idee kam, sie wären Freundinnen, konnte es sich aber nicht erlauben, sich mit ihr zu entzweien. Schließlich war Ingrid nicht nur mit einem SS-Mann verheiratet, sondern auch die Schwiegertochter eines einflussreichen Parteigängers. Glücklicherweise war sie unglaublich naiv oder, wie Charlotte zu sagen pflegte, strohdumm, sodass ihr vieles entging, was wachsameren Augen aufgefallen wäre. Aber was würde Ingrid wohl sagen, wenn sie in zwei Wochen auf Gut Mohlenberg anreiste und das Zimmer neben ihr von einem gemischtrassigen Ehepaar belegt war?

»Mach dir darum keine Sorgen, Mama. Wir sagen einfach, Adnan ist auf Heimaturlaub vom Afrikakorps und deshalb so braun gebrannt. Das glaubt sie bestimmt.«

Friederike runzelte die Stirn. »So dumm ist nicht mal Ingrid.«

»Oder sie denkt, Adnan ist der Hausboy, so wie diese vorlauten Rekruten am Bahnhof.«

»Nur wird sie dann bestimmt die Nase darüber rümpfen, dass er mit Annemarie verheiratet ist.« Friederike seufzte. »Es ist einfach schlimm, wie sich die Zeiten geändert haben. Ich meine, es war ja noch nie leicht für die beiden, doch jetzt …«

Charlotte nickte. »Ja, das stimmt. Aber mach dir nicht zu viele Sorgen um Ingrid, die wird alles glauben, was wir ihr erzählen. Und vielleicht ist es ja ganz gut, wenn sie ihr Augenmerk auf Adnan legt, dann fällt ihr Ferdinand nicht so sehr auf.«

»Ach ja, der kommt ja auch demnächst. Sag, Charlotte, wie ausgeprägt ist seine Behinderung?«

»Schon recht auffällig. Selbst für mich war das außergewöhnlich. Ich habe noch nie jemanden mit so einem Kopf gesehen.«

»Und was würdest du Ingrid sagen, wenn sie fragt?«

»Dass wir ihn als Arbeitskraft zugeteilt bekommen haben«, erwiderte Charlotte pragmatisch. »Das wird schon reichen.«

Friederike sah ihre Tochter zweifelnd an. »Manchmal weiß ich nicht, ob ich dich dafür bewundern soll, dass du dir nicht so viele Gedanken machst, oder ob es einfach nur deine jugendliche Zuversicht ist.«

»Frag mich in zwanzig Jahren noch mal, dann kennen wir die Antwort«, gab Charlotte keck zurück.

»Schlagfertig bist du auf jeden Fall.«

»Muss ich auch sein, wenn ich mich in diesen Zeiten als Frau behaupten will.«

* * *

Am folgenden Vormittag bekamen sie erneut Besuch von Gustav Brehm. Friederike war gerade mit Wolfgang in der Reitbahn, um die Gangarten der jungen Hengste zu begutachten, die kurz vor der Körung standen.

»Moin«, grüßte Brehm typisch hamburgisch mit einem breiten Lächeln und tippte mit den Fingern gegen seine Schiffermütze.

»Moin, Herr Nachbar. Was können wir für Sie tun?«, fragte Friederike.

»Och, eigentlich wollte ich nur mal auf einen kurzen Schnack vorbeikommen. Ist doch recht einsam auf meinem neuen Hof. Aber wo ich Sie hier gerade bei der Arbeit sehe … hätten Sie vielleicht auch ein passendes Pferd für mich zum Verkauf?«

»Was genau suchen Sie denn? Stute, Wallach oder Hengst? Eher ruhig und gelassen oder darf es auch etwas temperamentvoller sein? Wie ist Ihre Preisvorstellung?«

»Was würden Sie mir denn empfehlen?«

»Wie gut reiten Sie?«

»Ich denke, ganz passabel.«

»Das ist eine recht vage Auskunft. Wann sind Sie das letzte Mal geritten?«

»Das ist schon eine Weile her.«

Friederike atmete tief durch. Sie hatte bei ihren Sommergästen die Erfahrung gemacht, dass viele, die von ganz passablen Reitkünsten sprachen und derart ausweichend auf die Frage antworteten, wann sie das letzte Mal auf einem Pferd gesessen hatten, zuletzt in ihrer Kindheit geritten waren und das meiste längst vergessen hatten.

»Kommen Sie mal mit«, sagte sie daher. »Ich zeige Ihnen ein paar unserer Pferde. Vom Kauf würde ich Ihnen im Moment allerdings abraten, solange Sie Ihren Hof noch nicht instand gesetzt haben.«

»Wegen der Kosten oder weil Sie glauben, ich würde aufgeben und in die Stadt zurückkehren?«

»Beides.«

»Viel Vertrauen haben Sie nicht in mich, oder?«

»Es liegt an Ihnen, mich eines Besseren zu belehren.«

Friederike führte ihn in den Stall zu den Boxen der Reitpferde. Brehm blieb sofort vor der Box eines prächtigen Rappen stehen. »Der gefällt mir sehr gut!«

»Der ist nicht verkäuflich. Das ist Wido, einer unserer Zuchthengste. Den reite ich selbst regelmäßig.« Sie klopfte Wido den Hals.

»Sie reiten einen Hengst?«

»Ja. Leider ist das Wissen um die Ausbildung von Hengsten vielerorts verloren gegangen. Viele Züchter glauben, man könne einen Hengst nicht reiten, sondern allenfalls einen Wallach. Dabei hängt alles von der Ausbildung ab. Und Herr Adler als ehemaliger Kavallerieoffizier ist ein ausgezeichneter Bereiter und Ausbilder junger Pferde.«

»Aber Sie haben auch Wallache?«

»Ja, das sind die Tiere, die nicht zur Hengstkörung geeignet waren, aber einen guten Charakter als Reitpferd haben. Als Wallach haben sie ein angenehmeres Leben, weil man sie zusammen mit den Stuten auf der Weide halten kann. Zum Beispiel er hier.« Friederike war ein Stück weitergegangen und streichelte einem zierlichen Fuchs über die Nüstern. »Das ist Tamo, er ist neun Jahre alt und ein sehr braves Reitpferd.«

»Er macht einen guten Eindruck. Warum wurde er nicht gekört?«

»Wie Sie sehen, ist er sehr zierlich. Für die Körung hätten wir ihn schon sehr früh einreiten müssen, aber seine Muskulatur war mit drei Jahren noch nicht so weit entwickelt. Ältere Tiere erhalten aber entsprechende Abzüge in der Körung und deshalb haben wir es unserem Tamo nicht zugemutet, sondern ihn lieber als reines Reitpferd ausgebildet.«

Eine grau getigerte Katze stolzierte an Friederike vorbei und sprang mit einem Satz in Tamos Futterraufe, die an der zur Stallgasse liegenden Gitterwand der Box angebracht war. Der Wallach schien sich daran nicht zu stören, ganz im Gegenteil, er wandte seinen Kopf zu der Katze, die ihm ihrerseits das Köpfchen gegen die Nüstern drückte.

»So etwas habe ich noch nicht gesehen«, sagte Brehm erstaunt. »Das scheint ja so, als würden die beiden sich begrüßen.«

»Ja, das tun sie auch. Tamo und unser Stallkater Manou sind gute Freunde. Deshalb würde ich Tamo auch nie verkaufen, denn das würde Manou mir nie verzeihen.« Sie kraulte den Kater. »Aber ich denke, Tamo ist hervorragend geeignet, damit Sie mir bei einem gemeinsamen Ausritt Ihre Fähigkeiten zeigen können. Und dann können wir entscheiden, welches Pferd für Sie infrage kommt.«

»Wäre es dann nicht besser, ich reite gleich das Tier, das Sie mir vermieten würden, wenn Sie sich schon nicht von Tamo trennen wollen?«

»Ich will auf Nummer sicher gehen, dass Sie sich nicht den Hals brechen.«

Brehm lachte. »Sie glauben also, ich könnte nicht reiten?«

»Ich habe so meine Erfahrung mit Städtern und deren Reitkünsten. Die Sattelkammer ist dort vorn, da finden Sie auch das Putzzeug. Die Halterungen der Sättel und Halfter sind mit Namen beschriftet.«

»Sie wollen, dass ich ihn selbst putze und sattle?«

»Da Sie keinen Stallknecht auf Ihrem Hof haben, werden Sie das dort doch auch tun müssen. Im Übrigen wüsste ich gern, wie gut Sie Ihren Stall bereits instand gesetzt haben. Oder wollen Sie das Pferd zunächst bei uns stehen lassen? So weit ist der Fußweg ja nicht.«

»Ich sehe schon, Sie geben Ihre Pferde nur an ausgesuchte Menschen weiter.«

»Ja, das bin ich meinen Tieren schuldig. Ich muss mich jetzt weiter um die jungen Hengste kümmern. Melden Sie sich, wenn Sie fertig sind.«

»Und was ist mit Ihrem Pferd, wenn wir zusammen ausreiten wollen?«

»Darum kümmert sich mein Stallbursche Felix. Das ist das Privileg einer Gestütsbesitzerin.« Friederike zwinkerte ihm zu und verließ den Stall. »Ich muss mich außerdem noch umziehen. Früher bin ich immer im Damensattel geritten, aber inzwischen gehe ich doch mit der Zeit.«

Eine halbe Stunde später übernahm Friederike in Reithosen und Reitstiefeln den gesattelten Wido von Felix. Brehm saß bereits in Tamos Sattel und machte trotz seiner einfachen Arbeitskleidung eine stattliche Figur. Seine Haltung verriet, dass er tatsächlich etwas von Pferden verstand und keiner dieser sich selbst überschätzenden Sommerfrischler war, mit denen sie sonst zu tun hatte.

»Fesch sehen Sie aus«, sagte Brehm. »Ich hoffe, Sie schämen sich nicht, sich mit mir an Ihrer Seite blicken zu lassen.«

Friederike lachte und stieg in den Sattel. »Wenn Sie was hermachen wollen, hätten Sie zur Kavallerie gehen müssen. Die alten Paradeuniformen sind nach wie vor unübertroffen.«

»Tja, damit kann ich als Finanzbeamter nicht dienen«, erwiderte er. »Da müsste ich mich schon irgendeiner berittenen Truppe anschließen. Hat die Polizei nicht eine Reiterstaffel?«

»Sind Sie dafür denn sicher genug im Sattel?«

»Ich sehe schon, ich muss Ihnen beweisen, dass ich nicht schon auf den ersten hundert Schritten im Dreck lande.«

»Wie wäre es durch das kleine Waldstück und dann an den See? Das ist meine Lieblingsstrecke. Und Wido mag es, mit den Hufen im Wasser zu scharren, das hat er von seinem Vater Wotan geerbt, dem Begründer unserer Zuchtlinie.«

»Gibt es im Wald auch Sprünge?«

»Falls nicht gerade ein Baum im Sturm umgestürzt ist, nicht. Und das Wetter war in den letzten Wochen gut. Sie müssen sich also keine Sorgen machen.«

»Wie kommen Sie darauf, dass ich mir Sorgen mache?« Brehm lachte, dann trieb er Tamo aus dem Stand heraus in den Galopp und preschte zum Tor hinaus – so schnell, dass Friederike sich sputen musste, ihn einzuholen.

»Sie sind besser, als ich dachte!«, rief sie ihm zu, nachdem sie zu ihm aufgeholt hatte.

»Weil ich aus dem Stand angaloppieren kann?« Er zügelte sein Pferd und fiel in den Schritt.

»Ja, und das auf einem Ihnen unbekannten Pferd. Das spricht für einen erfahrenen Reiter.«

»Dann ist wohl doch noch etwas aus Kindertagen hängen geblieben. Und von einigen späteren Besuchen in Ostpreußen.«

»Also sind Sie doch regelmäßig geritten?«

»Was heißt schon regelmäßig?«, erwiderte er achselzuckend. »Zuletzt war ich im vergangenen Jahr mit meiner Familie auf dem Familiengut zu Besuch und habe meiner Tochter die Grundzüge des Reitens vermittelt.« Er holte tief Luft. »Sie hatte so viel Spaß daran. Ich hätte viel früher einen Schnitt machen sollen. Alles in Hamburg aufgeben und hier neu anfangen, bevor das alles passierte.« Die Munterkeit, die er eben noch versprüht hatte, war einer traurigen Ernsthaftigkeit gewichen.

»Sie konnten es nicht wissen«, sagte Friederike leise. »Es wäre ein Sprung ins Ungewisse gewesen, und selbst wenn Ihre Tochter hier glücklich gewesen wäre, so hätte sie später doch in die Stadt zurückkehren müssen, wenn Sie eine höhere Schulbildung für sie vorgesehen hätten. Meine Tochter lebte ab ihrem zehnten Lebensjahr bei meiner Tante in Hannover und war nur am Wochenende und in den Ferien auf Gut Mohlenberg, weil es hier kein Gymnasium gibt. Und jetzt studiert sie in Hamburg Jura.«

»Ist sie wegen der Bombenangriffe nach Mohlenberg zurückgekehrt?«

»Nein, wegen der Semesterferien. Aber ich mache mir jetzt schon Sorgen, wie es im Oktober weitergehen wird, wenn sie wieder an die Universität zurückkehrt.«

»Ist es das denn wert?«, fragte Brehm. »Das Risiko in Hamburg auf sich zu nehmen, um als Frau Jura zu studieren?«

»Sie meinen, weil Frauen keine Zulassungen mehr als Richterinnen oder Staatsanwältinnen bekommen?«

Er nickte. »Was hat Ihre Tochter davon, ein Studium in einem Fach zu absolvieren, mit dem sie später keine Arbeit findet?«

»Wissen wir, was in fünf Jahren ist?«, fragte Friederike zurück. »Wenn der Krieg noch länger geht und immer mehr Männer an die Front müssen, wird der Staat noch dankbar sein für jede gut ausgebildete Frau, die dem Vaterland hier dienen kann. Nicht umsonst wurden die Zulassungsbeschränkungen für Frauen an den Universitäten mit Kriegsbeginn aufgehoben.«

»Da haben Sie natürlich auch wieder recht.«

Eine Weile ritten sie schweigend nebeneinander, bis sich das Waldstück lichtete und der kleine See mit seinem Bootssteg und dem Sandstrand in Sicht kam. Friederike spürte, wie ein Ruck durch Wido ging. Wann immer er hier in die Nähe des Wassers kam, wollte er am liebsten sofort angaloppieren. Allerdings hatte Friederike ihn gut im Griff.

»Ich sehe, dass in Ihrem Wido das Rennpferd erwacht«, sagte Brehm lächelnd. »Wie wäre es mit einem kleinen Wettrennen zum See?«

»Das wäre unsportlich, denn Wido ist viel schneller als Tamo und außerdem trägt er die geringere Last.«

»Ich liebe Herausforderungen.«

»Na schön.« Friederike ließ Wido laufen und musste ihn nicht einmal antreiben, denn der Hengst hatte seinen Spaß daran, auf seiner Lieblingsstrecke alles zu geben. Und so war es kein Wunder, dass Friederike zwei Pferdelängen vor Brehm den Strand erreichte und Wido zufrieden mit den Hufen im Wasser scharren ließ. Tamo war deutlich zurückhaltender, er ging nicht gern ins Wasser.

Brehm drängte das Pferd auch nicht, sondern stieg ab, zog seine Schuhe und Socken aus, krempelte die Hosen hoch und ging dann selbst mit den Füßen ins Wasser. »Das ist wirklich angenehm«, sagte er. »Da bedaure ich es doch, dass ich keine Badehose dabeihabe.«

»Tun Sie sich keinen Zwang an. Ich bin Ärztin und habe schon alles gesehen, was es da zu sehen gibt.«

Brehm sah Friederike irritiert an. »Das ist jetzt nicht Ihr Ernst, oder?«

Friederike lachte. »Was denken Sie? Meine ich es ernst oder will ich Sie aufziehen?«

»Soll ich es testen?« Brehm sah sie mit herausforderndem Blick an und begann, sein Hemd aufzuknöpfen. Friederike lehnte sich entspannt im Sattel vor und sah ihm interessiert zu.

Beim dritten Knopf hörte er auf.

»Was ist?«, fragte Friederike. »Ist Ihnen das Wasser nun doch zu kalt?«

Er lachte. »Sie sind einfach unmöglich, Frau von Aalen. Sie würden wohl wirklich ganz genüsslich dabei zuschauen, wie ich mich hier nackig mache, oder?«

Friederike stimmte in sein Lachen ein. »Mit solchen Scherzen können Sie eine Frau wie mich nicht herausfordern. Ich schau mir das gern an und ziehe daraus dann meine eigenen Schlüsse.«

»Und die wären?«

»Dazu habe ich noch zu wenig gesehen.«

»Ach, Sie. Nächstes Mal bringe ich wirklich meine Badehose mit, dann können Sie genug sehen, ohne dass es unanständig wird.«

»Wir hatten hier schon Anhänger der Freikörperkultur zu Gast.« Friederike lächelte breit. »Aber mit einer Badehose gibt es weniger Aufsehen, falls einer der Dörfler vorbeikommt. Und ein Handtuch sollten Sie beim nächsten Mal auch mitbringen, denn nun müssen Sie mit nassen Füßen in die Socken.«

»Ach was, da gehe ich ein paar Mal durch das Gras, dann sind die Füße wieder trocken.« Er grinste wie ein Lausbub und ließ seinen Worten Taten folgen.

Nachdem er seine Füße auf diese Weise ausreichend abgetrocknet und die Schuhe wieder angezogen hatte, fragte er: »Was halten Sie davon, wenn ich Ihnen mal zeige, wie weit ich schon mit dem Hof gekommen bin? Ich bin ganz stolz darauf, wie das Wohnhaus von innen schon wieder aussieht.«

»Das würde ich sehr gern sehen.«

»Na, dann los.« Brehm stieg in Tamos Sattel und übernahm selbstbewusst die Führung zu seinem Hof. Je länger Friederike ihn beobachtete, umso mehr reiterliche Qualitäten entdeckte sie in seinem Umgang mit dem Pferd. Auch sein Humor gefiel ihr. Sie mochte Männer, die die Fähigkeit hatten, über sich selbst zu lachen.

Die Fensterläden des alten Brenner-Hofs waren inzwischen allesamt gerichtet und am Zaun waren einige der verwitterten Latten erneuert. Brehm war wirklich ein tatkräftiger Mann.

»Der Stall ist noch nicht vorzeigbar«, sagte er. »Am besten, wir lassen die Pferde hier im Vorgarten, während ich Ihnen das Haus zeige.«

Friederike nickte und band Wido locker am reparierten Zaun an, sodass er grasen konnte. Brehm hielt es mit Tamo ebenso. Dann gingen sie ins Haus.

Friederike hatte sich keine großen Vorstellungen davon gemacht, wie es wohl im Innern des Hauses aussehen mochte. Umso überraschter war sie, wie ordentlich es wirkte. Die alten Holzbohlen des Fußbodens waren geschrubbt, einige schadhafte Stellen ausgebessert, was man an der helleren Farbe der frischen Dielenbretter erkannte. Der gemauerte Kamin war so weit vom Ruß befreit, dass man die alten Verzierungen im Mauerwerk erkennen konnte – kleine Blütenranken im Sandsteinsims. Eine Bauweise, die schon seit hundert Jahren nicht mehr üblich war, denn seither hatten elegante Kachelöfen die alten gemauerten Kamine abgelöst. Auf dem Kaminsims stand eine gerahmte Fotografie, die Friederike magisch anzog.

Brehm war ihrem Blick gefolgt, ging zum Kamin, nahm das Bild in die Hand und zeigte es Friederike. »Das waren meine Frau und Tochter«, sagte er. Eine Frau in einem hellen Kostüm stand neben einem kleinen Mädchen mit blonden Zöpfen, das eine riesige Schultüte im Arm hielt. Die beiden lächelten glücklich in die Kamera. »Ich habe das Foto im letzten Jahr bei ihrer Einschulung gemacht. Es stand in meinem Büro auf dem Schreibtisch. Alle anderen Fotografien sind bei der Ausbombung vernichtet worden.« Er strich liebevoll mit dem Daumen über den Rahmen, bevor er ihn zurück auf den Sims stellte.

»Wie hieß Ihre Tochter?«

»Caroline. Nach ihrer Mutter Carola. Die kleine Carola.« Ein versonnenes Lächeln legte sich über sein Gesicht, das dennoch die tiefe Traurigkeit dahinter nicht verbergen konnte.

»Caroline war ein sehr hübsches Mädchen. Genau wie ihre Mutter«, sagte Friederike. Noch während sie es sagte, kamen ihr diese Worte hohl und leer vor. Spielte es wirklich eine Rolle, ob die beiden hübsch gewesen waren? Aber was sollte man einem trauernden Witwer sonst sagen? »Ihr Verlust tut mir sehr leid«, fügte sie noch hinzu.

»Ich danke Ihnen.« Er holte tief Luft. »Am schlimmsten waren die ersten Wochen. Ich … ich habe mich immer gefragt, ob sie wohl gelitten haben. Und ob ich es hätte verhindern können, wenn ich an dem Abend zu Hause gewesen wäre. Ob wohl etwas anders gewesen wäre, wenn ich nicht Überstunden gemacht hätte und dann, als der Alarm losging, in den Luftschutzbunker in der Nähe der Finanzbehörde gegangen wäre.«

»Sie hätten nichts ändern können, Sie wären allenfalls mit ihnen gestorben.«

Brehm schluckte. »Und genau das wäre vermutlich ehrlicher gewesen. Warum habe ich überlebt, während die beiden Menschen, die mir alles bedeutet haben, tot sind?« Er atmete erneut tief ein. »Warum bin ich allein zurückgeblieben?« In seinen Augen glitzerte es verdächtig. Hastig blinzelte er die Tränen fort.

Friederike schluckte. Auf einmal war der eigene Schmerz wieder da. Der schreckliche Moment, in dem sie Bernhard verloren hatte. Das letzte zärtliche Streicheln seiner Hand, als er wusste, dass er unrettbar verloren war und sie darum gebeten hatte, ihn gehen zu lassen, keine unnötige Operation mehr zu wagen. Sein Leben war unter ihren Händen zerronnen wie Wasser, das man nicht halten konnte. Unwiederbringlich. Und dabei hätte sie ihn noch gebraucht, damit er die Geburt ihres gemeinsamen Kindes erlebte, damit er es aufwachsen sah. Damit er das Leben führen konnte, das er verdient hatte … Aber es hatte nichts gegeben, das sie tun konnte, außer bei ihm zu sein, während die Lebensflamme erlosch. Jetzt fühlte sie selbst das verdächtige Brennen in den Augen und blinzelte es ebenso hastig fort, wie Brehm es getan hatte. Keine Tränen, unter keinen Umständen. Wenn sie sich jetzt erneut dem Schmerz hingab, wäre es unerträglich – auch wenn Bernhard schon seit einundzwanzig Jahren tot war. Um wie viel schlimmer musste es erst für Gustav Brehm sein?

Ihre Blicke trafen sich.

»Sie wissen, wie sich das anfühlt«, sagte er. »Dieser unerträgliche Schmerz.«

Sie nickte. »Ich habe meinen Mann durch ein Verbrechen verloren. Er starb mit einer Kugel in der Brust und es gab nichts, was wir noch tun konnten. Sie lag zu nah am Herzen.« Sie wischte sich fahrig mit der Hand über die Augen. In diesem Moment nahm Brehm sie einfach in die Arme. Tröstend und beschützend, aber auch so, als bräuchte er es selbst: die Nähe eines Menschen, der den gleichen Verlust erlitten hatte. Und es kam Friederike wie das Natürlichste auf der Welt vor. Es war so lange her, dass sie jemand auf diese Weise tröstend in den Arm genommen, ihr das Gefühl vermittelt hatte, sie müsse nicht immer stark sein und alles allein schultern. Und sie fühlte sich auf einmal unendlich geborgen, während sie die Umarmung erwiderte.

* * *

Die Erinnerung an diese Umarmung ließ sie auch nach ihrem Besuch bei Gustav nicht mehr los. Immer wieder ertappte sie sich dabei, wie sie an ihn dachte. Das Gefühl der Nähe, jemanden zu spüren, der bereit war, sie zu halten. So wie Bernhard es stets getan hatte. Ohne dass sie es wollte, hatte eine einzige tröstende Umarmung genügt, ihr so lang unterdrücktes Bedürfnis nach männlicher Nähe und sexueller Befriedigung so machtvoll an die Oberfläche zu drücken, dass sie sich insgeheim dafür schämte. Es kam ihr nicht richtig vor, schließlich war Brehm in Trauer und hatte ganz gewiss nicht solche Gefühle in ihr wecken wollen. War sie wirklich so ausgehungert? Bei dem Gedanken daran musste sie hart schlucken. Sie hatte ihr Leben bislang für perfekt gehalten, so wie es war. Nun wurde ihr auf einmal bewusst, dass sie sich jahrelang etwas vorgemacht hatte, und das machte ihr auf eine unerklärliche Weise Angst …

5. Kapitel

Ferdinand Petersen traf am Freitagnachmittag auf Gut Mohlenberg ein. Seine Eltern begleiteten ihn. Sie hatten sich ein paar Tage freigenommen, um den Sechzehnjährigen bei der Eingewöhnung auf Gut Mohlenberg zu unterstützen. Es war dem Ehepaar wichtig, ihren einzigen Sohn in einer offiziellen Stellung zu wissen, bevor die Musterung anstand. Seit die Nazis an der Macht waren, war es für die Familie sehr schwierig, ihr behindertes Kind vor dem Zugriff der Behörden zu verstecken. Nur mithilfe eines verschwiegenen Hauslehrers war es ihnen gelungen, die allgemeine Schulpflicht zu umgehen. Vor der Hitlerjugend hatte ihn ein ärztliches Attest bewahrt, das statt der Mikrozephalie einen schweren Herzfehler als Grund für die Untauglichkeit benannte. Aber je älter Ferdinand wurde, umso riskanter wurde es. Hinzu kam die Sorge, was aus dem Jungen werden sollte, wenn seine Eltern eines Tages nicht mehr wären.

Friederike ging der Droschke, in der Wolfgang die Familie vom Lüneburger Bahnhof abgeholt hatte, bereits im Hof entgegen. »Herzlich willkommen auf Gut Mohlenberg«, begrüßte sie die Familie. »Ich bin Frau Doktor von Aalen.«

Ferdinand sprang munter aus dem Wagen. Er machte einen angenehmen Eindruck auf Friederike mit seiner Schirmmütze, die seine Kopfform verbarg und auch seine Augen verschattete, die durch den zu kleinen Schädel besonders groß und hervorstehend wirkten.

»Ferdinand, sag Guten Tag«, forderte seine Mutter ihn auf, die deutlich gemessener aus der Droschke stieg und dabei ihr langes Kleid raffte. Sie wirkte ein wenig aus der Zeit gefallen, denn lange Kleider dieser Art waren seit mehr als zwanzig Jahren außer Mode. Unwillkürlich fragte Friederike sich, wo Frau Petersen überhaupt noch so ein altmodisches Kleid herbekommen hatte. Hatte sie es in Auftrag gegeben oder nähte sie selbst?

Ferdinand trat in seinen kurzen Hosen einen Schritt vor. Seine Beine waren dünn und käseweiß. Viel an die Sonne war der Junge in letzter Zeit nicht gekommen. Nun gut, das würde sich jetzt ändern. »Guten Tag, Frau Doktor.« Er bemühte sich um eine deutliche Aussprache, auch wenn seine Mundwinkel zuckten, und streckte ihr artig die Hand entgegen.

Friederike ergriff sie. »Guten Tag, Ferdinand. Schön, dich hier auf Gut Mohlenberg zu begrüßen.« Dann wandte sie sich seinen Eltern zu und hieß sie ebenfalls willkommen. Aus den Anmeldeformularen wusste sie, dass Hannelore Petersen erst siebenunddreißig Jahre alt war, aber sie wirkte so vorgealtert, dass man beinahe glauben konnte, sie hätte ihr langes Kleid schon getragen, als es noch der neuesten Mode entsprochen hatte. Ihr Ehemann Armin war dreiundvierzig, sah aber deutlich jünger aus als seine Gattin. Friederike fragte sich, ob die Sorge um das einzige Kind, die vermutlich hauptsächlich auf den Schultern der Mutter geruht hatte, die Frau wohl so sehr ausgezehrt hatte. Dennoch strahlten Frau Petersens Augen ungebrochene Kraft und Zuversicht aus. Die Erleichterung, nun endlich ein sicheres

Heim für ihren heranwachsenden Sohn gefunden zu haben, war beiden Elternteilen deutlich anzusehen.

»Ferdinand, wir haben ein sehr schönes Zimmer mit einem sehr netten Zimmergefährten für dich vorbereitet. Möchtest du es gleich einmal sehen?«

Ferdinand nickte mit leuchtenden Augen. »Darf ich dann auch die Tiere sehen?«

»Ja, die zeigt dir dein Zimmernachbar Botho dann nachher in Ruhe. Er ist einer unserer Stallburschen und wir hoffen, dass du auch bald so gut wie er mit den Pferden umgehen kannst.«

Wolfgang lud Ferdinands Koffer ab.

»Den kann ich selbst tragen«, sagte der Junge.

»Ja, das glaube ich dir«, erwiderte Wolfgang und reichte ihm den braunen Lederkoffer. Er glänzte so neu, als wäre er extra für die Reise nach Gut Mohlenberg angeschafft worden. Und vermutlich war es auch so, denn mit einem Kind wie Ferdinand waren Urlaubsreisen seit der Machtergreifung ein zu großes Risiko. Schon die Beschwerde eines Hotelgastes über das ungewöhnliche Aussehen des Jungen hätte schwerwiegende Folgen haben können. Friederike hatte von Fällen gehört, bei denen Familien mit behinderten Kindern aus Pensionen verwiesen worden waren, weil andere Gäste sich von ihrem Anblick bei Tisch angeekelt gefühlt hatten. Meist hatte das auch eine Meldung bei der zuständigen Behörde zur Folge und Friederike mochte sich gar nicht ausmalen, was danach mit den Kindern passiert war.

Botho wartete schon ungeduldig auf seinen neuen Mitbewohner. Am liebsten wäre er auch sofort zur Droschke gelaufen, aber Friederike hatte ihn ermahnt, in dem kleinen Fachwerkhaus zu warten, wie es sich für einen ordentlichen Gastgeber gehörte. Botho war einundzwanzig Jahre alt und mongoloid, was in diesen Tagen ebenfalls einem Todesurteil gleichkommen konnte.

Er hatte einen freundlichen Charakter wie Ferdinand, neigte allerdings zu distanzlosem Verhalten. Bei seiner Ankunft auf Gut Mohlenberg hatte man ihm mit viel Geduld beibringen müssen, dass nicht jeder Mensch zur Begrüßung umarmt werden wollte und man fremde Erwachsene nicht duzte.

Mittlerweile begnügte sich Botho damit, Gäste mit Handschlag zu begrüßen. Als Friederike ihm Ferdinand und seine Eltern vorstellte, merkte sie, dass es ihm sehr schwerfiel, seine übliche Begeisterung zu zügeln und der Familie nur die Hand zu reichen. Aber er beherrschte sich und sie war stolz auf seine Fortschritte.

»Das ist dein Bett«, sagte Botho und zeigte auf das frisch bezogene Bett, das seinem gegenüberstand. »Und das ist dein Schrank. Da kannst du deine Kleider aufhängen. Mit den Bügeln da.« Er öffnete die Tür des massiven Bauernschranks.

»Da hast du ein sehr schönes Zimmer, Ferdinand«, sagte seine Mutter. »Und einen sehr netten Zimmergefährten.«

»Ja, Ferdinand ist jetzt mein Freund«, sagte Botho und es zuckte wieder in ihm, den neuen Kollegen zu umarmen, aber ein kurzer Blick von Friederike genügte, dass er sich zurückhielt.

»Möchtest du jetzt erst mal mit Bothos Hilfe deine Sachen auspacken?«, fragte sein Vater. »Dann können Mama und ich uns mit Frau Doktor von Aalen unterhalten.«

»Ja, Papa.«

»Ich helfe ihm«, sagte Botho und legte seinen Arm um Ferdinands Schulter. So ganz konnte er es doch nicht lassen, aber Ferdinand schien es zu gefallen.

Auf dem Weg zurück ins Haupthaus und in Friederikes Büro kam ihnen Adnan entgegen, der einen Hafersack in den Stall brachte. Friederike fiel auf, dass die Petersens ihn zwar musterten, sich aber bemühten, ihre Neugier zu verbergen, auch wenn es ungewöhnlich war, hier einen Schwarzen zu sehen.

Vermutlich weil sie aus eigener Erfahrung wussten, wie unangenehm es war, angestarrt zu werden, weil man anders war. Erst dadurch wurde Friederike bewusst, wie seltsam Gut Mohlenberg mit seinen Bewohnern wohl auf Fremde wirken musste.

Unwillkürlich wanderten ihre Gedanken zu Gustav Brehm. Er hatte bislang nur Wolfgang mit seinem von Brandnarben entstellten Gesicht gesehen und ein paar der Patienten, denen man ihre geistigen Einschränkungen nicht auf den ersten Blick ansah. Auch Adnan war er noch nicht begegnet. Sie schätzte ihren neuen Nachbarn als humorvollen und sympathischen Menschen ein, aber zugleich blieb sie vorsichtig, denn letztlich kannte sie ihn noch nicht gut genug, um ihm zu vertrauen, obwohl sie sich so sehr danach sehnte.

Sie betraten das Haupthaus. Friederike führte das Paar in ihr Büro und bot ihnen die beiden Stühle an, die vor ihrem Schreibtisch standen. Dann setzte sie sich selbst dahinter. »Ich habe hier ein paar Formulare fertig gemacht, die Sie unterschreiben müssen«, sagte sie. »Offiziell stellen wir Ferdinand als Stalljungen ein. Er erhält Kost und Logis für seine Tätigkeit, allerdings können wir ihm keinen Lohn zahlen. Falls er sich gut anstellt, wird es vielleicht im zweiten Jahr möglich sein, dass er ein Taschengeld erhält, aber die üblichen Ausgaben, die über Kost und Logis hinausgehen, vor allem die Bekleidung, müssten Sie als Eltern stellen.«

»Selbstverständlich«, sagte Herr Petersen. »Wir sind Ihnen so dankbar, dass Sie ihn überhaupt aufnehmen. In privaten Heimen müssten wir für alles selbst zahlen, und das könnten wir uns nicht leisten.«

»Nun, Sie wissen ja, dass wir offiziell keine Klinik mehr sind, sondern ein Gestüt. Und ich muss meine Bücher sauber halten. Bei einer Überprüfung darf nicht der Eindruck entstehen, wir würden hier Patienten behandeln. Ferdinand bekommt einen ordnungsgemäßen Arbeitsvertrag, nur Lohn können wir uns nicht leisten, da wir nicht davon ausgehen, dass Ferdinand mehr erwirtschaften wird, als er selbst an Unterstützung braucht.«

»Das ist uns klar«, sagte nun auch Frau Petersen. »Wie verfahren wir mit Geldern, die wir Ferdinand zukommen lassen wollen, wenn er neue Kleidung oder Ähnliches braucht?«

»Sie können eine entsprechende Geldanweisung an Ihren Sohn nach Gut Mohlenberg schicken. Wenn das nicht möglich ist, könnten wir es auch über unser Konto laufen lassen, aber mir persönlich sind direkte Geldanweisungen an die Bewohner lieber, bei denen die Buchhaltung des Gestüts nicht betroffen ist. Wenn unsere Arbeiter private Geldanweisungen bekommen, geht uns das nichts an und wir müssen es nirgendwo verbuchen.«

»Dann machen wir das so«, sagte Herr Petersen. »Sie haben wirklich an alles gedacht.«

»Das hoffe ich zumindest. Wir müssen aber weiterhin sehr vorsichtig sein. Andererseits sind wir einigermaßen sicher, wenn die offiziellen Papiere stimmen. Wenn wir hier junge Männer beschäftigen, die nicht kriegsdiensttauglich sind, aber für uns offiziell Arbeit von wirtschaftlichem Wert erbringen, wird niemand auf die Idee kommen, sie abzutransportieren.« Friederike atmete tief durch. »Ich habe schon oft in Gedanken durchgespielt, was wohl passieren würde, wenn uns irgendwann mal ein strammer Nazi auf die Schliche käme. Allerdings habe ich mir auch schon etliche gute Begründungen zurechtgelegt, die das tarnen, was wir wirklich tun. Insofern fühle ich mich recht sicher. Und ich glaube, Ferdinand wird sich hier auch wohlfühlen.«

»Ja, das hoffe ich sehr«, sagte seine Mutter. »Aber wenn etwas ist, wir haben Telefon und ich bin im Notfall auch in der Lage, umgehend in den Zug zu steigen und herzukommen.«

»Das weiß ich sehr zu schätzen«, erwiderte Friederike. »Und nun werde ich Ihnen erst einmal das Gut zeigen.«

6. Kapitel

Am Samstagmorgen frühstückte das Ehepaar Petersen gemeinsam mit Friederike und ihrer Familie, der Familie Adler sowie Adnan und Annemarie im Haupthaus. So war es schon immer gewesen. Wer in den Gästezimmern im Haupthaus logierte, aß mit der Familie, während Ferdinand zusammen mit seinen neuen Mitbewohnern in seinem eigenen Wohnhaus speiste.

Friederike bemerkte erneut die betont unauffälligen Blicke, die das Ehepaar Adnan zuwarf, vor allem, da die beiden inzwischen bemerkt hatten, dass er kein gewöhnlicher Arbeiter war, sondern Gast wie sie selbst und noch dazu mit einer weißen Frau verheiratet.

Es war schließlich Wolfgang, der die unausgesprochene Frage beantwortete. »Herr Pietsch ist ein alter Kriegskamerad von mir. Leider wurde seine Familie vor Kurzem in Hamburg ausgebombt und hat so schnell keine neue Bleibe bekommen.«

»Das ist schrecklich.« Frau Petersen sah Adnan und Annemarie mit ehrlicher Betroffenheit an. »Ich hoffe, Sie haben niemanden verloren?«

»Nein, glücklicherweise nicht«, erwiderte Adnan. Er schien erleichtert, dass Wolfgang es auf sich genommen hatte, die Situation zu erklären. Auch wenn Adnan bereits seit achtzehn

Jahren unter falscher Identität als Walter Pietsch lebte, so war er doch noch immer vorsichtig. Dass er dunkelhäutig war, war problematisch genug. Aber was wäre, wenn jemand nach all den Jahren herausfand, dass er eigentlich ein französischer Deserteur war, der in den frühen Zwanzigerjahren zur Besatzungsmacht des Rheinlands gehört hatte? Es war besser, in diesen Tagen keinerlei Risiko einzugehen. Für die Welt war er längst Walter Pietsch mit dem Spitznamen Adnan. Wenigstens konnte er auf diese Weise seinen echten Vornamen im Alltag weiterverwenden.

Herr Petersen räusperte sich etwas verlegen. »Falls es nicht ungehörig ist … aber darf ich fragen, woher Sie ursprünglich kommen, Herr Pietsch?«

»Aus Heidelberg. So steht es in meiner Geburtsurkunde.«

»Ja, du bist ein klassischer Badener«, feixte Wolfgang. »So sehen die da alle aus.« Dann wandte er sich wieder an das Ehepaar Petersen. »Walter«, er betonte den offiziellen Namen, »ist über seinen deutschen Vater tatsächlich von Geburt an Deutscher. Die gesunde Hautfarbe stammt von seiner Mutter, die in Afrika geboren wurde. Seine Eltern haben sich in Deutsch-Südwestafrika kennengelernt, sind aber nach ihrer Heirat nach Deutschland gezogen. Im Großen Krieg war Walters Hautfarbe ein Vorteil, denn er war in der Lage, als Spion hinter den französischen Linien wichtige Informationen zu beschaffen; er hat sich als schwarzer Kolonialfranzose ausgegeben. Für diese Heldentat wurde er mit dem Eisernen Kreuz ausgezeichnet. Leider gelten die alten Weltkriegshelden in unseren Tagen nichts mehr, wenn sie die falsche Hautfarbe oder gar die falsche Religion haben.«

»Ja, das ist sehr bitter«, bestätigte Frau Petersen. »Unser alter Hausarzt, der uns immer sehr mit Ferdinand unterstützt hat, darf uns mittlerweile nicht mehr behandeln, weil er Jude ist. Deshalb hatten wir in letzter Zeit auch so große Angst, dass jemand sein Attest hinterfragt und Ferdinand noch einmal zu einer Untersuchung einbestellt.«

»Hier wird ihm nichts passieren«, sagte Doktor Meinhardt beruhigend. »Ferdinand ist bei uns jetzt offiziell als Stalljunge angestellt. Wer einen Arbeitsvertrag hat, ist sicher vor dem Abtransport – ganz gleich, ob er bei einer Musterung tauglich ist oder nicht. Bislang ist uns noch niemand auf die Schliche gekommen, obwohl keiner unserer Angestellten tauglich gemustert wurde. Andererseits ist es ja auch von Vorteil für das Reich, wenn wir den Untauglichen eine Arbeit geben, vor allem in Kriegszeiten, wo jeder gesunde Mann gebraucht wird.« Friederikes Vater lächelte. »Man muss nur die richtigen Begründungen im passenden Parteijargon finden, um Gutes zu tun.«

Es klopfte an der Tür.

Doktor Meinhardt schaute auf die Uhr. »Wer beehrt uns denn so früh?«

»Ich geh schon.« Friederike stand auf. Das Ehepaar Petersen sah ihr verwundert nach. Vermutlich hatten sie nicht erwartet, dass die Hausherrin selbst zur Tür ging, aber Friederike hatte es sich schon seit Jahren angewöhnt, denn oft waren es Patienten, die ärztlicher Hilfe bedurften.

Doch als sie jetzt die Tür öffnete, stand Gustav Brehm vor ihr. Er trug diesmal nicht seine einfache Arbeitskleidung, sondern ein kurzärmeliges weißes Hemd, eine helle Reithose und schwarze Reitstiefel. Obwohl die Reitstiefel blank geputzt waren, war doch zu erkennen, dass sie schon lange in Gebrauch waren. Bei seinem Anblick spürte sie ein Kribbeln in den Eingeweiden – genau das, was man für gewöhnlich als Schmetterlinge bezeichnete. Die Reitkleidung stand ihm wirklich ausgezeichnet und betonte seinen athletischen Körper. »Herr Brehm, das ist ja eine Überraschung.« Sie lächelte ihn an. »Was führt Sie denn so früh zu uns?«

»Ich … ähm … ich wollte fragen, ob Sie sich schon entschieden haben, welches Pferd Sie mir dauerhaft vermieten wollen. Mein Stall entspricht inzwischen all Ihren Vorgaben, sodass sich jedes Ihrer Pferde dort wie zu Hause fühlen wird.« Er erwiderte ihr Lächeln auf eine schüchterne Art, die ihn in ihren Augen noch attraktiver machte.

»Aber warum kommen Sie dann so früh?«

»Weil ich heute noch einen Termin in Lüneburg habe und da bräuchte ich das Pferd. Ich habe leider nicht mehr genug Benzin für mein Motorrad.«

»Einen Termin?« Sie sah ihn fragend an, doch Brehm ging nicht darauf ein.

»Würden Sie mir ein Pferd vermieten?«, fragte er stattdessen noch einmal.

»Wir sitzen noch beim Frühstück. Ist es so dringend mit dem Pferd?«

»Oh, bitte entschuldigen Sie, das wusste ich nicht. Selbstverständlich werde ich warten, bis Sie fertig sind.«

»Ach, dann kommen Sie doch einfach rein und trinken eine Tasse Tee mit uns. Wir haben zurzeit Gäste aus Celle, deren Sohn bei uns eine Lehre auf dem Gestüt beginnt, und außerdem können Sie dann auch gleich das Ehepaar Pietsch aus Hamburg kennenlernen.«

»Die ausgebombten Freunde, die Sie neulich vom Lüneburger Bahnhof abgeholt haben?«

»Ja, genau.«

Friederike führte ihn ins Esszimmer. »Das ist unser neuer Nachbar, Herr Brehm«, sagte sie. »Er hat erst in der letzten Woche einen alten Hof übernommen und wir sind gerade dabei, uns etwas besser kennenzulernen.« Bei diesen Worten sah sie insbesondere das Ehepaar Petersen fest an und hoffte, dass sie den Wink verstanden. Zwar hatte sie keinen Grund, Brehm zu misstrauen, aber in den letzten Jahren war Vorsicht für sie selbstverständlich geworden – selbst gegenüber Menschen, die ihr sympathisch waren, solange sie sie nicht näher kannte.

Dann stellte sie ihm die Gäste vor. Als die Vorstellung bei Walter Pietsch und seiner Gattin angelangt war, stutzte Brehm kurz, reichte den beiden dann aber genauso vorbehaltlos wie allen Übrigen die Hand. Friederike holte aus der Anrichte eine Teetasse.

»Haben Sie bei all dem Personal eigentlich kein Hausmädchen, das diese Pflichten erledigt?«, fragte Brehm, während er sich mit an den Tisch setzte.

»Wir haben Personal, das später abräumt und abwäscht, aber die haben gerade selbst Frühstückspause im Gesindehaus. Bis ich die gerufen habe, bin ich viel schneller selbst am Schrank. Und so gehoben, dass wir jemanden bräuchten, der uns bei Tisch bedient, leben wir hier auch nicht.«

»Das stimmt. Bitte verzeihen Sie, wenn meine Frage ungehörig war.«

»Sie sind erst vor Kurzem hierhergezogen?«, fragte nun Adnan.

»Ja, ich teile Ihr Schicksal, auch wenn es mich schon etwas früher ereilt hat. Ich habe meine Familie und meine Wohnung bei einem der Bombenangriffe auf Hamburg verloren.«

»Das tut mir sehr leid. Mein allerherzlichstes Beileid, Herr Brehm«, sagte Annemarie. »Wo haben Sie denn gewohnt?«

»In Blicknähe zu den Werften am Hafen.« Er atmete tief durch. »Wir hatten das Glück, dort eine der Neubauwohnungen zu bekommen, obwohl ich nicht im Hafen gearbeitet habe, sondern bei der Finanzbehörde.«

»Mein Mann und ich haben auch in der Nähe des Hafens gewohnt«, erwiderte Annemarie. »Die Bombenangriffe waren schrecklich.«

»Ja, das waren sie«, sagte Brehm knapp. Dann wechselte er das Thema, als wären ihm die Erinnerungen zu viel geworden. »Darf ich fragen, was Sie beruflich machen, Herr Pietsch?«

»Ich war im Exportgeschäft für einen Reeder tätig«, erwiderte Adnan. »Da ich vier Sprachen fließend spreche, ging ein Großteil der Korrespondenz durch meine Hände.«

»Im Krieg mussten die Reedereien große Einbußen hinnehmen. Ich nehme an, das hat auch Ihren Chef betroffen?«

»Nein, weniger der Krieg als die Tatsache, dass er Jude war und deshalb mehr oder weniger enteignet wurde.« Adnans Stimme klang verbittert.

»Hat der neue deutsche Eigentümer Sie nicht übernommen?«

»Der vorherige Eigentümer war ebenfalls Deutscher«, entgegnete Adnan scharf.

»Sie sagten, er wäre Jude gewesen.«

»Er war Deutscher jüdischen Glaubens.«

»Nun, nach den neuen Gesetzen gelten Juden nicht mehr als Deutsche.«

»Und finden Sie das richtig?« Jeder konnte die Wut in Adnans Stimme hören.

Friederike war schon nahe dran, einzugreifen, doch Brehm hob beschwichtigend die Hände. »Das habe ich nicht gesagt. Ich habe mich nur des allgemeinen Sprachgebrauchs bedient. Natürlich haben Sie recht, Herr Pietsch, viele Juden waren im letzten Krieg glühende deutsche Patrioten und ganz selbstverständlich Deutsche.«

Friederike leerte ihre Teetasse. »So, ich bin fertig und Sie wollten ja noch sehen, welches Pferd ich Ihnen vermieten kann, Herr Brehm.« Sie erhob sich.

»Vielen Dank.« Auch Brehm leerte hastig seine Tasse, dann folgte er Friederike.

»Es tut mir leid, falls ich mich hier eines Sprachgebrauchs bedient habe, der Ihren Gästen missfällt«, sagte er, während sie zum Stall gingen. »Wissen Sie, in der Behörde, da ist es wichtig, dass wir stets die vorgeschriebenen Begrifflichkeiten …«

»Ist schon gut«, unterbrach Friederike ihn. »Sie müssen sich nicht rechtfertigen. Es hat nur einen wunden Punkt von Herrn Pietsch berührt, da er selbst wegen seiner Hautfarbe sehr unter den Rassegesetzen leidet.«

»Das glaube ich«, sagte Brehm. »Kinder aus gemischtrassigen Beziehungen hatten es ja schon immer schwer. Umso mehr wundere ich mich, dass Herr Pietsch ebenfalls eine weiße Frau geheiratet hat.«

»Die Liebe fragt nicht, wo sie hinfällt, und letztlich ist die Hautfarbe eines Menschen unwichtig, wenn er einen guten Charakter hat.«

»Das sehen heutzutage viele Menschen anders.«

»Und Sie?« Friederike blieb stehen und sah ihn prüfend an.

Brehm hielt ihrem Blick stand. »Wenn Liebe wirklich alle Grenzen überwindet, ist das ein großartiges Geschenk«, sagte er. »Es ist bewundernswert, wenn jemand nur um der Liebe willen so große Nachteile in Kauf nimmt wie Frau Pietsch. Ich hoffe, das, was sie dafür im Gegenzug bekommt, wiegt es zehnfach auf.«

»Ich bin mir sicher, dem ist so. Die beiden führen seit achtzehn Jahren eine glückliche Ehe und haben einen sehr wohlgeratenen Sohn.«

»Und wo ist der Sohn?«

»Noch in Hamburg, aber wir erwarten ihn am Dienstag, da er am Montag seine Gesellenprüfung als Automechaniker ablegt und seine Lehre dann offiziell beendet ist.«

»Gute Automechaniker werden bei der Wehrmacht gesucht.«

»Dafür ist er vermutlich zu dunkel«, gab Friederike schnippisch zurück.

»Vielleicht sollte er einfach sagen, das wäre Autoschmiere.« Brehm grinste. »Es ist eine Schande, dass man Männer mit begehrten Fähigkeiten nur wegen ihrer Hautfarbe zurückweist.«

»Da haben Sie recht.« Friederike atmete erleichtert auf. Sie hatte sich also nicht in Brehm getäuscht, er war nicht von der Rassenideologie durchdrungen, sondern hatte einfach nur so auf Adnan reagiert wie jeder, der nicht viel mit Schwarzen zu tun hatte. Überrascht, aber nicht ablehnend. Und vielleicht würde sie ihm auf Gut Mohlenberg nach und nach auch neue Erfahrungen vermitteln können, für die er durchaus empfänglich schien.

Sie betraten den Stall.

»Diese drei Pferde hier kämen infrage«, sagte sie. »Eine Stute und zwei Wallache.«

»Schade, dass sie mir Tamo nicht dauerhaft überlassen wollen.«

»Nein, den brauche ich für Anfänger. Sie haben bewiesen, dass Sie auch mit temperamentvolleren Tieren zurechtkommen.«

Friederike ging auf das erste Pferd zu, eine zierliche Fuchsstute mit schmaler Blesse. »Das ist Tamarinde, eine Vollschwester von Tamo, elf Jahre alt, und sie hat manchmal Hummeln im Hintern. Sie ist ausdauernd, zuverlässig, aber sie braucht einen geübten Reiter, weil sie sonst selbst gern bestimmt, wo es langgeht. Also genau das richtige Pferd für einen Reiter, der etwas Temperamentvolles sucht.«

Brehm strich der Stute über die Nüstern. »Ein sehr schönes Pferd«, sagte er. »Aber ich würde mir gern auch noch Ihre beiden anderen Vorschläge ansehen.«

Friederike nickte und ging zum nächsten Pferd, einem stämmigen Kohlfuchs. »Das ist Oswald. Wir haben ihn vor vier Jahren gekauft, er war ein Malheur. Seine Mutter ist eine Kaltblutstute, die eine kurze Affäre mit einem ausgebüxten Hannoveraner-Hengst hatte. Oswald wurde von seinem früheren Besitzer sowohl geritten als auch gefahren. Er hätte für Sie den Vorteil, dass Sie ihn auch als Zugpferd verwenden könnten, falls Sie mal größere Lasten transportieren wollen. Natürlich ist er nicht so elegant wie Tamarinde, aber er hat auch eine sehr schöne Fellfarbe. Ich mag Kohlfüchse sehr gern.«

»Das stimmt.« Brehm klopfte Oswald den Hals, der daraufhin behaglich schnaubte. »Und wer ist Ihr letzter Vorschlag?«

»Das ist er hier, Bertie.« Sie strich einem eleganten Rappen über die Nüstern.

»Der ist wunderschön.«

»Ja, das ist er. Aber er ist das Gegenteil von Tamarinde. Wo sie zu temperamentvoll ist, ist er ein Faulpelz, der seinen Reiter ganz schön in Schweiß bringen kann, weil er keine Lust hat, mit einem Menschen auf dem Rücken schneller als im Schritt zu gehen. Wenn man ihn allerdings im Griff hat, ist er ein gutes, zuverlässiges Pferd. Zumal er einer unserer schönsten Wallache ist.«

»Da fällt einem die Wahl wirklich nicht leicht.« Brehm tätschelte Bertie, aber dann ging er zurück zu Oswald. »Ich werde ihn hier nehmen. Er macht auch ordentlich was her. Von seiner Statur her erinnert er an ein Ritterpferd. Nicht ganz so stark wie ein Kaltblut, aber kräftiger als ein Warmblut. Und wie Sie schon sagten, er ist vielseitig einsetzbar.«

»Gut, dann vertraue ich Ihnen Oswald an.«

»Und wie viel schulde ich Ihnen als Miete?«

»Zahlen Sie mir das, was er Ihnen wert ist«, erwiderte Friederike augenzwinkernd.

»Damit machen Sie es mir nicht gerade leicht. Ein fester Preis wäre mir lieber.«

»Schauen Sie einfach, wie viel Sie erübrigen können. Mir ist wichtig, dass Sie ihn gut behandeln. Wenn Sie ihm mal freigeben, bringen Sie ihn auf unsere Weide zu seinen alten Kameraden.«

»Sind zwanzig Mark im Monat angemessen?«

»Wenn Sie sich das leisten können«, erwiderte Friederike. Der Monatslohn eines Arbeiters lag im Schnitt bei einhundertsechzig Mark.

»Wie ich schon sagte, ich habe etwas angespart, aber ich habe keine Ahnung, was die üblichen Mietpreise für ein Pferd sind.«

»Das kommt schon so hin«, sagte Friederike. »Immerhin müssen Sie ja nun auch für seinen Unterhalt aufkommen.«

»Dann werde ich ihn gleich mal satteln und sehen, dass ich ihn auf dem Weg nach Lüneburg besser kennenlerne. Ich treffe mich dort nämlich mit einem Freund, der mich möglicherweise etwas unterstützen wird.«

»Wäre es dann nicht besser, einen Wagen zu nehmen, wenn Sie ihn mitnehmen wollen?«

»Heute noch nicht, er ist geschäftlich in Lüneburg und wird heute Abend wieder in Hamburg erwartet.«

Friederike fragte sich, wie Brehm wohl mit seinem Freund in Kontakt getreten war, da der alte Brenner-Hof keinen Telefonanschluss hatte.

»Ich habe ihn gestern vom Dorfgasthof aus angerufen«, sagte Brehm, der ihren fragenden Blick sofort richtig gedeutet hatte. »Er ist öfter mal beruflich in Lüneburg und ich wollte wissen, wann es das nächste Mal so weit ist. Zufälligerweise gerade heute.«

»Was führt einen Hamburger beruflich nach Lüneburg?«

»Neugier ist eine Ihrer Schwächen, nicht wahr?«

»Als Ärztin bin ich es gewohnt, viele Fragen zu stellen.«

Brehm sah auf seine Armbanduhr. »Ich erzähle es Ihnen gern ein anderes Mal in aller Ruhe. Jetzt muss ich leider los. Ist Oswalds Sattel in der Sattelkammer da vorn?«

»Ja«, bestätigte Friederike. »Direkt neben dem Putzzeug.«

»Vielen Dank, dann werde ich mich mal an die Arbeit machen. Sagen Sie, Frau von Aalen, dürfte ich mich am morgigen Sonntag erkenntlich zeigen und Sie zum Kaffee einladen?«

»Zum Kaffee?«

»Ich hoffe, dass ich heute in Lüneburg welchen auftreiben kann. Mein Freund ist im entsprechenden Gewerbe.«

»Schmuggler oder Händler?«

»Das würde ich Ihnen morgen erzählen. Also, darf ich Sie um drei Uhr nachmittags erwarten?«

»Sehr gern, ich werde pünktlich sein.«

7. Kapitel

Obwohl Friederike einiges zu tun hatte und sich vor allem um Ferdinand und seine Eltern kümmerte, ertappte sie sich immer wieder bei dem Gedanken, wie sehr sie sich auf den Besuch bei Gustav Brehm freute. Gewiss, sie kannte ihn noch nicht lange und wusste nicht, ob sie ihm irgendwann wirklich so vertrauen könnte wie ihren Freunden auf Gut Mohlenberg, aber seit ihrem gemeinsamen Ausritt musste sie immer wieder an ihn denken, fast so wie ein verliebter Backfisch. Ihre Großmutter hatte immer gesagt, die Menschen in ihrer Familie seien wie Schwäne: Sie seien lebenslang treu und diese Treue reiche sogar über den Tod hinaus. Aber warum sollte sie sich nicht doch etwas mehr vom Leben nehmen? Schließlich war sie ein Mensch und kein Schwan. Sie hatte lang genug um Bernhard getrauert. Er würde immer seinen Platz in ihrem Herzen haben und in Charlotte lebte er weiter.

Zugleich erschreckte sie dieser Gedanke auch. Sie war in den vergangenen Jahren stets auf der Hut gewesen, denn sie war eine vermögende Frau. Es hatte durchaus Männer gegeben, die ihr Avancen gemacht, dabei aber wohl mehr Gut Mohlenberg als sie im Blick gehabt hatten.

Bei diesem Gedanken atmete sie tief durch und schalt sich selbst ein dummes Kind. Letztlich war noch nichts zwischen ihr und Brehm geschehen. Dass er sie zum Kaffee eingeladen hatte, war unverfänglich und gab ihr außerdem die Möglichkeit, ihn näher kennenzulernen. Und das war wichtig, schließlich musste sie ja wissen, was für ein Mensch in unmittelbarer Nachbarschaft lebte. Vor allem jetzt, wo Ferdinand auf Gut Mohlenberg hinzugekommen war.

Ferdinand … ja, er war wirklich so sympathisch, wie Charlotte ihn beschrieben hatte, und seine Eltern waren bereits lange vor der Kontaktaufnahme durch Friederikes Gewährsleute genau durchleuchtet worden. Gemeinsam mit einigen befreundeten Ärzten hatte Friederike in den letzten Jahren ein Netzwerk aufgebaut, das die Telefonnummer von Gut Mohlenberg in solchen Fällen an Bedürftige weitergab. Zudem wurde ein Kennwort ausgegeben, das jedes Mal geändert wurde, um zu verhindern, dass stramme Nazis sich als Hilfesuchende ausgaben. Eine Parteimitgliedschaft war das Erste, was Friederikes Gewährsleute überprüften, bevor sie überhaupt den Namen Gut Mohlenberg in den Mund nahmen. Kinder von Parteimitgliedern fanden auf Gut Mohlenberg keine Aufnahme, da blieb Friederike hart. Wer dieser Partei beitrat, obwohl er ein behindertes Kind hatte, sollte sich die Hilfe dann auch bei der Partei suchen und nicht bei ihr.

Um Viertel vor drei ließ Friederike ihre Schimmelstute Halla satteln, die sie selbst noch im Damensattel zugeritten hatte. Es erschien ihr angemessen, zum Kaffee im Kleid statt in Reithosen zu erscheinen, auch wenn sie sich sicher war, dass Hosen Gustav Brehm nicht gestört hätten.

Ferdinand half Felix beim Satteln, was bedeutete, dass er den Sattel einmal anhob und erstaunt rief, wie schwer der sei.

»Ja, da wirst du erst mal Muskeln kriegen müssen, bevor du das auch kannst«, sagte Friederike. »Aber es gibt noch viele andere wichtige Tätigkeiten. Du könntest zum Beispiel die Stallgasse regelmäßig fegen, damit die immer sauber ist. Traust du dir das zu?«

»Da ist der Besen.« Felix zeigte in die Ecke, wo ein alter Reisigbesen an der Wand lehnte, der an einen Hexenbesen erinnerte. Ferdinand nickte und fing an zu kehren, allerdings so ungeschickt, dass er mehr Staub aufwirbelte, als er zusammenfegte.

»Ich denke, das musst du ihm nachher noch mal richtig zeigen«, sagte Friederike zu Felix. »Er braucht noch viel Anleitung von jemandem, der so erfahren ist wie du.«

Felix nickte stolz. Er hatte aufgrund seiner langsamen Denkweise zwar nicht einmal den Abschluss der Hilfsschule geschafft, aber im Alltag war er vielseitig einsetzbar und sehr geduldig mit Leuten, die ihm geistig unterlegen waren, weil er sich dann beinahe so wichtig fühlte wie Wolfgang, den er sehr bewunderte.

Friederike stieg in den Damensattel und ordnete ihr Kleid. Früher war es für sie das Normalste der Welt gewesen, auf diese Weise zu reiten, sie hatte es lange Zeit gar nicht anders gewollt, aber inzwischen war es ungewohnt. Sie ritt Halla nur selten, ihr erkorener Liebling war Wido und der ließ sich nun mal am besten im Herrensitz lenken.

Da sie zu früh dran war, machte sie noch einen kleinen Umweg im Galopp durch das Wäldchen, ehe sie ihre Stute in Richtung des Brenner-Hofs lenkte.

Gustav Brehm erwartete sie bereits am Zaun. Ihr fiel sofort auf, dass er sich ebenfalls in Schale geworfen hatte, denn er trug einen beigefarbenen Sommeranzug und dazu passende blank geputzte Halbschuhe.

»Was für ein bezaubernder Anblick«, rief er. »Sie sehen aus wie Artemis, die Göttin der Jagd und des Waldes. Und dieses schöne Pferd haben Sie mir auch vorenthalten.«

Friederike stieg lachend ab. »Ich wusste weder, dass Sie in der griechischen Mythologie so bewandert sind, noch dass Sie im Damensattel reiten wollen. Sonst hätte ich Ihnen meine Stute Halla längst vorgestellt.«

Brehm stimmte in ihr Lachen ein und nahm ihr die Zügel ab. »Ich habe hinter dem Haus den Weidezaun instand gesetzt und den Stall so eingerichtet, dass Oswald sich aussuchen kann, ob er rein oder raus will. Halla kann ihm dort Gesellschaft leisten.«

»Dann zeigen Sie mir doch mal Oswalds Unterkunft.«

Sie folgte ihm zum Stall und war angenehm überrascht, was er aus der halb verfallenen Ruine gemacht hatte. »Sie haben wohl die ganze Nacht gearbeitet, was?«

»Nur bis zum Dunkelwerden.« Da war es wieder, dieses Lausbubenlächeln, das sie so sehr mochte. »Ihre Stute ist wirklich wunderschön.« Er strich Halla sanft über die Nüstern. Dann nahm er ihr die Trense ab und hängte sie an einen Haken an der Stallwand. »Halla soll sich doch wohlfühlen. Soll ich sie auch absatteln?«

»Das ist nicht nötig, der Sattel stört sie nicht und so lange wollte ich ja nicht bleiben.«

»Wie lange denn?«

»Das kommt auf Ihren Kaffee an.«

»Na, dann lassen wir Halla und Oswald mal allein und sorgen für unser eigenes leibliches Wohl.«

Der Duft von frischem Kaffee wehte Friederike schon am Hauseingang entgegen und mischte sich mit dem Duft eines frischen Käsekuchens. »Haben Sie den etwa selbst gebacken?«, fragte sie beeindruckt.

Brehm kratzte sich verlegen am Hinterkopf. »Nein, den habe ich gestern noch im Gasthof Zum Mohlenberg bei der Wirtin in Auftrag gegeben und vor einer halben Stunde abgeholt. Die Zutaten hatte ich aus Lüneburg mitgebracht.«

»Das scheint ja ein sehr lukrativer Ausflug gewesen zu sein.« Friederike setzte sich an den Tisch. Brehm schenkte ihr eine Tasse Kaffee ein und legte ihr dann ein Stück Kuchen auf den Teller. Es war ein einfaches Service aus Steingut, aber immerhin hatte er sogar Kuchengabeln. »Sie sind besser ausgestattet, als ich dachte. Haben Sie das auch aus Lüneburg mitgebracht?«

»Nein, aus Hamburg. Das Service hatte ich in meinem Büro dort. Meine Frau meinte vor Jahren, als ich im Rahmen meiner Beförderung ein eigenes Büro mit Vorzimmer bezog, dass es von Vorteil sei, wenn der Chef bei Besprechungen seinen Untergebenen einen Kaffee oder Tee anbieten könne.«

»Eine sehr weitsichtige Frau. Hatten Sie in dem Büro etwa auch die Reitstiefel verstaut?« Sie zwinkerte ihm zu.

Brehm räusperte sich. »Nein. Die habe ich gebraucht gekauft. Meine alten sind beim Bombenangriff vernichtet worden.«

»Ich hatte mich schon gewundert, als Sie plötzlich in Reitstiefeln aufgetaucht sind, die so aussahen, als hätten Sie sie bereits seit Jahren in Gebrauch.«

»Sie sind eine sehr aufmerksame Beobachterin.«

»Das ist unter Psychiatern eine Berufskrankheit.« Sie nippte an dem Kaffee. Er war sehr gut, echter Bohnenkaffee, kein Muckefuck aus Gerste und Roggen, wie er in diesen Tagen weitverbreitet war.

»Wie muss ich mir das vorstellen?« Auch Brehm trank einen Schluck Kaffee. »Wie haben Sie früher die Menschen auf Gut Mohlenberg behandelt?«

»Das war von der Art ihrer Erkrankung abhängig. Es gibt nicht die eine Form der Geisteskrankheit, sondern viele verschiedene Formen, die alle mit unterschiedlichem Erfolg behandelt werden können.«

»Und was ist mit denen, die man nicht erfolgreich behandeln kann?«

»Zunächst einmal müssen wir definieren, was wir unter einer erfolgreichen Behandlung verstehen«, erwiderte Friederike und trennte ein Stückchen Käsekuchen mit der Kuchengabel ab. Der Kuchen war sogar noch warm.

Auch Brehm aß ein Stück Kuchen und sah Friederike dabei weiterhin interessiert an.

»Auf Gut Mohlenberg haben wir unterschiedliche Störungsbilder behandelt«, fuhr sie fort. »Wir hatten zum einen junge Damen, die von der Gesellschaft als Hysterikerinnen bezeichnet wurden und die nur wenige Wochen bei uns waren, zum anderen aber auch schwer geistig behinderte Menschen, die dauerhaft bei uns lebten und sich ihren Fähigkeiten entsprechend auf dem Gut nützlich machten. Dazwischen gab es alle möglichen Abstufungen. Wichtig war lediglich, dass die Patienten ein friedliches Gemüt hatten. Gewalttäter, die ständiger Aufsicht und Sicherung bedürfen, haben wir niemals behandelt, weil das unser Behandlungskonzept gesprengt hätte.«

»Sie waren also für die netten Kranken da.«

Friederike lachte. »Ja, so kann man es sagen.«

»Und wo sind Sie mit Ihren Patienten abgeblieben, als Sie Gut Mohlenberg in ein Gestüt umgewandelt haben?«

»Wir haben keine Neuzugänge mehr aufgenommen und für schwere Fälle eine neue Heimat gefunden.«

»Und die leichteren Fälle?«

»Die haben wir entlassen, nachdem sie sich ausreichend stabilisiert hatten.«

»Das war bestimmt eine große Umstellung, nachdem Sie so viele Jahre für diese Menschen gesorgt hatten, nicht wahr?«

»Dafür sorge ich nun für meine Pferde.« Friederike wunderte sich über sich selbst, wie problemlos ihr die Geschichte von der Auflösung der Nervenklinik über die Lippen ging. Was wäre wohl passiert, wenn sie die Wahrheit gesagt hätte? Dass die schweren Fälle nach wie vor auf Gut Mohlenberg lebten und sich dort nützlich machten? Eigentlich war das etwas, worauf man stolz sein konnte. Andererseits ging es Gustav Brehm nichts an und es war letztlich auch für ihn selbst besser, nicht zu viel zu wissen. Selbst wenn sie ihm nichts Böses unterstellte, so konnte er sich dennoch in unangemessener Gesellschaft verplappern.

»Nun habe ich Ihnen einiges von Gut Mohlenbergs Geschichte erzählt. Wie steht es im Gegenzug um Ihre Geschichte?«

Er zog die Brauen hoch. »Wie meinen Sie das?«

»Sie kennen einflussreiche Leute, wenn Sie in diesen Tagen echten Bohnenkaffee bekommen, Herr Brehm.«

»Das klingt so steif, wenn Sie Herr Brehm sagen. Ich würde mich freuen, wenn Sie mich Gustav nennen würden.«

»Erwarten Sie jetzt, dass ich Ihnen ebenfalls anbiete, mich beim Vornamen zu nennen?«

»Wäre es Ihnen unangenehm, wenn ich Sie Friederike nenne? Dann bleibe ich selbstverständlich bei Frau Doktor von Aalen.« Dabei sah er sie so treuherzig an, dass sie unwillkürlich lachen musste.

»Also gut, Gustav, Sie … nein, du darfst mich Friederike nennen.«

»Darf ich dann auch du zu dir sagen?« Seine Augen blitzten übermütig.

»Du bist ein Schelm«, sagte sie kopfschüttelnd.

»Ich hoffe, ein liebenswerter Schelm und keiner von denen, die man im Mittelalter als Schelmenpack zum Strick verurteilte.«

»Das wird sich zeigen.« Friederike nippte an ihrer Kaffeetasse. »Und nun erzählst du mir von deinem Freund und seinen guten Beziehungen.«

»Er hat gute Handelskontakte und kommt deshalb auch in Kriegszeiten noch an begehrte Waren. Den Kaffee bezieht er über mehrere Zwischenhändler, so kommt er aus Südamerika bis nach Hamburg. Er beliefert einige ausgewählte Händler im norddeutschen Raum.«

»Und dann ausgerechnet eine kleine Stadt wie Lüneburg?«

»Kleine Städte sind mit kleineren Liefermengen als Großstädte zufriedenzustellen. Frag mich nicht, warum er das so und nicht anders handhabt. Er wird schon seine Gründe haben.«

»Ist er in der Partei?«

Gustav sah sie überrascht an. »Warum fragst du?«

»Aus reinem Interesse«, erwiderte Friederike scheinbar gleichmütig.

Er zögerte kurz, so als dächte er nach. »Ehrlich gesagt, ich weiß es nicht«, sagte er schließlich. »Er war nie besonders politisch interessiert, außer wenn es ums Geschäft ging. Könnte sein, falls ihm das Vorteile bringt, aber ich habe mit ihm nie darüber geredet.«

»Und du?«

»Ich?« Er lachte leise. »Klopfst du mich hier auf Herz und Nieren ab, ob ich politisch zuverlässig bin?«

»Was verstehst du denn unter politisch zuverlässig?«, fragte Friederike zurück.

»Ich bin nicht in der Partei, falls du das meinst«, sagte er. »Es wurde uns in der Behörde zwar nahegelegt, auch wegen der besseren Beförderungsaussichten, aber das war mir nicht wichtig. Ich war schon an dem Punkt angelangt, wo ich mit keiner weiteren Beförderung mehr rechnen konnte.«

»Und was genau hast du gemacht, wenn deine Frau sich schon Gedanken darum machte, wie du deine Untergebenen bewirtest?« Sie wies auf das Service.

»Ich hatte eine leitende Funktion in der Abteilung für Steuerprüfungen. Leitend genug, dass ich nicht mehr selbst in die Betriebe musste, sondern alle Entscheidungen vom Schreibtisch aus treffen konnte. Letztendlich eine ausgesprochen langweilige Tätigkeit. Als ich noch jünger war, bin ich selbst oft in die Betriebe gegangen und habe mir die Unterlagen zeigen lassen. Das war interessant, man ist mal rausgekommen. Aber in den letzten Jahren hatte ich nichts mehr damit zu tun. Ich kam mir vor, als wäre ich an meinem Schreibtisch festgekettet. Und dann musste ich auch immer noch kontrollieren, ob meine Untergebenen ihre Arbeit richtig machen. Vor allem bei Betrieben, die von Juden auf sogenannte Arier übertragen wurden. Da ist oft einiges schiefgelaufen. Es hat mich angewidert, wie sich Deutsche an der Misere der Juden bereichert haben. Und nicht nur an denen. Die haben dann zusätzlich auch noch versucht, einiges am Fiskus vorbeizuschummeln, indem sie das Betriebsvermögen kleingerechnet haben. Ich habe mir deshalb von meinen Leuten regelmäßig Bericht erstatten lassen, und damit es nicht ganz so formell wirkte, gab es Kaffee. Ich musste auch immer sehr aufpassen, dass mir kein strammer Nazi am Stuhl sägt, der scharf auf meinen Posten war.« Er atmete tief durch und trank seine Kaffeetasse in einem Zug leer. »Wenn ich daran zurückdenke, bin ich froh, dass ich das hinter mir gelassen habe. Ich hätte das schon viel früher tun sollen, vielleicht würden meine Frau und Tochter dann noch leben.«

»Du meinst, wenn du Hamburg schon vor dem Krieg verlassen hättest?«

Er nickte.

»Glaubst du, deine Frau wäre damit einverstanden gewesen?«

Er griff nach der Kaffeekanne. »Möchtest du auch noch Kaffee?«

»Ja, gern.«

Er schenkte erst Friederike nach, bevor er seine Tasse füllte. »Ich denke, Carola hätte mich für verrückt erklärt, wenn ich meinen sicheren Beamtenposten gekündigt hätte, um einen verfallenen Bauernhof herzurichten. Vermutlich hätte sie sich auch geweigert, mir zu folgen, und darauf bestanden, mit Caroline in Hamburg zu bleiben. Aus den Gründen, die du neulich schon angesprochen hast. Die Schule und so.«

»Du hättest als Ehemann das Recht gehabt, über den Aufenthaltsort deiner Familie zu bestimmen.«

»Ja, auf dem Papier. Aber du hast Carola nie kennengelernt. Da hatte ich nur das zu bestimmen, was sie mir zugestand.« Er grinste und es sah beinahe so aus, als wäre er stolz auf seine willensstarke Frau. »Ich vermisse sie so sehr. Mit Caroline verlor ich meine Zukunft und mit Carola meinen Rückhalt und meine Stütze. Wenn es ein Problem gab, dann hatte Carola stets eine Lösung parat. Sie war die ideale Frau für mich. Meine große Liebe.«

»Wie lang wart ihr verheiratet?«

»Einundzwanzig Jahre.«

»Und dann hattet ihr nur eine Tochter im Grundschulalter?«

»Carola hatte in jungen Jahren zwei Fehlgeburten und die Ärzte glaubten, sie könnte nach der zweiten nicht mehr schwanger werden. Als sie es dann nach so vielen Jahren doch noch mal wurde, haben wir sehr gebangt, ob diesmal alles gut gehen würde.«

Friederike senkte den Blick, denn sie wusste nicht, was sie darauf entgegnen sollte. Gustav war wirklich sehr offen zu ihr und sie schämte sich beinahe dafür, dass sie in den letzten Jahren so verschlossen geworden war. Andererseits ging es ja nicht nur um sie, sondern auch um die Menschen, für die sie verantwortlich war.

»Magst du noch ein Stück Kuchen, Friederike?«

»Sehr gern.« Sie hielt ihm ihren Teller entgegen, froh, dieses schwere Thema zu beenden.

8. Kapitel

Am Montag fuhr Wolfgang das Ehepaar Petersen morgens mit der Droschke zum Lüneburger Bahnhof. Kurz nachdem er aufgebrochen war, erschien Gustav mit Oswald auf Gut Mohlenberg.

Friederike und Ferdinand standen noch im Hof, als er kam.

»Guten Morgen, Friederike«, rief er fröhlich und stieg ab. Dann fiel sein Blick auf Ferdinand, der zwar seine Mütze trug, seine Deformität aber dennoch nicht vollständig verbergen konnte.

»Und wer ist dieser junge Mann?«, fragte Gustav.

»Das ist Ferdinand Petersen. Seine Eltern hast du ja schon kennengelernt. Ferdinand, das ist Herr Brehm, unser Nachbar.«

»Guten Tag, Herr Brehm.« Ferdinand streckte ihm artig die Hand entgegen und Gustav ergriff sie.

»Du willst hier also Stallbursche werden?«, fragte er dabei und musterte Ferdinand.

»Ja«, bestätigte Ferdinand. »Ich kann auch schon die Stallgasse fegen.«

»Das ist wunderbar. Dann ist Frau Doktor von Aalen bestimmt stolz auf dich, nicht wahr?«

Ferdinand sah Friederike fragend an.

»Ich bin sehr zufrieden mit dir, Ferdinand. Nun geh mal wieder an deine Arbeit.«

Der Junge nickte und ging hinter den Stall, wo Felix auf ihn wartete.

»Ich sehe schon, du hast nach wie vor ein großes Herz für die Schwächsten der Schwachen. Das finde ich sehr schön, Friederike. Auch dass du an diesen jungen Mann glaubst, obwohl vermutlich nie ein echter Stallbursche aus ihm werden wird.«

»Wie kommst du darauf?«

»Ich dachte … ach, vergiss es einfach. Ich bin ja auch aus einem ganz anderen Grund hier.«

»So?«

»Du hattest mir doch angeboten, dass mir deine Leute bei größeren Arbeiten zur Hand gehen könnten. Ich will den alten Anbau am Haus auf Vordermann bringen und das schaffe ich nicht allein. Glaubst du, mir könnte jemand helfen?«

»Wie viel Mann brauchst du?«

»Mindestens einen, zwei wären besser.«

»Ich werde Adnan fragen, der zählt für zwei.«

»Adnan?«

»Ach so, ja, das ist der Spitzname von Walter Pietsch.«

»Der Neger?«

»Ja, genau.«

»Und warum hat er einen arabischen Spitznamen?«

»Das war sein Tarnname, als er noch als deutscher Spion hinter den französischen Linien tätig war. Adnan Khellas. Er wurde jahrelang so genannt und der Name hat die Jahre überdauert. Adnan, der deutsche Held hinter französischen Linien.«

»Es wäre mir eine Ehre, wenn er mir helfen würde. Allerdings befürchte ich, dass er etwas gegen mich hat.«

»Wie kommst du darauf?«

»Na ja, unser erster Kontakt am Sonnabend war nicht besonders gelungen. Ich bin da wohl in einige Fettnäpfchen getreten.«

»Den Schuh könnte Adnan sich auch anziehen, denn er war ja auch recht … forsch.«

Gustav lachte. »Ja, das mag sein. Es wäre wunderbar, wenn er mir helfen würde.«

Friederike nickte, dann suchte sie Adnan. Von Felix erfuhr sie, dass er mit Wilfred unterwegs war, um den Unterstand der Heidschnucken zu befestigen, da sich dort ein paar Bretter gelöst hatten.

»Heute scheint wohl Schuppenreparatur-Wetter zu sein«, bemerkte Gustav augenzwinkernd.

»Die Heidschnucken stehen bei dem kleinen Wäldchen«, sagte Friederike. »Du kannst die Weide gar nicht verfehlen, wenn du dem Waldweg folgst. Bestelle Adnan schöne Grüße von mir und sage ihm, ich hätte ihn gebeten, dir zu helfen, sobald er dort fertig ist.«

»Vielen Dank, Friederike. Das werde ich machen. Natürlich bezahle ich ihm die Arbeit auch. Nach dem Verlust der Wohnung kann die Familie schließlich jeden Pfennig gebrauchen, oder?«

»Ja, das stimmt. Vielen Dank dafür.«

»Ich habe zu danken.« Er führte scherzhaft wie ein salutierender Soldat die Hand an die Mütze, dann schwang er sich wieder in Oswalds Sattel und trabte vom Hof.

»Was denkst du, Mama?«

Friederike fuhr herum. Sie hatte gar nicht bemerkt, dass Charlotte sich ihr von hinten genähert hatte.

»Ähm, wie meinst du das?«

Charlotte schmunzelte. »Jetzt bist du schon per Du mit Gustav und siehst ihm mit schmachtenden Blicken hinterher. Muss ich mich auf einen ehemaligen Finanzbeamten als Stiefvater einstellen?«

»Charlotte!«

»Ja, Mama?« Sie grinste. »So hast du jedenfalls noch nie einem Mann nachgesehen.«

»Das ist doch Unsinn. Er ist nur unser Nachbar. Und mit Wolfgang und Adnan duze ich mich doch auch.«

»Ja«, sagte Charlotte nur.

»Ja und was?« Friederike runzelte die Stirn, weil sie sich ertappt fühlte.

»Einfach nur Ja.« Charlotte grinste, dann drehte sie sich um und ging.

* * *

Als Wolfgang am Abend aus Lüneburg zurückkehrte, hatte er nicht nur die Wocheneinkäufe dabei, sondern auch Adnan, den er auf dem Heimweg vom Brenner-Hof nach Gut Mohlenberg aufgesammelt hatte.

Während Wolfgang guter Laune war und von seiner Fahrt nach Lüneburg erzählte, wirkte Adnan einsilbig und erschöpft. Dabei blieb es auch, als sie alle gemeinsam an der Abendbrottafel saßen.

»Seid ihr mit dem Schuppen auf dem Brenner-Hof fertig geworden?«, fragte Friederike ihn schließlich direkt.

»Nein, ich gehe morgen früh noch mal hin.«

»War es sehr anstrengend?«, fragte Annemarie, der die Einsilbigkeit ihres Mannes ebenfalls auffiel.

»Er ist ein Pedant«, brach es schließlich aus Adnan heraus. »Den kann ich mir wirklich gut als Finanzbeamten vorstellen. Da muss jede Schraube, jeder Nagel millimetergenau sitzen.«

»Hat er dich schlecht behandelt?« Friederike sah ihn erschrocken an.

»Nein, das kann man nicht sagen. Aber wir haben wohl einen unterschiedlichen Arbeitsstil. Ich bin gern schnell und effizient, er ist gern pingelig.«

»Aber bislang war er doch auch sehr schnell mit seinen Reparaturen. Eine gewisse Effizienz muss er also an den Tag legen«, erwiderte Friederike.

»Vermutlich.« Adnan biss ein Stück von seinem Käsebrot ab. »Und mir ist schon klar, warum du mich gebeten hast, ihm zu helfen. Deine übrigen Angestellten wären mit diesem Mann heillos überfordert, weil sie ihm mit Sicherheit nichts recht machen könnten.«

Friederike runzelte die Stirn. »Jetzt erzähl doch mal, was genau vorgefallen ist.«

»Es passte ihm nicht, dass die Einschlagdichte der Nägel nicht millimetergenau abgemessen war, sondern dass ich das nach Augenmaß gemacht habe. Dann hat er verlangt, dass ich das noch mal machen soll. Ich habe ihm gesagt, dass doch alles hält. Da meinte er, er wolle, dass dieser Schuppen dauerhaft hält und nicht beim nächsten Windstoß umgeweht wird. Ich habe ihm gesagt, dass es dem Wind egal ist, ob die Abstände der Nägel mit der Millimeterskala des Zollstocks abgemessen oder nach Augenmaß angebracht wurden. Daraufhin sagte er, dass ihm deutsche Wertarbeit wichtig sei und er keinen Pfusch wolle. Wenn ich das nicht richtig könne, werde er dich um einen anderen Helfer bitten oder im Dorf um Hilfe fragen.«

»Und dann?«

»Dann habe ich ihm den Gefallen getan, die Nägel noch mal rausgezogen und alles millimetergenau vernagelt. Aber am liebsten hätte ich diesem Pedanten den Hammer über den Kopf gezogen.«

»Adnan!«, rief Annemarie.

»Ist doch wahr«, nuschelte Adnan. »Ich hab nur darauf gewartet, dass er sagt, ich solle lieber in Afrika Lehmhütten bauen.«

»Und, hat er das gesagt?«, fragte Friederike scharf.

»Nein.«

»Dann solltest du ihm das auch nicht unterstellen. Ich kann verstehen, dass ihr beide eine andere Auffassung davon habt, wie effizient gearbeitet wird, aber mir scheint, du glaubst, er hätte sich so verhalten, weil du schwarz bist.«

»Ganz genau. Dieser Mann ist mir nicht geheuer.«

»Ist denn sonst noch etwas vorgefallen, das deinen Verdacht bestätigt?«, fragte nun Doktor Meinhardt. »Hat er sich in irgendeiner Weise despektierlich über deine Hautfarbe geäußert?«

»Nicht direkt. Er fing nur ständig mit der deutschen Wertarbeit an, auf die er so stolz ist.«

»Das hat nichts zu sagen«, sagte Doktor Meinhardt. »Ich kann verstehen, dass du auf so etwas besonders sensibel reagierst, nach allem, was ihr als Familie in den letzten Jahren erleben musstet. Aber der Hinweis auf deutsche Wertarbeit bedeutet ja nur, dass er selbst diesen Anspruch an seine Arbeit hat. Und es passiert häufig, dass Menschen unterschiedliche Vorstellungen darüber haben, wie sie eine Arbeit erledigen. Hier auf Gut Mohlenberg waren wir schon immer großzügig und arbeiten nach der Devise, Hauptsache, es hält irgendwie. Im Handwerk wird jedoch tatsächlich Wert darauf gelegt, dass alles genau ausgemessen wird.«

»Du meinst also, ich hätte mir hier auf Gut Mohlenberg einen zu lässigen Arbeitsstil angewöhnt?«, biss Adnan zurück.

»Nein. Aber ich denke, man sollte jemandem nicht gleich unterstellen, dass er etwas gegen deine Hautfarbe hat, nur weil er mit deinem Arbeitsstil nicht zufrieden war. Immerhin wollte er dich ja auch bezahlen. Hat er das getan?«

Adnan nickte. »Ja, er hat mir fünf Mark gegeben.«

»Das ist doch ein ganz anständiger Lohn«, sagte Friederike.

»Ja«, murmelte Adnan.

»Will er dich denn morgen wiedersehen?«

»Ja.«

»Und willst du das auch?«

»Ja, vielleicht habe ich tatsächlich etwas überreagiert. Ich meine, jetzt, wo ich mit euch darüber geredet habe ... Es mag schon sein, dass ich durch meine früheren Erfahrungen Angriffe sehe, wo keine sind.«

»Ganz bestimmt«, sagte Friederike. »Wenn er etwas gegen deine Hautfarbe hätte, hätte er doch Ausflüchte gefunden, als ich ihm deine Hilfe angeboten habe. Und er hätte dir höchstens zwei Mark gegeben.«

»Genau«, warf Charlotte keck ein. »Rede ihn Mama bloß nicht schlecht, wo sie doch ein Auge auf diesen feschen Witwer geworfen hat.«

»Charlotte!« Friederike sah ihre Tochter energisch an, doch Charlotte lachte nur.

»Manchmal muss man Dinge einfach aussprechen, um sich darüber klar zu werden, oder, Mama?« Sie zwinkerte ihr zu und Friederike wusste nicht, ob sie darüber lachen oder explodieren sollte. Als ihr dieser Zwiespalt ihrer Gefühle klar wurde, fragte sie sich, warum das so war. Hatte Charlotte recht? War es schon so offensichtlich? Aber war das überhaupt richtig, wenn Gustav und Adnan Schwierigkeiten miteinander hatten?

Andererseits, hatten sie wirklich Schwierigkeiten gehabt oder nur die Grenzen abgesteckt? Rollen festgelegt? Natürlich hatte Gustav das Recht, von Adnan zu verlangen, dass er die Arbeit so ausführte, wie er es sich vorstellte, zumal er ihn dafür bezahlte.

Ich sollte mir nicht so viele Gedanken machen, dachte sie bei sich. *Ich sollte in den nächsten Tagen einfach meinen Gefühlen folgen, die haben mich noch nie getrogen.*

9. Kapitel

Am folgenden Tag brach Adnan gleich nach dem Frühstück zum Brenner-Hof auf, um Gustav Brehm bei den weiteren Reparaturen zu helfen. Annemarie hatte ihrem Mann ein paar belegte Brote gemacht und gab ihm zum Abschied einen Kuss.

Friederike beobachtete es zufällig. *Was für eine seltsame Normalität in einer Zeit, in der der Krieg unser aller Leben durcheinanderwirbelt,* dachte sie. Zugleich spürte sie ein heimliches Verlangen nach der gleichen Normalität. Die Sehnsucht nach einem Menschen, mit dem sie alle Lasten teilen konnte, so wie es Annemarie und Adnan konnten. Sie selbst hatte dieses Gefühl viel zu kurz in ihrem Leben genießen dürfen, damals, als Bernhard noch gesund gewesen war. Zwar hatte sie ihn nach seiner Hirnverletzung noch immer genauso geliebt, aber von da an war er auf ihre Führung angewiesen gewesen. Die gesamte Verantwortung hatte bei ihr gelegen. *Ich kämpfe schon so lange, dass ich längst vergessen habe, wie es sich anfühlt, sich einfach in eine beschützende Umarmung fallen zu lassen.*

Annemarie bemerkte, dass Friederike in der Diele stehen geblieben war. »Ist etwas nicht in Ordnung?«, fragte sie unsicher.

»Nein, alles ist gut.« Friederike tätschelte Annemarie liebevoll die Schulter. »Ich dachte nur daran, wie glücklich du dich schätzen kannst, Adnan zu haben. Das wiegt alle Schwierigkeiten auf, die ihr aus dem Weg räumen musstet.«

»Ja, da hast du recht.« Annemarie lächelte, doch dem Lächeln fehlte die Kraft. »Leider wird er in letzter Zeit immer mürrischer. Es fing schon vor der Ausbombung an, aber da war es nur ab und zu. Seit wir allerdings vom Amt so harsch wegen seiner Hautfarbe abgewiesen wurden, sieht er überall nur noch das Schlechteste in den Menschen. Und dann seine Laune gestern …« Sie seufzte.

Friederike horchte auf. »Glaubst du, dass bei Gustav Brehm noch mehr vorgefallen ist als das, was er bei Tisch angedeutet hat?«

Annemarie schüttelte entschieden den Kopf. »Nein, zumindest hat er nichts gesagt, und die Tatsache, dass er weiter für ihn arbeiten will, spricht auch dagegen. Hätte Herr Brehm Adnans Stolz ernsthaft verletzt, würde ihn nichts in der Welt dazu bringen, weiter für ihn tätig zu sein.«

Friederike nickte.

»Aber jetzt bist du dran, Friederike.« Da war es wieder, das alte, strahlende Lächeln, das Friederike zuvor vermisst hatte. »Was ist an Charlottes Bemerkung dran?«

»Welche Bemerkung meinst du?« Friederike zog die Brauen hoch.

»Dass dir Brehm gefällt?« Annemaries Augen blitzten wie die eines Schulmädchens, das begierig darauf ist, die intimsten Geheimnisse mit der besten Freundin zu teilen.

Friederike räusperte sich. Mit einer so direkten Frage hatte sie nicht gerechnet. »Er ist bislang nichts weiter als unser Nachbar. Gewiss, er macht auf mich einen sympathischen Eindruck, aber … eine Frau in meiner Position muss da stets vorsichtig sein. Erst recht, wenn Adnan, auf dessen Meinung ich viel gebe, so kritisch ist.«

»Weißt du, was ich glaube?«

»An den lieben Gott?« Friederike grinste.

»Ach du.« Annemarie stieß sie spaßhaft an. »Du willst bloß ausweichen. Ich glaube, dass du nach Gründen suchst, dich von Gustav Brehm fernzuhalten, anstatt deinem Gefühl nachzugeben. Du solltest nicht auf die Meinungen anderer hören, egal, wie viel sie dir bedeuten. Hör einfach auf dein Herz. Denn mal ganz ehrlich, Friederike, das, was Adnan gestern angeführt hat, sollte dich in deiner Entscheidung nicht beeinflussen. Wenn sich zwei Männer streiten, wo sie die Nägel für einen Schuppen einschlagen wollen, ist das deren Sache. So sind Männer nun mal, vor allem, wenn sie beide keine gelernten Handwerker sind, sondern der eine alles aus Büchern hat und der andere es gern im Selbstversuch erprobt.«

»Dann glaubst du also auch nicht, dass es etwas mit Adnans Hautfarbe zu tun hatte?«

»Nein. Wie ich schon sagte, Adnan ist in letzter Zeit überempfindlich. Aber das wird sich auch wieder legen. Ich glaube, bei ihm sind alte Wunden aufgerissen. Als er seine angesehene Stellung als Sekretär und Übersetzer verloren hat und niedere Tätigkeiten als Hafenarbeiter übernehmen musste, hat er tatsächlich Sprüche zu hören bekommen wie: ›Wir sind hier nicht in Afrika, in Deutschland wird ordentlich gearbeitet‹, wenn jemandem was nicht passte. Ich glaube, die Rede von der deutschen Wertarbeit hat ihn auf unangenehme Weise daran erinnert. Weil das viel zu oft als Waffe gegen ihn verwendet wurde.«

»Natürlich«, rief Friederike erleichtert aus. »Dadurch wird verständlich, warum er wegen dieser Kleinigkeit so verärgert war. Ich hoffe, heute läuft es besser zwischen den beiden.«

»Bestimmt, heute sind sie sich über das Abmessen der Nagelabstände ja einig.« Annemarie lächelte verschmitzt und das beruhigte Friederike noch mehr. Ja, Brehm war niemand, der auf einen Menschen herabblickte, weil er eine andere Hautfarbe hatte. Das hätte auch überhaupt nicht zu ihm gepasst.

Ihr Blick wanderte zur Wanduhr. »Sag mal, um wie viel Uhr ist Maurice heute eigentlich mit seiner Gesellenprüfung dran?«

»Um elf, wenn kein Fliegeralarm dazwischenkommt. Dann heißt es Daumen drücken.«

»Ich bin mir sicher, dass Maurice mit Bravour bestehen wird.«

»Ja, aber du weißt nie, ob nicht irgendein Rassenfanatiker im Prüfungskomitee sitzt.«

»Er wird mit seinen Leistungen überzeugen und außerdem brauchen sie Automechaniker. Da werden sie es sich dreimal überlegen, ihn aus reiner Schikane durchfallen zu lassen, denn das schadet dem Volkswohl.«

»Warum hat man jüdischen Ärzten dann verboten, Nichtjuden zu behandeln?«, warf Annemarie ein. »Das schadet auch dem Volkswohl, denn gerade im Krieg sollte man doch um jeden guten Arzt froh sein.«

Darauf hatte Friederike keine passende Antwort. Mit Logik konnte man den Nazis nur sehr begrenzt beikommen. »Er wird bestehen, da bin ich ganz sicher«, wiederholte sie stattdessen mit aller Zuversicht, die sie aufbringen konnte.

Den weiteren Vormittag verbrachte Friederike damit, sich um den lästigen Papierkram zu kümmern, der mit der Verwaltung eines Gestüts einherging. In Kriegszeiten musste sie sich zudem auch noch um die Beantragung der Bezugsscheine und um Genehmigungen für Sonderzuteilungen kümmern und natürlich weiterhin Kontakte zu anderen Pferdezüchtern pflegen. Dabei war allerdings seit einigen Jahren besonderes Fingerspitzengefühl vonnöten, denn unter den Gestütsbesitzern gab es überdurchschnittlich viele SS-Angehörige. Auch wenn es keine Kavallerie mehr gab, schien es Friederike so, als hätten die Reiterstaffeln der SS unter dem Dachverband des Nationalsozialistischen Reiterkorps diese Funktion übernommen. Ingrid Ströbel war über solche Kanäle überhaupt erst auf Gut Mohlenberg aufmerksam geworden.

Beim Gedanken an Ingrid seufzte Friederike schwer. Ihr letzter verbliebener lästiger Sommergast. Zwar war Ingrids Mann Hermann kein aktives Mitglied einer Reiterstaffel, aber er besuchte regelmäßig deren Vereinslokale, um Kontakte zu pflegen. Dadurch kannte er viele Kameraden, die vor der Machtergreifung der Nazis ganz normale Gestütsbesitzer gewesen waren, mit denen Friederike regelmäßig Kontakt gehabt hatte. Vor allem auf den Adel und das gehobene Bürgertum übte die Reiter-SS eine große Anziehungskraft aus. Wer etwas auf sich hielt, ritt in der SS-Uniform, ganz so, als gäbe es ihm etwas vom längst verlorenen Glanz der alten Zeit zurück, als Deutschland noch ein Kaiserreich gewesen war. Natürlich waren viele nur um der Vorteile willen beigetreten, es gehörte einfach in den besseren Kreisen zum guten Ton, offiziell Mitglied einer Reiterstaffel zu sein, auch wenn man den Schreibtisch nie verließ. Aber Friederike blieb trotzdem stets wachsam. Niemand war gezwungen worden, in die Partei oder gar die SS einzutreten. Man hatte auch keine schwerwiegenden Nachteile, wenn man es nicht tat. Allerdings durfte man es sich dann auf keinen Fall mit den richtigen Leuten verscherzen. Und so achtete Friederike selbst immer peinlich genau darauf, beim Schriftwechsel mit strammen Nazis den erwünschten Parteijargon zu verwenden, auch wenn sie es hasste, Briefe mit »Heil Hitler« zu unterschreiben. Manchmal schämte sie sich dafür, aber andererseits konnte sie es sich nicht erlauben, Aufmerksamkeit zu erregen. Es stand einfach zu viel auf dem Spiel. Vor diesem Hintergrund konnte sie Gustav sehr gut verstehen. Als Finanzbeamter, der nicht in der Partei war, war es umso wichtiger, sich anzupassen, wenn man keine Schwierigkeiten wollte. Und die Schwierigkeiten konnten mannigfach sein. Im schlimmsten Fall bekam man Besuch von der Gestapo und verschwand von der Bildfläche. Auch von solchen Fällen hatte Friederike gehört. Ihre Freundin Luise Janssen, eine streitbare Reporterin, war diesem Schicksal nur entgangen, weil sie sich nach einem sehr kritischen Artikel über Hitler rechtzeitig in die Schweiz abgesetzt hatte.

Vor Ausbruch des Krieges hatte Luise Friederike noch regelmäßig geschrieben, allerdings hatte sie ein Pseudonym als Absender verwendet, denn bei Briefen aus dem Ausland wurde immer ganz genau hingeschaut, und Luise war bereits mit einem Schutzhaftbefehl gesucht worden, als ihr im letzten Augenblick noch die Flucht gelungen war. Mittlerweile war der Postverkehr zusammengebrochen und obwohl Friederike sich immer sehr über Luises Briefe gefreut hatte, war sie dennoch froh, dass sie in diesen Tagen keine verdächtig anmutende Post aus dem Ausland bekam.

Dafür fiel ihr Augenmerk nun auf einen anderen Brief. Absender war die mittlerweile zweiundsechzigjährige Amalie Wermut, ihres Zeichens Gouvernante für schwierige Fälle.

Was für ein Zufall, dachte Friederike. *Ich denke an Luise und finde einen Brief ihrer alten Gouvernante.* Hastig riss sie den Umschlag auf. Sie schätzte Fräulein Wermut sehr und war in all den Jahren seit ihrer ersten Bekanntschaft im Jahr 1923 mit ihr in stetem Kontakt geblieben.

> Liebe Frau Doktor von Aalen,
> ich wende mich heute mit diesem Brief an Sie, da es schon lange her ist, seit ich das letzte Mal auf Gut Mohlenberg weilte. Ich würde Sie gern wiedersehen und mit Ihnen über alte Zeiten und neue Pläne plaudern. Bitte verzeihen Sie, wenn mein Schreiben so kurz ist, aber

alte Frauen wie ich finden oft nicht das rechte Maß, entweder schwafeln wir oder wir schweigen. Umso mehr würde ich Sie gern persönlich wiedersehen, da Sie immer das rechte Maß in der Gesprächsführung beherrschten.

Ich würde mich über einen kurzen Anruf freuen, sofern die Telefonleitungen in diesen Tagen keinen Ärger machen, ob es Ihnen genehm wäre, wenn ich nächste Woche vorbeikomme.

Hochachtungsvoll
Ihre Amalie Wermut

Darunter war eine Telefonnummer mit der Vorwahl von Göttingen notiert.

Fräulein Wermut hatte nie zum Schwafeln geneigt, sondern stets jedes einzelne Wort mit Bedacht gewählt. Wenn sie sich in einem Brief so ausdrückte, hatte das andere Gründe. Gründe, über die man die derzeitigen Machthaber besser im Dunkeln ließ.

Friederike legte den Brief beiseite und griff zum Telefonhörer, um sich über die Vermittlung zu der Nummer durchstellen zu lassen. Leider ging dort niemand ran und das Fräulein vom Amt empfahl ihr, es später noch einmal zu versuchen. Nun gut, wenn Fräulein Wermut weiterhin als Gouvernante arbeitete, war es vermutlich besser, mit einem weiteren Anruf bis nach dem Abendessen zu warten. Dabei platzte sie beinahe vor Neugier. Sie nahm sich Fräulein Wermuts Brief noch einmal vor und dachte angestrengt über die Wortwahl nach. Alte Zeiten und neue Pläne … In den alten Zeiten hatte Fräulein Wermut sich oft hinter der Maske einer strengen Gouvernante versteckt, um Kinder heimlich vor ihren eigenen Eltern zu schützen. Bezogen sich die neuen Pläne auch darauf? Wen wollte sie diesmal schützen? Oder ging es um etwas völlig anderes? War sie womöglich selbst ins Visier der Gestapo geraten, die streitbare alte Dame?

Wie auch immer, es war müßig, darüber zu spekulieren. Sie musste sich in Geduld fassen und ihre Energie lieber auf den übrigen Papierkram lenken.

Am frühen Nachmittag unterbrach Friederike ihre Arbeit, um bei einem Ausritt auf Wido etwas Kraft zu tanken.

Der schnelle Ritt lenkte sie nicht nur von ihrer Neugier, was Fräulein Wermut wohl wollte, ab, sondern half ihr auch, trübe Gedanken zu vertreiben. Bernhard hatte immer gesagt, Reiten sei ein Allheilmittel, und an Tagen wie diesen war sie geneigt, ihm zuzustimmen. Diesmal ritt sie nicht die kurze Strecke durch den Wald, um dann zum See abzubiegen, sondern blieb auf dem Waldweg. Die Julisonne brannte unbarmherzig nieder, aber hier unter dem schützenden Blätterdach herrschte eine angenehme Kühle.

Wido mochte diesen längeren Weg und genoss die Herausforderungen der Geländearbeit. Auf einer unwegsamen Strecke gab es sogar zwei kleinere Sprünge, die sie jedes Mal mit ihm nahm. Wido wäre ein perfektes Kavalleriepferd gewesen – nervenstark und mutig, dabei aber auch schnell und wendig. Und er gehorchte auf den kleinsten Schenkeldruck. Vor dem Krieg hatte er regelmäßig auch fremde Stuten gedeckt, die Decktaxe war aufgrund seines edlen Stammbaums sehr lukrativ gewesen. Doch inzwischen war es wegen des Krieges schwierig geworden, die Stuten über weitere Strecken zum Deckhengst zu bringen, und somit war diese Einnahmequelle weggefallen.

Auf dem Rückweg überlegte Friederike kurz, ob sie noch beim Brenner-Hof vorbeischauen sollte, entschied sich dann aber dagegen, denn sie wollte die Männer nicht von der Arbeit abhalten. Gegen halb sechs kehrte sie zurück und übergab Felix Widos Zügel, damit er ihn absattelte und versorgte. Ferdinand stand bei ihm und sah ganz genau zu. Es hatte etwas Rührendes, wie der Junge versuchte, sich alles einzuprägen, weil er es später einmal genauso gut machen wollte. In diesem Moment beschloss Friederike, dass sie Fräulein Wermut auf jeden Fall helfen würde, ganz gleich, worum es ging. Gut Mohlenberg war eine Insel des Respekts und des Friedens in einer Zeit, in der die menschlichen Werte überall sonst mit Füßen getreten wurden. Und dabei sollte es auch bleiben.

Im Haus kam ihr Annemarie entgegengelaufen.

»Maurice hat bestanden!«, rief sie freudestrahlend. »Sogar als Bester! Und morgen Mittag kommt er mit dem Zug.«

»Sei ehrlich, haben wir wirklich etwas anderes von Maurice erwartet? Bei seiner Begeisterung für alles Motorisierte?«

»Nein, von ihm nicht, aber du weißt ja … Ach, wie ist das schön, dass er jetzt auch herkommt. Meinst du, wir könnten ihn mit der Droschke abholen?«

»Hat Adnan denn morgen nichts auf dem Brenner-Hof zu tun?«

»Das weiß ich nicht, er ist noch nicht wieder da.«

»Ich habe nichts dagegen. Und wenn Adnan nicht kann, holst du ihn eben ab. Die Droschke steht dir selbstverständlich zur Verfügung.«

»Aber … aber ich kann doch gar nicht kutschieren.«

»Dann nimmst du Felix mit, der kann das, braucht aber jemanden, der ihm in Lüneburg den Weg zum Bahnhof weist.« Friederike zwinkerte ihr aufmunternd zu.

»Na, dann hoffe ich, wir verfahren uns nicht.«

»Ich habe einen Stadtplan und notfalls fragt ihr.«

»Ach, ich denke, morgen kann sich Adnan bestimmt einen Tag bei Brehm freinehmen.«

»Genau. Er ist schließlich ein freier Mann. Und wenn die jetzt noch arbeiten, kann Gustav ihn morgen gewiss mal entbehren. Der kam ja sonst auch gut allein klar.«

* * *

Adnan kehrte erst zurück, als sie schon beim Abendessen saßen. Allerdings kam er nicht sofort an den Tisch. Friederike hörte, wie er die Treppe nach oben ging; er kam erst in die Stube, nachdem er sich gewaschen und seine Kleidung gewechselt hatte. Das wunderte sie, denn gestern hatte er das nicht getan. Oder war die Arbeit heute besonders schmutzig und schweißtreibend gewesen?

»Schön, dass du da bist«, sagte sie. »War viel zu tun?«

»Es ging«, sagte Adnan.

Bevor Friederike noch etwas sagen konnte, erzählte Annemarie bereits stolz von Maurice' bestandener Gesellenprüfung.

»Meinst du, Brehm gibt dir morgen frei, damit wir ihn vom Bahnhof abholen können?«

Adnan lächelte seine Frau liebevoll an. »Ihm wird nichts anderes übrig bleiben. Meine Familie hat immer Vorrang, du musst nicht allein fahren.« Er hauchte ihr einen Kuss auf die Wange.

Danach war Adnan recht einsilbig, aber vermutlich lag es daran, dass niemand mehr zu Wort kam, als Martin anfing, stolz von seinen neuesten Reiterkunststücken auf Rih zu berichten.

»Du wirst uns irgendwann noch mal mit einem Zirkus durchbrennen«, sagte Juliane lachend. »Hauptsache, du brichst dir nicht den Hals.«

»Ach, das wird schon nicht passieren«, sprang Wolfgang seinem Sohn bei. »Sei froh, dass du nicht gesehen hast, was ich in jungen Jahren so zu Pferde getrieben habe.«

»Ich hoffe, es war nichts Unanständiges.« Juliane sah ihren Mann mit einem gespielten Stirnrunzeln an und alle lachten über den Gesichtsausdruck, mit dem Wolfgang antwortete – eine Mischung aus Erstaunen und gespieltem Erschrecken, so als wäre er tatsächlich bei etwas Unanständigem ertappt worden.

Friederike überlegte, ob sie von Fräulein Wermuts Brief erzählen sollte, entschied sich dann aber dagegen, weil sie erst mit der resoluten Gouvernante sprechen wollte. Und so verabschiedete sie sich recht schnell, nachdem sie gegessen hatte, um ungestört in ihrem Büro zu telefonieren.

Diesmal hatte sie Glück, denn Fräulein Wermut ging ans Telefon.

»Frau Doktor von Aalen, wie schön, dass Sie mich so zeitig zurückrufen.«

»Ich hatte es sogar noch zeitiger versucht, aber da waren Sie allem Anschein nach noch unterwegs und ich musste mich einen halben Tag mit meiner Neugier herumschlagen.«

Fräulein Wermut lachte kurz am anderen Ende der Leitung, wurde dann jedoch sehr schnell wieder ernst. »Ich wohne derzeit in Göttingen«, sagte sie. »Kennen Sie Professor Ewald, den Chefarzt der Psychiatrie in Göttingen?«

»Nur vom Namen her.«

»Nun, er ist ein Mann, der das Herz am rechten Fleck hat. Ich bin bei Ferngesprächen immer sehr vorsichtig. Wenn ich morgen den Frühzug nach Lüneburg nehmen würde, hätten Sie dann Zeit, mich gegen Mittag dort zu treffen, damit wir persönlich sprechen können? Es wäre mir sehr wichtig.«

»Ja, das lässt sich einrichten, wir müssen morgen sowieso nach Lüneburg, um Maurice abzuholen.«

»Etwa unseren kleinen, dunklen Maurice?«

»Ja, nur dass er inzwischen nicht mehr klein ist, sondern heute seine Gesellenprüfung als Automechaniker bestanden hat und morgen nach Mohlenberg kommt. Die Familie wurde beim letzten Angriff auf Hamburg ausgebombt. Annemarie und Adnan sind schon ein paar Tage hier und machen sich nützlich.«

»Wie schrecklich! Gott sei Dank ist ihnen nichts passiert.«

»Nein, zum Glück nicht. Sie haben allerdings alles verloren und Maurice wird auch nicht von seinem bisherigen Meister übernommen. Aber das Wichtigste ist, dass alle gesund sind. Wir werden hier schon Möglichkeiten finden. Die Bauern sind bestimmt froh, wenn wir einen Mechaniker auf dem Gut haben, der sich um ihre Fahrzeuge kümmern kann.«

»Ja, das denke ich auch. Ich nehme morgen früh den Zug in Göttingen. Der ist gegen halb zwölf in Lüneburg. Dann können wir in Ruhe sprechen, bevor ich mit dem Zug um drei zurückfahre.«

»Ist das nicht sehr aufwendig? Sie können auch gern ein paar Tage bei uns verbringen, wir haben genügend Gästezimmer.«

»Auf das Angebot werde ich ein andermal sehr gern zurückkommen. Davon erzähle ich Ihnen dann morgen.«

»Und eine kleine Andeutung wollen Sie noch nicht machen?«

»Gedulden Sie sich noch bis morgen. Darüber sprechen wir lieber persönlich. Ich freue mich, Sie morgen wiederzusehen.«

Damit beendete Fräulein Wermut das Gespräch und ließ Friederike etwas ratlos zurück. Was war so wichtig, dass Fräulein Wermut diese anstrengende Bahnfahrt auf sich nahm? Und warum hatte sie Professor Ewald erwähnt?

Sie stand auf und ging zurück ins Esszimmer, in der Hoffnung, dass Adnan und Annemarie noch dort waren. Tatsächlich saß Adnan noch am Tisch.

»Ich muss morgen selbst dringend nach Lüneburg zum Bahnhof und kann Annemarie dann mitnehmen und Maurice abholen«, sagte sie zu ihm. »Du musst dich also nicht bei Herrn Brehm abmelden, sondern kannst dort weiter Geld verdienen.«

»Ist etwas passiert?«

»Nein, ich habe nur einen Brief von Fräulein Wermut bekommen, der sehr kryptisch war, und dann mit ihr telefoniert. Aber am Telefon wollte sie nichts sagen. Sie will sich unbedingt persönlich mit mir treffen und kommt daher extra für den Tag mit dem Zug aus Göttingen.«

»Befürchtet sie, abgehört zu werden?«

»Abgehört?« Friederike runzelte die Stirn. »Wir sind doch keine Spione.«

»Warum sollte sie denn sonst ein persönliches Treffen wünschen, anstatt alles am Telefon zu besprechen?«, hielt Adnan entgegen.

Darauf wusste Friederike auch keine Antwort. Es blieb alles sehr mysteriös.

10. Kapitel

Der Zug aus Göttingen kam eine Stunde vor dem Zug aus Hamburg und so nutzte Annemarie die Zeit, um ein paar Einkäufe in der Altstadt zu erledigen, während Friederike am Bahnhof auf Fräulein Wermut wartete.

Trotz des Krieges war die Bahn pünktlich und Fräulein Wermut stieg als eine der Ersten aus. Die resolute Gouvernante hatte sich in den letzten Jahren kaum verändert, wenngleich ihr Haar inzwischen weiß geworden war. Allerdings stand ihr das sehr gut und ließ sie auf eine nur schwer zu beschreibende Weise frisch und tatkräftig erscheinen. Eine Frau in der zweiten Hälfte ihres Lebens, aber noch weit von der Gebrechlichkeit des Alters entfernt.

Sie erkannte Friederike sofort unter den Wartenden und eilte auf sie zu.

»Wie schön, Sie heute hier persönlich zu treffen, Frau Doktor.« Sie reichte Friederike die Hand.

»Ich freue mich auch sehr. Sie bringen immer frischen Wind in mein Leben, Fräulein Wermut.« Dann musterte sie die Gouvernante genauer. »Haben Sie heute Ihren Stock gar nicht dabei?«

»Nein, denn hier muss ich ja niemanden beeindrucken und mit bösen Buben rechne ich auch nicht.« Fräulein Wermut grinste reichlich undamenhaft. »Es gab im Zug leider keinen Speisewagen«, sagte sie dann. »Und den wird es wohl auch auf der Rückfahrt nicht geben, sodass ich eine Stärkung gut vertragen kann.«

»Ich kenne genau das richtige Lokal für uns«, erwiderte Friederike. »Es gibt verschwiegene Ecken, in denen man frei reden kann, außerdem ist es günstig und man braucht für die Gerichte kaum Reisemarken. Es ist gleich da vorn.«

»Das klingt sehr gut.«

Seit Kriegsbeginn gehörten Lebensmittelmarken zum Alltag. Da Lokale ebenfalls entsprechende Marken beim Erwerb ihrer Zutaten vorlegen mussten, verfügten die Lebensmittelkarten auch über sogenannte Reisemarken, die man je nach Gericht in den Lokalen abzugeben hatte. Es war genau vorgegeben, wie viel Fett, Fleisch oder Zucker in einem Gericht enthalten sein durfte und welche Marken fällig wurden. Anfangs hatte Friederike das noch sehr umständlich gefunden, aber inzwischen war es das Normalste der Welt, neben Geld auch Reisemarken vorzulegen. *Vermutlich würden sich die Menschen sogar daran gewöhnen, nur noch mit Gasmasken auszugehen, falls das irgendwann zur Vorschrift wird*, dachte Friederike, während sie mit Fräulein Wermut über den Bahnhofsplatz ging. Glücklicherweise war ihnen das bislang erspart geblieben, obwohl die Regierung für alle, selbst für kleine Kinder, Gasmasken verteilt hatte. Unwillkürlich musste sie daran denken, wie Martin vor einem Jahr seine Gasmaske bekommen hatte. Es hatte ihn nicht erschreckt, sondern er hatte sie wie eine Verkleidung aufgesetzt und war damit so lange über den Hof gelaufen, bis sein Vater sie ihm weggenommen und weggepackt hatte. »Damit spielt man nicht«, hatte er energisch gesagt und Friederike hatte sich gefragt, ob der Anblick wohl unschöne Erinnerungen an Wolfgangs eigene Kriegserlebnisse im Schützengraben aufgewühlt hatte.

»Woran denken Sie, Frau Doktor?«, fragte Fräulein Wermut. »Sie sehen so nachdenklich aus.«

»Ach, nur an die Absurditäten unserer Zeit.« Dann erzählte sie von Martin und seiner Gasmaske.

Fräulein Wermut lächelte. »Es ist immer gut, wenn die Kinder ihren Spaß haben. Leider sind nicht alle Kinder so glücklich wie Martin.«

Sie betraten das Lokal und suchten sich einen Platz in einer abgelegenen Ecke. Die Kellnerin kam und nahm ihre Bestellung auf. Friederike bestellte einen Brathering mit Bratkartoffeln und Fräulein Wermut nahm Kartoffelpuffer mit Apfelmus.

»Also, jetzt sind wir ungestört.« Friederike lehnte sich ein Stück nach vorn, nachdem die Kellnerin verschwunden war. »Adnan meinte schon, Sie hätten Angst, abgehört zu werden, weil Sie es so geheimnisvoll machen.«

»Ganz so schlimm ist es nicht. Aber ich wollte mit Ihnen über diese Angelegenheit von Angesicht zu Angesicht sprechen.«

»Warum?«

»Dinge, die mit Gefahren verbunden sind, muss man persönlich besprechen.«

»Gefahren?« Friederike zog die Brauen hoch. »Sind Sie in Schwierigkeiten?«

»Nein. Aber eine Familie, die mir am Herzen liegt. Es geht um eine junge Frau, die in der psychiatrischen Anstalt in Göttingen lebte. Professor Ewald, der dortige Chefarzt, ist ein erklärter Gegner der Euthanasie. Er hat sich nicht einmal gescheut, direkt nach Berlin zu reisen und sich dort zu beschweren, aber es hat nichts genützt. Deshalb bemüht er sich, so viele Patienten wie möglich schnell zu entlassen, damit sie aus dem Blick der Behörden verschwinden. Allerdings sind nicht alle in der Lage, außerhalb einer Anstalt zu leben.«

»Ich weiß. Wir haben einige solcher Menschen aufgenommen, aber unsere Kapazitäten sind begrenzt. Doch ich denke, die junge Frau, die Ihnen am Herzen liegt, können wir noch aufnehmen.«

»Es geht nicht nur um die junge Frau. Professor Ewald hat sie entlassen, um sie vor der Euthanasie zu schützen. Sie ist ein hübsches Mädchen, das dem arischen Rasseideal entspricht, war aber von Geburt an schwachsinnig. Und sie war schon immer sexuell sehr umtriebig. Ihr eigener Vater, ein Alkoholiker, hat diese sexuelle Enthemmung ausgenutzt und sie bereits in jungen Jahren Männern gegen Geld zugeführt. Dadurch wurde sie mit vierzehn das erste Mal schwanger. Das Kind wurde ihr nach der Geburt sofort weggenommen. Sie selbst kam wegen ihres Schwachsinns in eine Heilanstalt. Das war besser als die sexuelle Ausbeutung durch den Vater, die ihr aber gar nicht bewusst zu sein schien, denn sie war in der Anstalt auch sexuell enthemmt. Und so wurde sie von einem Insassen mit sechzehn Jahren das zweite Mal schwanger. Dieses Kind wurde mit einem Wolfsrachen geboren und ihr ebenfalls weggenommen. Das ist jetzt sieben Jahre her. Kurz nach der Entbindung wurde sie sterilisiert, so sagte man zumindest. Ich habe keine Ahnung, was aus ihren Kindern geworden ist, aber in der heutigen Zeit nehme ich das Schlimmste an, obwohl man einen Wolfsrachen ja gut operieren kann. Nun, die junge Frau brauchte wegen ihrer sexuellen Umtriebigkeit stets eine besondere Fürsorge, aber sie gliederte sich gut ein. Doch dann wurde sie trotz der angeblichen Sterilisation erneut schwanger und das war eine Katastrophe, denn wenn das bekannt geworden wäre, hätte man die junge Frau vermutlich interessierten Spezialisten als Forschungsobjekt zur Verfügung gestellt. Professor Ewald befürchtete gar, man würde sie der Euthanasie zuführen, um sie anschließend zu obduzieren und herauszufinden, weshalb sie trotz der Sterilisation schwanger geworden ist. Also hat er sie in die Obhut eines kinderlosen Paares entlassen, das sich schon lange vergeblich ein Kind wünscht. Der Plan bestand darin, die Geburt heimlich mit einer eingeweihten Hebamme über die Bühne zu bringen. Nun entwickelten sich aber Spannungen zwischen der werdenden Mutter und der künftigen Adoptivmutter und es ist abzusehen, dass unsere junge Frau nicht in der Lage sein wird, bezüglich des Kindes zu lügen. Andererseits hat sie nach den früheren Entbindungen kein großes Interesse an ihren Kindern gezeigt, die ihr gleich nach der Geburt weggenommen wurden.« Fräulein Wermut seufzte.

Friederike wartete darauf, dass sie weitersprechen würde, doch da kam die Kellnerin und servierte ihnen das Essen. Kaum war sie wieder verschwunden, fragte Friederike: »Und was erwarten Sie jetzt von mir?«

»Ich wollte Sie fragen, ob Sie es sich vorstellen könnten, die werdende Mutter aufzunehmen. Die künftige Adoptivmutter täuscht nach außen hin selbst eine Schwangerschaft vor, und sobald die junge Frau entbunden hat, bekommt das Kind ein sicheres Elternhaus. Es wäre zudem schön, wenn sich die junge Frau auf Gut Mohlenberg nützlich machen könnte.«

»Falls sie so sexuell enthemmt ist, wie Sie sagen, und trotz einer Sterilisation erneut schwanger geworden ist, ist das für uns ein doppeltes Risiko, Fräulein Wermut. Unsere jungen Männer können sich zwar benehmen, aber wenn ihnen eine distanzlose Frau Avancen macht, sind sie mit Sicherheit allesamt leicht verführbar und dann wäre das nächste Malheur nicht weit. Und das können wir nicht riskieren. Sie bräuchten einen Ort für die junge Frau, wo es keine Männer gibt.«

»Meinen Sie etwa ein Kloster?« Fräulein Wermut runzelte ablehnend die Stirn. »Glauben Sie mir, da wäre die junge Frau nicht glücklich. Dazu ist sie zu ehrlich und zu einfach gestrickt. Sie ist ein rechtes Naturkind, das immer gern das tut, was ihm Spaß macht, ganz unabhängig von der Moral.«

»Sie verlangen ziemlich viel. Zudem bin ich mir gar nicht so sicher, ob es für Mutter und Kind das Richtige wäre, wenn sie getrennt werden. Die Tatsache, dass sie als Vierzehnjährige oder auch als Sechzehnjährige keine Trauer um den Verlust der Kinder zeigte, bedeutet nicht, dass sie keine empfunden hat.«

»Das mag sein, dennoch ist es für das Kind besser, wenn es bei gesunden Eltern aufwächst, die ihm alles bieten können. Es ist ein sehr reizendes Paar und Sie wissen, dass ich wirklich sehr genau hinschaue, wo man ein Kind hingeben kann und wo nicht.«

»Wie haben Sie dieses Paar eigentlich kennengelernt?«

»Die junge Frau war vor vielen Jahren einmal einer meiner Schützlinge. Wir sind über all die Jahre in Kontakt geblieben und ich war auch bei ihrer Hochzeit. Ich weiß, dass sie sich immer Kinder gewünscht hat und sie liebevoll aufziehen würde. Sie hatten ursprünglich geplant, die echte Mutter offiziell als Dienstbotin zu führen, damit sie bei ihrem Kind bleiben kann und sie sie schützen können. Aber die junge Frau ist nicht in der Lage, sich ausreichend zu verstellen, und gefährdet mit ihrer Offenherzigkeit alles. Und leider lässt sie sich auch nichts sagen, sondern wird dann bockig.«

»Um wen geht es Ihnen dabei mehr, Fräulein Wermut? Um die junge Schwangere oder ihren ehemaligen Schützling?«

»Um beide und um das ungeborene Kind. Sie wissen selbst, wie prekär die Lage in diesen Zeiten ist. Und wir haben nicht mehr allzu viel Zeit, die werdende Mutter ist Ende des vierten Monats, es lässt sich nicht mehr lang verbergen.«

»Und der Vater? Wissen Sie, wer das ist?«

Fräulein Wermut räusperte sich. »Nun ja, sie … war wohl recht promiskuitiv.«

»Ich dachte, man hätte das mit ihrer gesteigerten Sexualität ausreichend behandelt?«

»Das distanzlose Verhalten, ja. Sie hat es wohl später eher unauffällig gemacht und ich wage zu behaupten, dass es einige Männer gab, die ihre Bereitschaft ausgenutzt haben. Es ist unklar, wer der Vater ist.«

»Also müsste Ihr Schützling mit einem behinderten Kind rechnen, sofern es ein Insasse mit einer Erbkrankheit war?« Friederike runzelte die Stirn. »So sehr ich Sie verstehe und so gern ich auch helfen möchte, aber das erscheint mir doch wie ein faules Ei, das Sie mir ins Nest legen wollen. Wird Ihr Schützling das Kind auch nehmen, wenn es behindert sein sollte, oder möchte sie nur makellose Ware?«

Fräulein Wermut seufzte. »Sie haben ja mit all Ihren Einwänden recht, aber ich bin hilflos. Sehen Sie, das Leben der werdenden Mutter und des Ungeborenen sind in Gefahr, wenn widerliche Nazi-Ärzte davon Wind bekommen. Mir schien diese Lösung für alle das Beste und Sicherste. Aber weil ich genau wusste, dass Sie all diese schwierigen Punkte anführen würden, wollte ich das mit Ihnen persönlich besprechen. Denn unter vier Augen können Sie nicht einfach den Telefonhörer auflegen.« Die Verzweiflung in Fräulein Wermuts Blick war echt.

»Das hätte ich nicht getan«, sagte Friederike.

»Nein, aber es sagt sich leichter Nein, wenn man sein Gegenüber nicht sieht. Haben Sie denn eine bessere Lösung? Irgendeine Idee, was wir tun können, um zwei unschuldige Leben zu retten? Ich bin allem gegenüber offen, wenn Sie die Variante mit der vorgetäuschten Schwangerschaft und Adoption ablehnen. Dann wird mein Schützling eben eine Fehlgeburt vortäuschen. Wir wollten nur sichergehen, dass dieses Kind reine Papiere erhält und nicht wegen seiner Mutter stigmatisiert ist.«

»Und wenn es behindert ist?«

»Sie wissen doch selbst, dass Eltern auch behinderte Kinder lieben.«

»Ja, ihre eigenen. Aber wird eine Mutter freiwillig ein fremdes behindertes Kind als ihr eigenes ausgeben? In der heutigen Zeit, in der Hebammen angewiesen werden, alles sofort zu melden, damit die Ärzte entsprechende Maßnahmen, die sich Gnadentod nennen, in die Wege leiten?« Friederike stieß die letzten Worte angewidert hervor.

»Vielleicht sollten Sie mit Waltraud, so heißt mein Schützling, einmal selbst telefonieren, um ihr all diese Fragen zu stellen.«

»Ist Waltraud zuverlässig?«

»Sie meinen, ob ihr Mann oder gar sie selbst in der Partei sind?«

Friederike nickte.

»Sie sind beide unpolitisch und waren nie in der Partei. Ihr Mann, Hubert Klonki, ist Dekorationsmalermeister und hat einen eigenen Betrieb mit drei Gesellen und zwei Lehrlingen. Waltraud kümmert sich um die Auftragsakquise und Buchhaltung.«

»Und wie heißt die werdende Mutter?«

»Karla Weißkopf.«

»Ich werde mit Frau Klonki telefonieren und könnte mir gegebenenfalls vorstellen, Fräulein Weißkopf bis zur Entbindung auf Gut Mohlenberg zu beherbergen. Aber ich kann Ihnen nicht versprechen, dass ich sie dauerhaft übernehme, wenn sie sexuell enthemmt ist. Bevor ich sie aufnehme, müssen Sie eine Alternative finden, wo sie unterkommen kann, falls es auf Gut Mohlenberg nicht geht. Das ist die Bedingung. Ich werde nicht zulassen, dass Fräulein Weißkopf bei uns abgeladen wird und wir mit allen Problemen alleingelassen werden. Dazu steht auch für uns zu viel auf dem Spiel.«

»Ich … ähm, ich weiß leider keinen anderen Ort für die junge Frau.«

»Dann kümmern Sie sich darum, Fräulein Wermut«, sagte Friederike streng. »So gern ich Ihnen auch helfen möchte, aber in diesen Tagen muss ich klare Grenzen zum Schutz aller ziehen. Ich nehme sie gern bis zur Entbindung auf und wenn sie sich gut einfügt, auch gern für immer. Aber falls es nicht geht, muss im Vorhinein sichergestellt sein, wohin sie dann kann. Das ist meine Bedingung.«

Fräulein Wermut trennte ein Stück ihres Kartoffelpuffers mit der Gabel ab. »Sie waren schon immer sehr bestimmt und geradlinig, Frau Doktor von Aalen.« Die Gouvernante holte tief Luft. »Wäre es für Sie einfacher, wenn nach der Entbindung noch einmal von einem verschwiegenen Arzt eine Sterilisation durchgeführt werden würde?«

»Ich werde hier gewiss nicht am Mittagstisch über das Schicksal einer Frau mit Ihnen diskutieren, die ich noch nicht einmal kenne. Außerdem lehne ich Zwangssterilisationen ab.«

»In diesem Fall lag ja schon eine Sterilisation vor.«

»Falls sie überhaupt sterilisiert wurde«, erwiderte Friederike. »Es ist ebenso gut möglich, dass jemand Mitleid mit ihr hatte, eben weil sie ja nach Ihrer Beschreibung ein hübsches, arisch anmutendes Mädchen ist. Oder die Sterilisation ist nicht fachgerecht erfolgt. Möglicherweise wurde die Durchtrennung und Abbindung der Eileiter nicht korrekt durchgeführt, sodass sie im Laufe der Jahre wieder zusammengewachsen sind. Das ist zwar ausgesprochen selten und unwahrscheinlich, aber es gibt in der Medizin nichts, das es nicht gibt.«

»Ich hatte Sie nicht so hartherzig in Erinnerung.«

»Die Zeiten erfordern klare Grenzziehungen«, erwiderte Friederike. »Das sollten Sie nicht mit Härte verwechseln. Wie ich bereits sagte: Ich bin bereit, Ihnen zu helfen, sofern Sie meine Bedingung erfüllen. Es muss einen Platz für die junge

Frau geben, falls sie nicht dauerhaft auf Gut Mohlenberg führbar ist. Das bin ich meinen Schützlingen ebenso schuldig wie Fräulein Weißkopf.«

Fräulein Wermut nickte geschlagen. »Ich werde mich darum kümmern und Sie anrufen, sobald ich eine Lösung gefunden habe.«

Während sie weiteraßen, unterhielten sie sich nur noch über erfreuliche Alltagsgeschichten und Fräulein Wermut bestand darauf, Maurice bei seiner Ankunft ebenfalls zu begrüßen.

»Es ist so lange her, dass ich ihn zuletzt gesehen habe. Das muss 1932 gewesen sein, oder?«

»Ja, das könnte hinkommen«, sagte Friederike. »Auf jeden Fall war es noch vor der Machtergreifung.«

»In der guten alten Zeit.« Fräulein Wermut seufzte. »Ist es nicht schlimm, wenn man die Zeiten der Wirtschaftskrisen verklärt, weil die Gegenwart viel gruseliger ist?«

»Jedenfalls, wenn man kein Nazi ist.« Friederike aß den letzten Rest ihres Bratherings und auch Fräulein Wermut hatte ihre Kartoffelpuffer verzehrt.

Ein Blick auf die Uhr verriet, dass der Zug aus Hamburg vermutlich soeben angekommen war. Friederike winkte der Kellnerin.

»Ich lade Sie ein, Fräulein Wermut. Sie haben heute so viel auf sich genommen und keine zufriedenstellende Antwort von mir bekommen, da ist es das Mindeste.«

»Vielen Dank. Allerdings haben Sie mir durchaus Hoffnung gegeben und ich werde mich darum kümmern, Ihre Bedingung zu erfüllen, um Karla und Waltraud sowie dem ungeborenen Kind gleichermaßen zu helfen.«

Nachdem Friederike die Rechnung bezahlt und beide Damen unabhängig davon ihre Reisemarken abgegeben hatten, verließen sie das Restaurant und kehrten zum Ostbahnhof zurück.

Annemarie und Maurice warteten schon.

Obwohl Friederike Maurice zuletzt vor zwei Jahren gesehen hatte, hätte sie ihn auf den ersten Blick kaum wiedererkannt. Aus dem schlaksigen Sechzehnjährigen war ein kräftiger junger Mann geworden, dessen Gesicht jegliche kindliche Rundung verloren hatte. Wären seine Haare nicht dunkelbraun und typisch afrikanisch gekräuselt gewesen, hätte man ihn vom Hautton her auch für einen braun gebrannten Feldarbeiter halten können. Seine Gesichtszüge wiesen zudem mehr europäische als afrikanische Merkmale auf, vor allem seine Nasen- und Mundpartie ähnelte der seiner Mutter, während er die braunen Augen seines Vaters geerbt hatte. Friederike war sich sicher, dass die Frauen einem schönen Mann wie ihm in Scharen nachgelaufen wären, wenn es da nicht das Rasseideal der Nazis gegeben hätte, dem er nun mal nicht entsprach.

»Fräulein Wermut! Wie schön, Sie zu sehen«, sagte Annemarie. »Sie haben sich kaum verändert.«

»Sie auch nicht, Frau Pietsch. Was man allerdings von Herrn Pietsch hier nicht sagen kann. Erinnern Sie sich noch an mich?« Sie streckte Maurice die Hand entgegen.

»Nur dunkel, Fräulein Wermut.« Maurice ergriff die Hand. »Für mich ist das eine Ewigkeit her.«

»Ja, was uns in der Kindheit wie eine Ewigkeit vorkommt, ist für eine Frau in meinem Alter nur noch einen Wimpernschlag entfernt, so als wäre es gestern gewesen. Manchmal frage ich mich, ob Uhren nicht geschickte Betrüger sind, die uns eine vermeintliche Gleichheit vorgaukeln, die es gar nicht gibt.«

»Haben Sie denn alles erledigen können, was Sie sich vorgenommen haben?«, fragte Annemarie.

»Noch nicht ganz, da gibt es noch einiges für mich zu tun. Aber das werde ich schon noch regeln.« Fräulein Wermut warf Friederike einen Blick zu. »Ich nehme an, Sie wollen sich jetzt auf den Weg nach Gut Mohlenberg machen. Ich werde die

Zeit, bis mein Zug kommt, nutzen, um durch die Altstadt zu flanieren.«

»Es gibt hier ein sehr schönes Geschäft für Weißwaren«, sagte Annemarie. »Dort bin ich alle meine Bezugsscheine losgeworden und bereue nichts.«

»Oh, dann muss ich mir den Laden auch einmal ansehen. Ich hoffe, Sie haben noch etwas von der Auslage übrig gelassen.«

Sie lachten, dann verabschiedete sich Fräulein Wermut in Richtung Altstadt.

Annemarie hakte sich bei ihrem Sohn ein, so als hätte sie Sorge, ihn zu verlieren, wenn sie ihn nicht festhielt. Maurice ließ es sich gutmütig gefallen. Dann gingen sie gemeinsam zur Droschke.

»Soll ich zurückkutschieren?«, fragte Maurice.

»Kannst du das denn noch?«, fragte Friederike zurück. »Mit einem PS ist das was ganz anderes als mit zwanzig.«

»Gelernt ist gelernt, oder?« Er zwinkerte ihr zu. »Und in Zeiten der Benzinrationierung sollte ein guter Automechaniker mit jedem PS zurechtkommen.«

»Dann nur zu.« Friederike wies ihm mit einer scherzhaften Handbewegung den Weg zum Kutschbock. Sie hatte ihm das Kutschieren selbst beigebracht, als er zehn Jahre alt gewesen war. Schon damals hatte er großes Interesse an Automobilen gehabt, aber er liebte auch Pferde und war stolz, dass er in so jungen Jahren an Friederikes Seite kutschieren durfte. Seinen Führerschein hatte er erst vor elf Tagen an seinem achtzehnten Geburtstag ausgehändigt bekommen, obwohl er die Prüfung schon zwei Wochen vorher bestanden hatte. Aber die Bürokratie in Deutschland, die es ihm zwar erlaubt hatte, die Fahrschule zu besuchen und die Prüfung zu absolvieren, hatte ihm nicht gestattet, den Führerschein auch nur einen Tag früher zu bekommen. Ganz gleich, ob er Automechaniker-Lehrling war oder nicht.

Maurice beherrschte das Pferd sicher und Friederike genoss es, neben Annemarie hinten zu sitzen. Zugleich fragte sie sich, ob Maurice den Kutschbock aus dem gleichen Grund gewählt hatte wie sein Vater eine Woche zuvor. *Nein*, dachte sie, während sie ihn beobachtete. *Es macht ihm einfach Spaß, nachdem er so lange nutzlos im Zug gesessen hat.*

»Magst du mir erzählen, was Fräulein Wermut von dir wollte?«, fragte Annemarie leise, während die Hufe des Pferdes über das Kopfsteinpflaster der Altstadt klapperten.

»Hilfe für ein junges Mädchen, das von der Euthanasie bedroht ist.«

»Die wirst du ihr gewähren, oder?«

»Es ist kompliziert.« Friederike holte tief Luft. »Fräulein Wermut muss noch einige Dinge regeln. Ich werde dir alles erzählen, wenn ich Näheres weiß. Jetzt will ich einfach nur die Fahrt genießen und mir die Sommerbrise um die Nase wehen lassen.«

11. Kapitel

Nach ihrer Rückkehr suchte Friederike sofort ihren Vater in seinem Büro auf, um Fräulein Wermuts Anliegen mit ihm zu besprechen.

»Das ist in der Tat ein komplizierter Fall«, sagte er, nachdem sie mit ihrer Schilderung fertig war. »Du hast ihr die bestmögliche Antwort gegeben. Wir können es uns nicht erlauben, die Sicherheit von Gut Mohlenberg und seiner Bewohner für eine Gefälligkeit zu gefährden. Auch wenn mir diese junge Frau leidtut. In diesem Fall ist es wirklich ein Drama, dass die Sterilisation misslungen ist.«

»Und was hältst du von Fräulein Wermuts Idee, nach der Entbindung nochmals eine Sterilisation bei einem vertrauenswürdigen Arzt durchführen zu lassen?«

»Das Problem wäre damit nur zur Hälfte gelöst.« Doktor Meinhardt nippte an seinem Wasserglas. »Sie könnte dann zwar nicht mehr schwanger werden, aber sexuelle Distanzlosigkeit würde dennoch Unruhe auf das Gut bringen. Vermutlich wären Eifersüchteleien und Konkurrenzkämpfe um ihre Gunst die Folge und du weißt ja selbst, wie schwer es manchen hier fällt, ihre Gefühle zu kontrollieren. Ich könnte mir gut vorstellen, dass sie unter unseren jungen Männern genauso viel Unruhe auslöst wie eine rossige Stute unter Hengsten.«

Friederike seufzte. »Ja, das habe ich mir auch gedacht. Andererseits wissen wir ja nicht, warum sie sexuell so aktiv ist. Ist es tatsächlich eine gesteigerte Libido, die ständig nach Erfüllung sucht, oder nur ein Symptom für einen tieferliegenden Konflikt?«

»Fräulein Wermut sagte ja, sie sei schwachsinnig. Viele schwachsinnige Frauen haben eine gesteigerte Libido und holen sich das, was sie begehren, ohne an die Folgen zu denken. So scheint es auch in diesem Fall zu sein.«

»Ja, aber was mich stutzig macht, ist die Tatsache, dass sie schon mit vierzehn Jahren ihr erstes Kind bekommen hat. Die Fälle, von denen du sprichst, werden erst später sexuell hyperaktiv.«

»Bei manchen fängt es allerdings auch schon kurz nach der Menarche an. Außerdem wurde sie ja von ihrem Vater Männern zugeführt, wenn ich das richtig verstanden habe. Genaueres wüssten wir nur, wenn wir uns die junge Dame ansehen.«

»Soll ich nach Göttingen fahren, um die Familie Klonki und Fräulein Weißkopf zu besuchen?«, fragte Friederike.

»Nein«, beschied ihr Vater. »Jedenfalls nicht, solange Fräulein Wermut deine Bedingung nicht erfüllt hat. Andernfalls würden wir allen Beteiligten nur falsche Hoffnungen machen.«

An diesem Tag kam Adnan schon vor dem Abendessen zurück. Noch bevor er Maurice begrüßte, drückte er Friederike einen kleinen Briefumschlag in die Hand.

»Herr Brehm hat mich gebeten, den Postboten zu spielen.« Seiner Stimme war deutlich anzuhören, dass ihm diese Rolle missfiel. Welche Laus war ihm nun schon wieder über die Leber gelaufen? Allerdings hütete Friederike sich, ihn zu fragen und damit weiteres Öl ins Feuer zu gießen. Stattdessen betrachtete sie den Brief. Es war ein feiner, weißer Umschlag aus teurem Papier, auf dem mit schwarzer Tinte in gestochen scharfer Schönschrift ihr Vorname stand, sonst nichts.

»Weißt du, worum es darin geht?« Sie sah Adnan fragend an.

»Natürlich nicht, aber die Form verrät doch schon alles.« Wieder dieser verdrießliche Gesichtsausdruck, den er in letzter Zeit so oft zur Schau trug. Hoffentlich besserte sich seine Laune jetzt, wo Maurice da war und seine Gesellenprüfung bestanden hatte.

»So, tut sie das?« Friederike runzelte missbilligend die Stirn, dann ging sie mit dem Brief in ihr Büro, noch bevor Adnan etwas erwidern konnte.

Die Form erinnerte durchaus an einen Liebesbrief, und da Gustav ihn Adnan mitgegeben hatte, hatte er wohl kein Interesse daran, sein Werben geheim zu halten. War Adnan deshalb so mürrisch? Befürchtete er, sie könnte auf einen Heiratsschwindler reinfallen, der es auf das Gut abgesehen hatte? Oder war das nur seine allgemeine schlechte Laune, von der Annemarie gesprochen hatte?

Sie öffnete den Umschlag und zog das feine Büttenpapier heraus.

> Meine verehrte Friederike!
> Ich würde mich sehr freuen, wenn Du mir morgen die Ehre erweist, mit mir zu Abend zu essen. Ich möchte mich auf diesem Wege für Deine bisherige Hilfe erkenntlich zeigen. Dank Herrn Pietsch und seines großen handwerklichen Geschicks sind wir bereits heute mit dem Anbau fertig geworden und ich kann mich weiteren Schritten der Renovierung zuwenden. Ich würde mich sehr freuen, wenn

Du mich bei der Auswahl der Einrichtung berätst. Ich habe heute zwei Journale mit der Post erhalten, die ich gern mit Dir durchsehen würde. Aus Erfahrung weiß ich, dass das Auge einer Frau in diesen Dingen viel stilsicherer ist als meines.

Ich würde mich sehr freuen, Dich um sieben Uhr auf meinem Hof begrüßen zu dürfen.

Hochachtungs- und hoffnungsvoll
Dein Gustav

Hui, dachte Friederike. *Der Brief hält, was der Umschlag verspricht.*

Eigentlich sollte sie sich darüber freuen, schließlich hatte sie in den letzten Tagen oft an ihn gedacht und sich nach einem Wiedersehen gesehnt. Aber diese träumerischen Sehnsüchte waren etwas anderes als ein Mann, der plötzlich ernste Absichten zeigte. Gemeinsames Essen und ihm dann auch noch bei der Auswahl der Inneneinrichtung helfen? Danach fragte ein Mann eine Frau meist nur dann, wenn er eine ernste Beziehung mit ihr anstrebte.

Bekomme ich jetzt etwa kalte Füße? Sie atmete tief durch. *Ach was, ich mache mir nur unnötige Gedanken. Ich werde diese Einladung annehmen und dann sehen, was sich weiter ergibt. Letztlich bin ich diejenige, die entscheidet, wie weit sie gehen möchte.*

Und so fieberte Friederike dem folgenden Abend mit einer Mischung aus Vorfreude und Nervosität entgegen. Die Tatsache, dass Charlotte sie mit ihrem Verehrer neckte, machte es nicht besser. Oder war das die Retourkutsche dafür, dass bislang keiner der jungen Männer, die ihre Tochter ihr in den letzten beiden Jahren vorgestellt hatte, Gnade vor dem mütterlichen Auge gefunden hatte? Unwillkürlich musste Friederike an den letzten Verehrer denken, den Charlotte im Frühling mitgebracht hatte. Wenigstens hatte ihre Tochter diesmal sehr schnell selbst erkannt, dass der Mann nicht viel taugte, als er meinte, seine Frau hätte es nicht nötig zu arbeiten, er könne auch allein für eine Familie sorgen. Nachdem Friederike diesen unseligen Verehrer während eines gemeinsamen Kaffeetrinkens sehr deutlich mit Charlottes Zukunftsplänen konfrontiert hatte, hatte er sich schnell zurückgezogen. Gut, vielleicht war sie etwas übergriffig gewesen, als sie Charlotte dabei gar nicht mehr zu Wort kommen ließ, aber sie war es ihrer Tochter schuldig, sie vor Fehlern zu bewahren. Und es hatte sich sehr schnell gezeigt, dass eine arbeitende Juristin nicht das war, was der junge Mann sich vorgestellt hatte. Dass er zudem auch nicht das war, was Friederike sich als Schwiegersohn vorgestellt hatte, machte die Sache für alle Seiten einfacher. Natürlich war Charlotte etwas enttäuscht gewesen, als er so schnell den Schwanz eingezogen hatte. Aber für Friederike war das der beste Beweis, dass ihre Tochter ohne ihn besser dran war. Ein echter Mann würde um die Frau seiner Träume kämpfen, anstatt sich von der künftigen Schwiegermutter ins Bockshorn jagen zu lassen.

Im Gegensatz zu Charlotte neckten Annemarie und Juliane sie nicht, sondern ermunterten sie, nachdem sie von der Einladung erfahren hatten.

»Genieß es einfach«, sagte Juliane. »In diesen Zeiten sollte man jeden schönen Augenblick zu einem Fest machen. Und du hast es dir ganz besonders verdient, so wie du dich immer um alle kümmerst.«

»Genau«, bestätigte Annemarie, der sie erzählt hatte, dass Gustav Adnan in seinem Brief gelobt hatte. »Er mag seine Schwächen haben, aber die hat jeder. Und ein wenig Pedanterie ist doch in jedem Fall besser als unordentliches Chaos. Er wirft seine Socken bestimmt nie einfach in die Ecke.«

»Als wenn das das Wichtigste an einem Mann wäre.« Friederike lachte. »Ihr tut ja so, als wollte er schon morgen um meine Hand anhalten.«

»Nein, das wird er bestimmt nicht vor dem dritten gemeinsamen Abendessen tun.« Juliane grinste. »Klopf ihn weiterhin auf Herz und Nieren ab, aber vergraul ihn nicht. Ungebundene Männer in diesem Alter sind rar.«

»Er ist Witwer.«

»Ach so, du meinst, davon könnte es bald noch mehr geben, wegen der Bombenangriffe?«

»Juliane, manchmal ist dein Humor mehr als rabenschwarz«, tadelte Friederike.

Ihr Gegenüber kicherte. »In diesen Zeiten braucht man einen gesunden schwarzen Humor, um nicht die Zuversicht zu verlieren. Warst du nicht diejenige, die immer gesagt hat, Lachen ist die beste Abwehrstrategie gegen alles Leid?«

»Ja, das stimmt.«

»Und warum wirkst du dann so zweifelnd?«, fragte Annemarie.

»Kannst du dir das nicht denken?«, ging Juliane dazwischen, noch bevor Friederike antworten konnte. »Es ist bald an der Zeit, eine Entscheidung zu treffen, in welche Richtung sich diese Beziehung entwickeln soll. Und das fällt niemandem leicht.«

Friederike seufzte. Juliane kannte sie einfach zu gut.

* * *

Um Viertel vor sieben ließ sie Halla von Felix satteln, damit sie wieder im Kleid und Damensattel vorreiten konnte. Zugleich überlegte sie, ob sie Gustav wohl ein Gastgeschenk mitbringen sollte, aber ihr fiel nichts Passendes ein. Das konnte sie immer noch tun, wenn er mit der Renovierung fertig war. Vielleicht konnte sie heute ja sogar schon in Erfahrung bringen, was er besonders gut gebrauchen konnte.

Wie bei ihrem letzten Besuch erwartete Gustav sie schon am Tor, kümmerte sich erst um Halla und führte Friederike dann ins Haus. Dort, wo beim letzten Mal duftender Kaffee und frischer Käsekuchen auf sie gewartet hatten, war der Tisch jetzt stilvoll gedeckt und es roch nach Gebratenem. Beim Eintreten sah sie ein Brathähnchen, das wie eine Weihnachtsgans drapiert war, daneben stand eine Schüssel mit Rotkohl und eine weitere mit Kartoffeln. Neben den Tellern waren jeweils ein Wasserglas und ein Weinglas platziert. In der Mitte des Tisches thronte ein dreiarmiger Kerzenständer, der den Raum in zauberhaftes Licht tauchte, daneben eine Flasche Rotwein.

»Das ist beeindruckend, Gustav. Als wäre ein Feiertag.«

»Das ist es, denn du hast meine Einladung angenommen.« Er rückte ihr den Stuhl zurecht, damit sie sich setzen konnte.

Friederike räusperte sich verlegen. »Ich weiß gar nicht, was ich sagen soll.«

»Dann sag nichts. Möchtest du ein Glas Rotwein? Französischer Merlot.«

»Oh, den probiere ich doch sehr gern. Ist der von deinem berüchtigten Freund mit den guten Kontakten?«

Gustav lächelte, sagte aber nichts, sondern schenkte erst ihr und dann sich selbst ein. Danach hob er sein Glas. »Auf unsere gute Nachbarschaft.« Er sah ihr auf eine Weise in die Augen, die ein seltsames Prickeln in ihren Eingeweiden auslöste.

Nein, ich lasse mir nichts anmerken, dachte sie bei sich, während sie ihr Glas ebenfalls erhob und mit ihm anstieß. »Auf unsere gute Nachbarschaft, Gustav.« Sie nippte an dem Wein. Er war wirklich gut.

Gustav tranchierte indes das Hähnchen. »Möchtest du Brust oder Keule?«

»Keule.«

»Ich hätte gedacht, du nimmst die Brust.« Er legte ihr eine Keule vor.

»So, du denkst bei mir also an eine Hühnerbrust?« Sie runzelte die Stirn.

Gustav räusperte sich. »Jetzt bin ich wohl wieder in eines meiner üblichen Fettnäpfchen getreten.«

»Nur, wenn du dir den Schuh anziehst, der stets in Fettnäpfchen hüpft.« Sie lächelte ihn versöhnlich an.

Er hielt ihr die Schüssel mit den Kartoffeln und dann die mit dem Rotkohl entgegen.

»Hast du das alles selbst gekocht?«

»Siehst du hier einen Dienstboten?«

»Nein, aber du hättest ja wieder die Wirtin des Gasthofs bitten können.«

»Kochen kann ich selbst. Das war schon immer ein Steckenpferd von mir. Sehr zur Freude meiner Frau.«

»Es war ihr nicht zu unmännlich?«

»Nein, schließlich sind die besten Köche der Welt Männer.«

»Das stimmt. Seine Frau zu bekochen, ist eine Zierde für jeden Mann und sollte schon den Jungen in den Knabenschulen beigebracht werden. Ebenso wie das Bügeln und Mangeln, da Männer ja grundsätzlich besser mit technischen Geräten umgehen können als Frauen.«

»Ich liebe es, wenn du das mit todernster Miene sagst.« Gustavs Augen blitzten übermütig.

»Ist es denn nicht so?«, gab sie zurück.

»Aber wenn die Männer alles übernehmen, wozu wären die Frauen dann noch da?«

»Wer sagt denn, dass die Männer alles übernehmen sollen? Wenn die Frau erschöpft von der Arbeit heimkommt, freut sie sich doch, wenn ihr Mann schön gekocht und den Haushalt gemacht hat und ihr anschließend die Füße massiert, während sie Zeitung liest.«

Gustav räusperte sich. »War das in deiner Ehe so?«

»Denkst du das?«

»Bei dir bin ich mir nicht sicher.«

»Mein Mann stammte aus einer wohlhabenden Offiziersfamilie und ist mit Dienstpersonal aufgewachsen. Und auf Gut Mohlenberg hatten wir auch stets Personal.«

»Auch als es noch eine Nervenklinik war?«

»Ja, damals erst recht. Wir hatten angestellte Ärzte und Krankenschwestern, aber während der Hyperinflation konnten wir sie nicht mehr bezahlen und so lernten mein Vater und ich, alles allein mit den wenigen Vertrauten zu regeln, die uns geblieben waren.«

»Mit dem Ehepaar Adler?«

»Richtig. Wolfgang und Juliane waren uns seit jeher große Stützen.«

»Und Herr Pietsch?«

»Das ist eine andere Geschichte.«

»Würdest du sie mir erzählen?«

Friederike trennte ein Stück Fleisch von der Keule. Wenn es hier nicht so stilvoll gewesen wäre, hätte sie sie am liebsten in die Hand genommen, aber das hätte den Augenblick ruiniert. »Warum interessiert dich seine Geschichte?«

»Ich habe ein paar Tage sehr eng mit ihm zusammengearbeitet, doch er erschien mir recht verschlossen.«

»Dann steht es mir auch nicht zu, über ihn zu reden.«

»Das klingt ja fast so, als glaubtest du, ich wollte tratschen.« Sah er sie gerade wirklich ein wenig vorwurfsvoll an?

»Auf jeden Fall fragst du nach der Geschichte eines Menschen, den du selbst hättest befragen können.«

»Nun … er war nicht sonderlich redselig.«

»Möglicherweise bist du ihm auf die Füße getreten.«

Jetzt sah er sie erstaunt an. »Wie kommst du darauf?«

»Die Nägel.«

»Etwa Fußnägel?«

Bei dieser Bemerkung musste Friederike so laut lachen, dass sie sich fast verschluckt hätte.

Er zwinkerte ihr zu. »Oder meinst du unsere Diskussion über den richtigen Abstand der Zimmermannsnägel? Ja, da war er etwas ... verschnupft. Aber ich habe Prinzipien und mag es nicht, wenn man etwas einfach Pi mal Daumen erledigt, wenn man die Möglichkeit hat, es genau auszumessen.«

»Aber ansonsten warst du mit ihm zufrieden?«

»Selbstverständlich. Er ist ein sehr zuverlässiger, fleißiger Arbeiter. Hast du denn etwas anderes erwartet? Du hast mir doch gleich gesagt, dass er für zwei zählt.«

Friederike nickte. Die Art, wie Gustav über ihn sprach, bestätigte sie darin, dass Annemarie mit ihrer Vermutung recht hatte. Adnan war durch seine früheren Erlebnisse so dünnhäutig geworden, dass er harmlosen Bemerkungen sehr schnell eine viel weitreichendere Bedeutung beimaß.

Nachdem sie gegessen hatten, zeigte Gustav ihr die angekündigten Journale mit Bildern von Möbeln, Tapeten und Teppichen.

»Ich würde dort in die Ecke gern eine Vitrine stellen und daneben eine Anrichte, auf der auch ein Radio Platz findet. Ich komme mir hier doch recht von der Welt abgeschnitten vor.«

»Hast du denn einen Stromanschluss für ein Radio?«, fragte Friederike, denn ihr war aufgefallen, dass es neben den Kerzen nur Petroleumlampen gab.

»Ja, der geht von der Leitung ab, die auch Gut Mohlenberg versorgt. Ich hatte allerdings bislang noch keine Gelegenheit, mich um die Hausanschlüsse zu kümmern. Aber nun sag, welche Tapeten würden dir gefallen?«

»Hast du denn für ein Muster schon eine Vorliebe entwickelt, Gustav?«

»Ich möchte erst deine Meinung hören, bevor ich dir sage, welche mir gefallen«, erwiderte er.

»Damit du dann hinterher sagst, das wäre auch genau die gewesen, die du dir ausgesucht hättest?« Friederike lachte. »Mein lieber Gustav, für solche Spielchen bin ich zu alt und zu erfahren. Damit hättest du mir vor dreißig Jahren kommen können.«

»Als du noch im Kinderwagen lagst?«

»Also bitte.« Friederike schüttelte den Kopf darüber, dass er auf ein so plumpes Kompliment zurückgriff, wo er doch sonst so schlagfertig war. »Ich habe es nicht nötig, mit meinem Alter zu schummeln. Ich bin Jahrgang 1894 und dazu stehe ich.«

»Ja, das habe ich schon gemerkt, als deine Tochter mir riet, dich bloß nicht mit diesem furchtbaren Kompliment, ihr könntet Schwestern sein, zu bedenken.« Er lachte leise. »Du hast es nicht nötig, auf die klassischen weiblichen Verhaltensweisen in der Balz zurückzugreifen.«

»Wer sagt, dass ich balze?«

»Niemand. Balzen tun ja immer nur die Männchen, nicht wahr?«

»Und, balzt du gerade?«

»Was denkst du?«, antwortete er mit der Frage, die sie sonst so gern stellte. Und sein verschmitztes Lächeln verriet, dass er das genau wusste.

»Hm, wenn ich dich mit einem Vogel vergleiche, könnte ich das denken. Du zeigst dein hübsches Gefieder« – sie wies auf seinen eleganten Anzug –, »außerdem richtest du ein Nest ein und bittest mich, dir dabei zu helfen. Allerdings habe ich bereits ein Nest.«

»Und sogar ein viel größeres und schöneres, als ich hier jemals bauen könnte«, sagte er. »Also ist der Vergleich mit dem Vogel nicht zutreffend.«

»Sondern?«, fragte sie und sah ihm nun ihrerseits fest in die Augen.

»Wie du schon sagtest, wir sind beide erwachsen, stehen mitten im Leben und sind gute Nachbarn. Wir brauchen keine althergebrachten Regeln, nach denen junge Leute balzen, die eine Familie gründen wollen. Wir können uns das nehmen, was wir wollen.«

Die Art, wie er sie dabei ansah, löste widersprüchliche Gefühle in Friederike aus. Auf der einen Seite sehnte sie sich danach, genau das zu tun. Sich diesen Mann jetzt sofort zu nehmen. Auf der anderen Seite wusste sie, dass es alles für immer verändern würde, dass es eine Entscheidung vorwegnehmen würde, die zu treffen sie noch nicht bereit war.

»Dazu müssten wir erst einmal wissen, ob wir wirklich das Gleiche wollen«, sagte sie und reichte ihm das Journal über den Tisch zurück. »Sag mir, welche Tapete du dir ausgesucht hast.«

Auf einmal wirkte er verunsichert, dennoch schlug er eine Seite auf und zeigte ihr eine klassische bordeauxrot gemusterte Tapete. »Diese hier.«

»Dann hast du ja schon Geschmack bewiesen und brauchst mich gar nicht mehr.«

»Gefällt sie dir?«

»Ich denke, sie wird sich hier gut machen.«

»Das klingt nicht besonders überschwänglich.«

»Ich bin keine Frau, die ihre Gefühle so überschwänglich zeigt.«

»Nein, wenn ich es nicht besser wüsste, würde ich dich eher für eine kühle, nordische Walküre halten. Eine wunderbare Kriegerin, die man nur aus der Ferne anbeten darf, sofern man sich nicht wie Siegfried der Brunhilde nähert.«

»Und du willst der Siegfried sein?«

»Warum nicht?«

»Weil Siegfried Brunhilde betrogen hat und seinem Freund Gunther dabei half, sie zu vergewaltigen. Für mich ist das kein Held, sondern ein Verbrecher, dem Hagen nur das gegeben hat, was er verdiente.«

»Oh, du hast aber eine sehr bemerkenswerte Meinung von den Nibelungen.«

»Ja. Ich verstehe bis heute nicht, warum so viele Leute die Nibelungentreue schätzen und Siegfried als Held sehen.«

»Dann magst du keine Wagneropern?«

»Doch, die Musik ist sehr schön, vor allem der Ritt der Walküren. Den hat mein Vater sogar als Schallplatte für sein Grammophon. Und eines meiner Lieblingspferde hieß Walküre. Aber das ändert nichts daran, dass ich Siegfried unsympathisch finde.«

»Und welche Heldenfigur magst du? Hermann, den Cherusker, oder Barbarossa? König Artus?«

»Sie sind alle gescheiterte Existenzen, die einen kurzen Moment des Ruhmes hatten, heute verehrt werden, aber letztlich nicht das geschafft haben, was sie wollten. Hermann der Cherusker gewann zwar die Schlacht im Teutoburger Wald, doch danach hatte er nur noch Pech und verlor alles. Barbarossa ertrank auf dem Weg zum Kreuzzug. König Artus war nicht in der Lage, den Verfall der Tafelrunde aufzuhalten. Da lobe ich mir doch eine Figur wie Robin Hood. Der hatte Ideale und half den kleinen Leuten.«

»Brauchen wir denn in unserer heutigen Zeit noch einen Robin Hood?«, fragte Gustav. »Bräuchten wir nicht eher große Helden, die unsere Schlachten schlagen, ganz gleich, ob sie davon später einen Lohn haben oder nicht?«

»Wir brauchen keine Schlachten. Wir brauchen Frieden und Gerechtigkeit, damit unser Land blühen kann. Und jeder,

der uns etwas anderes erzählt, belügt uns. Was haben dir die großen Schlachten schon gebracht außer Kummer und Leid?« Friederike wies auf die gerahmte Fotografie auf dem Kaminsims. »Das ist die Folge dessen, was große Kriegshelden verursachen. Tote Zivilisten.«

Gustav senkte den Blick und in diesem Moment tat es Friederike leid, dass sie so hart gewesen war. Verdammt, das war doch nur wieder ihre Angst davor gewesen, diesen Mann näher an sich heranzulassen, als er den ersten forschen Schritt getan hatte. Ihn mit wohlgesetzten Worten auf seinen Platz zu verweisen, ohne es sich ganz mit ihm zu verscherzen. Aber wollte sie das wirklich? Oder ersehnte sie sich heimlich doch viel mehr? Was, wenn er ein Robin Hood wäre? Könnte sie sich selbst in der Rolle der Marian sehen? Allerdings war er weder ein Siegfried noch ein Robin Hood, sondern ein trauernder Finanzbeamter, der verzweifelt versuchte, sein Leben wieder in den Griff zu bekommen. Und als ihr das bewusst wurde, schämte sie sich umso mehr für ihr Verhalten.

Sie griff nach dem Möbeljournal. »Ich denke, diese Anrichte aus Nussbaum würde sich hervorragend eignen, um dort Geschirr zu verstauen, aber auch einen Volksempfänger aufzustellen«, sagte sie versöhnlich und verbrachte dann den Rest des Abends damit, mit ihm gemeinsam die Journale durchzublättern. Die Nähe war jedoch verschwunden.

12. Kapitel

»Ich habe die Lösung gefunden, um Ihre Bedingung zu erfüllen!« Fräulein Wermuts Stimme überschlug sich am Telefon fast vor Aufregung. »Haben Sie Zeit, dass ich es Ihnen erzähle, Frau von Aalen?«

Friederike sah auf die Uhr. Es war zehn Uhr am Vormittag und sie war erst um elf mit einem Kaufinteressenten für einen ihrer Jährlinge verabredet.

»Ja, ich habe Zeit. Dann schießen Sie mal los.«

Fräulein Wermut räusperte sich. »Es ist im Grunde ganz einfach. Ich bin ja auch nicht mehr die Jüngste und könnte jemanden gebrauchen, der sich bei mir im Haushalt nützlich macht. Sollte es mit Karla auf Gut Mohlenberg Schwierigkeiten geben, würde ich sie höchstpersönlich aufnehmen.«

»Und trauen Sie sich das zu, wo Sie, wie Sie selbst zugeben, nicht mehr die Jüngste sind?«

»Ja. Karla ist eine nette, umgängliche junge Frau. Ich habe sie bereits gestern bei mir aufgenommen, um es zu versuchen und auch die Spannungen in der Familie Klonki zu reduzieren. Allerdings ist das, solange die Schwangerschaft besteht, noch keine geeignete Dauerlösung. Meine Nachbarn würden sie sehen und tuscheln, wenn sie ihren Zustand bemerken, und ich kann die junge Frau ja nicht dauerhaft in der Wohnung einsperren. Deshalb bitte ich Sie von ganzem Herzen darum, es sich noch einmal zu überlegen. Ich garantiere Ihnen, dass ich Fräulein Weißkopf nach der Entbindung aufnehme, wenn es auf Gut Mohlenberg Probleme gibt.«

Friederike zögerte. Es musste Fräulein Wermut wirklich sehr ernst sein, wenn sie sogar bereit war, Karla Weißkopf selbst aufzunehmen.

»Sind Sie derzeit beruflich gebunden?«, fragte Friederike schließlich.

»Wie meinen Sie das?«

»Nun, ich würde Ihnen folgenden Vorschlag unterbreiten. Wenn Sie Fräulein Weißkopf nach Gut Mohlenberg begleiten und sich in der Zeit der Eingewöhnung um sie kümmern, sodass wir keine weiteren Kräfte für ihre Aufsicht binden müssen, können Sie mit ihr zu uns kommen. Und falls wir feststellen, dass sie uns alle überfordert, können Sie sie nach der Entbindung wieder mitnehmen. Falls sie sich gut einfügt, kann sie bei uns bleiben.«

Eine Weile herrschte Stille am anderen Ende der Leitung.

»Das ist ein guter Vorschlag«, sagte Fräulein Wermut schließlich. »Und es trifft sich gut, da ich im Augenblick bis auf meine ehrenamtliche Hilfe für entlassene Psychiatriezöglinge keinerlei Verpflichtungen habe.«

»Sie kümmern sich ehrenamtlich um Patienten?«

»Entlassene Patienten«, ergänzte Fräulein Wermut. »Ja, ich sagte Ihnen doch, dass Professor Ewald ein feiner Mensch ist, der seine Patienten zu schützen sucht, indem er jene entlässt, die einigermaßen selbstständig sind. Aber natürlich brauchen sie Hilfe und das kann man selbstverständlich nicht den nationalsozialistisch organisierten Frauenverbänden überlassen. Also gibt es ein Netz von politisch zuverlässigen Helferinnen, vorwiegend Damen in meinem Alter, die keine sonstigen familiären Verpflichtungen haben.«

»Und wie finanzieren Sie Ihren Lebensstil?«

»Ich lebe von meinen Rücklagen. Im Laufe der Zeit ist da einiges zusammengekommen und ich habe außerdem stets freiwillig in die Rentenkasse eingezahlt. Ich muss mir keine Sorgen um meinen Ruhestand machen.«

»Also gut, dann haben wir eine Vereinbarung. Kommen Sie mit Fräulein Weißkopf zum nächstmöglichen Zeitpunkt nach Gut Mohlenberg. Ich werde unsere Hebamme Beatrice vorab informieren.«

»Ist das die junge Frau, die schon den kleinen Maurice auf die Welt geholt hat?«

»Ja, genau, aber wie wir alle ist sie inzwischen gereift, sodass die Bezeichnung junge Frau nicht mehr ganz passend ist.«

»Ach, im Vergleich zu mir sind Sie doch beide noch junge Frauen.«

Obwohl Friederike Fräulein Wermuts Gesicht nicht sehen konnte, wusste sie ganz genau, dass die Gouvernante ihr typisches Lächeln aufgesetzt hatte. »Stimmt, es kommt immer auf die Perspektive an«, gab Friederike zu. »Wann dürfen wir Sie und Fräulein Weißkopf dann erwarten?«

»Ich muss noch einige Dinge regeln, wenn ich mehrere Monate fort sein will. Aber ich denke, das kann ich bereits heute erledigen. Wir würden dann morgen den Zug nehmen. Es ist mir wichtig, nicht viel Zeit zu verlieren. Oder geht Ihnen das zu schnell?«

»Nein, ganz und gar nicht. Nächste Woche bekomme ich leider einen schwierigen Sommergast, die einfältige Frau eines Nazifunktionärs, die immer zum Reiten herkommt und die ich nicht abwimmeln konnte.«

»Soll ich den Stock mitbringen, Frau Doktor?«

Unwillkürlich musste Friederike lachen. »Ja, warum nicht, der schadet gewiss nicht.«

Friederikes Vater war mit der Lösung, die Fräulein Wermut vorgeschlagen hatte, ebenso einverstanden wie seine Tochter. »Ich freue mich wirklich, Fräulein Wermut hier länger zu Gast zu haben«, sagte er. »Sie hat eine Art an sich, Dingen auf den Grund zu gehen, die wir hier gut gebrauchen können.«

»Wie meinst du das?«

Ihr Vater lächelte. »Nun, ich bin gespannt, was sie wohl von unserem neuen Nachbarn hält.«

Friederike spürte, wie ihr heißes Blut in die Wangen schoss. »Warum ist dir ihre Meinung wichtig?«

»Wenn du dich im Spiegel sehen würdest mit deinen feuerroten Wangen, wüsstest du es.« Sein Lächeln vertiefte sich. »Ich bin, was das angeht, mindestens so kritisch wie du bei den jungen Männern, die Charlotte uns bislang vorgestellt hat.«

Friederike räusperte sich. »Das waren unreife Jungen oder Männer, die nicht viel taugten.«

»Ja«, bestätigte ihr Vater. »So etwas wie Bernhard findet man nicht so leicht. Aber vielleicht waren wir damals auch noch offener und haben nicht stets das Haar in der Suppe gesucht.«

»Zwischen Gustav Brehm und mir ist nichts.«

»Und bahnt sich etwas an?«

Friederike senkte den Blick. »Das kann ich noch nicht sagen. Dazu kenne ich ihn noch nicht gut genug.«

»Siehst du, dann wird dir die Expertise von Fräulein Wermut gewiss helfen.«

Friederike verkniff sich eine bissige Antwort und nickte stattdessen nur. Ein Blick auf die Uhr verriet, dass der Kaufinteressent für den Jährling jeden Moment eintreffen musste, und so verabschiedete sie sich schnell von ihrem Vater, bevor sie das Thema weiter vertiefen konnten. Ob Charlotte sie wohl als ebenso übergriffig erlebte, wenn sie als Mutter nur das Beste für ihre Tochter wollte?

* * *

Am folgenden Morgen ließ Friederike die Droschke anspannen, um rechtzeitig in Lüneburg am Bahnhof zu sein.

Die Ankündigung, dass Fräulein Wermut gemeinsam mit einem neuen Schützling eine Zeit lang auf Gut Mohlenberg weilen würde, hatte die Hausgemeinschaft beim gemeinsamen Frühstück sehr erfreut. Die Gouvernante war hier seit ihrem ersten Besuch im Jahr 1923 sehr beliebt, vor allem ihre unkonventionelle Art, mit schwierigen Zeitgenossen umzugehen. Sogar Adnans düstere Laune hatte sich etwas gebessert, denn er schätzte das resolute alte Fräulein ganz besonders und freute sich schon auf inspirierende Gespräche mit ihr.

»Ich könnte die Fahrt auch übernehmen«, bot Wolfgang an. »Du hast in den letzten Tagen ohnehin schon so viel getan.«

»Du holst dann nächste Woche Ingrid ab«, beschied Friederike. »Dann muss ich mir nicht drei Stunden ihr albernes Gegacker anhören.«

Wolfgang runzelte die Stirn. »Ich hoffe mal, ihr einflussreicher Schwiegervater ist nicht von der Benzinrationierung betroffen und bringt sie mit dem Auto.«

»Aus Hamburg?« Friederike sah ihn zweifelnd an.

»Warum nicht? Er hat doch Geld und es heißt, er sei sogar schon einmal beim Führer auf dem Berghof zu Gast gewesen.«

»Zu schade, dass er seine Schwiegertochter nicht dorthin in die Sommerfrische schickt.«

»Na ja, auf dem Führer kann man eben nicht reiten, auch wenn er sonst ja ein Universalgenie zu sein scheint.« Wolfgang grinste.

»Derartige Sprüche solltest du dir lieber verkneifen. Man weiß nie, wer mithört und das weiterträgt.«

Wolfgang sah sich um. »Im Moment sind hier nur wir beide. Sonst würde ich so etwas ja auch gar nicht sagen.«

Friederike nickte und gab ihm einen kurzen, freundschaftlichen Klaps auf die Schulter. Dann stieg sie auf den Kutschbock der Droschke, dankbar, dass das schöne Sommerwetter weiterhin anhielt. Freie Sicht. Früher hatte man das Kaiserwetter genannt, inzwischen sprach man von Bombenwetter, weil die feindlichen Piloten unter solchen Bedingungen besser ihre Ziele fanden. Bei dem Gedanken daran seufzte Friederike. Nach dem Blitzsieg über Frankreich hatte sie auf ein schnelles Ende des Krieges gehofft, aber die Kriegserklärung an die Sowjetunion machte es mehr als unwahrscheinlich. Sie konnte sich gut vorstellen, was Bernhard dazu gesagt hätte: Wie kann man so dumm sein, seine eigenen Verbündeten ohne Not anzugreifen, und sich in einen Zweifrontenkrieg begeben?

Zum Glück lag Gut Mohlenberg zu abgelegen, um für Bomber interessant zu sein, aber die Sorge um Charlotte und ihr Studium in Hamburg blieb.

Als sie am Brenner-Hof vorbeikam, hielt sie ihre Droschke kurz an und ließ den Blick über den Hof schweifen, um Gustav die Gelegenheit zu geben, ihr einen guten Tag zu wünschen, aber es rührte sich nichts. Entweder war er nicht anwesend oder im Haus so beschäftigt, dass er sie nicht bemerkt hatte. Also trieb sie das Pferd wieder an und lenkte es auf die Straße nach Lüneburg.

In letzter Zeit war sie so oft in Lüneburg gewesen, dass sie den Eindruck hatte, das Pferd kenne den Weg schon auswendig, denn es machte immer schon kurz vor ihren Hilfen Anstalten, in die richtige Richtung abzubiegen. Das war der Vorteil des Pferdes im Vergleich zum Auto. Im Notfall würde es sie vermutlich auch allein nach Hause zurückbringen, wenn sie nicht in der Lage wäre, es zu lenken, und um die Benzinrationierungen musste sie sich auch keine Gedanken machen. Hafer und eine saftige Weide genügten.

Trotz des Krieges waren die Züge größtenteils pünktlich und der Zug aus Göttingen rollte mit nur drei Minuten Verspätung ein. Friederike stand auf Höhe der Wartehalle am Bahnsteig und beobachtete die aussteigenden Menschen. Da erblickte sie Fräulein Wermut mit einer jungen Frau; sie ließen sich von einem älteren Herrn gerade dabei helfen, ihre Koffer aus dem Zug zu laden.

Noch während der herbeigewinkte Gepäckträger sich der Koffer annahm, hatte Fräulein Wermut Friederike ausgemacht und wies dem Mann die Richtung.

»Sie sind wie immer pünktlich, Frau Doktor von Aalen.« Fräulein Wermut reichte ihr mit strahlender Miene die Hand. Dann stellte sie ihre Begleiterin vor. »Das ist Fräulein Karla Weißkopf.«

»Guten Tag, Frau Doktor.« Karla streckte ihr ebenfalls die Hand entgegen und Friederike ergriff sie. Fräulein Wermut hatte nicht übertrieben, Karla Weißkopf war eine wirklich schöne Frau mit goldblondem Haar, das sie hochgesteckt trug, dunkelblauen ausdrucksvollen Augen, dem Teint einer Porzellanpuppe und vollen roten Lippen, hinter denen beim Lächeln makellos weiße Zähne blitzten. Sie trug ein hellblaues Kostüm und einen dazu passenden Hut. Wenn man Friederike nicht erzählt hätte, dass diese junge Schönheit in ihrer Intelligenz derart eingeschränkt war, dass die Ärzte sie als schwachsinnig bezeichneten, hätte sie es auf den ersten Blick nicht bemerkt. Von der Schwangerschaft war ihr bislang kaum etwas anzumerken, das Kostüm verbarg das Bäuchlein nahezu perfekt und es fiel Friederike nur auf, weil sie darum wusste.

»Guten Tag, Fräulein Weißkopf. Ich freue mich, Sie kennenzulernen«, erwiderte Friederike die Begrüßung. »Dann wollen wir mal zur Droschke gehen.«

Fräulein Wermut wies den Gepäckträger an, ihnen zu folgen, während Fräulein Weißkopf fragte: »Eine Droschke mit einem Pferd oder ein Auto?«

»Eine Pferdedroschke. Unser Auto können wir wegen der Benzinrationierungen derzeit nur sehr eingeschränkt für weitere Strecken verwenden.«

»Ach so.«

Friederike musterte Fräulein Weißkopf. Irgendwie hatte sie sich die junge Frau anders vorgestellt, zumal ihr die Frage durchaus angemessen vorkam und nicht so recht zu den geistig beeinträchtigten Menschen passte, die sonst auf Gut Mohlenberg lebten.

Während sie gemeinsam zur Droschke gingen, grübelte Friederike, welchem Störungsbild sie die junge Frau wohl zuordnen konnte. Nach einem angeborenen Schwachsinn sah es nicht aus und eine Hirnverletzung war ihr nicht bekannt. Sie wirkte gepflegt und hatte einen wachen Blick, der nichts Debiles an sich hatte. Allerdings hatte Fräulein Wermut erwähnt, dass der Vater der jungen Frau Alkoholiker gewesen war. Falls ihre Mutter ebenfalls dem Alkohol zugeneigt gewesen war und diesen in der Schwangerschaft konsumiert hatte, könnte das Auswirkungen auf den Intellekt der Leibesfrucht gehabt haben. Friederike kannte einige Fallstudien zu diesem Thema, wobei die Bewertungen seitens der Medizin unterschiedlich waren. Einige schoben die grenzdebile Entwicklung der Kinder von Alkoholikerinnen auf eine Schädigung im Embryonalstadium, andere wiederum auf das asoziale Milieu. Nun, wie auch immer, sie würde in den nächsten Wochen genügend Zeit haben, sich mit Karla zu befassen und Näheres über die Genese des sogenannten Schwachsinns herauszufinden. Sie schien auf jeden Fall eine angenehme Person zu sein, sonst hätte Fräulein Wermut sich nicht so sehr für sie eingesetzt und sich sogar bereit erklärt, sie bei sich zu Hause aufzunehmen. Das bedeutete, dass die junge Frau sich sauber hielt und einigermaßen zu benehmen wusste. Aber weshalb war sie dann so sexuell aktiv und nur schwer begrenzbar? Nun, auch das würde sie bei näherer Beobachtung mit Sicherheit ergründen. Auf jeden Fall war es eine große Hilfe, dass Fräulein Wermut dabei war. Zumal Friederike nicht ganz uneigennützig hoffte, dass Fräulein Wermut ihr auch dabei helfen würde, Ingrid Ströbel ausreichend zu beschäftigen und abzulenken, wenn die demnächst erschien.

Es versprach auf jeden Fall ein aufregender Sommer zu werden.

13. Kapitel

Die Fahrt nach Gut Mohlenberg verlief entspannt. Friederike hörte, wie Karla Weißkopf Fragen zur Umgebung stellte, die Fräulein Wermut geduldig beantwortete. Nichts an der Art, wie die junge Frau fragte oder auf die Antworten reagierte, erinnerte an eine Schwachsinnige. Allerdings wusste Friederike, dass sich viele kognitive Defizite erst im normalen Alltag zeigten. Auch ihr Mann Bernhard hatte nach seiner schweren Hirnverletzung auf den ersten Blick normal gewirkt, allerdings nur, solange er sich auf einfache Floskeln beschränkte. In einem längeren Gespräch war seine Unfähigkeit zur Abstraktion für jeden sofort erkennbar geworden und hatte bei Fremden oft für Irritationen gesorgt.

Als sie am späten Nachmittag Gut Mohlenberg erreichten, fiel Friederike als Erstes das graublaue Polizeiauto auf, das auf dem Hof parkte.

Wolfgang hatte anscheinend schon auf sie gewartet, denn er kam ihr aus dem Haus entgegen, noch während sie die Droschke anhielt.

»Was ist passiert?«, rief sie und sprang vom Kutschbock.

»Kurz nachdem du losgefahren bist, wurde im Moor ein männlicher Leichnam gefunden.«

»Was?« Friederike riss die Augen auf. Wolfgangs trockene Art, nicht lange um den heißen Brei herumzureden, war manchmal recht erschreckend. »Wer ist der Tote?«

»Das wissen wir nicht. Die Polizei hat Dorfvorsteher Engerlin und mich gebeten, ihn anzusehen, um ihn gegebenenfalls zu identifizieren, aber er war uns unbekannt. Kommissar Lechner und Doktor Schröder sind noch im Haus und sprechen mit deinem Vater.«

»Wer hat ihn denn gefunden?«

»Peter Moltke. Er war mit seinem Jagdhund im Moor unterwegs. Der fing plötzlich an zu buddeln und legte dabei eine menschliche Hand frei. Moltke ist sofort zu uns geeilt, da wir der nächstgelegene Hof sind, um die Polizei anzurufen. Na ja, und dann sind sie gleich gekommen, der Kommissar und der Doktor und ein paar Männer von der uniformierten Schutzpolizei. Die Uniformierten sind schon wieder weg und haben sich um den Abtransport des Toten gekümmert. Lechner meinte, es erinnere ihn an die guten alten Zeiten, hier kurz vor seiner Pensionierung noch mal zu ermitteln, nachdem so viele Jahre Ruhe herrschte.«

»Seinen Humor hat er jedenfalls nicht verloren.«

»Nicht nur das, er scheint die Ermittlungen richtig zu genießen. Na ja, manche Männer werden im Alter eben wunderlich. Wird höchste Zeit, dass er im September in den wohlverdienten Ruhestand geht.«

Inzwischen waren auch Fräulein Wermut und Karla Weißkopf ausgestiegen. Wolfgang begrüßte die beiden. »Meine Frau hat bereits zwei Gästezimmer für Sie vorbereitet«, sagte er dann.

»Und wie ich gerade mit einem Ohr mitgehört habe, gibt es wieder einen ungeklärten Todesfall in der Nähe von Gut Mohlenberg?« Fräulein Wermut schien darüber keineswegs schockiert, sondern eher neugierig. Wunderlich zu sein beschränkte sich also nicht allein auf alte Männer.

»Ja, leider.« Wolfgang seufzte. »Ich kümmere mich um das Gepäck und Sie gehen am besten schon mal rein. Friederike, die Herren sind im Büro bei deinem Vater, falls du ihnen auch noch Guten Tag sagen willst.«

»Du klingst, als wären sie auf einem harmlosen Ausflug vorbeigekommen.«

Wolfgang hob die Schultern. »Was soll ich sonst sagen? Vorsicht, hier läuft ein Mörder rum? Wir wissen ja noch nicht mal, wie der Mann zu Tode gekommen ist.«

»Aber er wird sich kaum selbst begraben haben«, gab Fräulein Wermut zu bedenken. »Oder ist er im Moor versunken?«

»Wer weiß? Der Tote war vollständig entkleidet und ich glaube nicht, dass er dort eine Fangopackung nehmen wollte.«

»Wolfgang!«

»Ja, Friederike?« Er sah sie lächelnd mit unschuldigem Blick an.

Friederike verdrehte die Augen.

»Hier gibt es Mörder?« Fräulein Weißkopf schaute sich ängstlich um.

»Nein, hier auf Gut Mohlenberg sind Sie vollkommen sicher«, sagte Fräulein Wermut und hakte sich bei der jungen Frau unter. »Kommen Sie, wir schauen uns jetzt unsere Zimmer an. Ich bin davon überzeugt, dass es Ihnen hier gefallen wird. Um die Mörder kümmert sich die Polizei.«

»Aber ich will hier nicht bleiben, wenn hier Mörder sind!«

»Hier auf Gut Mohlenberg sind Sie sicher vor Mördern«, bestätigte Friederike noch einmal und warf Wolfgang einen strafenden Blick zu. Das hatten sie jetzt von seiner schonungslosen Offenheit. Allerdings hoffte sie, dass es Fräulein Wermut schnell gelingen würde, Fräulein Weißkopf zu beruhigen.

Friederikes Vater saß mit Kommissar Lechner und dem Polizeiarzt Doktor Schröder in seinem Büro. Er wirkte erleichtert, als seine Tochter das Büro betrat. »Gut, dass du kommst, Friederike. Hier ist heute einiges los gewesen.«

»Wolfgang hat es mir bereits erzählt«, sagte sie. Dann reichte sie Kommissar Lechner und Doktor Schröder die Hand, bevor sie sich setzte. »Wolfgang sagte, der Tote lag nackt im Moor und niemand hier kennt ihn?«

Kommissar Lechner nickte. »Ja, wir haben schon für die Überführung der Leiche nach Lüneburg gesorgt, wo Doktor Schröder sie sich morgen früh genauer ansehen wird.«

»Wie lange ist der Mann wohl schon tot?«, fragte Friederike.

»Das ist schwer zu sagen«, erwiderte Doktor Schröder. »Er wurde zwar im Moor gefunden, allerdings ist er dort nicht versunken, sondern wurde an einer Stelle begraben, wo die Torfstecher früher gearbeitet haben, bevor es unrentabel wurde. Die Spurensicherung hat eindeutig festgestellt, dass dort erst kürzlich gegraben wurde, auch wenn der Hund von Herrn Moltke, der den Toten gefunden hat, dort ebenfalls ziemlich viel gewühlt hat.«

»Aber es ist ein frischer Toter und keine Moorleiche aus dem Altertum?«, hakte Friederike nach.

»Eine alte Moorleiche halte ich für ausgeschlossen.« Doktor Schröder kratzte sich am Kopf. »Die Haut einer klassischen Moorleiche ist schwarz verfärbt. Dieser Mann hat noch keine Fäulniszeichen und auf den ersten Blick haben wir eine Platzwunde am Hinterkopf gesehen. Die Obduktion wird zeigen, ob es eine Impressionsfraktur war, die womöglich zum Tode geführt hat. Ich nehme an, dass er höchstens seit fünf Tagen tot ist, vermutlich sogar kürzer. Genaueres kann ich erst nach der Obduktion sagen.«

»Womit wir zur nächsten Frage kommen«, fügte Kommissar Lechner hinzu. »Anscheinend kennt niemand hier diesen Mann. Aber wie ist der Fremde dann hierhergekommen?«

»Mit dem Bus?«, schlug Friederike vor. »Der fährt dreimal in der Woche. Vielleicht sollten Sie sich bei den Ermittlungen an den Busfahrer halten.«

Lechner nickte und notierte etwas in seinem Notizbuch.

»Haben Sie die Gegend schon nach seiner Kleidung abgesucht?«, fragte Friederike weiter.

»Selbstverständlich. Bislang haben wir nichts gefunden.«

»Mir käme da noch ein anderer Gedanke«, sagte Doktor Meinhardt. »Was wäre, wenn der Mann mit einem Fahrrad unterwegs gewesen wäre? Dann hätte der Täter womöglich das Fahrrad und die Kleidung mitgenommen und wäre über alle Berge.«

»Aber wer um alles in der Welt sollte dann Ihrer Meinung nach als Täter infrage kommen?«, fragte der Kommissar. »Hier kennen sich doch alle seit Jahren und jeder Fremde würde unweigerlich auffallen. Erst recht zwei Fremde, von denen einer ein Fahrrad hätte.«

Friederikes Vater räusperte sich. »Haben Sie unseren neuen Nachbarn, Gustav Brehm, schon befragt? Vielleicht ist der Tote ein Bekannter von ihm.«

»Papa!«, fuhr Friederike dazwischen. »Glaubst du wirklich, Gustav wäre ein Mörder?«

»Das habe ich nicht gesagt. Ich frage mich nur, ob er den Toten vielleicht kennt. Hast du nicht gesagt, dass er einen Bekannten in Lüneburg getroffen hat?«

»Ja, in Lüneburg. Wenn der ihn hier besucht hätte, hätte er es mir mit Sicherheit gesagt.«

Kommissar Lechner horchte auf. »Was für ein Mensch ist dieser Brehm?«

»Jemand, der hier nach dem Tod seiner Familie neu anfangen will.« Friederike fasste Gustavs Biografie kurz zusammen.

»Hm, das klingt reichlich seltsam. Ein Finanzbeamter, der aus lauter Trauer seine gesicherte Stellung und seine Pensionsansprüche hinwirft, um hier in Mohlenberg einen alten Hof instand zu setzen, der so heruntergekommen ist, dass keiner der Einwohner ihn kaufen wollte. Kommt Ihnen das nicht verdächtig vor?«

»Gerade weil es so ungewöhnlich ist, glaube ich dem Mann. Wenn er etwas Kriminelles im Schilde führte, würde er doch nicht so eine unglaubliche Geschichte erfinden. Und im Übrigen stellt sich auch die Frage, warum er so ein Theater aufziehen sollte, wenn er jemanden gezielt umbringen will.«

»Nun, wir wissen noch nicht, ob es wirklich ein heimtückischer Mord oder eine Tötung im Affekt war«, warf Doktor Schröder ein. »Das wissen wir erst, wenn wir die Obduktionsergebnisse kennen.«

Kommissar Lechner räusperte sich. »Ich denke, wir haben Ihre Zeit schon zur Genüge beansprucht«, sagte er. »Sagen Sie, dieser Herr Brehm, wo genau ist sein Hof?«

»Am Ende des Feldwegs, der von Gut Mohlenberg zum Dorf Mohlenberg führt, genau an der Kreuzung«, erwiderte Friederike. »Wollen Sie ihn jetzt gleich noch besuchen?«

»Ja, es liegt ja auf dem Weg. Oder ist er nicht zu Hause?«

»Das weiß ich nicht«, erwiderte Friederike, bevor sie dem Kommissar und Doktor Schröder zum Abschied die Hand reichte.

»Und, was hältst du davon?«, fragte Doktor Meinhardt seine Tochter, nachdem die Gäste gegangen waren.

»Vom Mord oder davon, dass du Gustav als Verdächtigen ins Spiel gebracht hast?«

Ihr Vater runzelte die Stirn. »Ich habe ihn nicht als Verdächtigen, sondern allenfalls als Zeugen benannt. Im Übrigen wollte ich deine Meinung zu diesem Todesfall hören. Was war dein erster Verdacht?«

»Ich habe keinen«, erwiderte Friederike. »Ich war einfach nur überrascht. Aber wenn ich jetzt so darüber nachdenke, gibt es eine Menge Möglichkeiten. Die Polizei hat keine Kampfspuren erwähnt, also ist es wahrscheinlich, dass der Mann woanders ums Leben kam und jemand seinen Leichnam hier entsorgt hat. In einem abgelegenen Moor, das nicht mal mehr die Torfstecher aufsuchen.«

»Wenn dem so ist, müsste der Täter die Gegend dennoch gut kennen. Und wie sollte er die Leiche unbemerkt transportieren? Bei der Benzinrationierung können sich nur noch wenige Leute eine Fahrt erlauben.«

»Außerdem wären dann Reifenspuren vor Ort gewesen«, fügte Friederike hinzu. »Es sei denn, die Täter haben weiter weg geparkt und den Leichnam dann geschleppt und vergraben. Außer Moltke geht da ja nur selten jemand lang. Und der macht das auch nur, weil wir alle bei seiner Wilderei beide Augen zudrücken, da wir genau wissen, dass er die Jagdbeute für den Kochtopf seiner Familie braucht.«

Doktor Meinhardt nickte schwach. »Würdest du für Gustav wirklich beide Hände ins Feuer legen?«, fragte er dann.

Friederike hob erstaunt den Blick. »Du sagtest doch gerade noch, du verdächtigst ihn nicht, sondern hättest ihn nur als Zeugen benannt.«

»Der Polizei gegenüber. Aber mit dir möchte ich offen reden. Er ist der Einzige hier, den wir nicht schon seit Jahren kennen.«

»Was ihn nicht zum Mörder macht.«

»Nein, natürlich nicht. Aber letztlich wissen wir doch so gut wie gar nichts über diesen Mann.«

»Wir wissen eine Menge über ihn.«

»Nur das, was er dir erzählt hat. Ob es stimmt, kannst du nicht wissen. Und ich muss Kommissar Lechner recht geben, diese Geschichte klingt schon reichlich weit hergeholt.«

»Bist du jetzt so misstrauisch, weil ich ihm zugeneigt bin und du das als Vater grundsätzlich kritisch siehst, oder hat er dir irgendeinen Grund gegeben, an ihm zu zweifeln?«

»Nun sei doch nicht gleich so aufgebracht, Rieke.«

»Ich bin nicht aufgebracht. Ich wundere mich nur über dich, dass du schon genauso reagierst wie die Leute, die du früher immer dafür verachtet hast, dass sie Fremden grundsätzlich misstrauen.«

»Ich misstraue niemandem nur deshalb, weil er fremd ist. Aber hier wurde ein Toter gefunden und das ändert alles.«

»Du meinst, so wie die Leute vor über zwanzig Jahren dachten, Trudi könnte ja nur von einem unserer Patienten umgebracht worden sein?«, empörte sich Friederike. »Dabei war es Selbstmord.«

»Allerdings hatte Doktor Weiß ihren Leichnam für seine Experimente verstümmelt«, hielt ihr Vater ihr entgegen. »Somit war es doch verständlich, dass alle an einen grauenvollen Mord glaubten, den nur ein gestörter Geist vollbringen konnte. Und leider haben wir viel zu spät gemerkt, wie gestört Doktor Weiß war.«

Friederike senkte den Blick. Daran wollte sie nicht mehr denken. Hätten sie es früher bemerkt, könnte Bernhard noch leben …

»Es tut mir leid«, sagte Doktor Meinhardt, als er sah, wie sehr die Erinnerungen Friederike quälten. »Ich denke, die Polizei wird ihre Arbeit schon vernünftig machen und Gustav lediglich befragen. Wenn du dich besser fühlst, kannst du ihn ja heute Abend noch besuchen, um dich nach ihm zu erkundigen.«

»Eigentlich wollte ich mich heute erst einmal um unsere Gäste kümmern.«

»Fräulein Wermut und Karla Weißkopf?« Doktor Meinhardt nahm den Themenwechsel dankbar auf. »Was denkst du über die junge Frau? Hast du schon einen Eindruck davon, wie stark ihr Schwachsinn ausgeprägt ist?«

»Das ist schwierig zu sagen.« Friederike lehnte sich ein Stück zurück. »Auf der Fahrt nach Mohlenberg wirkte sie ganz normal. Allerdings hat sie dieser Mordfall sehr aufgewühlt und anhand ihrer Reaktion bemerkte ich, dass sie wirklich recht einfach strukturiert ist. Man sieht es ihr nicht an, aber ihre Intelligenz ist vermutlich sehr weit unter dem Durchschnitt. Genaueres können wir natürlich erst wissen, wenn wir sie besser kennen.«

»Und was denkst du über ihre …« – ihr Vater räusperte sich – »sexuelle Umtriebigkeit?«

»Das bleibt abzuwarten. Aber Fräulein Wermut wird ein wachsames Auge auf sie haben.«

»Weißt du was, Rieke? Ich werde die Damen jetzt begrüßen und mir ein eigenes Bild von Fräulein Weißkopf machen. Und du besuchst Gustav Brehm.«

Friederike sah ihren Vater überrascht an. »Und wenn die Polizei noch dort ist?«

»Du wirst ja sehen, ob ihr Auto vor seinem Hof parkt. Mach einen Ausritt, dann kannst du die Zeit überbrücken.«

»Willst du mich etwa loswerden?«

Ihr Vater lachte. »Nein, natürlich nicht. Aber ich sehe dir an, wie dich die Sache beschäftigt. Und dann ist es besser, sie direkt zu klären, anstatt lange darüber zu grübeln.«

Friederike nickte, dann stand sie auf und verabschiedete sich, um seinem Rat zu folgen.

Als sie eine halbe Stunde später, diesmal wieder auf Wido und in Reithosen, den Brenner-Hof erreichte, sah sie das Polizeifahrzeug gerade am Ende der Straße verschwinden. Sie atmete auf, stieg vom Pferd und betrat den Hof.

Gustav hatte sie vermutlich aus dem Fenster gesehen, denn er kam ihr sogleich entgegen. »Friederike! Das ist ja eine angenehme Überraschung. Ich dachte, du bist noch in Lüneburg.«

»Nein, ich bin schon eine Weile zurück.«

»Bist du nur auf einen kurzen Besuch vorbeigekommen oder soll ich Wido versorgen?«

»Ich wollte mich erkundigen, wie es dir geht. Ich war sehr erschrocken, als ich zurückkam und die Polizei auf Gut Mohlenberg vorfand. Und als ich hörte, dass sie jetzt noch zu dir wollen, dachte ich, du könntest im Anschluss etwas Aufmunterung gebrauchen. Kommissar Lechner kann sehr …« – sie zögerte kurz, um das passende Wort zu finden – »… eigenwillig im Umgang mit Zeugen sein.«

»Er war ausgesprochen höflich, ebenso wie Doktor Schröder. Sie wollten wissen, ob ich Besuch hatte oder jemanden vermisse oder irgendetwas Ungewöhnliches beobachtet habe. Ich konnte alles mit bestem Gewissen verneinen.«

»Es hätte mich auch gewundert, wenn du etwas damit zu tun gehabt hättest«, erwiderte Friederike. »Was denkst du denn über die Sache?«

»Wie wäre es, wenn du doch mit reinkommst und ich mich vorher um Wido kümmere? Es ist so ungemütlich, wenn wir hier vor der Tür stehen. Ich habe auch noch etwas Kaffee, den ich gern für dich aufsetzen werde.«

»Sehr gern.«

Kurz darauf saßen sie gemeinsam in Gustavs guter Stube und Friederike sog dankbar den Duft des frischen Kaffees ein.

»Hast du irgendeinen Verdacht, wer der Tote sein könnte?«, fragte Gustav.

»Nein, das hätte ich der Polizei mitgeteilt. Und du?«

»Na ja, du hast doch mal erwähnt, dass es im Umland Fremdarbeiter aus Polen gibt. Vielleicht ist der Tote einer davon.«

Friederike hob den Blick. »Aber wer sollte Interesse daran haben, einen Fremdarbeiter zu erschlagen und dann nackt zu vergraben?«

»Vielleicht andere Fremdarbeiter? Vielleicht haben sie sich gestritten? Oder jemand wollte ihn loswerden.«

»Loswerden?« Friederike runzelte die Stirn.

Gustav trank einen Schluck Kaffee. »Na ja ... ich könnte mir vorstellen, dass es Väter nicht gern sehen, wenn sich so einer an ihre Töchter ranmacht. Und es gibt Leute, die dann schnell zu Selbstjustiz greifen und die Leiche verschwinden lassen, anstatt sich an Recht und Gesetz zu halten. Vor allem, wenn man die slawischen Völker als Untermenschen ansieht, ist es einfacher, den sogenannten Schädling zu entsorgen, anstatt die Schande an die große Glocke zu hängen.«

Friederike schluckte. »Ich mag es nicht, wenn jemand Menschen als Schädlinge bezeichnet.«

»Ich auch nicht. Ich habe nur wiedergegeben, wie manche Leute denken.«

»Und das glaubst du wirklich? Dass es ein Fremdarbeiter war?«

Gustav hob die Schultern. »Letztlich weiß ich, dass ich nichts weiß. Soll sich die Polizei damit befassen.«

»Und es beunruhigt dich nicht?«

Er sah sie ernst an. »Glaubst du, hier läuft ein Mörder frei herum? Wenn du davor Angst hast, hättest du auch nicht allein zu mir reiten dürfen.«

»Ich wäre auf Wido auf jeden Fall schneller als der Mörder.« Sie lächelte. »Nein, ich habe keine Sorge vor einem mutmaßlichen Mörder. Ich dachte eher daran, dass es dich beunruhigen könnte, wenn du als Fremder in den Fokus der Polizei gerätst.«

»Glaubst du, ich hätte einen Grund, mir Sorgen zu machen? Ich vertraue unserer Polizei. Die wird schon die richtigen Schlüsse ziehen.«

»Nun, ich habe einmal erlebt, dass Kommissar Lechner sich auf den falschen Täter eingeschossen hat. Einer unserer Patienten wurde fälschlich verdächtigt und in die geschlossene Psychiatrie nach Hannover verbracht. Dort ist er dann ums Leben gekommen.«

»Durch die dortigen Behandlungsmaßnahmen?«

»Indirekt. Er schlug voller Verzweiflung immer wieder mit dem Kopf gegen die Wand seiner Einzelzelle und man hat nicht rechtzeitig gehandelt. Er starb an einer Gehirnblutung.«

»Das tut mir sehr leid.« Gustav ergriff ihre Hand. »Es war gewiss nicht leicht, einem deiner Schutzbefohlenen nicht helfen zu können.«

»Es war schrecklich«, bestätigte Friederike. »Zumal ich ihn von Kindheit an gekannt hatte. Er war zwar schizophren, aber ein liebenswerter Mensch, der als Schäfer gearbeitet hat. Ich bin als kleines Mädchen oft mit ihm und den Heidschnucken hier herumgezogen und habe mich bei ihm immer sicher gefühlt.«

»Dein Vater hat dich allein mit einem seiner Patienten herumziehen lassen?« Gustav wirkte überrascht.

»Ja, Kuno war nicht gefährlich.«

Für einen Moment sah es so aus, als wollte Gustav etwas erwidern, aber dann nickte er nur. Gerne hätte Friederike gewusst, was ihm gerade im Kopf herumging. Auch wenn er ihr nach wie vor sympathisch war, so hatte sie heute das Gefühl, ihr Vater könnte recht haben. Sie wusste nicht wirklich etwas über ihn, sondern nur das, was er ihr gesagt hatte. Andererseits hatte er keinen Grund, sie zu belügen, zumal ein geschickter Lügner sich eine bessere Geschichte ausgedacht hätte. Ihr Blick fiel erneut auf die Fotografie seiner Frau und Tochter auf dem Kaminsims und auf einmal schämte sie sich für ihr Misstrauen. Das hatte er nicht verdient.

14. Kapitel

Am nächsten Morgen nutzte Friederike die Zeit nach dem Frühstück, um Fräulein Weißkopf besser kennenzulernen. Sie lud sie deshalb zu einem Gespräch in ihr Büro ein. Friederikes Vater hatte erzählt, dass die junge Frau ihm gegenüber recht zurückhaltend gewesen war, was er aber auch darauf schob, dass Fräulein Wermut bei ihrem ersten Kennenlernen dabei gewesen war.

»Unser gutes Fräulein Wermut ist eben eine Gouvernante durch und durch, die stets darauf achtet, dass ihre Schützlinge sich gut benehmen. Ich denke, du als Frau wirst mehr aus ihr herausbekommen.«

Und so hatte Friederike Fräulein Weißkopf gleich nach dem Frühstück angesprochen, während Fräulein Wermut die Gelegenheit nutzte, sich von Charlotte und Irmgard das Gestüt und die Neuerungen seit ihrem letzten Besuch, der mehrere Jahre zurücklag, zeigen zu lassen.

»Wir wollen nachher noch ausreiten«, sagte Charlotte. »Aber Fräulein Wermut kann nur im Damensattel reiten. Ist es in Ordnung, wenn sie deine Halla nimmt?«

»Ja, das ist es. Aber passt gut auf euch auf.«

»Du meinst wegen des Todesfalls? Keine Sorge, Mama, an uns drei wird sich mit Sicherheit kein Mörder heranwagen.« Charlotte lachte übermütig und Friederike beneidete sie ein wenig um die Unbeschwertheit der Jugend. Allerdings war auch kein Bösewicht gut beraten, sich mit Fräulein Wermut anzulegen, das hatte die streitbare Gouvernante in der Vergangenheit hinreichend bewiesen.

Fräulein Weißkopf wirkte sehr verunsichert, als sie Friederike in ihr Büro folgte. Ob sie schlechte Erfahrungen damit gemacht hatte, wenn man sie zu einem Gespräch beorderte? Oder war das einfach nur eine normale Unsicherheit in einer völlig fremden Umgebung?

»Ich hoffe, Ihnen gefällt Ihr Zimmer?«, begann Friederike das Gespräch.

»Ja, es ist sehr schön.«

»Das freut mich. Weshalb ich mit Ihnen sprechen wollte, Fräulein Weißkopf …«

»Habe ich was falsch gemacht?« Sie sah Friederike mit großen, ängstlichen Augen an.

»Nein, ganz und gar nicht. Aber ich habe einiges von Fräulein Wermut über Ihre Geschichte gehört und würde nun gern Ihre Version hören.«

»Was für eine Vision?«

»Ähm, Version, nicht Vision. Ich würde gern wissen, was Sie möchten und was Ihre Pläne sind. Sie erwarten ein Kind, nicht wahr?«

Fräulein Weißkopf legte die Hand auf ihren Bauch und nickte.

»Möchten Sie nicht mit dem Vater zusammenleben und eine ganz normale Familie gründen?« Friederike hatte lange überlegt, wie sie am besten vorgehen sollte, und sich dann dafür entschieden, eine direkte Konfrontation zu wagen, um zu sehen, wie Karla darauf reagierte.

»Das will er nicht.«

Friederike horchte auf. Mit dieser Antwort hatte sie am allerwenigsten gerechnet. Hatte es nicht geheißen, die junge Frau sei so promiskuitiv, dass niemand wisse, wer der Vater ihres Kindes sei?

»Warum will er das nicht?«

»Ich weiß nicht.«

»Haben Sie ihn nicht gefragt?«

»Der Mann muss doch die Frau fragen.«

»Ähm, Sie meinen, ob er Sie heiraten möchte?«

Fräulein Weißkopf nickte.

»Aber Sie müssen doch davor schon gewusst haben, ob Sie sich mögen, denn sonst wären Sie ja nicht schwanger geworden, oder?«

»Er sagte, er müsste erst mal wissen, ob ich ihn auch lieb habe, und das müsste ich ihm dann zeigen.«

»Ich verstehe. Sagen Sie, Karla – ich darf doch Karla sagen, oder?«

»Ja.«

»Danke. Also, Karla, sagen Sie, ist Ihnen das schon häufiger passiert? Dass Männer einen Beweis der Liebe wollten?«

Ihr Gegenüber nickte. »Ja, und wenn ich jemanden mag, dann habe ich ihm das auch gezeigt. Und das war dann schön.« Ein versonnenes Lächeln huschte über Karlas Gesicht. Immerhin verband sie Sexualität mit etwas Angenehmem.

»Ah ja. Aber hinterher wollte Sie keiner heiraten?«

Karla schüttelte den Kopf. »Mich hat keiner gefragt. Vielleicht hatten sie mich nicht lieb genug.«

»Und dann haben Sie weitergesucht?«

Die junge Frau nickte.

»Wissen Sie, Karla, das Problem bei Männern ist, dass sie Frauen nicht heiraten, wenn die gleich so lieb zu ihnen sind.«

Karla sah Friederike ehrlich erstaunt an. »Warum nicht?«

»Weil Männer dann denken, dass eine Frau, die sich schnell so lieb zeigt, später in der Ehe auch zu fremden Männern so lieb ist. Und das mögen Männer nicht. Die wollen, dass ihre Frau nur zu ihnen lieb ist. Also haben die Männer zwar Spaß mit Frauen wie Ihnen, aber sie werden Sie nie heiraten.«

»Aber wenn ich verheiratet wäre, wäre ich doch nur noch zu meinem Mann lieb.«

»Ja, ich glaube Ihnen das. Doch die Männer glauben das nicht, weil sie sich selbst nicht beherrschen können. Männer, die gleich wollen, dass Sie lieb zu ihnen sind, werden Sie nie heiraten, sondern nutzen Ihre Freundlichkeit aus.«

»Das ist aber gemein.« Karla Weißkopf sah aus, als würde sie gleich in Tränen ausbrechen.

»Ja, das ist es«, bestätigte Friederike und unterdrückte den Impuls, die junge Frau tröstend in den Arm zu nehmen. Auf einmal bekam das seltsame Gebaren, das von allen für sexuelle Distanzlosigkeit gehalten worden war, einen Sinn. Die Tatsache, dass sie Sexualität als etwas Angenehmes erlebte und nicht in der Lage war zu erkennen, wann sie ausgenutzt wurde, hatte diese Frau zum willfährigen Opfer gemacht. Vor diesem Hintergrund war es vielleicht möglich, ihr dabei zu helfen, das distanzlose Verhalten abzulegen. Natürlich musste man damit rechnen, dass sie schnell in alte Verhaltensmuster verfiele und womöglich sogar von sich aus Männern sexuelle Avancen machte, weil sie glaubte, ihnen so zu zeigen, dass sie sie liebte und gern ihre Ehefrau werden würde.

Warum war das eigentlich zuvor niemandem aufgefallen? Lag es daran, dass man über Sexualität nicht sprach, sondern schamvoll darüber hinwegsah? Oder hatte man Karla Weißkopf für eine distanzlose Schwachsinnige gehalten, die ohnehin nicht begriff, was sie tat? Für einen Menschen, der es gar nicht wert war, dass man sich intensiv mit ihm befasste, weil man sie für zu dumm hielt?

»Welche Wünsche haben Sie denn für das Kind, das Sie erwarten? Fräulein Wermut erzählte mir, dass die Familie Klonki es gern adoptieren und als ihr eigenes Kind aufziehen würde. Was denken Sie darüber?«

»Ich kann es ja nicht behalten.« Karla senkte traurig den Blick.

»Warum nicht?«

»Weil ich keinen Mann habe.«

»Ist das der einzige Grund?«

Karla nickte.

»Würden Sie sich denn zutrauen, ein Kind ganz allein aufzuziehen?«

»Nein, dafür brauche ich ja einen Mann. Den muss ich noch finden.«

»Und wenn Sie keinen finden?«

Karla starrte stumm auf ihre Schuhspitzen.

»Wissen Sie, Karla, Frauen können auch ohne einen Mann ein Kind aufziehen, denn was würden sonst die ganzen Witwen tun? Allerdings ist es wesentlich schwerer, noch einen Mann zu finden, wenn Sie schon ein Baby haben. Was ist Ihnen wichtiger? Einen Mann zu finden, der Sie liebt und eine Familie mit Ihnen gründen möchte, oder dieses Kind allein großzuziehen?«

»Ich weiß nicht.«

»Nun ja, wir haben ja noch viel Zeit, da können Sie noch in Ruhe nachdenken. Allerdings will ich ehrlich zu Ihnen sein. Ich denke, es wäre für Ihr Kind besser, wenn es von den Klonkis adoptiert wird. Dort hätte es eine Mutter und einen Vater. Und Sie wüssten, dass es gut versorgt ist, und könnten dann versuchen, jemanden zu finden, der zu Ihnen passt. Allerdings müssten Sie das auf die richtige Weise versuchen.«

»Und wie ist die richtige Weise?« Auf einmal kehrte Leben in Karlas eben noch so traurigen Blick zurück.

»Das könnten Sie hier lernen, wenn Sie bereit sind, auf mich zu hören.«

»Das würde ich gern.« Ihre Augen leuchteten und Friederike fragte sich, ob es wirklich richtig war, der jungen Frau derartige Hoffnungen zu machen. Andererseits war Karla hübsch, stellte keine großen Ansprüche und wenn sie sich angemessen verhielt, war es vielleicht möglich, jemanden zu finden, der zu ihr passte. Wichtig war nur, dass sie sich mit sexuellen Avancen zurückhielt. Alles andere würde sich dann schon ergeben.

Kurz nachdem das Gespräch mit Karla beendet war, klingelte Friederikes Telefon.

Es war Doktor Schröder. »Frau Kollegin, eigentlich ist es ja nicht üblich, eine Außenstehende in Obduktionsergebnisse einzuweihen, aber hier verlasse ich mich auf Ihre Diskretion. Außerdem kennen wir uns ja schon sehr lange und da hielt ich es für meine Pflicht, Sie vorab zu informieren.« Seine Stimme klang so ernst, dass Friederike tief Luft holte.

»Was haben Sie herausgefunden?«

Doktor Schröder räusperte sich. »Der Tod trat irgendwann in den letzten drei Tagen ein. Todesursache war die Schädelverletzung. Der Tod muss durch einen Schlag, Stoß oder Sturz eingetreten sein, die Verletzung wurde durch einen unebenen Gegenstand hervorgerufen. Das könnte alles gewesen sein, vom Stein bis zur Keule. Außerdem hatte er Hämatome im Gesicht, die auf eine Schlägerei hindeuten. Die waren allerdings noch nicht richtig ausgeprägt, was dafür spricht, dass er schon tot war, bevor die Veilchen richtig erblühen konnten. Aber deswegen rufe ich Sie gar nicht an.«

»Sondern?«

»Der Mann hatte eine Blutgruppentätowierung auf der Innenseite des linken Oberarms, knapp unter der Achselhöhle. Wissen Sie, was das bedeutet?«

»Nein.«

»Das ist ein übliches Verfahren bei der SS. Mitgliedern wird die Blutgruppe an dieser Stelle eintätowiert, damit man im Notfall keine Zeit verliert, falls sie nach einem Kampfeinsatz eine Bluttransfusion brauchen.«

»Dann ist der Tote Mitglied der SS gewesen?«

»In der Tat. Ich habe diese Tatsache natürlich umgehend an Kommissar Lechner gemeldet. Mit dieser Information war es dann relativ leicht, die Identität des Toten zu erfahren. Der Mann war Unterscharführer Hannes Piel aus Hamburg. Da es sich um einen ungeklärten Todesfall eines SS-Mannes handelt, hat die SS die Ermittlungen federführend übernommen und einen SS-Kommissar aus Hamburg mit dem Fall betraut, Hauptsturmführer Markmann. Der wird sich noch heute auf den Weg nach Mohlenberg machen, um seine eigenen Zeugenbefragungen durchzuführen. Ich wollte, dass Sie das wissen. Man hat Kommissar Lechner von dem Fall abgezogen.«

Friederike schluckte. »Vielen Dank, dass Sie mich darüber informiert haben. Wissen Sie sonst noch etwas, das für uns wichtig sein könnte?«

»Was meinen Sie?«

»Sind Sie diesem Markmann schon begegnet?«

»Nein.«

»Vielleicht haben Sie schon etwas über ihn gehört?«

»Sie meinen, die allgemeine Gerüchteküche? Nun, da gibt es nicht viel. Markmann scheint ein strammer, zuverlässiger Parteigenosse zu sein, der als einer der ersten Polizeibeamten nach der Machtergreifung der SS beitrat. Vielleicht wissen Sie, dass viele Dienstränge der Polizei denen der SS angeglichen wurden und Polizeibeamte, die der SS beitraten, schneller

Karriere machten. Hier in Lüneburg haben wir auch so einen, aber Kommissar Lechner hat den immer kurzgehalten und da er selbst schon kurz vor der Pensionierung steht, hat niemand von ihm erwartet, der SS beizutreten. Schließlich müssen die Männer ja alle von einwandfreier gesundheitlicher Konstitution sein und die ist bei einem über Sechzigjährigen nicht mehr im gewünschten Umfang gegeben. Unabhängig davon wäre unser guter Lechner auch nicht der Richtige für die SS. Dazu ist er zu individualistisch und eigensinnig.«

»Das klingt fast so, als könnte er froh sein, dass er demnächst pensioniert wird, um sich Ärger zu ersparen.«

»Genauso ist es, Frau Kollegin. Ich muss selbst aufpassen, denn sie haben auch einen SS-Arzt aus Hamburg angekündigt, der sich den Leichnam noch einmal ansehen will. Und falls dieser Arzt sich das Umfeld von Mohlenberg ebenfalls ansehen will, sollten Sie sehr vorsichtig sein und aufpassen, dass er nicht alle Ihre Mitarbeiter zu Gesicht bekommt. Sie verstehen, was ich meine, oder?«

»Ja«, sagte Friederike leise. »Ich danke Ihnen nochmals, dass Sie mich informiert haben.«

»Falls ich noch etwas Wichtiges höre, werde ich mich wieder melden«, versprach Doktor Schröder, dann beendete er das Gespräch.

15. Kapitel

Die erste Begegnung mit Kommissar Markmann verlief völlig anders, als Friederike es sich vorgestellt hatte, und das lag vor allem daran, dass er Ingrid Ströbel aus Hamburg in seinem Dienstfahrzeug mitgebracht hatte.

»Friederike, wie schön, wieder hier zu sein!« Ingrid scherte sich nicht um ihren Begleiter, sondern eilte Friederike entgegen, als wäre die ihre beste Freundin. »Ist es nicht ein wunderbarer Zufall, dass Achim dienstlich nach Lüneburg geschickt wurde?« Sie wies auf den Mann in SS-Uniform, der nach ihr ausgestiegen war.

Friederike sah den Mann lächelnd an und hielt ihm ihre Hand entgegen. »Guten Tag, mein Name ist Friederike von Aalen.«

Der Mann nahm seine Schirmmütze ab und ergriff ihre Hand. »Hauptsturmführer Joachim Markmann von der Hamburger Polizei«, stellte er sich vor. Um nicht zu verraten, dass sie bereits von Doktor Schröder vorgewarnt worden war, fragte sie: »Sind Sie nur hier, um meine liebe Freundin Ingrid zu begleiten, oder hat es auch etwas mit diesem unbekannten Toten zu tun?«

»Leider das Zweite.« Markmann seufzte. »Der Fall ist von einiger Brisanz, weshalb ich nach Lüneburg beordert wurde, um mich der Sache anzunehmen.«

»Müssen wir Angst haben, dass sich hier ein gefährlicher Mörder herumtreibt, wenn die SS extra einen Hauptsturmführer aus Hamburg bereitstellt, um den Täter zu fassen?«

»Hauptsturmführer bin ich aufgrund der Dienstrangangleichung eines Oberkommissars der Hamburger Kriminalpolizei. Und da ich mit Frau Ströbels Gatten seit Jahren befreundet bin, habe ich die Gelegenheit genutzt, sie im Dienstfahrzeug mitzunehmen, auch wenn das nicht ganz den Gepflogenheiten entspricht. Aber man muss ja Mensch bleiben, nicht wahr?« Er lächelte gewinnend. Ein schöner Mann, glatt rasiert mit hellbraunem Haar und braunen Augen. Sie schätzte ihn auf Ende dreißig. Wenn die Uniform nicht für all das gestanden hätte, was Friederike fürchtete und verachtete, hätte sie ihn durchaus attraktiv gefunden.

Indes war ein zweiter Mann ausgestiegen. Ebenfalls in SS-Uniform, allerdings sah Friederike sofort den Äskulapstab auf seinen Kragenspiegeln.

»Mein Kollege Doktor Kessler«, stellte Markmann ihn vor.

Noch so ein arisches Musterexemplar, dachte Friederike, reichte ihm aber die Hand, ohne sich etwas anmerken zu lassen.

»Ich habe gehört, Sie sind ebenfalls Kollegin?«, fragte Kessler, während er ihre Hand schüttelte.

»Ich bin nicht bei der SS, falls Sie das meinen.«

Kessler lachte. »Nein, ich meinte ärztliche Kollegin.«

»Ja, das ist richtig. Allerdings praktiziere ich schon länger nicht mehr, sondern habe mich ganz der Pferdezucht verschrieben. Vielleicht haben Sie ja schon von Gut Mohlenberg gehört. Wir sind im norddeutschen Raum sehr bekannt für unsere Zuchtlinie.«

»Wir sind beide leidenschaftliche Reiter«, sagte Kessler und warf Markmann einen Blick zu.

»Das stimmt«, bestätigte der. »Wir haben uns in der SS-Reiterstandarte *Nordsee* kennengelernt, die in Hamburg stationiert ist. Über die regelmäßigen SS-Treffen kennen wir auch Ingrids Mann Hermann. So hat sich eines zum anderen gefügt.«

»Wenn die Mörderjagd euch Zeit lässt, solltet ihr unbedingt zum Reiten herkommen«, sagte Ingrid. »Friederikes Pferde sind wirklich ausgezeichnet und die Gegend ist für Ausritte wie geschaffen.«

Friederike bemühte sich um ein Lächeln, das hoffentlich nicht zu gezwungen wirkte. Die naive Ingrid war das eine, aber zwei SS-Offiziere wollte sie nicht länger als nötig auf Gut Mohlenberg haben.

»Vielleicht ein anderes Mal«, sagte Markmann. »Heute müssen wir leider wirklich noch einiges erledigen. Zunächst wollen wir uns noch einmal den Auffindungsort ansehen. Diese Kleinstadtpolizisten übersehen ja oft die Hälfte.« Er schnaubte verächtlich. »Und dann werden wir nach weiteren Zeugen suchen.«

Nachdem Ingrids Koffer ausgeladen waren, verabschiedeten sich die beiden SS-Offiziere wieder und Friederike atmete auf.

»Ich hoffe, du nimmst es mir nicht übel, dass ich schon drei Tage früher gekommen bin, oder?« Ingrid lächelte Friederike entschuldigend an. »Aber die Mitfahrgelegenheit war einfach zu günstig.«

»Das verstehe ich schon. Und wir haben ja genügend freie Zimmer. Ich werde Juliane bitten, dir dein Stammzimmer gleich vorzubereiten.«

»Du bist so lieb. Und ich bin so froh, endlich wieder hier zu sein! Hermann hat in letzter Zeit so viel zu tun und das ist seiner Laune nicht gerade zuträglich. Zum Glück sind unsere

Jungs mit der HJ in einem Sommerlager, sodass ich mich hier ganz ohne schlechtes Gewissen erholen kann.«

Friederike nickte. »Dann pack erst einmal in Ruhe aus und später suchen wir ein geeignetes Pferd für dich aus, das dich in diesen Tagen begleitet.«

»Ich nehme an, Wido wirst du mir nicht geben?«

»Nein. Wido ist mein persönliches Pferd, ganz gleich, wie oft du mich nach ihm fragst.«

Ingrid seufzte demonstrativ. »Wie schade. Er ist das schönste Pferd hier.«

»Deshalb ist er ja auch mein Pferd.« Friederike gab Ingrid einen freundschaftlichen Klaps, der gleichzeitig ein Wink war, endlich ins Haus zu gehen und ihre Sachen auszupacken. Denn sie hatte aus den Augenwinkeln gesehen, dass Gustav auf Oswald durch das Tor ritt. Sein Blick war so düster, als zöge eine Regenwolke über den strahlenden Sommerhimmel.

Kaum war Ingrid im Haus verschwunden, eilte Friederike Gustav entgegen. »Ist etwas passiert?«, fragte sie ihn, während er abstieg.

»Noch nicht. Aber ich wollte dich um einen Gefallen bitten.«

»Was für einen Gefallen?«

»Ich habe zufällig gesehen, dass die SS im Ort ist. Denen möchte ich nicht begegnen. Deshalb wollte ich Oswald bei dir lassen, weil ich mich ein paar Tage zurückziehen werde, bis die wieder verschwunden sind.«

Friederike schluckte. »Hast du von der SS etwas zu befürchten?«

»Ich möchte sie einfach nicht treffen. Lass es damit gut sein.«

»Gustav, wenn du in irgendwelche Schwierigkeiten verwickelt bist … Du musst es mir sagen, wenn du Hilfe von mir möchtest. Unwissenheit könnte mich in Teufels Küche bringen!«

»Nein, im Gegenteil. Falls jemand nach mir fragen sollte, sagst du einfach, ich wäre ein paar Tage geschäftlich unterwegs und hätte dich gebeten, mein gemietetes Pferd so lange bei dir unterstellen zu dürfen, damit es versorgt ist. Niemand wird dir daraus einen Vorwurf machen.«

Friederike sah Gustav fest in die Augen. »Damit lasse ich mich nicht abspeisen. Ich will wissen, wovor du dich fürchtest.«

Statt einer Antwort drückte Gustav ihr die Zügel in die Hand. »Ich muss gehen«, sagte er. »Ich melde mich, wenn ich wieder zurück bin.«

»Und wohin gehst du?«

»So weit der Treibstoff für mein Motorrad reicht.«

»Aber du kommst wieder?«

»Wenn die SS-Offiziere hier nicht mehr rumlungern.«

Friederike schluckte abermals. »Hast du etwas mit dem Todesfall zu tun? Sei bitte ehrlich zu mir.«

Er sah ihr offen in die Augen. »Nein, ich habe nichts mit dem Tod dieses Mannes zu schaffen.«

»Wusstest du, dass er bei der SS war?«

Gustav hob die Augenbraue. »Sind die SS-Offiziere deshalb hier? Um den Tod eines der ihren aufzuklären?«

Friederike nickte.

Gustav atmete tief durch. »Es ist sehr wichtig, dass sie mich nicht zu Gesicht bekommen. Mit dem Toten habe ich nichts zu tun. Aber … nun ja, ich hatte in der Vergangenheit schon einige Schwierigkeiten.«

»Ist das der wahre Grund, warum du Hamburg verlassen hast?«

Er deutete ein schwaches Nicken an. »Ich will dich da nicht hineinziehen, Friederike.«

»Das hast du aber schon getan, indem du diese Andeutungen gemacht hast. Wenn du mich wirklich hättest schützen wollen, hättest du eine Ausrede erfunden, beispielsweise, dass deine Tante erkrankt ist und du sie ein paar Tage besuchst und ich mich so lange um Oswald kümmern soll. Aber du kommst hierher, erwähnst Schwierigkeiten mit der SS und lässt mich damit in einem Gewissenskonflikt zurück. Hauptsturmführer Markmann ist in seiner Rolle als Polizeikommissar hier, um einen Mord aufzuklären. Du willst ihm aus dem Weg gehen. Und du verlangst, dass ich für dich lüge.«

»Das tue ich doch gar nicht. Ich bitte dich nur, auf Oswald zu achten, und wenn man nach mir fragt, zu sagen, dass ich verreist bin. Das ist doch die Wahrheit.«

»Ja, aber möglicherweise ist der Grund für deine Geheimnistuerei wichtig. Gustav, ich mag dich sehr, aber im Grunde weiß ich von dir nur das, was du mir erzählt hast. Ich habe dir bislang vertraut, aber ich werde mich nicht auf so eine dubiose Sache einlassen, wenn du mir nicht klipp und klar sagst, was los ist. Haben wir uns verstanden?«

Gustav schluckte schwer. »Pass auf«, sagte er. »Ich lasse Oswald jetzt hier, verstecke mich in meinem Haus und tue so, als wäre ich nicht da, falls die SS an meiner Tür klopfen sollte. Ich werde erst morgen früh verschwinden. Wenn du magst, kannst du heute nach Einbruch der Dunkelheit heimlich zu mir kommen und dann erzähle ich dir alles in Ruhe.«

»Und wenn mich jemand sieht? Dann wissen alle, dass du doch zu Hause bist.«

»Soll ich dann lieber zu dir kommen? Ich könnte mich zum Gut schleichen und du öffnest mir das Seitentor zum Hof.«

»Und wenn dich jemand dabei sieht?«

»Ich werde gut aufpassen, unsichtbar zu bleiben. Und wenn, dann behaupten wir einfach, es sei ein heimliches romantisches Tête-à-Tête.«

Friederike räusperte sich. »Und an meinen Ruf denkst du gar nicht?«

»Du bist eine erwachsene Frau, die sich nicht um die Meinung anderer schert.«

»Das meinte ich nicht. Ein konspiratives Treffen mit jemandem, der sich vor der SS verbirgt, könnte mich in arge Schwierigkeiten bringen.«

»Nicht, wenn ich dir die große Liebe vorgespielt hätte. Glaub mir, diese strammen Nazis sind davon überzeugt, dass Frauen naiv und dumm sind und für den Richtigen alles tun, ohne weiter nachzudenken. Aus genau dem Grund hat man doch auch die Frauen aus den Richterämtern verbannt.«

Friederike zögerte, doch dann siegte ihre Neugier. »Also gut, ich werde dich um Mitternacht am Seitentor erwarten.«

Am liebsten hätte Friederike mit ihrem Vater darüber gesprochen, aber irgendetwas hielt sie davon ab. Es genügte, dass sie sich selbst Sorgen machte. Ihren Vater würde sie erst einweihen, wenn sie wüsste, welches Problem Gustav mit der SS hatte. War er mit dem nationalsozialistischen Gedankengut aneinandergeraten? Unwillkürlich musste sie wieder an Luise Janssen und ihre Flucht in die Schweiz denken. Wenn Gustav Probleme mit den Nazis hatte, bekam sein neu entdecktes Einsiedlerleben auf einem abgelegenen verfallenen Hof eine ganz neue Bedeutung. Andererseits brachte er damit auch Gut Mohlenberg und seine Bewohner in Gefahr und sie konnte es sich auf keinen Fall erlauben, die SS gegen sich aufzubringen.

Eine halbe Stunde später stand Ingrid in einer adretten weißen Bluse, nagelneuen Reithosen und blank geputzten Reitstiefeln vor ihr, um sich von ihr durch die Stallungen führen zu lassen und ihr persönliches Pferd für die kommenden Tage auszusuchen.

»Ich möchte gern ein Pferd, das eine Herausforderung für meine reiterlichen Fähigkeiten ist«, sagte sie.

»Was verstehst du denn unter einer Herausforderung? Ein junges Pferd, das noch etwas Schulung braucht? Oder ein feuriges Pferd? Oder unseren Faulpelz, der nie laufen will?«

Ingrid lachte. »Ich dachte an etwas Feuriges mit Temperament, wo sich der Reiter durchsetzen muss.«

»Dann hätte ich hier einen jungen Hengst, der dir gefallen dürfte. Er ist bereits zugeritten, aber er braucht noch viel Feinschliff und reiterliches Können. Und da du immer nach Wido fragst, wird dir Wotan der Zweite, kurz Wozwo genannt, bestimmt gefallen. Er ist vier Jahre alt und ein Sohn von Wido und Tamarinde, die auch stets Hummeln im Hintern hat.«

Friederike führte ihren Gast zur Box eines eleganten Dunkelbraunen, den man auf den ersten Blick für einen Rappen halten konnte.

»Der ist wirklich wunderschön!«, rief Ingrid und streichelte seine Nüstern. »Und ihr nennt ihn wirklich Wozwo? Das klingt gar nicht so heroisch wie Wotan der Zweite.«

»Ruft sich aber schneller.«

»Warum nicht einfach nur Wotan?«

»Weil es nur einen Hengst gab, den wir hier einfach nur Wotan riefen. Seinen unvergesslichen Großvater. Aber Wozwo passt auch gut zu ihm. Manche sagen, er hätte von seinem eigensinnigen Charakter her Ähnlichkeit mit Wilhelm Zwo, wie manche den Kaiser gern in einer Mischung aus liebevoller Zuneigung und einer gewissen Despektierlichkeit nannten.«

»Es ist also auch eine politische Anspielung?«

»Nur die Aussprache von Zweiter als Zwo. Politische Witze würden wir uns hier doch nie gestatten.«

Ingrid lachte. »Dann seid ihr aber viel disziplinierter als Hermanns Freunde.«

»Die beiden adretten Offiziere, die dich hierhergebracht haben?«

Die SS-Gattin nickte. »Wenn die beiden guter Dinge sind, gibt es auch schon mal ein paar Witze, die man nur hinter verschlossener Tür erzählen kann.«

»Magst du mir einen verraten?«

»Die Tür ist offen, da geht das nicht.« Ingrid wies lächelnd auf die offene Stalltür. Wäre Ingrid wirklich ihre Freundin gewesen, hätte Friederike nun spaßhaft vorgeschlagen, die Tür zu schließen, aber unter den tatsächlichen Gegebenheiten begnügte sie sich mit einem feinen Lächeln und bat dann Felix, Wozwo zu satteln. In seiner Begleitung befand sich wie immer Ferdinand. Zwar trug er seine Schirmmütze, aber Ingrid sah ihn dennoch interessiert und aufmerksam an.

»Was für einen komischen Kopf dieser junge Mann hat«, raunte sie Friederike zu.

»Ja, deshalb arbeitet er bei uns«, flüsterte Friederike zurück. »Er war untauglich, weil die Wehrmacht keinen passenden Helm für seine Kopfform hat, und so können wir uns freuen, einen geschickten jungen Mann für unser Gestüt gewonnen zu haben. Mir ist ein echter Deutscher lieber als so ein polnischer Fremdarbeiter. Bei denen weiß man ja nie, ob sie lange Finger machen.«

»Du hast ja so recht, Friederike. Diese Polacken sind wirklich das Letzte. Ich könnte dir da Geschichten erzählen, die Hermann so über die zu berichten weiß … Es ist eine Schande, dass wir es nötig haben, uns solche Arbeiter ins Land zu holen.«

Friederike nickte, froh darüber, dass Ingrid sich keine weiteren Gedanken mehr um Ferdinand machte. »Möchtest du Wozwo erst mal in der Reitbahn erproben oder wünschst du dir gleich einen Ausritt?«

»Das fragst du, wo du doch sonst immer so auf Sicherheit bedacht bist?«

»Du bist eine ausgezeichnete Reiterin. Bei dir muss ich mir keine Sorgen machen, dass du mit gebrochenen Knochen am Wegesrand landest.«

»Und falls hier wirklich ein Mörder herumläuft?«

»Dann wird er sich hüten, eine Frau wie dich auf einem Pferd anzugreifen.«

»Hast du Zeit, mich zu begleiten?« Ingrid lächelte Friederike gewinnend an.

»Heute leider nicht mehr, ich habe noch einiges zu tun. Aber vielleicht haben Charlotte oder Irmgard Zeit. Die sind gestern schon mit unserem Gast Fräulein Wermut ausgeritten.«

»Ihr habt noch weitere Sommergäste? Ich dachte, ihr hättet das aufgegeben.«

»Fräulein Wermut ist eine alte Freundin, die uns ab und zu mal besucht. Ich kenne sie seit bald zwanzig Jahren. Und sie wollte uns unbedingt ihren Schützling Karla vorstellen, eine junge Dame, die sie unter ihre Fittiche genommen hat, um ihr den notwendigen Feinschliff zu geben.«

»Wie alt ist Karla?«

»Dreiundzwanzig.«

»Und kann sie reiten?«

»Nein. Aber sie wollte schon immer mal die Lüneburger Heide sehen.« *Wie gut ich das Lügen doch inzwischen perfektioniert habe*, dachte Friederike.

Nachdem Felix Wozwo gesattelt hatte, führte Ingrid ihn durch die Stallgasse in den Hof. Dort kam gerade Adnan aus dem Haus.

Ingrid stutzte. »Ist das etwa ein Neger?«

»Nur zur Hälfte«, sagte Friederike, weil sie nicht wusste, was sie auf diese Frage sonst erwidern sollte.

»Aber wozu habt ihr hier einen Halbneger?« Ihr Gegenüber runzelte die Stirn. »Ich meine, wo du doch so viel Wert darauf legst, den Hof polackenfrei zu halten.«

»Herr Pietsch ist dekorierter Held des letzten Krieges. Sein Vater ist Deutscher und er hat sich als Spion in die französischen Kolonialtruppen einschleusen lassen, um unseren Leuten wichtige Informationen zukommen zu lassen. Dafür wurde er mit dem Eisernen Kreuz ausgezeichnet.«

»Ach, tatsächlich? Ein Neger hat das Eiserne Kreuz erhalten? Nun ja, im letzten Krieg hat man das noch nicht so eng gesehen, da wurden ja sogar noch Juden dekoriert.«

»Ja«, sagte Friederike nur.

»Aber was macht er hier bei euch?«

»Das, was alle anderen auch tun. Er arbeitet hier.«

»Aber als Neger?«

»Neger ist ja nicht sein Beruf, sondern die Bezeichnung seiner Hautfarbe«, gab Friederike trocken zurück. Ingrid stutzte, dann brach sie in Gelächter aus. »Du bist immer so witzig, Friederike. Er bringt also etwas Farbe auf den Hof?«

Friederike musste sich bemühen, nicht die Augen zu verdrehen. Stattdessen stimmte sie gezwungen in das alberne Lachen der Frau ein.

Was würde Ingrid wohl erst sagen, wenn sie heute Abend mit Adnan am selben Tisch zu Abend aß?

Aber bevor es so weit war, tauchte Hauptsturmführer Markmann am späten Nachmittag erneut auf Gut Mohlenberg auf.

»Frau Doktor von Aalen, hätten Sie noch einmal Zeit für mich?«, fragte er, kaum dass er aus dem Auto gestiegen war.

Obwohl er sie freundlich anlächelte, fühlte Friederike sich unbehaglich. »Selbstverständlich. Begleitet Doktor Kessler Sie?«

»Nein, den habe ich bereits in Lüneburg abgesetzt, damit er sich dort um die weiteren Untersuchungen kümmern kann.«

»Ist das nicht ein Umweg? Erst hierher, dann nach Lüneburg und nun kommen Sie schon wieder her? Ist die SS nicht von der Benzinrationierung betroffen?«

»Ich bin in erster Linie Polizeibeamter«, sagte Markmann.

»Dennoch tragen Sie die Uniform eines Hauptsturmführers und werden auch so genannt und nicht Kommissar.«

»Sie können mich gern Kommissar nennen, wenn Ihnen das angenehmer ist.«

»Und worum geht es?«

»Gibt es vielleicht ein Büro oder einen anderen Raum, wo wir uns in Ruhe unterhalten könnten?«

Friederike nickte und führte den Mann in ihr Büro. Nachdem sie dort Platz genommen hatten, sagte Markmann: »Ich war nicht nur in Lüneburg, um meinen ärztlichen Kollegen dort abzusetzen, damit er sich den Toten noch einmal ansieht. Ich habe mich außerdem ein wenig in die Akten vertieft. Ich hätte auch morgen kommen können, aber ich wollte Sie nicht täglich mit lästigen Besuchen stören.«

»Das ist sehr rücksichtsvoll, Herr Kommissar.« Friederike beobachtete genau sein Gesicht, als sie ihn mit dem zivilen Titel ansprach. Es schien ihm zu gefallen, dass sie sich mit dieser Ansprache wohler fühlte. »Also, worum geht es?«

»Gut Mohlenberg war früher eine Irrenanstalt, nicht wahr?«

»Wir nannten es zwar Nervenklinik, aber ja, das trifft zu. Im Jahr 1934 haben wir den Klinikbetrieb eingestellt.«

»Warum?«

»Mein Vater hat diese Einrichtung im Jahr 1890 als junger idealistischer Arzt aufgebaut. Er wollte die Welt verbessern, aber eine private Nervenklinik ist kein gutes Geschäft. Nach dem Großen Krieg wurde es immer schwerer, denn es gab kaum noch staatliche Zuschüsse und gut zahlende Privatpatienten wurden immer rarer. Und die chronisch Kranken, von denen es in der Zeit nach dem Krieg genügend gab, hatten kein Geld. Also fing ich nach dem Tod meines Mannes damit an, parallel ein Gestüt zu etablieren. Am Anfang brauchten wir noch die Einkünfte aus der Klinik, aber zu Beginn der Dreißigerjahre waren wir ausreichend etabliert, um den Klinikbetrieb einstellen zu können.«

»Und was sagte Ihr Vater dazu? Es war schließlich sein Lebenswerk.«

»Die Zeiten ändern sich und er ist inzwischen ein alter Mann. Er ist froh, dass ich einen Weg gefunden habe, finanziell besser dazustehen, als es ihm jemals gelungen ist. Warum fragen Sie mich das alles?«

»Nun, es gab in der Vergangenheit ungewöhnliche Vorfälle auf Gut Mohlenberg. Drei Tötungsdelikte im Jahr 1920.«

»Ja, aber das waren keine Morde. Ein Selbstmord und zweimal Körperverletzung mit Todesfolge in einer Notwehrsituation.«

Markmann sah sie schweigend an. Erwartete er noch irgendeine Aussage oder wollte er sie verunsichern? Hoffte er, dass sie das Schweigen nicht aushielt und dann noch etwas hinzufügte? Nun, falls dem so war, war er bei ihr an der falschen Adresse. Sie war schließlich eine erfahrene Psychiaterin und kein kleines dummes Mädchen.

»Darf ich Ihnen auch eine Frage stellen, Herr Kommissar?« Sie lächelte ihn gewinnend an.

»Bitte«, sagte er.

»Kannten Sie den Toten persönlich?«

»Nein.«

»Haben Sie eine Idee, was er hier zu suchen hatte?«

»Meine liebe Frau Doktor, ich habe den Eindruck, jetzt verhören Sie mich.«

»Ich bin einfach nur eine neugierige Frau. Falls Sie sich über mich erkundigt haben sollten, und ich bin mir sicher, dass Sie das getan haben, wissen Sie das doch.«

Markmann lachte leise. »Ich habe gehört, dass Sie einen scharfen Verstand haben und sich nicht die Butter vom Brot nehmen lassen.«

»Ob Sie es glauben oder nicht, ich bevorzuge Margarine. Die von Margarine-Voss in Hamburg.«

»Also das, was man mir über Ihre Schlagfertigkeit erzählt hat, stimmt zumindest.«

»Wer hat es Ihnen erzählt?«

»Glauben Sie, dass ich Ihnen hier meine Quellen offenbaren werde?«

»Warum nicht? Oder gehöre ich etwa zum Kreis der Mordverdächtigen?«

»Nein. Also schön, Frau Ströbel hat Sie auf der Fahrt hierher in den höchsten Tönen gelobt.«

»Das freut mich sehr. Ingrid ist eine reizende Person.« Dass die Frau vor allem ihre Nerven reizte, behielt Friederike für sich.

»Ja«, bestätigte Markmann. »Aber kommen wir nun zurück zu meinen Fragen. Ich habe gehört, dass die meisten Ihrer Angestellten schon sehr lange auf Gut Mohlenberg arbeiten.«

»Ja.«

»Vor Kurzem kam das Ehepaar Pietsch aus Hamburg dazu.«

»Sie sind Freunde, die das Pech hatten, ausgebombt zu werden. Es war für uns eine Selbstverständlichkeit, sie hier aufzunehmen. In Zeiten wie diesen müssen deutsche Volksgenossen zusammenhalten, finden Sie nicht auch?«

Markmann nickte. »Allerdings ist Herr Pietsch ein Neger.«

»Ja, aber durch seinen Vater ein deutscher Volksgenosse und außerdem ein dekorierter Weltkriegsveteran.«

»Ja, ich hörte davon. Dennoch … würden Sie für den Neger notfalls bürgen?«

»Wie meinen Sie das? Ich gehe nicht davon aus, dass Sie von einer Bankbürgschaft sprechen, oder?«

»Nein, natürlich nicht.« Markmann räusperte sich. »Sind Sie sich sicher, dass … Herr Pietsch vertrauenswürdig ist?«

»Selbstverständlich. Dieser Mann ist ungeachtet seiner Hautfarbe durch und durch deutsch! Wollen Sie einem Helden des Großen Krieges unterstellen, er hätte einen SS-Mann umgebracht?«

»Ich bin gezwungen, allen Spuren nachzugehen. Aber gut, Sie sagen, Sie kennen ihn schon sehr lange, und ich bin geneigt, Ihnen in dieser Hinsicht zu vertrauen. Gilt das auch für seinen achtzehnjährigen Sohn Maurice?«

»Selbstverständlich. Den kenne ich vom Tag seiner Geburt an. Ein sehr feiner junger Mann und begnadeter Automechaniker. Wenn Sie mal Probleme mit Ihrem Wagen haben sollten, wird er Ihnen mit Sicherheit zur Verfügung stehen.«

Markmann nickte. »Wir sind vorhin auch beim alten Brenner-Hof gewesen, wo Ihr neuer Nachbar lebt. Leider war er nicht zu Hause und im Dorf wusste auch niemand etwas über ihn. Es hieß, Sie hätten die besten Kontakte zu Herrn Brehm. Wissen Sie zufällig, wo er ist oder wann er zurückkommt?«

»Nein.« Friederike schüttelte den Kopf. »Ich habe ihm ein Pferd vermietet und das brachte er mir heute zurück, mit der Bitte, es ein paar Tage unterzustellen, da er in den nächsten Tagen nicht zu Hause sei.«

»Und wohin wollte er?«

»Das hat er mir nicht gesagt. Auch nicht, wann er zurückkommt.«

»Und was können Sie mir sonst über ihn erzählen?«

»Wissen Sie, ich finde es unangemessen, über andere Menschen zu sprechen, wenn sie nicht anwesend sind. Klatsch hat mir noch nie gelegen.«

»Es geht hier nicht um Klatsch, sondern polizeiliche Ermittlungen. Immerhin wurde hier ein Toter gefunden, der Mitglied der SS war und augenscheinlich einem Tötungsdelikt zum Opfer gefallen ist. Und es ist doch recht bemerkenswert, dass Ihr neuer Nachbar kurz nach seiner Entdeckung dringend verreisen muss, um unserer Befragung zu entgehen, oder?«

»Wenn Sie diesen Schluss daraus ziehen. Ich kann Ihnen da jedoch nicht weiterhelfen. Er hat mir lediglich erzählt, dass er Finanzbeamter in Hamburg war und seine Familie bei einem Bombenangriff verloren hat. Daraufhin habe er seine Beamtenstelle gekündigt, um hier einen neuen Anfang zu wagen.«

»Und sonst nichts?«

»Nein.«

»Wissen Sie, wo er in Hamburg gelebt hat?«

»Irgendwo in der Nähe des Hafens.«

»Die genaue Adresse kennen Sie nicht?«

»Nein.«

»Vielen Dank. Dann werde ich mich mal an das Meldeamt in Hamburg wenden, um etwas über Brehms Hintergrund herauszufinden. Und ich würde Sie bitten, mich anzurufen, wenn er wieder auftaucht. Sie erreichen mich unter dieser Telefonnummer.« Er zog eine Visitenkarte hervor. Friederike nahm sie entgegen und legte sie auf ihren Schreibtisch neben das Telefon.

»Sobald er von seiner Reise wieder zurück ist und ich davon erfahre, werde ich Sie anrufen«, versprach sie.

»Vielen Dank!« Markmann erhob sich. »Ich hoffe, wir sehen uns irgendwann mal unter erfreulicheren Umständen wieder. Ich würde hier sehr gern einmal zum Reiten vorbeikommen.«

»Rufen Sie vorher an, damit wir Ihnen ein Zimmer vorbereiten können«, erwiderte Friederike. Dann reichte sie ihm zum Abschied die Hand.

Als er endlich vom Hof fuhr, atmete sie erleichtert auf. Was mochte dieser Tag wohl noch bringen? Und was hatte es mit Gustavs seltsamem Gebaren auf sich? Fast bereute sie es, sich um Mitternacht mit ihm verabredet zu haben, aber nur fast. Innerlich brannte sie vor Neugier, die wahren Hintergründe seines beabsichtigten Verschwindens zu erfahren.

16. Kapitel

Die nächste Bewährungsprobe war das gemeinsame Abendessen im Wohnhaus, bei dem Ingrid nicht nur Fräulein Wermut und Karla kennenlernte, sondern auch mit Familie Pietsch an einem Tisch saß. Es war unübersehbar, wie sehr sie sich bemühte, sich nichts anmerken zu lassen, aber ihre Blicke wanderten doch immer wieder zu Adnan und Maurice und mit beinahe genauso viel Irritation betrachtete sie Annemarie. Friederike fragte sich, ob Ingrid Annemaries Entschluss, einen dunkelhäutigen Mann nicht nur zu heiraten, sondern sogar ein Kind mit ihm zu haben, noch mehr störte als Adnans Hautfarbe.

Immerhin hielt sie sich zurück und stellte weder Fragen noch machte sie unangemessene Bemerkungen. Ein Verhalten, das auch Karla an den Tag legte. Die junge Frau hatte normale Tischmanieren, und wenn sie nichts sagte, war sie einfach nur hübsch anzusehen. Man konnte sich gut vorstellen, dass die Männer um sie herumschwirrten wie die Bienen um die Blume. Friederike fiel auf, dass Karla von Ingrid mit wohlwollendem Interesse gemustert wurde. Vermutlich glaubte sie, hier eine angemessene Gesellschaft finden zu können. Und vom Intellekt her mochte das auch stimmen, dachte Friederike bei sich.

Adnan wirkte hingegen sehr in sich gekehrt, ganz so, als laste die schwierige Situation allein auf seinen Schultern. Der Besuch der SS hatte ihm sichtbar zugesetzt, obwohl er den Männern gar nicht begegnet war, sondern nur davon gehört hatte. Friederike war froh, dass Kommissar Markmann trotz allem ein vernünftiger Mann zu sein schien, der sich nicht sofort auf den »Neger« als Täter eingeschossen hatte. Bemerkenswerterweise schien Markmann sich weitaus mehr für Gustav zu interessieren und das bereitete Friederike, ebenso wie das geplante heimliche Mitternachtstreffen, große Bauchschmerzen.

Um halb elf zog sie sich offiziell zur Nachtruhe zurück, allerdings ging sie nicht zu Bett, sondern machte es sich im Lesesessel in ihrem Schlafzimmer gemütlich. In schwierigen Zeiten lenkte sie sich ebenso gern wie Wolfgangs Sohn Martin mit Karl May ab. Und so hatte sie schon vor ein paar Tagen zum wiederholten Mal »Am Jenseits« begonnen, jenen Orient-Roman, in dem Kara Ben Nemsi sich mit Hadschi Halef Omar auf den Weg gen Mekka macht – ein gefährliches Unterfangen, da es Christen bei Todesstrafe verboten war, die Stadt zu betreten. Trotz ihrer Unruhe versank sie recht schnell in dem Wüstenabenteuer.

Sie wussten, dass der Glanz ihrer Wohltaten auf sie selbst zurückfallen werde, las sie. *Sie erwiesen sie also nicht anderen, sondern sich selbst. Ihre stete, rücksichtsvolle Höflichkeit war nur Schein, war berechnet, denn sie wussten, dass man einer solchen Liebenswürdigkeit nicht leicht einen Wunsch abschlagen könne.*

Friederike hielt im Lesen inne. Unwillkürlich musste sie bei diesen Worten an Hauptsturmführer Markmann denken. Sie hatte in ihrem Leben schon viel mit Falschheit zu tun gehabt, aber noch niemals hatte sie sich so hilflos gefühlt. Gewiss, sie wusste sich zu wehren, war in der Lage, mit geschickten Lügen zu parieren, um Gut Mohlenberg und ihre Familie zu schützen, aber dennoch … Früher waren Notlügen selten gewesen, inzwischen waren sie ihr beinahe zur zweiten Natur geworden, sobald sie mit Fremden zu tun hatte. Denn es war gefährlich, all das auszusprechen, was sie wirklich dachte. Sie schaute auf die Uhr. Fünf Minuten vor zwölf. Höchste Zeit! Sie legte ihr Buch weg, zog sich eine Strickjacke über und griff nach ihrer kleinen Taschenlampe. Dann öffnete sie leise ihre Zimmertür. Im Haus herrschte inzwischen überall Nachtruhe und auch in den Häusern der Bewohner war das Licht gelöscht.

Sie hoffte, dass niemand den Schein ihrer Taschenlampe bemerkte, aber selbst wenn, würde sich vermutlich keiner etwas dabei denken. Es war üblich, dass jemand, der nachts das Zimmer verließ, kein Licht einschaltete, sondern auf eine Taschenlampe zurückgriff.

Gustav wartete bereits am Seitentor, als Friederike es öffnete.

»Komm rein«, flüsterte sie. »Wir gehen ins Haus, das ist am sichersten.«

»Und wenn uns dort jemand sieht?«

»Nicht in meinem Schlafzimmer.«

»Das klingt ja beinahe unmoralisch.«

Im Schein der Taschenlampe sah sie sein Lächeln. »Du warst doch derjenige, der ein Stelldichein als Tarnung nutzen wollte, falls du entdeckt wirst.«

Gustav nickte, dann folgte er ihr leise ins Schlafzimmer.

Erst nachdem Friederike die Tür wieder geschlossen hatte, schaltete sie die kleine Nachttischlampe an, deren Schein vermutlich nicht unter der Türritze nach draußen dringen würde. Und selbst wenn, würde sich niemand etwas dabei denken.

Neben dem Lesesessel gab es in ihrem Zimmer noch zwei Korbstühle, in denen sie nun Platz nahmen.

»Also?« Friederike sah ihn erwartungsvoll an, doch Gustavs Blick war zu ihrem aufgeschlagenen Buch gewandert.

»Du liest Karl May?«

»Ich habe alle Bände.«

»Du faszinierst mich immer mehr. Ich hatte auch alle Bände, bevor unser Haus in Flammen aufging.«

»Ich bin gern bereit, dir den einen oder anderen Band zu leihen, wenn du Zerstreuung suchst.«

»Warum liest du jetzt gerade ›Am Jenseits‹?«

»Muss ich dich daran erinnern, dass wir hier sind, um über wichtigere Dinge zu reden?« Sie sah ihn ernst an.

»Du hast recht.« Er atmete tief durch, als müsste er sich selbst Mut machen. »Du möchtest wissen, warum ich der SS aus dem Weg gehen will.«

Friederike nickte.

»Ich … äh also ich weiß nicht recht, wie ich anfangen soll.« Er schluckte schwer. »Ich … gebe mich damit vollständig in deine Hände.«

»Es ist ganz allein deine Entscheidung, was du tust. Du kannst jetzt auch aufstehen und gehen.«

Er sah sie überrascht an. »Ich dachte …« Er brach ab.

»Was dachtest du?«

»Dass es dir wichtig ist.«

»Das ist es, aber es bleibt trotzdem deine Entscheidung.«

»Da spricht ganz die Psychiaterin aus dir.« Erneutes tiefes Durchatmen. »Also gut, ich entscheide, mein Schicksal in deine Hände zu legen, weil ich dir vertraue, Friederike.«

Sie sagte nichts, sondern sah ihn aufmerksam an.

»Meine Frau und ich … haben uns nicht immer an die Gesetze gehalten, die seit der Machtergreifung galten.« Während er sprach, beobachtete er aufmerksam Friederikes Gesicht. *Er will wissen, wie es auf mich wirkt*, dachte sie. *Ob ich Zustimmung signalisiere oder Ablehnung.*

Allerdings war sie erfahren genug, sich in Gesprächen keine Regung anmerken zu lassen. Als Psychiaterin wusste sie, dass jede emotionale Regung Menschen dazu brachte, ihre Antworten an die Erwartungen ihrer Gesprächspartner anzupassen. Aber sie wollte Gustavs wahre Geschichte ergründen, nicht das, wovon er glaubte, dass es ihr gefiel.

»Ich habe dir nichts über die genaueren Umstände des Todes meiner Familie erzählt«, fuhr er fort. »Sie sind nur deshalb ums Leben gekommen, weil sie nicht in den Luftschutzkeller gegangen sind. Die übrigen Bewohner haben überlebt.« Er schluckte schwer. »Und das ist meine Schuld. Wäre ich da gewesen, hätte ich darauf bestanden, das Risiko einzugehen, wenn es nicht mehr bis zum Luftschutzbunker gereicht hätte. Ich hätte schon eine Ausrede gefunden. Aber … nun ja, meine Frau war damit wohl überfordert.«

»Womit war sie überfordert?«

»Wir hatten den Sohn ihrer Schwester bei uns versteckt, weil er schwachsinnig geboren wurde. Er war elf und ein liebenswertes Kind, aber intellektuell …« Gustav senkte den Blick. »Er war nicht fähig, eine Hilfsschule zu besuchen, und meine Schwägerin hatte Angst, er würde abgeholt werden. Er war … nun ja, nicht einmal in der Lage, ein einfaches Gespräch zu führen. Er war mehr wie ein kleines Tier, das seine Zuneigung oder Abneigung durch körperliche Verhaltensweisen ausdrückt. Aber wenn er lachte, dann war er so wie jedes andere Kind.« Gustav blinzelte, so als wollte er ein Staubkorn aus dem Auge vertreiben. »Meine Schwägerin wollte sich um eine längerfristige Unterbringung kümmern, damit für ihn auch später, nach ihrem Tod, gesorgt wäre. Allerdings hatte sie ein paar stramme Nazis als Nachbarn in ihrem kleinen Dorf in Mecklenburg. Also musste sie ihn da aus dem Blick schaffen. Wir haben ihn natürlich sofort aufgenommen, aber auch wir mussten ihn verstecken, denn die Nachbarn durften nichts davon wissen. Jeder, der ihn sprechen gehört hätte, hätte sofort bemerkt, dass etwas mit ihm nicht stimmte. Also habe ich, wenn ich da war, meine Frau und Tochter allein in den Luftschutzkeller geschickt und bin mit Otto in den Luftschutzbunker am Hafen gegangen, wo uns keiner kannte. Otto hatte immer große Angst vor dem Flugzeuglärm. Wenn er dann zitterte und ich ihn tröstend in den Arm nahm, fiel er niemandem weiter auf. Manchmal mussten wir uns Sprüche anhören, von wegen, dass ein Junge ein tapferer Mann sein muss und so. Dann habe ich immer gesagt, dass er noch ein Kind ist und Kind sein darf. Die Männer an der Front sollten lieber dafür sorgen, dass die Kinder hier nicht weinen müssten. Einmal habe ich das wohl dem Falschen gesagt, denn der meinte, ich solle mich hüten, die Kampfmoral zu zersetzen.« Gustav schluckte. »Das habe ich meiner Frau erzählt und von da an hatte sie Angst und meinte, der würde mich womöglich anzeigen, wenn er mich noch mal mit Otto im Bunker träfe. An jenem unglückseligen Tag war ich wie gesagt nicht da, weil ich Überstunden machte. Meine Frau ist dann trotz Fliegeralarm nicht in den Keller gegangen, weil sie Angst wegen Otto hatte. Sie traute sich auch nicht, zum Luftschutzbunker zu laufen. Also haben sie das Risiko auf sich genommen, in der Wohnung auszuharren. Es war bis dahin ja auch nichts passiert, schließlich hat die FLAK immer gute Arbeit geleistet.« Gustav wischte sich über die Augen. »Ihre Leichen waren entsetzlich verstümmelt und als sie geborgen wurden, kamen Fragen auf, wer das zweite Kind war. Ich habe mich dumm gestellt, mich hinter meiner Verzweiflung versteckt, aber … aber dann hatte ich auch Angst, dass sie es herausfinden, zumal einige Nachbarn Andeutungen machten, die noch mehr Fragen aufwarfen.«

»Dass ihr ein behindertes Kind versteckt habt?« Friederike sah Gustav erschüttert an. Mit einer so schrecklichen Geschichte hatte sie nicht gerechnet.

Er nickte stumm.

»Aber das ist doch kein Grund, dass die SS dir auf den Fersen sein sollte, Gustav.«

»Woher willst du das denn wissen? Hast du eine Ahnung, wie diese SS-Ärzte handeln? Die machen doch sogar Versuche mit Kindern. Und wenn die jemanden loswerden wollen …« Er schluckte schwer. »Versteh doch, Friederike, ich kann das nicht ertragen. Ich kann diesen Leuten nicht gegenüberstehen. Halte mich für einen verrückten Schwächling, doch ich kann es einfach nicht!« Er sah sie so verzweifelt an, dass sie all ihre Zurückhaltung verlor und ihn tröstend in die Arme nahm.

Er erwiderte ihre Umarmung, schien sich regelrecht an ihr festzuklammern.

»Aber wenn du ihnen aus dem Weg gehst, machst du dich doch nur verdächtig«, flüsterte sie, während sie ihn hielt. »Hauptsturmführer Markmann war ohnehin schon sehr an dir interessiert und will sich in Hamburg nach dir umhören. Wäre es dann nicht besser, ihm gleich entgegenzutreten, bevor er viel herumschnüffelt?«

»Das wird er ohnehin tun«, erwiderte Gustav. Er wand sich aus ihren Armen und sah sie ernst an. »Du weißt genau, wie gefährlich dieses Spiel ist. Du tust doch das Gleiche. Sei ehrlich, du führst doch die Klinik nach wie vor heimlich weiter. Das Gestüt ist nur ein Vorwand, um deine Patienten zu schützen.«

»Die Klinik existiert nicht mehr«, erwiderte Friederike. »Wir haben sie 1934 geschlossen. Seither sind wir nur noch ein Gestüt.«

»Und was ist mit diesem jungen Mann mit dem zu kleinen Kopf?«

»Er hat einen ordnungsgemäßen Arbeitsvertrag als Stallbursche.«

Gustav atmete tief durch. »Ich verstehe. Besser, als du denkst. Diese Zeiten erfordern von uns allen viel Vorsicht.«

»Und was wirst du nun tun?«

»Ich weiß es nicht. Seit dem Tod meiner Familie liegt mein Leben in Scherben vor mir. Eigentlich habe ich nicht mehr viel zu verlieren, und dennoch … irgendwie hängt doch jeder am Leben, oder?«

Obwohl er ein stattlicher Mann war, hatte er auf einmal etwas Zerbrechliches an sich, etwas, das Friederike gern beschützt hätte. Sie wäre gern offener zu ihm gewesen, doch es war besser, ihn aus allem herauszuhalten. Er hatte genug eigene Probleme und sie hatte das Gefühl, dass er nicht stark genug war, auch noch ihre Last zu teilen. Letztlich war er noch immer in Trauer.

»Aber wenn ich noch etwas in meinem Leben tun will, dann das!« Er nahm sie in die Arme und küsste sie voller Leidenschaft.

Im ersten Augenblick war Friederike überrascht, doch als sich ihre Lippen berührten, sie seine Wärme spürte, da merkte sie, wie sehr sie dieses Gefühl vermisst hatte, wie sehr sie sich nach Zärtlichkeit und Liebe sehnte. Und so ließ sie sich fallen, nahm das, was er ihr zu geben bereit war, ohne viel nachzudenken.

In dieser Nacht verließ Gustav ihr Schlafzimmer nicht mehr …

17. Kapitel

Die ersten Sonnenstrahlen weckten Friederike. Gustav lag neben ihr und schlief noch. Eine Welle warmer Zuneigung durchfloss sie. Sie hatte so lang gezögert, sich ihre Gefühle für ihn einzugestehen, sich lieber verschlossen, um nicht noch einmal den grauenvollen Schmerz zu verspüren, der sie bei Bernhards Tod ergriffen hatte. Ein Schmerz, der sie vollständig vernichtet hätte, wäre sie nicht mit Charlotte schwanger gewesen. Die Schwangerschaft hatte sie am Leben gehalten, ihr gezeigt, dass ihr von Bernhard mehr als die Erinnerung blieb. Und so hatte sie sich ins Leben zurückgekämpft. Allerdings hatte sie sich seither vor der Liebe gescheut und jeden Mann, der ihrem Herzen gefährlich nahekam, von sich gestoßen.

Aber Gustav hatte sich nicht abschrecken lassen. Er teilte ein ähnliches Schicksal, er wusste aus eigener Erfahrung, was in ihr vorging. Dabei war sein Verlust um so vieles schlimmer, schließlich war ihm gar nichts geblieben. Und das nur, weil seine Frau und er nach ihrem Herzen gehandelt hatten, um ein Kind zu retten, das von den gegenwärtigen Machthabern als lebensunwert angesehen wurde. Während sie noch darüber nachdachte, strich sie ihm sanft über die Wange, auf der die ersten Bartstoppeln des Tages zu fühlen waren.

Er öffnete verschlafen die Augen und lächelte sie an. »Ich liebe dich«, flüsterte er und versuchte, sie in seine Arme zu ziehen, doch sie entzog sich ihm sanft.

»So gern ich dem auch nachgeben würde – es ist an der Zeit, dass du gehst, bevor das Hauswesen erwacht.«

»Das ist alles, was du auf meine Liebeserklärung erwiderst?« Er sah sie mit einem für einen Mann sehr koketten Augenaufschlag an, drehte sich auf den Rücken und verschränkte die Arme hinter dem Kopf. »Ich gehe nicht, bevor ich nicht weiß, was du empfindest, Rieke.«

Sie strich über seine nackte Brust. Sein gut gebauter Oberkörper hatte sie von Anfang an verzückt, denn er erinnerte eher an einen Leistungsschwimmer als an einen Finanzbeamten. »Muss ich dir das erst sagen?« Ihre Hände glitten von seiner Brust weiter zu seinen Schultern. Doch plötzlich stockte sie in der Bewegung. Auf der Innenseite seines linken Oberarms sah sie den ungeschickt eintätowierten Buchstaben A. »Was ist das?« Sie tippte auf die Tätowierung.

Er sah sie erschrocken an, sagte aber nichts.

»Das ist eine Blutgruppen-Tätowierung! Du bist bei der SS!« Sie ließ ihn los und starrte ihn fassungslos an.

»Nein, das bin ich schon lange nicht mehr!« Er richtete sich auf und griff nach ihrer Hand. Nicht brutal und gewalttätig, sondern sanft, beinahe entschuldigend.

Sie war versucht, sie ihm zu entziehen, aber zugleich außerstande, sich zu regen. Der Mann, dem es nach so vielen Jahren gelungen war, ihre Gefühle zu wecken, war bei der SS!

»Bitte hör mich an, Friederike.« Seine Stimme klang verzweifelter, als sie es erwartet hätte. »Ich … hatte damals keine Ahnung, was das bedeutete. Ich war bei meinem Cousin in Ostpreußen auf dem Gestüt. Und die Männer sind damals alle in die Reiter-SS eingetreten. Du weißt ja, dass das bei vielen Gestütsbesitzern zum guten Ton gehörte, nicht wahr?«

Friederike nickte. »Aber … warum hast du nicht Nein gesagt? Ich dachte, du warst gegen die Partei.«

»Ich bin kein Parteimitglied, Friederike. Es ist ein Irrglaube, dass alle, die damals in die SA oder SS eingetreten sind, in der Partei waren. Viele, darunter auch Männer wie ich, haben es getan, um genau dem zu entgehen. Siehst du, ich … ich habe mich von meinem Cousin verführen lassen. Und ich muss gestehen, dass ich auch ein wenig stolz war, als man mich nahm, obwohl die Aufnahmekriterien streng sind. Außerdem gab es mir eine Möglichkeit, in Hamburg in die Reiterstaffel zu kommen und auch hier regelmäßig zu reiten.«

»Du warst in der Reiterstandarte *Nordsee*?« Friederike sah ihn scharf an.

Gustav nickte. »Aber du darfst die SS-Reiterstaffeln nicht mit der Infanterie der Waffen-SS vergleichen«, fuhr er fort. »Das sind vor allem Männer, die Pferde so wie du lieben. Als ich dann mitbekam, wofür die SS als Vereinigung tatsächlich steht und dass es mehr als nur eine Eliteeinheit ist, da bin ich ausgetreten.«

»Kann man da denn so einfach austreten? Das habe ich noch nie gehört.«

»Doch, das kann man, aber es hat einige negative Konsequenzen. Man wird sehr genau beäugt. Deshalb hatten meine Frau und ich auch so große Angst, als wir Otto ein Jahr später aufgenommen haben.« Er holte tief Luft. »Du hattest natürlich recht, als du sagtest, dass mich die SS nicht allein wegen eines kleinen, behinderten und noch dazu toten Jungen verfolgen würde. Nicht, wenn ich wirklich nur der einfache Finanzbeamte gewesen wäre. Aber Hauptsturmführer Markmann kennt mich von der Reiterstaffel. Und deshalb hat er vermutlich bei der Nennung meines Namens aufgehorcht, obwohl Brehm ein häufiger Name ist. Und wenn er mich sieht, dann kannst du dir vorstellen, wer sein Hauptverdächtiger im Mordfall Hannes Piel sein wird, oder?«

Friederike sah Gustav tief in die Augen. Alles in ihr schrie danach, ihm zu glauben, es zu verstehen, denn sie wusste, dass die Reiter-SS tatsächlich nicht nur Parteimitglieder aufgenommen hatte. Viele waren einfach aus Idealismus oder Opportunismus eingetreten, weil es für Gestütsbesitzer und leidenschaftliche Reiter vieles vereinfachte. Ob Bernhards Brüder wohl auch mit der Reiter-SS geliebäugelt hätten, wenn sie nicht durch Gut Mohlenberg gewusst hätten, was die Ideologie der Nazis bedeutete?

»Friederike, bitte sag doch etwas!«, flehte Gustav. Sein Blick hatte etwas von einem geprügelten Hund.

»Warum hast du mir nicht von Anfang an die Wahrheit gesagt?«

Er schluckte. »Weil ich Angst vor deiner Reaktion hatte. Und weil ich befürchtete, dass du mir nicht glauben würdest.«

»Und was ist mit diesem toten SS-Mann?« Sie sah ihn streng an. »Ich will jetzt die ganze Wahrheit wissen, Gustav. Hast du etwas mit seinem Tod zu tun? Oder warum hast du sonst so große Angst vor Markmann?«

Er senkte stumm die Lider.

»Sag etwas!«

»Friederike, ich … es ist nicht so einfach.«

»Hast du etwas mit seinem Tod zu tun?«, fragte sie schärfer, als sie es eigentlich wollte.

»Und wenn es so wäre?« Jetzt sah er ihr voller Offenheit in die Augen. »Was würde das für uns beide bedeuten?«

»Hast du ihn umgebracht?«

Gustav schwieg.

»Ich will die Wahrheit wissen. Wenn … wenn das, was du mir gesagt hast, wahr ist, also nicht nur deine Geschichte, wie du zur SS gekommen und wieder ausgetreten bist, sondern vor allem die Worte ›Ich liebe dich‹, dann erwarte ich jetzt, dass du Vertrauen zu mir hast und mir alles offenbarst.«

»Es war ein Unfall«, flüsterte Gustav und senkte den Blick. »Ich nehme an, Piel ist mir über meine Kontakte nach Lüneburg auf die Schliche gekommen. Wir gerieten in Streit, ich stieß ihn zu Boden und dabei schlug er sich den Schädel ein. Ich habe es nicht gewollt!«

»Aber wenn es ein Unfall war, warum …«

»Warum ich ihn einfach verscharrt habe, anstatt es zu melden?« Ein beinahe mitleidiger Zug umspielte seine Lippen. »Das kannst du dir doch sicher selbst denken. Wer hätte mir schon geglaubt, bei meiner Vorgeschichte? Du hast keine Ahnung, wie die SS mit Abtrünnigen umgeht. Und ich hänge nun mal trotz allem noch immer am Leben. Vor allem, seit ich dich gefunden habe.« Er sah sie mit einem treuherzig-verzweifelten Blick an.

»Aber du kannst nicht auf Dauer vor Markmann davonlaufen«, erwiderte Friederike nun deutlich sanfter. »Es ist wichtig, dass du dich stellst.«

»Er kann mir nichts beweisen, selbst wenn er mich hier treffen sollte. Ich will dieses Treffen jedoch so lange wie möglich hinauszögern.«

»Warum? Weil du hoffst, dass man deine Tat einem anderen in die Schuhe schiebt?« Sie runzelte die Stirn.

»Bitte, Friederike, du weißt nicht, wie diese Männer sind. Wenn ich in deren Blickfeld gerate, finde ich mich schneller als gedacht in einem Gestapo-Keller wieder. Und da wird nicht gefragt, ob es ein Unfall war. Da wird man so lange gefoltert, bis man alles sagt, was die hören wollen. Vor allem, wenn jemand so eine Vorgeschichte hat wie ich. Ich gelte als Verräter. Ich brauche einfach Zeit, um einen Plan zu machen. Bitte Friederike, gewähre mir ein paar Tage.«

»Ein paar Tage, die du nutzt, um für immer von hier zu verschwinden?«

»Willst du das denn?« Er sah sie auf eine fast unerträglich liebevolle Weise an. »Wo wir uns gerade erst gefunden haben?«

Friederike schluckte. Alte Erinnerungen an Bernhard kamen in ihr hoch. Auch Bernhard war unschuldig in Tötungsdelikte verwickelt gewesen, hatte Menschen in Notwehr getötet. Und auch er hatte geschwiegen, weil Doktor Weiß ihn manipuliert hatte, dieser Teufel in Menschengestalt. »Du bist der erste Mann, dem ich seit Bernhards Tod tiefere Gefühle entgegenbringe«, sagte sie. »Deshalb bin ich gewillt, dir zu glauben, aber ich brauche Zeit. Ich denke, es ist das Beste, wenn du tatsächlich erst einmal für eine Weile untertauchst, damit ich Zeit habe, meine Gedanken zu sortieren.«

»Wirst du mich an Markmann verraten?« Da war er wieder, dieser flehende Blick.

»Nein«, sagte sie. »Ich überlasse es dir, ob du dich stellst oder nicht. Aber ich denke, du solltest jetzt gehen.«

»Darf ich wiederkommen?«

»Ja. Allerdings nur, wenn du dann ehrlich zu mir bist und eine Entscheidung getroffen hast. Ganz gleich, wie sie aussieht.«

Er nickte, dann griff er zu seiner Kleidung und zog sich an.

Nachdem er fort war, fand Friederike keine Ruhe mehr. Sie wanderte durchs Haus und deckte selbst den Frühstückstisch, um sich abzulenken. Noch während sie damit beschäftigt war, kam Fräulein Wermut die Treppe herunter.

»Haben Sie Elise freigegeben und müssen jetzt selbst eindecken?«, fragte sie.

»Nein, sie kommt gleich, sie kann sich dann um den Rest kümmern. Aber ich … nun, ich konnte nicht mehr schlafen.«

»Hatten Sie eine schlimme Nacht, Frau von Aalen? Sie sehen aus, als hätten Sie ein Gespenst gesehen.«

Friederike schluckte und stellte den letzten Teller ab. Im nächsten Augenblick verlor sie all ihre Beherrschung. Entgegen ihrer sonstigen Stärke brach sie in Tränen aus.

Fräulein Wermut war so erschüttert, dass sie Friederike unwillkürlich tröstend in den Arm nahm. »Um Gottes willen, was ist denn bloß passiert?«

Friederike schluckte ein paarmal, bis sie sich beruhigt hatte. »Das ist … verzwickt.« Dann ließ sie sich auf einem der Stühle nieder und erzählte Fräulein Wermut, was passiert war.

»Das ist ja unfassbar!« Fräulein Wermut keuchte erschrocken auf. »Kein Wunder, dass Sie so durcheinander sind.«

»Es ist noch viel schlimmer«, hörten sie auf einmal Adnans Stimme hinter sich. Friederike zuckte zusammen. Sie hatte gar nicht bemerkt, wie er ins Esszimmer gekommen war.

»Gustav Brehm hat dich angelogen«, sagte er. »Er hat Hannes Piel nicht getötet und begraben.«

»Woher weißt du das?« Friederike starrte ihn an. Sein Gesicht wirkte trotz seiner dunklen Hautfarbe fahl und ausdruckslos.

»Weil ich es war.«

18. Kapitel

»Du?« Friederike riss die Augen auf. »Du warst das? Aber ... wie und wann? Und ...«

»Vielleicht sollten wir darüber nicht hier sprechen«, sagte Fräulein Wermut. »Elise kann jeden Moment kommen und wenn wir sie ebenso wie Adnan überhören, könnte das unangenehme Folgen haben.«

Friederike nickte. Es fiel ihr noch immer schwer, einen klaren Gedanken zu fassen.

»Wollen wir in dein Büro gehen?«, schlug Adnan vor. Friederike nickte erneut, dann straffte sie sich, ging mit den beiden in ihr Büro und verschloss die Tür mit ihrem Schlüssel, sodass sie wirklich niemand überraschen konnte.

»Also«, sagte sie zu Adnan. »Was ist wirklich passiert? Und warum hast du mir das alles nicht schon viel früher erzählt?«

Er holte tief Luft, so als müsste er sich selbst Mut machen. »Gustav Brehm war mir von Anfang an nicht geheuer«, sagte er. »Aber du ... nun ja, du mochtest ihn, und Annemarie meinte auch, ich sei durch meine früheren Erfahrungen verbittert und solle doch nicht immer so misstrauisch sein. Du seist schließlich eine intelligente Frau, die sich nicht so leicht um den Finger wickeln lässt.«

»Und wie bist du Hannes Piel begegnet?« Friederike hatte sich inzwischen von ihrem Weinkrampf erholt und ihre Gefühle wieder einigermaßen unter Kontrolle.

»Erinnerst du dich an den Tag, als ich von Brehm zurückkam und erst meine verdreckte Kleidung gewechselt habe, bevor ich zu euch an den Tisch kam?«

»Ja. Ich dachte, ihr hättet so viel zu tun gehabt.«

»Nein, im Gegenteil. Brehm schickte mich schon gegen drei Uhr nachmittags nach Hause. Allerdings wirkte er irgendwie unruhig und angespannt. Ich hatte sofort das Gefühl, dass da etwas im Busch war, und ich misstraute ihm ja schon lang. Er ist mir zwar nie offen feindselig gegenübergetreten und hat auch auf die üblichen Beleidigungen verzichtet, aber da war doch immer so ein Dünkel an ihm, der klarmachte, wer von uns beiden der Herrenmensch und wer der Untermensch ist.« Adnan seufzte. »Es ist schwer zu beschreiben und vermutlich versteht das nur jemand, der es selbst erlebt hat. Ich bin es durchaus gewohnt, wenn die Leute mir gegenüber zunächst zurückhaltend sind. Ich weiß ja, was für Geschichten über Menschen mit meiner Hautfarbe im Umlauf sind. Es gibt da drei Sorten von Menschen. Die einen sind unverkennbare Rassisten, die mir das bei jeder Gelegenheit zeigen. Die zweite Gruppe hingegen vergisst, wenn sie mich näher kennt, schnell meine Hautfarbe, ganz gleich, was sie vorher über Neger dachte. Ich bin dann einfach nur noch Adnan und mein Aussehen spielt keine Rolle mehr. Glücklicherweise gehören die meisten Menschen zu dieser Gruppe. Es gibt jedoch auch noch eine dritte. Zu der gehören die, die ihre abwertenden Worte kontrollieren, aber die Ablehnung tropft ihnen dennoch mit jeder Geste aus jeder Pore. Ich spüre, was sie am liebsten sagen würden. Und das war bei Gustav Brehm von Anfang an der Fall. Allerdings merkte ich schon sehr früh, dass er auf euch völlig anders wirkte, und geriet dann selbst ins Zweifeln. War ich durch meine schlechten Erfahrungen am Hafen wirklich schon so verbittert, wie Annemarie behauptete? Je länger ich mit Brehm zu tun hatte, umso weniger wusste ich, ob es eine rein menschliche Antipathie war, die wir so oder so empfunden hätten, oder ob sie in meiner Hautfarbe begründet lag. Als er dann so nervös war, beschloss ich, ihn zu beobachten. Gegen halb vier kam ein Mann aus Richtung des alten Moores über den Feldweg. Ich dachte zunächst, es wäre ein mir unbekannter Tagelöhner, denn er trug normale Zivilkleidung. Aber er ging sehr zielstrebig auf Brehms Hof zu. Ich hatte mich in den Büschen am Rand des Hofs versteckt und sah, wie Brehm dem Mann schon am Tor entgegenkam, ihm die Hand reichte und ihm freundschaftlich auf die Schulter klopfte. Dann gingen sie ins Haus. Meine Neugier war geweckt und so schlich ich mich vorsichtig auf den Hof zurück, weil ich wissen wollte, worum es ging. Allerdings war es unmöglich, die beiden Männer im Haus zu belauschen, also versteckte ich mich erneut in den Büschen, um abzuwarten, bis der Gast den Hof wieder verließ, und ihm dann zu folgen. Gegen halb sechs kam der Mann endlich aus dem Haus und ich nahm seine Verfolgung auf. Er hielt zielstrebig auf das Wäldchen in der Nähe des Moorgebiets zu. Anfangs war ich noch sehr vorsichtig, weil ich ja keine Deckung hatte, aber im Wald wurde ich unvorsichtiger und irgendwann entdeckte er mich. ›Ich wusste gar nicht, dass ich jetzt schon in Afrika bin‹, sagte er und musterte mich von oben bis unten. Ich sagte nichts, sondern wollte einfach so tun, als wäre es ein Zufall, ihm hier zu begegnen, und versuchte, an ihm vorbeizugehen. Da packte er mich an der Schulter und schrie: ›He, du Neger, was treibst du hier? Bist du mir nachgeschlichen? Bist du der Neger von der alten Irrenanstalt?‹ Ich riss seine Hand von meiner Schulter und sagte: ›Mir ist nicht bekannt, dass wir zusammen Schweine gehütet hätten, und deshalb verbitte ich es mir, dass Sie mich duzen.‹ Da hat er vollständig die Beherrschung verloren und wollte mich verprügeln. Ich habe mich natürlich gewehrt und in dem Gerangel ist er dann zu Boden gegangen. Ich hörte ein unangenehmes Knallen und sah, dass er sich den Kopf an einem Stein aufgeschlagen hatte. Verdammt, das hatte ich nicht gewollt! Ich überprüfte seine Lebenszeichen, und als ich keinen Puls fand, riss ich sein Hemd auf, um den Herzschlag zu fühlen, aber da war nichts mehr zu fühlen. Dann durchsuchte ich ihn nach irgendwelchen Papieren und fand eine Brieftasche. In der Brieftasche war ein Dienstausweis der SS, der ihn als Unterscharführer Hannes Piel auswies. Auf dem Passfoto war er in Uniform abgebildet. Ich geriet in Panik. Also habe ich ihm die Kleider runtergerissen und ihn mit bloßen Händen im nahe gelegenen Torfgebiet verscharrt.«

»Warum hast du ihn ausgezogen?«, wollte Friederike wissen.

»Weil sich Kleidung länger hält als der Mensch und ich wollte nicht, dass man ihn identifizieren kann, falls man ihn findet. Ich habe ja nicht damit gerechnet, dass das so schnell passiert. Hätte ich einen Spaten gehabt, hätte ich ihn tiefer vergraben, aber so ging es nicht anders. Ich war danach total verdreckt, deshalb bin ich an dem Abend erst mal ins Badezimmer geeilt.«

»Und was hast du mit der Kleidung und dem Ausweis gemacht?«

»Die wollte ich verbrennen, aber ich hatte keine Streichhölzer dabei. Also bin ich damit in den Wald gelaufen und habe alles in einen hohlen Baum gestopft. Ich wollte später noch mal wiederkommen, um alles zu verbrennen, doch dann wurde der Tote gefunden und ich habe mich nicht mehr in die Nähe getraut. Du weißt ja selbst, wie das ist. Niemand hätte mir geglaubt, dass es ein Unfall war. Schon gar nicht bei einem SS-Mann.«

Friederike schluckte. »Warum bist du nicht gleich zu mir gekommen?«

Adnan senkte den Blick. »Ich hatte Angst, Friederike. Angst, dass du mir nicht glaubst und dass ihr alle in Schwierigkeiten geratet, wenn ihr zu viel wisst. Du warst so begeistert von Gustav Brehm und ich wusste nicht, wie ich das alles erklären sollte. Aber jetzt … jetzt konnte ich nicht länger schweigen.«

Friederike war erschüttert. »Du hast gedacht, ich würde Brehm mehr glauben als dir? Wo ich dich schon so viele Jahre kenne?«

Fräulein Wermut enthob Adnan einer Antwort, indem sie sagte: »Jetzt ist nicht die Zeit, diese Handlungen infrage zu stellen. Viel wichtiger ist doch die Frage, was Gustav Brehm tatsächlich hier treibt und warum er einen Todesfall auf sich nimmt, an dem er keine Schuld trägt.«

»Das stimmt«, gab Friederike zu. »Ich nehme an, er wollte unbedingt mein Vertrauen stärken. Weil er weiß, wie wenig ich von der SS halte.«

»Hat die Polizei eigentlich Piels Kleidung in dem Baumstamm gefunden?«, fragte Fräulein Wermut.

»Das weiß ich nicht.«

»Nun, dann sollten wir vielleicht heute nach dem Frühstück einen kleinen Ausritt unternehmen, um sie zu finden. Oder besser gesagt die Brieftasche. In einer Brieftasche findet man oft interessante Hinweise.«

»Am besten noch vor dem Frühstück«, sagte Friederike. »Sonst will uns Ingrid Ströbel mit Sicherheit begleiten.«

Fräulein Wermut nickte. Dann sah sie Adnan an. »Wo finden wir den hohlen Baum?«

»Das kann ich nicht so einfach beschreiben, das müsste ich zeigen.«

»Gut, können Sie reiten?«

Adnan schüttelte den Kopf.

»Ach, es wird schon reichen, wenn wir ihm Tamo satteln«, sagte Friederike. »Der läuft uns auch mit einem ungeübten Reiter brav hinterher.«

»Dann los«, sagte Fräulein Wermut.

Eine Viertelstunde später waren die drei Pferde gesattelt. Fräulein Wermut nahm Halla mit dem Damensattel, Friederike Wido und Adnan machte auf Tamo eine recht gute Figur. Friederike hatte ihm kurz erklärt, wie er sich verhalten sollte, wo er sich festhalten konnte und wie er sich am besten mit den Knien an den Sattelpolstern festklammerte.

Tamo war es gewohnt, Anfänger zu tragen, und hielt sich deshalb an Wido, der vor ihm ging, während Fräulein Wermut Halla neben Tamo lenkte, um Adnan nötigenfalls zu unterstützen.

Sobald sie Gut Mohlenberg verlassen hatten, galoppierte Friederike an.

»Jetzt verstehe ich, was euch so am Reiten gefällt!«, rief Adnan begeistert.

»Ja, im Galopp sitzt man weich wie auf einem Schaukelstuhl, während einem der Wind um die Nase weht«, rief Fräulein Wermut ihm zu.

Als sie die Grenze zwischen Wald und Moorgebiet erreichten, sagte Adnan: »Hier müssen wir absteigen, denn ich bin recht weit in den Wald gelaufen.«

»Wie wäre es, wenn wir hier auf dich warten?«, schlug Friederike vor. »Du holst die Brieftasche aus dem Baumstumpf, die Kleider lässt du einfach weiter dort vor sich hinrotten.«

»Ist in Ordnung.« Adnan sprang vom Pferd und war kurz darauf im Wald verschwunden.

Fräulein Wermut sah sich indes in der Umgebung um. »Ich frage mich, warum der Tote von hier gekommen ist«, sagte sie. »Gibt es irgendwo eine Verbindung zum Straßennetz?«

»Ja, wenn man den Weg da vorn verlässt und dann querfeldein durchs Unterholz geht, kommt man an einer Landstraße raus.«

»Ist das die, die auf der anderen Seite durch das Dorf Mohlenberg führt?«

Friederike nickte.

»Dann hätte ich einen Verdacht«, sagte Fräulein Wermut. »Charlotte hat mir erzählt, dass Brehm ein Motorrad hat. Möglicherweise hatte der Tote auch eins und ist extra von hinten gekommen, weil er nicht durch das Dorf wollte, wo ihn jeder sehen könnte.«

»Aber hätte die Polizei das nicht längst gefunden?«

»Würde die Polizei damit rechnen, dass ein SS-Mann sich heimlich durch den Wald in ein Dorf begibt, das von der anderen Seite offen zugänglich ist? Das erwartet man doch eher von Strauchdieben, oder?«

Friederike nickte. »Wissen Sie was? Ich werde mal nachsehen, während Sie hier auf Adnan warten.«

Sie trieb Wido an und lenkte ihn in Richtung Landstraße. Mit dem trittsicheren Pferd konnte sie auch Pfade nutzen, die für ein Motorrad unpassierbar waren, und so erreichte sie kurz darauf ihr Ziel. Auf den ersten Blick sah sie dort nur die leere Straße, aber dann gewahrte sie tatsächlich ein Motorrad. Jemand hatte es in den Wald geschoben, sodass man es nur bemerkte, wenn man gezielt danach suchte. Friederike stieg ab und betrachtete das Fahrzeug näher. Es gab keine Satteltaschen oder sonstige Auffälligkeiten. Also berührte sie nichts, sondern begnügte sich damit, sich das Kennzeichen zu merken. Möglicherweise könnte es ihr bei ihren Ermittlungen helfen.

Als sie zurückkam, war auch Adnan wieder da und saß bereits im Sattel.

»Hast du die Brieftasche?«, fragte sie. Er nickte. »Sehr gut. Ich habe übrigens tatsächlich ein Motorrad gefunden.« Sie nannte das Kennzeichen.

»Gibt es eine Möglichkeit, herauszufinden, ob dieses Kennzeichen Piel gehörte?«, fragte Fräulein Wermut.

»Das werden wir feststellen. Allerdings ist es bemerkenswert, dass Hauptsturmführer Markmann das Motorrad bislang nicht gefunden hat, oder?«

»Nun ja, Männer denken oft, sie wären so schlau, aber sie übersehen gern das Offensichtliche.« Fräulein Wermut lächelte, während Adnan sich geräuschvoll räusperte.

»Wollen Sie mir mit diesem Räuspern etwa widersprechen, Herr Pietsch?«

»Das würde ich doch nie wagen, Fräulein Wermut. Schließlich würde ich da immer den Kürzeren ziehen.« Er lächelte sie charmant an und Fräulein Wermut lachte.

Zurück auf Gut Mohlenberg waren sie bereits bei Tisch vermisst worden.

»Ach, wir waren schon so früh wach«, sagte Fräulein Wermut, »da habe ich Frau Doktor von Aalen gebeten, einen kleinen Ausritt zu machen, um den Sonnenaufgang vom Pferderücken aus zu genießen. Und ich konnte sogar unseren griesgrämigen Herrn Pietsch dazu bewegen, zum ersten Mal in seinem Leben in den Sattel zu steigen. Ich hoffe, Sie haben es genossen?«

»Sogar sehr«, sagte Adnan. »Sie hatten völlig recht, das war das beste Mittel, meine Griesgrämigkeit zu bekämpfen.«

»Oh, wenn das so gut hilft, solltest du regelmäßig ausreiten«, sagte Annemarie und strahlte ihren Mann liebevoll an.

Nur Ingrid Ströbel wirkte verschnupft. »Warum habt ihr mich nicht mitgenommen?«

»Na, du hast noch geschlafen und da wollten wir dich nicht wecken«, sagte Friederike. »Aber wir können es morgen gern nachholen, wenn du bereit bist, mit uns vor Sonnenaufgang aufzustehen.«

»Ach, du hast schon recht«, gab sie zu. »Ich schlafe lieber länger und reite dann später aus, um den Sonnenuntergang zu genießen.«

»Wie wäre es, wenn du den Tag dafür mit einem Ausritt auf Wozwo beginnst?« Friederike lächelte Ingrid aufmunternd zu. »Du kennst die Gegend ja gut und möchtest vielleicht erst einmal allein alles erkunden und das Pferd kennenlernen?«

»Das klingt verlockend.« Ingrid erwiderte das strahlende Lächeln. »Das ist genau der Grund, warum ich so gern hierherkomme.«

Friederike atmete auf. Wenn Ingrid allein auf einem Ausritt war, konnte sie in Ruhe mit Fräulein Wermut und Adnan die Brieftasche des Toten durchsehen und weitere Pläne schmieden. Außerdem musste sie dringend ihren Vater und Wolfgang informieren. Ob sie Annemarie und Maurice einweihten, sollte Adnan entscheiden, während sie Juliane und deren Kinder sowie Charlotte vorerst aus allem heraushalten wollte. Je weniger sie Bescheid wussten, umso unbefangener waren sie.

Nach dem Frühstück ging Friederike zunächst mit Fräulein Wermut und Adnan in ihr Büro. Sie war froh, dass die beiden so professionell waren, sich nichts anmerken zu lassen. Nachdem sie die Bürotür verschlossen hatten, zog Adnan die Brieftasche hervor und öffnete sie.

Neben dem Ausweis des SS-Mannes gab es noch einen Führerschein sowie den Fahrzeugschein des Motorrads.

»Ein Dienstfahrzeug«, sagte Adnan. »Es ist auf die SS zugelassen. Das erklärt zumindest, warum er genügend Treibstoff hatte.«

»Allerdings nicht, warum er in Zivil unterwegs war«, sagte Fräulein Wermut.

»Vermutlich, weil er nicht als SS-Mann erkannt werden wollte«, entgegnete Friederike. »Dafür spricht ja auch der Umweg. Das Motorrad hat eine Hamburger Nummer und dank des Fahrzeugscheins wissen wir jetzt, dass es wirklich seins war. Ich frage mich, warum die SS nicht danach gesucht hat. Ob es eine Falle ist? Haben sie es längst gefunden, aber stehen gelassen in der Hoffnung, dass es jemand findet?«

»Hast du denn dort jemanden gesehen?«, fragte Adnan.

»Nein. Doch das hat nichts zu sagen. Ich nehme an, wenn die etwas von Ferne beobachten wollen, können sie das auch so machen, dass es niemand merkt.«

»Und was ist, wenn dich dort jemand gesehen hat?« Adnan runzelte kritisch die Stirn.

»Ich war auf einem Ausritt und sah dort ein einsames Motorrad, weshalb ich kurz abgestiegen bin. Mehr ist nicht passiert. Daraus könnte mir niemand einen Strick drehen.«

»Das stimmt«, sagte Fräulein Wermut. »Zumal Sie ja auch nicht ahnen können, wem so ein fremdes Motorrad gehört. Allerdings wäre es vielleicht gar nicht so verkehrt, die Polizei darüber zu informieren, dass Sie dort ein verlassenes Motorrad gesehen haben und man mal schauen sollte, wem es wohl gehört. In so einem Fall ist Angriff oft die beste Verteidigung. Melden Sie es und schon ist alles in Ordnung.«

»Das ist eine gute Idee, das werde ich heute noch erledigen.« Friederike sah Adnan an. »Ist sonst noch etwas in der Brieftasche?«

»Ja, diese Fotografien.« Er zog zunächst das Bild einer jungen Frau hervor. Auf der Rückseite stand mit Bleistift der Name Mariechen Ewert.

»Sie ist sehr hübsch«, sagte Friederike. »Gibt es weitere Hinweise auf sie?«

»Ja.« Adnan reichte ihr die zweite Fotografie. Sie zeigte dieselbe Frau in einem eleganten Sommerkleid zusammen mit einem Mann in schneidiger SS-Uniform. Sie standen vor einem Lokal und mehrere Männer in SS-Uniform standen Spalier. Auf der Rückseite war notiert: »2. Mai 1941 – Verlobungsfeier bei Trenkmeyer«.

»Wer ist Trenkmeyer?«, fragte Fräulein Wermut, die gemeinsam mit Friederike auf das Foto geschaut hatte.

»Ein Parteilokal an der Hafenstraße«, sagte Adnan. »Da feiern viele SS-Leute Verlobungen oder Hochzeiten.«

»Ich wusste gar nicht, dass du dich mit solchen Etablissements auskennst.«

»Nur, weil ich die Umgebung an Wochenenden und Feiertagen lieber meide. Betrunkenen SS-Leuten laufe ich nicht so gern über den Weg. Du kannst dir gewiss denken, warum.« Er verzog verbittert das Gesicht.

»Also ist Mariechen Ewert die Verlobte des Toten«, sagte Friederike.

»Frau Doktor von Aalen, Sie machen so ein nachdenkliches Gesicht, dass ich mich frage, ob Sie das Gleiche denken wie ich.«

»Und was denken Sie, Fräulein Wermut?«

»Es gibt in diesem Fall so viele ungeklärte Fragen und wir können niemandem vertrauen. Vielleicht sollten wir eigene Ermittlungen anstellen. Und ich könnte mir vorstellen, dass ein Besuch bei Fräulein Ewert helfen könnte.«

Friederike lachte leise. »Sie haben mich ertappt, ich habe tatsächlich darüber nachgedacht. Allerdings kennen wir ihre Adresse nicht und was sollen wir sagen, wenn wir eine trauernde Braut, die gerade ihren Verlobten verloren hat, besuchen?«

»Nun, es gibt Adressbücher in Hamburg und um Ausreden waren wir doch noch nie verlegen. Wir müssen ja nicht sagen, wer wir wirklich sind, nicht wahr?« Fräulein Wermut lächelte verschmitzt. »Wir könnten uns als Mitglieder der Nationalsozialistischen Frauenschaft ausgeben, die ihr in dieser schweren Zeit ihre Unterstützung anbieten möchte. Und so, wie die Partei für jeden sorgt, wird sie das glauben. Dann verwickeln wir sie gemeinsam in ein Gespräch und versuchen herauszufinden, in welcher Beziehung ihr Verlobter zu Gustav Brehm stand.«

»Aber was ist, wenn herauskommt, dass wir gelogen haben?« Friederike sah Fräulein Wermut zweifelnd an.

»Ich halte das Risiko für vertretbar, zumal es viel gefährlicher ist, nicht zu wissen, warum Gustav Brehm gelogen hat«, entgegnete diese. »Der Mann war bei der SS und behauptet, dass er ausgetreten ist. Aber was ist, wenn das nicht stimmt? Wir wissen über Brehm letztlich so gut wie gar nichts, außer dass er sich vor Markmann und Kessler versteckt. Allerdings finde ich es bemerkenswert, dass er wusste, wie der Tote ums Leben gekommen ist.«

»Ich nehme an, das hat er über den Dorfklatsch erfahren«, sagte Adnan. »Ich habe sehr darauf geachtet und gehört, dass die Leute sich erzählt haben, der Tote sei mit eingeschlagenem Schädel gefunden worden.«

»Das erleichtert mich«, sagte Fräulein Wermut. »Ich hatte schon befürchtet, dieser Mann hätte Sie gesehen, aber die Wahrheit zunächst für sich behalten.«

»Und warum sollte er das tun?«, fragte Friederike.

»Warum hat er überhaupt ein Tötungsdelikt auf sich genommen, das er gar nicht begangen hat?«, antwortete die Gouvernante mit einer Gegenfrage.

»Um Friederike in Sicherheit zu wiegen«, sagte Adnan. »Nach allem, was ich so mitbekommen habe, war ihm doch sehr daran gelegen, ihr Vertrauen zu gewinnen. Eine tragische Geschichte – ein edler Held, der ein Kind versteckt und dabei seine Familie verliert. Und in Wirklichkeit ist er bei der SS.«

»Aber warum sollte er mein Vertrauen so dringend gewinnen wollen?«, fragte Friederike. »Was hätte er davon?«

»Vielleicht soll er im Auftrag der SS nachschnüffeln, ob Mohlenberg noch lebensunwertes Leben versteckt?«, fragte Fräulein Wermut.

»Aber warum verbirgt er sich dann vor seinen Kameraden? Er müsste sie doch nur instruieren, das zu sagen, was für seine Tarnung von Vorteil ist«, warf Friederike ein. Sie merkte, wie ihre Gefühle mit ihr Karussell fuhren. Da war diese tiefe Zuneigung, die sie zu Gustav gefasst hatte. Sein treuherziger Blick, seine Zärtlichkeit, sein Einfühlungsvermögen … Aber zugleich wusste sie nun mit Sicherheit, dass er sie belogen hatte. Und wer einmal lügt, der lügt auch ein zweites Mal.

»Ich fürchte«, sagte Fräulein Wermut, »uns bleibt nichts anderes übrig, als nach Hamburg zu fahren. Am besten schon morgen. Wir können uns auf niemanden außer uns selbst verlassen.«

Friederike nickte. Trotz all ihrer aufgewühlten Gefühle, die ihr ganzes Weltbild auf den Kopf gestellt hatten, spürte sie zugleich eine unendliche Dankbarkeit, dass das Schicksal die alte Dame gerade jetzt nach Gut Mohlenberg geführt hatte.

19. Kapitel

Friederikes Vater und Wolfgang waren mehr als beunruhigt, als sie von den neuesten Ereignissen erfuhren. Nicht nur, dass Adnan um sein Leben fürchten musste, wenn man ihn mit dem Tod des SS-Mannes in Verbindung brächte, sondern vor allem wegen Gustav Brehms unklaren Absichten.

»Das, was wir fünf wissen, muss unbedingt in diesem Zimmer bleiben«, sagte Doktor Meinhardt. »Selbst wenn alle anderen schweigen, könnten sie sich durch ihr Verhalten verraten. Je unbefangener sie mit Ingrid Ströbel und eventuell auftauchenden SS-Offizieren umgehen, umso besser. Wir haben alle keine Ahnung, weshalb es einen Toten gab, sind aber gern bereit, die Polizei zu unterstützen.«

Friederike nickte. »Genau das habe ich mir auch schon überlegt. Was hältst du davon, wenn ich das Motorrad melde?«

»Gar nichts.« Ihr Vater schüttelte energisch den Kopf. »Falls dich wirklich jemand dort gesehen haben sollte, kannst du immer noch behaupten, dass du dich gefragt hast, warum es im Gesträuch steht, und nachschauen wolltest, ob jemand Hilfe braucht. Als du niemanden gesehen hast, hast du dir nichts weiter dabei gedacht. Je weniger wir offiziell wissen, umso besser.

Wir können es uns nicht erlauben, dass die SS hier ein- und ausgeht.«

»Was mich zu einem anderen Punkt bringt«, bemerkte Wolfgang. »Nach allem, was Friederike erzählt hat, weiß Brehm sehr gut, dass wir hier Menschen mit Behinderungen verstecken, indem wir sie als normale Arbeiter ausgeben. Er hat immer wieder versucht, Friederike zu entsprechenden Auskünften zu verleiten. Auch Ferdinand hat er sofort richtig eingeschätzt.«

»Und welchen Schluss ziehst du daraus?« Friederike sah ihn aufmerksam an.

»Dass es ihm irgendeinen Vorteil bringt, wenn er von dir die Bestätigung seiner Vermutung bekommt. Und ich habe den Verdacht, dass uns das schaden könnte.«

»Ich hatte nie vor, ihn einzuweihen«, erwiderte Friederike. »Das ist genauso wie bei diesem Todesfall. Selbst da schweigen wir ja gegenüber Menschen, die wir lieben, um sie nicht in Gefahr zu bringen. Genau nach diesem Vorsatz bin ich auch mit Gustav Brehm umgegangen. Selbst wenn er mir keinen Anlass gegeben hätte, an ihm zu zweifeln, hätte ich ihm nichts verraten.«

»Und nun möchtest du morgen mit Fräulein Wermut nach Hamburg fahren?«, fragte Friederikes Vater noch einmal nach. »Was genau erhofft ihr euch davon? Ihr kennt ja noch nicht einmal die Adresse von Mariechen Ewert, und selbst wenn ihr im Hauptpostamt in den Adressbüchern nachschaut, ist es fraglich, ob ihr sie dort findet. Der Name Ewert ist weitverbreitet, zudem lebt eine Verlobte vermutlich noch im Haus ihres Vaters und wird gar nicht eigenständig im Adressbuch geführt.«

»Nun« – Fräulein Wermut räusperte sich – »unser erster Weg wird uns natürlich zu Trenkmeyer führen, wo die Verlobung stattgefunden hat. Wir werden uns dem Wirt als Mitglieder der Nationalsozialistischen Frauenschaft vorstellen, die von dem schrecklichen Vorfall erfahren haben und Mariechen gern unterstützen wollen. Ich bin mir ziemlich sicher, dass uns der Wirt weiterhelfen kann.«

Friederikes Vater nickte anerkennend. »Das könnte funktionieren. Aber ich fürchte, Sie brauchen mehr als einen Tag, um alles zu erledigen.«

»Darüber habe ich auch schon nachgedacht«, sagte Friederike. »Wir könnten morgen in Ruhe die Vorermittlungen beginnen, uns für die Nacht ein Zimmer in einer Pension teilen und übermorgen Fräulein Ewert aufsuchen.«

»Oder ihr fragt, ob ihr bei Charlottes Vermieterin eine Nacht unterkommt«, schlug ihr Vater vor.

»Nein, auf keinen Fall!«, rief Friederike. »Frau Mende ist eine Klatschbase und die möchte ich unter keinen Umständen mit hineinziehen. Wir können uns ja wohl noch eine Pension in Bahnhofsnähe leisten.«

»Sehr richtig«, bestätigte Fräulein Wermut. »Ich denke, mit ein bisschen Geschick werden wir diese beiden Tage in Hamburg gut nutzen können. Ich habe sogar schon alles für die passende Tarnung dabei.« Sie zog zwei kleine Anstecknadeln mit Hakenkreuz hervor.

Wolfgang lachte leise. »Wozu haben Sie die denn?«

»Nun, die habe ich Karla und mir selbst im Zug angesteckt, um uns vor dem Zugpersonal als parteilinientreu zu zeigen, falls Karla in irgendeiner Weise auffällig geworden wäre. Aber sie war still und hübsch anzusehen, und mit diesen Ansteckern waren wir auch auf den ersten Blick als führergläubig zu erkennen. Es sind oft die Kleinigkeiten im Leben, die den Menschen auf den ersten Blick nicht bewusst werden, aber im Unbewussten arbeiten.«

»Ich vergaß ganz Ihre Vorliebe für die Psychologie.« Friederike nahm einen der Anstecker in die Hand. »Das ist eine sehr gute Idee.«

»Werden Sie Ihren Stock wieder mitnehmen, Fräulein Wermut?«, fragte Friederikes Vater schmunzelnd.

»Ja, der wird in diesen Kreisen zweckdienlich sein.«

»Zu schade, dass ich nicht dabei sein kann«, bemerkte Adnan. »Das würde ich wirklich gern beobachten.«

»Und ich erst«, sagte Wolfgang. »Dafür werden wir hier für Ordnung sorgen und aufpassen, dass vorerst niemand etwas erfährt.«

Friederike nickte dankbar. Zwar gefiel es ihr nicht, dass sie hier Geheimnisse vor dem Rest der Familie hüteten, aber angesichts der schweren Zeiten war es besser.

Ingrid Ströbel war irritiert, als Friederike erklärte, dass sie mit Fräulein Wermut nach Hamburg reisen musste.

»Ich wollte doch so gern mit dir gemeinsam ausreiten«, sagte sie.

»Das werden wir noch«, versprach Friederike. »Allerdings haben wir etwas Persönliches in Hamburg zu erledigen. Fräulein Wermut wünschte sich meine Begleitung und das bin ich ihr einfach schuldig.«

»Und worum geht es?«

»Bitte verzeih mir, Ingrid, aber Fräulein Wermut möchte nicht darüber sprechen. Ich hoffe, du hast Verständnis für meine Diskretion.«

Die Frau zwang sich zu einem Lächeln. »Selbstverständlich, liebste Friederike. Dann wünsche ich euch viel Erfolg.«

* * *

Am folgenden Morgen fuhr Wolfgang sie in aller Frühe nach Lüneburg zum Bahnhof. Als sie am Brenner-Hof vorbeikamen, bat Friederike ihn, kurz anzuhalten.

»Was willst du dort?«

»Nachschauen, ob Gustav wirklich weg ist.« Sie sprang aus der Droschke und klopfte an der Tür. Niemand reagierte. Als sie die Klinke hinunterdrückte, war abgeschlossen. Ein sicheres Zeichen, dass niemand da war, denn normalerweise waren die Türen im Dorf unverschlossen. Anschließend schaute Friederike noch in den Schuppen, in dem sonst sein Motorrad stand. Tatsächlich, die Maschine war fort. Wohin mochte er wohl gefahren sein?

»Und, bist du nun schlauer?«, fragte Wolfgang, nachdem sie wieder eingestiegen war.

»Er ist tatsächlich nicht da, denn sein Motorrad ist weg. Ich dachte, er hätte nicht mehr genug Benzin, weil er ja auf Oswald nach Lüneburg geritten ist.«

»Alles, was wir bislang wissen, ist, dass dieser Mann ein begnadeter Geschichtenerzähler ist«, erwiderte Fräulein Wermut. »Also wird es höchste Zeit, seiner Geschichte auf den Zahn zu fühlen.«

Um kurz nach eins rollte der Zug aus Lüneburg im Hamburger Hauptbahnhof ein. Friederike beeilte sich, aus dem überfüllten Bahnhof zu verschwinden, in dem überwiegend junge Männer in Uniform auf die nächsten Züge zur Front warteten. Die Moral unter den jungen Männern war nach wie vor hoch, doch Friederike konnte die Vorfreude auf den Krieg nicht nachvollziehen. Immer wieder musste sie an Bernhard denken, der aus dem Ersten Weltkrieg schwer kriegsbeschädigt heimgekehrt war. Noch immer liebenswert, aber dennoch ein völlig anderer Mann als der, den sie einst geheiratet hatte. Aus einem feschen, schneidigen Leutnant war ein Mensch geworden, der nicht mehr in der Lage war, ohne die Fürsorge anderer zu überleben …

Was für eine grausame Ironie, dass ausgerechnet eine Regierung, die Menschen in lebenswert und -unwert einteilte, lauter junge gesunde Männer in einen völlig sinnlosen

Krieg hinausschickte, wo sie ihr Leben und ihre Gesundheit riskierten. Aber das durfte man nicht laut sagen. Es hätte als Wehrkraftzersetzung gegolten und wäre mit Gefängnis oder KZ geahndet worden.

Sie wischte die unangenehmen Gedanken fort und wandte sich Fräulein Wermut zu. »Wollen wir uns zunächst ein Pensionszimmer suchen?«

Die alte Gouvernante nickte. »Kennen Sie sich hier aus, Frau von Aalen?«

»Ja, es gibt in Richtung Steindamm ein paar günstige Pensionen, die auf Durchreisende spezialisiert sind.«

»Wie gut, dass wir mit kleinem Gepäck reisen.« Fräulein Wermut hob ihre kleine Reisetasche an. »Oder bekommt man hier noch Taxen?«

»Zumindest stehen da vorn welche.« Friederike zeigte auf den Taxistand auf dem Vorplatz. »Aber die brauchen wir nicht. Es sind höchstens tausend Meter.«

»Was kürzer klingt als ein Kilometer«, entgegnete die alte Dame spitz.

Es bereitete ihnen kein Problem, ein Doppelzimmer für eine Nacht zu buchen. Fräulein Wermut nestelte so betont an dem Hakenkreuz-Anstecker, der ihren Kragen zierte, dass er dem alten Rezeptionisten sofort ins Auge fallen musste. Das Doppelzimmer kostete für eine Nacht sieben Mark ohne Frühstück.

Nachdem sie ihr Gepäck verstaut hatten, schlug Friederike vor, sich zunächst im Hauptpostamt am Hühnerposten die Adressbücher der Stadt anzusehen, um zu schauen, wie viele Ewerts es gab.

»Ich dachte, wir wollten zu Trenkmeyer«, warf Fräulein Wermut ein.

»Da gehen wir anschließend hin, denn dort können wir etwas essen und schon mal ein bisschen rumhorchen, bevor wir gezielt nach Mariechen Ewert fragen.«

Ihre Begleiterin nickte. »Sie kennen sich in Hamburg aus, also entscheiden Sie, was am besten ist.« Dann griff sie nach ihrem Gehstock, dessen Funktion Friederike noch in guter Erinnerung war. Fräulein Wermut benötigte ihn nicht als Gehhilfe, sondern um damit achtungsgebietend auf den Boden zu klopfen – oder um ihn manchmal auch schmerzhaft in die Weichteile böser Menschen zu stoßen, wie Annemaries Onkel einst am eigenen Leib hatte erleben müssen.

Das Adressbuch im Hamburger Hauptpostamt brachte sie nicht weiter. Es gab weit mehr als hundertdreißig Einträge mit dem Namen Ewert, darunter allerdings nur fünf Frauen, die als alleinige Mieterinnen aufgeführt waren, zwei Fräuleins, eine Arbeiterin, eine Witwe und eine Krankenschwester namens Marie, die am Pinnasberg 31 wohnte.

»Wollen wir es mit der versuchen?«, fragte Friederike. »Mariechen ist schließlich die Koseform von Marie und der Pinnasberg ist eine Straße auf St. Pauli.«

»Und somit auch in der Nähe von Trenkmeyer?«, fragte Fräulein Wermut.

»Genau. Wollen wir erst dorthin oder auf gut Glück bei der Dame an der Tür klingeln?«

»Lassen Sie uns lieber erst zu Trenkmeyer gehen. Ich habe nämlich Hunger und es ist vermutlich gut, wenn wir dort erst einmal die Fühler vorstrecken, ob sie es wirklich ist.«

»Nach dem Foto würden wir sie bestimmt erkennen.«

»Das mag sein«, entgegnete Fräulein Wermut, »aber mir ist es lieber, wenn wir uns im doppelten Sinne gut vorbereiten. Mit geistiger und körperlicher Nahrung.«

»Wollen wir die Hochbahn nehmen oder zu Fuß gehen?«

»Wie weit ist es denn bis zu Trenkmeyer?«

»Ich schätze, so rund fünf Kilometer. Wenn wir gleich im Hauptbahnhof in die Hochbahn einsteigen, haben wir fünf Haltestellen bis Bahnhof Hafentor. Von da aus geht es direkt auf die Hafenstraße.«

»Dann nehmen wir die Hochbahn«, beschied Fräulein Wermut. »Ich hoffe, uns überrascht kein Fliegeralarm, wenn wir in der Bahn sitzen. Das ist eben der Nachteil großer Städte.« Sie seufzte.

20. Kapitel

Friederike mochte die Hamburger Hochbahn, die vom Hauptbahnhof bis zum Adolf-Hitler-Platz, der zu ihren Studienzeiten noch Rathausmarkt geheißen hatte, unterirdisch fuhr, bevor sie auf das große Hochbahnviadukt rollte, das direkt an der Elbe entlangführte.

»Obwohl ich schon so viel von der Welt gesehen habe, ist diese Hochbahn etwas ganz Besonderes«, sagte Fräulein Wermut, während sie aus dem Fenster sah. »Hier habe ich das Gefühl, eine Hafenrundfahrt an Land zu machen.«

Friederike nickte lächelnd, denn ihr ging es ähnlich. Vor allem auf der Teilstrecke zwischen Rödingsmarkt und der Haltestelle Hafentor, die direkt gegenüber den Landungsbrücken lag, denn von hier aus hatte man einen wunderbaren Ausblick auf die großen Schiffe an den Landungsbrücken und den Eingang zum Elbtunnel. Allerdings lagen dort längst keine großen Überseedampfer mehr, sondern überwiegend Kriegs- und Lazarettschiffe. Kein Wunder, dass der Hafen für die britische Luftwaffe ein beliebtes Ziel für Bombenangriffe war. Noch während Friederike darüber nachdachte, überlegte sie, ob das Lokal Trenkmeyer womöglich auch den Bombenangriffen zum Opfer gefallen war. Und sie fragte sich zugleich, wo Gustav wohl vor der Ausbombung gewohnt haben mochte. Er hatte ihr nie seine alte Adresse verraten, sondern immer nur vage vom Hafen gesprochen.

Als der Zug in die Haltestelle Hafentor einrollte, dachte sie noch immer darüber nach.

Fräulein Wermut fiel ihre Schweigsamkeit auf. »Was geht Ihnen gerade durch den Kopf, Frau Doktor?«

Friederike erzählte es ihr, während sie in Richtung Hafenstraße gingen.

Das Fräulein runzelte die Stirn. »Glauben Sie, Brehm wurde überhaupt nicht ausgebombt?«

Friederike erstarrte. »Sie meinen, er könnte uns alle so schamlos belogen haben? Aber warum? Welchen Sinn hätte das?«

»Welchen Sinn hatte es, einen Todesfall auf die eigene Kappe zu nehmen, mit dem er nicht das Geringste zu tun hat?«, gab Fräulein Wermut zurück. »Mittlerweile würde ich diesem Mann alles zutrauen, obwohl ich ihn noch nie gesehen habe.«

Friederike strich sich nachdenklich eine Haarsträhne aus der Stirn. »Er hat ein sehr einnehmendes Wesen und er war stets in der Lage, aufkeimende Zweifel sofort mit einer glaubhaften Antwort auszuräumen.«

»Sie hatten also schon zuvor Zweifel?«

Erst jetzt, da Fräulein Wermut es offen aussprach, wurde es Friederike bewusst. Auch, wie gut Gustav jeden Zweifel zerstreut hatte, sobald sie nur ungläubig mit der Wimper gezuckt hatte. Sie erinnerte sich daran, wie sie sich bei ihrem letzten Treffen von ihm beobachtet gefühlt hatte, wie er zu ergründen schien, wie sie auf seine Worte reagierte. Rückblickend musste sie sich eingestehen, dass es nicht das erste Mal gewesen war. Er hatte nie von sich aus eine politische oder persönliche Meinung geäußert, sondern stets darauf gewartet, was sie sagte, und ihr dann zugestimmt. Und wenn er sich tatsächlich einmal in eine

Richtung vergaloppierte, die ihr nicht genehm war, hatte er das umgehend mit einer glaubwürdigen Erklärung entschuldigt.

Verdammt! War sie wirklich so leicht um den Finger zu wickeln? Hatte er ihr von Anfang an etwas vorgespielt?

»Ja«, sagte sie deshalb. »Es gab Zweifel, aber er hat sie jedes Mal mit geschickten Worten ausgeräumt.«

»Nun, dann wird es ja höchste Zeit, dass wir dem auf den Grund gehen.«

In der Hafenstraße hatte der Krieg bislang verhältnismäßig wenig Schäden hinterlassen. Im Parterre der meisten Häuser befanden sich kleine Geschäfte oder Kneipen. Sie kamen an einem Schlachter vorbei, einem Spirituosenhandel und einer Drogerie, bis sie schließlich ein Lokal erreichten, das Zum Anker hieß und an dem sie beinahe vorbeigelaufen wären, wenn sie nicht unter dem Namensschriftzug gelesen hätten, dass der Inhaber Trenkmeyer hieß.

»Das hätte Adnan uns gleich erzählen können.« Fräulein Wermut schnaubte. »Oder ist es hier so üblich, Kneipen nicht nach ihrem Namen, sondern nach dem Inhaber zu benennen?«

»Vermutlich ist das unter den Stammgästen so Usus«, meinte Friederike. »Die gehen dann nicht in den Anker, sondern zu Trenkmeyer. Aber letztlich ist es auch egal. Wir haben es ja gefunden.«

»Ich hoffe, man kann hier wirklich etwas essen und nicht nur trinken«, sagte ihre Begleiterin. »Ich merke meinem Magen schon sehr deutlich an, dass er gleich die Revolution ausrufen wird, wenn er nicht schleunigst etwas zu tun bekommt.«

»Ich frage lieber nicht, was Ihr Magen tut, wenn er die Revolution ausruft.« Friederike lachte. »Nun gut, dann lassen Sie uns in den Kampf ziehen, um nicht nur Ihren aufrührerischen Magen zu beschwichtigen.«

Am frühen Nachmittag war es bei Trenkmeyer recht leer. Sie sahen nur zwei Männer in der Kleidung der Hafenarbeiter, die mit einem Glas Bier an einem Tisch am Fenster saßen. Zum Anker war eine klassische Hafenarbeiterkneipe, in der man neben Bier oder Korn auch einfache Speisen wie Bratkartoffeln und Fisch bekommen konnte. An der Wand hingen zahlreiche Fotografien von Nazigrößen und Stammgästen in Parteiuniform. Außerdem gab es eine Hakenkreuzfahne an der Wand, daneben hingen zwei gerahmte Sprüche in Frakturschrift. »Meine Ehre heißt Treue«, lautete der linke Spruch und »Du bist nichts, Dein Volk ist alles« rechts daneben.

»Man erkennt sofort, wo man hier ist«, raunte Fräulein Wermut Friederike zu und nestelte wieder an ihrem Hakenkreuzanstecker. Dann schritt das Fräulein selbstbewusst zur Theke.

»Guten Tag«, grüßte sie den Wirt. Friederike fiel auf, dass die alte Dame, die normalerweise klassisches Hochdeutsch sprach, auf einmal einen bayrischen Zungenschlag hatte. »Wir hätten gern eine Mahlzeit. Uns wurde dieses Haus empfohlen.«

»Sie sind nicht von hier?«

»Nein, ich komme aus der Hauptstadt der Bewegung.« Fräulein Wermut lächelte. »Ich habe dem Führer schon begeistert zugehört, als er noch in den Münchner Bierkellern sprach. Ein großartiger Mann. Ich habe gleich gewusst: Der ist Deutschlands Rettung!«

Friederike musste sich bemühen, nicht laut loszulachen, doch der Wirt war beeindruckt.

»Und was führt Sie jetzt nach Hamburg?«, fragte er.

Fräulein Wermut wies auf Friederike. »Ich wollte meine liebe Nichte endlich einmal wiedersehen. Und natürlich wollte ich sie bei ihrer Arbeit für die NS-Frauenschaft unterstützen. Es gibt ja so viel zu tun in diesen Tagen.« Sie seufzte.

Friederike fand es etwas theatralisch, aber der Barmann nickte verständnisvoll.

»Sie sind bei der NSF?«

»Ja, so wie es die Pflicht einer jeden Patriotin ist.«

Während Fräulein Wermut sprach, war Friederike eine weitere Wand mit Fotografien aufgefallen. Es handelte sich überwiegend um Fotos von Feierlichkeiten in diesem Haus, darunter waren auch ein paar Bilder, die Brautpaare oder Verlobungen zeigten. Und tatsächlich, da war auch ein Abzug des Fotos von Hannes Piel und Mariechen Ewert, das sie in seiner Brieftasche gefunden hatten.

»Sie haben hier offenbar regelmäßig große Feierlichkeiten«, sagte sie und ging zu der Wand hinüber. »Sagen Sie … diese junge Frau hier« – sie tippte auf Mariechens Bild – »die sieht aus wie eine alte Schulfreundin meiner kleinen Schwester. Ist das wirklich Mariechen Ewert?«

Der Wirt kam ein Stück näher. »Ja, das ist Mariechen mit ihrem Hannes. Leider ist das ja eine ganz schreckliche Geschichte geworden.«

»Eine schreckliche Geschichte?«, hakte Fräulein Wermut sofort ein. »Ist er etwa gefallen?«

»Nee, wenn's wenigstens das gewesen wäre. Der wurde vor Kurzem tot aufgefunden. Irgendjemand hat ihn wohl hinterrücks erschlagen. Mariechen hat es durch die Polizei erfahren und ist nun völlig aufgelöst. Die konnte seitdem nicht mal mehr zur Arbeit gehen, und dabei werden Krankenschwestern doch jetzt überall gebraucht, wo die verdammten Tommys hier ständig Terrorangriffe fliegen.«

»Wohnt Mariechen eigentlich noch am Pinnasberg?«, fragte Friederike und musste sich bemühen, ihren Triumph über die Schwatzhaftigkeit des Wirtes nicht offen zu zeigen.

»Ja, da hat sie eine kleine, aber feine Wohnung. Die ist sogar besser als die von Hannes, deshalb wollte der nach der

Hochzeit auch ganz offiziell zu ihr ziehen. Wobei er ja ohnehin schon die meiste Zeit bei ihr verbracht hat.«

»Das arme Ding«, murmelte Fräulein Wermut. Dann wechselte sie unvermittelt das Thema. »Sie haben Bratkartoffeln auf dem Speiseplan? Wir hätten gern eine ordentliche Portion.«

»Nur Bratkartoffeln oder auch ein Spiegelei dazu oder einen Brathering?«

»Ich nehme den Brathering«, sagte Friederike.

»Den nehme ich auch«, fügte Fräulein Wermut mit bayrischem Zungenschlag hinzu. »Wir suchen uns dann schon mal einen Platz.« Zielstrebig ging sie auf eine abgelegene Ecke zu, wo sie sich ungestört unterhalten konnten.

»Das war ja viel einfacher als gedacht.« Fräulein Wermut lehnte sich entspannt auf ihrem Stuhl zurück, während sie auf ihre Mahlzeit warteten. »Dann können wir Fräulein Ewert ja direkt im Anschluss mal besuchen, wenn sie ohnehin aus Trauer um den Verlust krankgeschrieben ist.«

Friederike nickte. »Sagen Sie, was sollte das mit dem bayrischen Dialekt?«

»Das sollte ein bisschen Vertrauen schaffen. Schließlich nennen die Nazis München ja die Hauptstadt der Bewegung und ich habe die Erfahrung gemacht, dass der richtige Gebrauch bestimmter Floskeln einem viele Türen öffnet.«

»Sie sind wirklich beeindruckend.«

»Nun, das Aushorchen von Kneipenbesitzern war schon immer meine Spezialität. Wirte wissen so viel, weil sie ihren Kunden ja einen Grund geben müssen, die überhöhten Preise am Tresen auszugeben, anstatt allein in ihrer Bude zu trinken. Also reden sie gern und hören noch lieber zu und dann folgt ein Bier auf das nächste oder ein Korn auf den anderen. Und wenn sich ein Gast redselig zeigt, versucht der Wirt natürlich, darauf einzugehen. Es gibt bei Wirten zwei Grundtypen, die man mit unterschiedlichen Methoden zum Reden bringt.«

»Tatsächlich?« Friederike lehnte sich ein Stück vor und war beeindruckt, dass sie trotz all ihrer Berufserfahrung als Psychiaterin immer noch etwas von Fräulein Wermut lernen konnte.

»Ja. Unser Wirt hier gehört zu der Sorte, die nicht nur gern zuhört, sondern selbst auch viel erzählt. Daraus ergeben sich immer die interessantesten Gespräche. Man muss ihnen nur ein Stichwort liefern und dann erzählen sie etwas dazu. Es war ein glücklicher Umstand, dass er hier die Fotografien von Verlobungsfeiern und Hochzeiten sammelt. Aber auch sonst hätten wir ihm mit ein bisschen Finesse alles Wichtige entlocken können. Schwieriger sind da die schweigsamen, vorsichtigen Wirte, die lieber nur selbst zuhören und ab und zu mal nicken. Bei denen weiß man nie, ob sie wirklich zuhören oder mit ihren Gedanken ganz woanders sind. Und die auszufragen, ist schon eine Kunst für sich.«

»Wie oft sind Sie denn schon in die Verlegenheit gekommen, Kneipenbesitzer auszufragen?«

»Och, das kam öfter mal vor, gerade dann, wenn es darum ging, familiäre Hintergründe zu erforschen, um meinen Schützlingen am zielführendsten helfen zu können.«

»Und auf welche Weise haben Sie die schweigsamen Zeitgenossen ausgehorcht?«

»Ich habe sie verunsichert. Man muss im Gespräch den wunden Punkt finden, ihre innersten Befürchtungen, und dann so tun, als wüsste man alles oder hätte für alles die Lösung. Plötzlich können sie dann reden.« Fräulein Wermut lächelte.

Bevor Friederike noch etwas sagen konnte, wurde ihr Essen serviert.

»Von Bratheringen verstehen die hier was«, sagte Friederike, nachdem sie gekostet hatte. »Aber ich bin neugierig, Fräulein Wermut. Wie gelingt es Ihnen, einen maulfaulen, Ihnen unbekannten Wirt zu verunsichern?«

»Indem ich ihn beobachte und sehe, bei welchen Themen er das Gesicht verzieht.« Die alte Dame lachte leise. »Dann setze ich ein paar Probeschüsse in die entsprechende Richtung, mache Andeutungen, ohne wirklich etwas zu sagen, und beobachte scharf. Meistens finde ich so den wunden Punkt und dann mache ich weitere Andeutungen, die ihn zum Reden verleiten, weil er wissen will, was ich weiß.«

»Sie sind ein regelrechtes Schlitzohr, Fräulein Wermut.«

»Bleibt einer Frau in dieser Welt etwas anderes übrig?« Fräulein Wermut klopfte dreimal energisch mit ihrem Stock auf den Boden und Friederike lachte.

Nachdem sie gegessen hatten, machten sie sich auf den Weg zum Pinnasberg 31, wo Mariechen Ewert wohnte. Es handelte sich um eine mit Blaubasalt gepflasterte Nebenstraße, die von gepflegten Häusern gesäumt wurde, die vermutlich um die Jahrhundertwende entstanden waren und im Gegensatz zu den windschiefen Altbauten im Gängeviertel von bessergestellten Familien bewohnt wurden. Das Treppenhaus war unverschlossen und roch nach Bohnerwachs. Mariechen Ewert wohnte im Erdgeschoss.

Fräulein Wermut drückte den Klingelknopf. Es dauerte eine Weile, bis sie hörten, wie sich etwas hinter der Tür regte – ganz so, als wäre jemand aus der Ruhe aufgeschreckt worden und müsste sich jetzt erst etwas überziehen.

Kurz darauf öffnete Fräulein Ewert die Tür. Friederike erkannte sie sofort wieder, auch wenn ihr Haar nicht ganz so elegant in Wellen fiel wie auf dem Foto und den Eindruck bestätigte, dass sie sich vermutlich kurz hingelegt hatte. Ihre verschwollenen Augen deuteten darauf hin, dass sie in den letzten Tagen viel geweint hatte.

»Fräulein Ewert?«, fragte Fräulein Wermut.

»Ja, das bin ich.« Die Stimme der jungen Frau klang matt und heiser.

»Bitte entschuldigen Sie, dass wir Sie so unangemeldet besuchen, aber wir dachten, Sie könnten vielleicht etwas Unterstützung durch die NSF gebrauchen, nachdem Sie einen so schweren Verlust erlitten haben.«

»Sie kommen von der NSF?« Fräulein Ewert wirkte erstaunt.

»Ja. Mein Name ist Amalie Jägermeister und das ist meine Kollegin Frau von Düren.«

Friederike musste sich bemühen, ernst zu bleiben angesichts der Decknamen. Jägermeister statt Wermut und Düren statt Aalen – auf diese Idee musste man erst mal kommen.

»Ähm … möchten Sie reinkommen?«

»Nur, wenn wir Ihnen keine Umstände machen und Sie sich nach einem tröstenden Gespräch sehnen. Uns ist es sehr wichtig, Ihnen Unterstützung zuzusichern, wir wollen Ihnen aber keinesfalls zur Last fallen.«

»Das finde ich sehr nett von Ihnen. Bitte, kommen Sie doch rein.«

Sie betraten den Flur und Fräulein Ewert wies auf die Garderobe, an der sie ihre Mäntel aufhängen konnten. Dann führte sie sie in die gute Stube.

»Sie haben eine sehr schöne Wohnung«, sagte Friederike mit Blick auf die eleganten altdeutschen Möbel im Wohnzimmer.

»Ja, die habe ich von meinen Eltern geerbt. Bitte setzen Sie sich doch.« Sie wies auf das Sofa, während sie selbst im Sessel Platz nahm, der neben einer Anrichte aus Nussbaumholz stand, auf der ein Volksempfänger thronte. Anders als bei Trenkmeyer gab es in der Wohnung von Fräulein Ewert keine Nazidevotionalien. Dafür hingen an den Wänden zahlreiche gerahmte Familienfotografien.

Fräulein Ewert fiel auf, dass Friederike die Bilder betrachtete. »Ich habe schon sehr früh mit dem Fotografieren begonnen«, sagte sie. »Mit zehn Jahren bekam ich die alte Boxkamera meines Vaters.«

»Dann sind die Fotografien von Ihnen?«, fragte Fräulein Wermut interessiert.

»Nicht alle, aber die meisten. Interessieren Sie sich auch für Fotografie?«

»Ja, sehr«, bestätigte Fräulein Wermut.

»Möchten Sie mein Album sehen?« Auf einmal leuchteten Fräulein Ewerts Augen und der Glanz vertrieb die Spuren der vergossenen Tränen.

»Sehr gern.«

»Ja, das möchte ich auch gern sehen«, bestätigte Friederike.

Fräulein Ewert erhob sich, holte ein Fotoalbum aus braun genarbtem Leder aus dem Schrank und setzte sich dann zwischen ihre beiden Gäste auf das Sofa, sodass sie alle gemeinsam in das Album sehen konnten. »Ich fotografiere am liebsten Menschen in ihrem Alltag«, sagte sie. »Mich haben die Filmaufnahmen von Leni Riefenstahl von den Olympischen Spielen sehr fasziniert. Wie sie die Menschen darstellt.«

Die Fotografien, die Mariechen Ewert ihnen nun zeigte, waren wirklich beeindruckend.

»Haben Sie nie darüber nachgedacht, Berufsfotografin zu werden?«, fragte Friederike, als sie das Porträt eines wettergegerbten Seemanns am Hafen sah. Der Mann war so lebensecht getroffen, dass er wirkte, als würde er jeden Augenblick blinzeln.

»Das ist für eine Frau sehr schwierig«, erwiderte Mariechen. »Die Konkurrenz ist zu groß. Außerdem liebe ich meinen Beruf als Krankenschwester.«

Sie blätterte weiter durch das Album. »Ich habe auch viel auf Parteitreffen fotografiert, seit ich mit Hannes liiert war. Mein ehemaliger Oberarzt hat uns zusammengebracht. Der meinte, wir würden gut zusammenpassen, der Hannes und ich.« Ein versonnenes Lächeln huschte über ihr Gesicht, so als hätte sie ihren schweren Verlust für kurze Zeit über den schönen Erinnerungen vergessen.

»Hier, das ist mein alter Oberarzt mit seinen beiden Söhnen, als sie mich mal zu den Stallungen der Reiterstaffel eingeladen haben. Ich fotografiere sehr gern Pferde.« Sie zeigte ihnen eine Fotografie von drei Männern hoch zu Ross. Der Älteste trug eine SS-Uniform mit den Insignien eines Sturmbannführers, der zweite die des einfachen SS-Mitglieds und der dritte die der Hitlerjugend. Als Friederike das Gesicht von Fräulein Ewalds ehemaligem Oberarzt sah, erstarrte sie. Das war Gustav Brehm! Sie warf ihrer Komplizin einen kurzen Blick zu, diese hob fragend die Brauen. Friederikes Hände ballten sich zu Fäusten. Ihre Lippen formten tonlos den Namen Brehm. Fräulein Wermut bekam große Augen, aber zum Glück hatte die resolute Gouvernante sich sofort wieder in der Gewalt und stellte ihrerseits die entscheidende Frage.

»Das war Ihr ehemaliger Oberarzt? Ein schneidiger Offizier. Was macht er denn inzwischen?«

»Doktor Brehm ist zur Dienststelle Reichsarzt SS gewechselt. Es tat uns allen sehr leid. Er war ein sehr erfahrener Mann. Von Haus aus ist er Psychiater, aber er war auch in der Kinderheilkunde sehr erfolgreich. Dort habe ich ihn kennengelernt. Ich bin mit Leib und Seele Kinderkrankenschwester.«

»Das kann ich gut verstehen. Jeder Mensch mit einem Herz in der Brust möchte für Kinder sorgen«, sagte Fräulein Wermut gelassen, während Friederike noch immer darum kämpfte, sich nichts anmerken zu lassen. Gustav war SS-Arzt. Er hatte ihr seine tragische Geschichte nur vorgespielt, um sich ihr Vertrauen zu erschleichen. Was für ein verdammter Mistkerl!

»Er ist ja ein wirklich attraktiver Mann«, sagte Fräulein Wermut. »Und das sind seine Söhne?«

»Ja, und sie sind sein ganzer Stolz. Die beiden sind wirklich sehr angenehme junge Männer, höflich und freundlich.

Mein Hannes war übrigens kein Mitglied der Reiterstandarte, er gehörte zur Motorradeinheit. Aber Doktor Brehm ist auch ein begeisterter Motorradfahrer, und so haben sie sich kennengelernt.«

»Sie mögen Doktor Brehm, nicht wahr?«

»O ja, er war als Chef immer sehr liebenswürdig. Er hat Hannes und mich damals in sein Haus nach Bergedorf eingeladen, um uns einander vorzustellen. Seine Frau Therese ist auch ein sehr herzlicher Mensch.«

»Und warum hat ein so herzlicher Mensch die Kinderheilkunde verlassen?«, fragte Friederike nun und war froh, dass sie den Satz ohne Stocken hervorbrachte.

»Das habe ich ihn auch gefragt. Er sagte, er wolle sich mehr der Forschung zuwenden. Er wollte im KZ Neuengamme eine kriegswichtige medizinische Forschungsabteilung etablieren, wie es sie auch in anderen KZs gibt. Deshalb hat er sich zur Dienststelle Reichsarzt SS versetzen lassen. Außerdem hatte er so nicht mehr so einen weiten Arbeitsweg von Bergedorf aus. Er ist immer mit seinem Motorrad gekommen, aber Sie wissen ja, die Benzinrationierung macht vor niemandem Halt.«

Friederike hatte das Gefühl, sich gleich übergeben zu müssen.

»Ja, wir leben in schwierigen Zeiten«, sagte Fräulein Wermut. Dann bat sie Mariechen, ihnen die weiteren Fotografien zu zeigen, um keinen Verdacht zu erwecken, weil sie zu lange bei Doktor Brehm verharrten.

Als sie Mariechen Ewert eine Stunde später verließen, wirkte die junge Krankenschwester durch ihren Besuch wirklich getröstet und gab an, dass sie sich bemühen werde, morgen wieder zur Arbeit zu gehen. »Es ist so schön, dass die Partei niemanden alleinlässt«, sagte sie zum Abschied. »Wir sind doch alle eine große Familie, in Freude wie auch im Leid.«

»Ja, das sind wir, die große, stolze deutsche Volksgemeinschaft«, erwiderte Fräulein Wermut und reichte ihr die Hand.

Friederike folgte dem Beispiel und dachte bei sich, wie traurig es doch war, dass die Einzigen, die Mariechen besucht hatten, gar nicht zur großen Parteifamilie gehörten. Aber sie sagte nichts, sondern beschränkte sich auf ein aufmunterndes Lächeln, obwohl ihre Gesichtszüge angesichts der neuen Erkenntnisse wie eingefroren waren. Gustav Brehm war SS-Arzt! Sie konnte es immer noch nicht fassen. Doch was um alles in der Welt wollte er von ihr und Gut Mohlenberg? Und warum versteckte er sich vor Hauptsturmführer Markmann? Er war dem Mann als Sturmbannführer schließlich vorgesetzt. Wenn es ein SS-Auftrag war, Mohlenberg auszuspionieren, hätte er Markmann einfach den Befehl erteilen können, seine Tarnung zu bestätigen.

Fräulein Wermut schien ihre Gedanken zu teilen. »Wissen Sie was?«, sagte sie. »Wir sollten jetzt versuchen, noch ein bisschen mehr über Brehm herauszufinden. Zunächst werden wir seine Adresse im Hauptpostamt nachschlagen und bevor wir morgen nach Mohlenberg zurückfahren, schauen wir uns mal sein Haus an.«

»Aber was ist, wenn er uns dort sieht? Dann weiß er, dass wir ihm auf die Spur gekommen sind.«

»Wir werden uns eben Mühe geben, unauffällig zu bleiben. Menschen sehen immer das, was sie sehen wollen. Mich hat dieser Mensch noch nie gesehen und Sie halten sich eben etwas im Hintergrund. Vor allem müssen wir jetzt herausfinden, was er von Ihnen will. Einer Gefahr, die man kennt, kann man gewappnet entgegentreten.«

21. Kapitel

In dieser Nacht schlief Friederike schlecht und das lag nicht nur an der durchgelegenen Matratze in ihrem kleinen Pensionszimmer. Seit sie von Gustavs Täuschung wusste, war etwas in ihr zerbrochen. Sie hatte stets geglaubt, sie könnte Menschen gut einschätzen, aber bei Gustav hatte all ihre Menschenkenntnis versagt. Sie hatte sich in das Bild verliebt, das er ihr vorgespielt hatte. Zugleich erschreckte es sie, wie leicht sie offenbar zu durchschauen war, sodass es jemandem gelingen konnte, sich auf diese Weise in ihr Herz zu schleichen. Sie zu manipulieren, sich zu verlieben. Wieder und wieder durchlebte sie in ihrer Erinnerung den Moment, als sie seine Tätowierung entdeckt hatte. Die Ungläubigkeit, ihren eigenen Wunsch, ihm seine Ausrede zu glauben. Weiter zu hoffen, er wäre ein guter Mensch, der ihre Liebe verdiente. Ihre Liebe … nein, das war keine Liebe, das war allenfalls ein Gefühl der Verliebtheit, der Träumerei. Der Wunsch, dass es auch für sie nach Bernhard eine neue Liebe geben könnte.

Je länger sie darüber nachdachte, umso mehr wandelte sich ihre Niedergeschlagenheit in heiße Wut. Ja, sie war wütend, und diese Wut war ihre beste Verbündete, um es Gustav heimzuzahlen. Sie merkte, wie ihre Gedanken sich langsam ordneten.

Warum machte sich ein Sturmbannführer so viel Mühe, sie um den Finger zu wickeln? Wollte er ihr nachweisen, dass sie auf Gut Mohlenberg weiterhin psychisch Kranke und Behinderte betreute? Wenn man Mohlenberg auf dem Kieker hatte, hätte die SS sich doch nicht so viele Umstände machen müssen. Ein Durchsuchungsbefehl samt Begutachtung ihrer Angestellten wäre viel schneller und effizienter gewesen als dieses doppelte Spiel. Vor allem war Markmanns Misstrauen gegenüber Brehm echt gewesen. Und das war ein deutlicher Hinweis darauf, dass Brehm für sich allein und ohne expliziten Befehl handelte. Vermutlich wollte er jetzt im Schoße seiner Familie abwarten, bis sich der Wirbel gelegt hatte. Vielleicht arbeitete er sogar schon an einem Plan, den Mord irgendeinem Fremdarbeiter in die Schuhe zu schieben. Schließlich hatte er ihr gegenüber diese Vermutung geäußert. Andererseits – es konnte durchaus eine ernst gemeinte Vermutung gewesen sein, schließlich wusste Brehm nicht, wer der Täter war. Wenn er es gewusst hätte, wäre Adnan längst verhaftet worden. Ein anonymer Hinweis hätte genügt.

* * *

Nachdem sie am frühen Morgen die Pension verlassen hatten, brachten sie ihr Gepäck in die Gepäckaufbewahrung am Hauptbahnhof, wo sie es rechtzeitig um kurz vor drei wieder abholen würden, wenn ihr Zug nach Lüneburg abfuhr.

Dann stiegen sie in die Bahn nach Bergedorf, um das Haus von Gustav Brehm von außen in Augenschein zu nehmen. Friederike hatte sich zu diesem Zweck einen breitkrempigen Sommerhut mit einem kleinen Gesichtsschleier gekauft, damit man sie nicht sofort erkannte, falls Gustav tatsächlich dort sein sollte. Sie wollte sich ohnehin im Hintergrund halten und Fräulein Wermut den Vortritt lassen.

Am gestrigen Abend hatten sie sich noch einen Ausklang des erfolgreichen Tages in einem kleinen Weinlokal an der Außenalster gegönnt und dabei zugesehen, wie die Bauarbeiten zur Tarnung der Binnenalster voranschritten. Die Arbeiter waren dabei, die gesamte Wasserfläche bis auf eine kleine Rinne für die Alsterdampfer durch schwimmende Aufbauten als Stadtgebiet zu tarnen, um feindliche Bomberpiloten zu verwirren.

»Auf was für Ideen die Leute im Krieg kommen«, hatte Fräulein Wermut kopfschüttelnd gesagt. Dann hatten sie sich gemeinsam in den Stadtplan vertieft. Bemerkenswerterweise gab es im Adressbuch am Hauptpostamt zwei Männer mit dem Namen Gustav Brehm: einen Arzt, der in der Augustastraße in Bergedorf wohnte, und einen Finanzbeamten, der in der Mühlenstraße wohnte. Ob dieser Mann tatsächlich ausgebombt worden war, wusste Friederike nicht, aber ein Blick in den Stadtplan verriet, dass die Mühlenstraße wirklich in der Nähe des Hafens lag. Hatte Gustav Brehm sich so gut vorbereitet oder war es Zufall? Wenn sie nicht Fräulein Ewerts Fotografien gesehen hätte, wäre sie nie auf die Idee gekommen, hinter diesem Doktor Gustav Brehm ihren Nachbarn zu vermuten, sondern hätte ihn in der Mühlenstraße erwartet.

Die Augustastraße lag nur wenige Minuten Fußweg vom Bergedorfer Bahnhof entfernt. Die beiden Frauen gingen zunächst die Ernst-Mantius-Straße entlang, vorbei am Gefängnis und am Schlosspark.

»Was für eine seltsame Zusammenstellung«, meinte Fräulein Wermut. »Direkt am Schlosspark das Gefängnis zu bauen.«

»Nun ja, vielleicht ist es ja sogar ein Fortschritt, schließlich hatte man früher das Verlies direkt im Burgkeller, oder?« Friederike lächelte verschmitzt. Der Schlosspark war wunderschön angelegt mit seinem großen Teich, auf dem zahlreiche Enten und einige Schwäne schwammen.

Die Augustastraße wurde von kleineren Villen gesäumt. Familie Brehm wohnte in einem zweistöckigen, gelb gestrichenen Haus, das von seiner reich verzierten Bauweise her zu urteilen vermutlich im letzten Jahrhundert entstanden war. Beim Anblick des Gebäudes fragte Friederike sich, ob Gustav es wohl geerbt, erheiratet oder erarbeitet hatte.

»Was halten Sie davon, die Straße unauffällig weiter entlangzugehen und dann über einen Umweg zurück in den Schlosspark zu kommen, wo Sie auf mich warten, während ich mal an der Tür klingle und mich nach dem Hausherrn erkundige?«, fragte Fräulein Wermut.

»Halten Sie das nicht für ein zu großes Risiko?« Friederike runzelte die Stirn. »Was ist, wenn er tatsächlich da ist?«

»Dann wird Frau Jägermeister von der NSF sich freundlich mit ihm unterhalten.« Fräulein Wermut grinste.

»Ich würde den Namen Jägermeister meiden, schließlich haben Sie sich so schon bei Fräulein Ewert genannt. Wie wäre es mit Martini?«

»Ich sehe schon, Sie kennen sich mit Wermutsorten und Likören aus. Aber klingt das nicht zu italienisch?«

»Wir sind mit Italien verbündet, da dürfen Sie ruhig italienische Wurzeln haben.«

»Nun gut, je auffälliger der Name, umso besser die Tarnung, nicht wahr? Das haben wir schließlich von Brehm gelernt. Man erfinde eine rührselige Geschichte, dann wird sie nicht mal hinterfragt, auch wenn sie noch so seltsam ist.«

Jetzt räusperte sich Friederike. »Also schön, ich mach mich dann mal auf den Weg und erwarte Sie auf einer der Bänke am Schlossteich, wo normalerweise die alten Leute sitzen und die Enten füttern.«

Während Friederike also einen Bogen in Richtung Schlosspark machte, sah sie aus den Augenwinkeln, wie Fräulein Wermut das Grundstück der Brehms betrat. Ob

Therese Brehm wohl wusste, dass ihr Mann in Mohlenberg einer anderen Frau aus Berechnung den Hof gemacht hatte? Dass er sogar fremdgegangen war? Oder hatte sie keine Ahnung von dem, was ihr Mann so trieb? Redete er sich mit geheimen Staatsangelegenheiten heraus? Und wie war er überhaupt Sturmbannführer geworden? Einen so hohen SS-Rang bekam man nicht so ohne Weiteres. Sie hoffte inständig, dass Fräulein Wermut mit ihrem Geschick die richtigen Antworten fand.

Kurz darauf erreichte sie den Schlosspark und setzte sich auf eine Bank.

Ein paar kleine Jungen in den braunen Uniformhemden des Jungvolks, des jüngsten Jahrgangs der Hitlerjugend, lieferten sich mit Holzgewehren wilde Schlachten und hatten dabei großen Spaß. Unwillkürlich musste Friederike an die jungen Soldaten am Bahnhof denken. Ob sie sich vom Krieg dasselbe versprachen? Wilde Abenteuer?

Da lobte sie sich doch Martins Vorliebe für Karl May. In den Büchern gab es zwar auch Kämpfe, aber am Ende bestand das Ziel immer darin, aus Feinden Freunde zu machen.

Während sie den Jungen so zusah und dabei ihre eigenen Gedanken ordnete, bemerkte sie gar nicht, wie die Zeit verging. Es wurde ihr erst bewusst, als Fräulein Wermut auftauchte und sich entschuldigte, dass es so lange gedauert hatte. Friederike sah auf ihre Uhr. Tatsächlich, die Gouvernante hatte mehr als eine Stunde gebraucht.

»Aber es hat sich gelohnt«, sagte sie und setzte sich zu Friederike auf die Bank.

»Haben Sie Gustav getroffen?«

»Nein, der ist angeblich schon seit Wochen dienstlich unterwegs. Wo auch immer er sich jetzt aufhält, er ist nicht nach Hause gefahren. Ich hatte ein sehr anregendes Gespräch mit seiner Ehefrau. Die ist wirklich ein ganz liebenswerter

Mensch und scheint keine Ahnung vom Treiben ihres Mannes zu haben.«

»Sofern sie Ihnen die Wahrheit gesagt hat.«

»Das denke ich schon«, erwiderte Fräulein Wermut. Und dann erzählte sie Friederike von ihrem Gespräch mit Therese Brehm.

Therese Brehm war zunächst sehr überrascht gewesen, als ein Mitglied der NSF an ihrer Tür klingelte, allerdings hatte Fräulein Wermut sich als Frau Martini aus München vorgestellt, deren Ehemann kürzlich verstorben war und die deshalb einige wichtige Angelegenheiten in Hamburg zu regeln hatte, wo sein Neffe lebte, der ebenfalls im Testament bedacht worden war.

»Ich erzählte, dass ich seine aktuelle Adresse nicht hätte, aber erfahren habe, dass er mit ihrem Mann befreundet sei. Daraufhin fragte Frau Brehm nach dem Namen des Neffen und als ich Hannes Piel sagte, bat sie mich herein. Das Haus der Brehms war genauso vornehm, wie man es vom Anwesen eines Sturmbannführers erwartet«, fuhr sie fort. »Es gab ein Dienstmädchen und das servierte uns echten Bohnenkaffee.«

»Na, dann hat es sich ja gelohnt.« Friederike zwinkerte ihr verschmitzt zu.

»Ja, aber nicht nur deshalb.« Fräulein Wermut erwiderte das Zwinkern.

»Ich lobte das schöne Haus und da erzählte Frau Brehm mir, dass sie es vor drei Jahren günstig erworben hätten. Allerdings hätten sie es erst einmal anständig renovieren lassen müssen. Denn die vorherigen Besitzer seien Juden gewesen, die ausgewandert wären. Sie rümpfte die Nase und meinte, ich könne mir gewiss vorstellen, wie es hier ausgesehen habe. Ich habe nur genickt, mich aber jedes Kommentars hinsichtlich der ursprünglichen Eigentümer enthalten.«

»Das ist ja ungeheuerlich«, unterbrach Friederike Fräulein Wermuts Erzählung. »Günstig erworben … das ist in deren Kreisen doch die Umschreibung für Beschlagnahmung.«

»Ja, das habe ich mir auch gedacht«, erwiderte die Gouvernante. »Wir haben dann gemeinsam Kaffee getrunken und Frau Brehm schien sich aufrichtig zu freuen, auswärtigen Besuch zu haben, der den neuesten Klatsch noch nicht kannte. Allerdings, und das war schon verwunderlich, schien sie nichts von Piels Tod zu wissen, denn sie sagte nur, er sei der Adjutant ihres Mannes und begleite ihn regelmäßig auf seinen Unternehmungen.«

»Sein Adjutant?« Friederike runzelte die Stirn.

»Ja, das fand ich auch bemerkenswert. Ich nutzte die Gelegenheit dann sofort, um zu fragen, ob sie Piels Aufenthaltsort kenne. Sie sagte, ihr Ehemann sei derzeit auf einer Dienstreise durch das gesamte Reichsgebiet und sie wisse nicht, wo er gerade sei. Sie gab mir deshalb die Adresse von Piels Verlobter Mariechen. Ich tat so, als wäre das eine neue Information für mich, und bedankte mich. Dann versuchte ich noch ein bisschen über Brehms Karriere in Erfahrung zu bringen. Ich muss wohl die richtigen Worte gefunden haben. Plötzlich sprudelte die Erzählung, denn Frau Brehm ist ungemein stolz auf ihren Mann.«

»Ach, tatsächlich?«

»Ja. Brehm hat sich aus kleinen Verhältnissen emporgearbeitet. Sein Großvater war noch Knecht auf einem Gestüt in Ostpreußen, aber er sorgte dafür, dass sein Sohn, Brehms Vater, immerhin eine Schuhmacherlehre machen konnte. Brehms Vater wiederum zog dann später nach Berlin, wo er heiratete, Vater wurde und seinem Sohn den Besuch des Gymnasiums ermöglichte. Brehm wollte gern Medizin studieren, aber dafür reichte das Geld nicht. Also ging er zum Militär. Im Ersten Weltkrieg bekam er als Meldereiter das Eiserne Kreuz. Nach dem Krieg verschlug es ihn nach München. Dort war er einer der Ersten, die das große Potenzial Hitlers erkannten, wie seine Frau sich ausdrückte. Er ist bereits 1920, kurz nach der Gründung, in die Partei eingetreten. Mithilfe einiger Unterstützer der Partei konnte er ein Medizinstudium in Berlin beginnen. Dabei war es seine Aufgabe, möglichst viele Anhänger unter den Studenten zu werben. Zu dieser Zeit lernte er seine Frau kennen und heiratete sie noch vor Abschluss des Studiums, weil der erste Sohn Sigurd unterwegs war. Nach der Aufhebung des Parteiverbots, das nach dem Putsch verhängt worden war, trat er der SA bei, später wechselte er dann zur SS. Seine Frau berichtete stolz, er hätte wieder den richtigen Riecher gehabt, auf wen man setzen sollte. Über seine SS-Zugehörigkeit hatte die Familie viele Vorteile und jetzt erhofft er sich ein eigenes Betätigungsfeld im KZ Neuengamme.«

»Das über Neuengamme hat uns Fräulein Ewert ja auch schon erzählt.«

»Ja, allerdings war Frau Brehm inzwischen so weit aufgetaut, dass sie mir etwas mehr über die vermeintliche Dienstreise ihres Mannes erzählte. Sie sagte, er sei unter anderem in Dachau zu Gast, um sich mit seinem Kollegen Doktor Rascher über wichtige Forschungsergebnisse auszutauschen. Er bewundere Rascher dafür, wie der seine Experimente in Dachau aufziehe, und wolle das auch in Neuengamme etablieren.« Fräulein Wermut schnaubte. »Das verriet mir zwar, dass Brehm ein absolut verachtenswerter Mensch ist, aber es widersprach zugleich seinen Ambitionen, sich einen alten Hof in Mohlenberg zu kaufen, um dort hinter dem Rücken seiner Frau Ihr Vertrauen zu erschleichen.«

»Dann glauben Sie nicht, dass er in Dachau ist?«

»Doch, dort könnte er durchaus sein. Ich kann mir gut vorstellen, dass seine Pläne für Neuengamme zutreffend sind, aber ich glaube nicht, dass sie etwas mit Mohlenberg zu tun haben.«

»Sondern?« Friederike sah Fräulein Wermut gespannt an.

»Sagen Sie, was würde eigentlich passieren, wenn jemand beweisen könnte, dass Sie nach wie vor Menschen mit Behinderungen und Geisteskranke auf Gut Mohlenberg beherbergen und behandeln?«

Friederike senkte den Blick. »Im schlimmsten Fall würde man die Menschen abtransportieren und … na ja, das wissen Sie ja selbst am besten.«

»Ja, das würde Ihren Schützlingen widerfahren. Aber was wäre mit Ihnen und Ihrer Familie? Was wäre mit Gut Mohlenberg?«

»Wir könnten versuchen, uns damit herauszureden, dass wir die Leute als günstige Arbeitskräfte beschäftigt haben, da sie ohnehin nicht zum Kriegsdienst fähig sind.«

»Nun«, sagte Fräulein Wermut, »als Frau Brehm erzählte, wie die Familie an das schöne Haus gekommen ist, kam mir ein ganz anderer Gedanke. Wenn ein gewiefter SS-Arzt Informationen hätte, mit denen er Sie in der Hand hätte, könnte er Sie erpressen und vielleicht dazu nötigen, ihm das Gestüt ebenso ›günstig‹ zu überlassen, wie die jüdischen Besitzer ihm das Haus überließen.«

Friederikes Augen weiteten sich. »Sie meinen, er ist auf Gut Mohlenberg aus?«

»Wäre das so unwahrscheinlich?«, fragte Fräulein Wermut. »Im Grunde würde das alles erklären. Warum er sich vor Markmann verbirgt, warum er Ihnen diese Lügen aufgetischt hat, um Ihr Vertrauen zu gewinnen, und sogar einen Totschlag auf seine Kappe nimmt, den er gar nicht begangen hat. Er ist ein begeisterter Reiter und Gut Mohlenberg ein angesehenes Gestüt. Leider gehört es einer arischen Familie, die sich offiziell nichts hat zuschulden kommen lassen, aber in der Vergangenheit für menschenwürdige Behandlung genau der Klientel gesorgt hat, die Brehm am liebsten vernichten will. Er könnte also zum einen seinem Weltbild von der Vernichtung lebensunwerten Lebens einen Dienst erweisen und zugleich Herr über ein angesehenes Gestüt werden.«

Friederike merkte, wie ihr Herz raste. All das klang so logisch, denn es erklärte die Widersprüche. »Aber wenn das stimmt, wie kann ich das Unheil dann von Mohlenberg abwenden?« Sie holte tief Luft.

»Im Grunde hat Brehm Ihnen doch schon die Lösung präsentiert«, sagte Fräulein Wermut. »Wir müssen ihn mit seinen eigenen Waffen schlagen. Er hat Ihnen gegenüber zugegeben, der Mörder von Hannes Piel zu sein. Und er hat Geheimnisse vor seinen SS-Kollegen. Damit können wir ihn zu Fall bringen, wenn wir uns nicht vor schmutzigen Tricks scheuen.«

»Wir? Das heißt, Sie sind dabei, Fräulein Wermut? Auch wenn es gefährlich wird?«

Die alte Gouvernante lächelte. »Frau Doktor, ich bin über sechzig, ich habe mein Leben gelebt. Was habe ich also zu verlieren, wenn ich an Ihrer Seite das Richtige tue? Und außerdem wird es mir verdammt viel Spaß machen, Ihnen dabei zu helfen, diesen Mistkerl fertigzumachen.«

»Wir müssen es nur geschickt genug anfangen«, sagte Friederike. »Ich kann ja nicht einfach zu Hauptsturmführer Markmann gehen und ihm alles erzählen.« Sie zögerte kurz. »Allerdings könnte ich mich Ingrid anvertrauen, in der Hoffnung, dass sie es an die richtigen Stellen weitergibt.«

Und auf einmal kam Friederike eine Idee, wie sie Gustav Brehm wirklich alles heimzahlen und Adnan und Mohlenberg retten konnte. Eine Idee, die sich noch etwas nebelig präsentierte, aber bereits erste Konturen zeigte. Vielleicht waren Ingrids Anhänglichkeit, ihre Naivität und die guten Kontakte ihrer Familie zur SS gar keine Gefahr für Mohlenberg, sondern die Rettung für sie alle.

Na warte, Gustav, du wirst dich noch umgucken!

22. Kapitel

Auf der Fahrt zurück nach Lüneburg hatten sie ein Abteil für sich allein und nutzten die Gelegenheit, erste Pläne zu schmieden.

»Ich stelle mir gerade vor, wie es wohl wäre, wenn wir die Brieftasche des Toten in Gustavs Haus verstecken und ich mich anschließend als gute Freundin der einfältigen Ingrid anvertraue. Von wegen Gustav hätte mir gestanden, dass er Piel erschlagen hat, weil der dahintergekommen ist, dass Gustav eine Affäre mit mir hatte und das seiner Frau erzählen wollte.« Friederike lachte. Sie meinte das mehr als Scherz und Fräulein Wermut lachte auch darüber, aber dann wurden die Züge der Gouvernante wieder ernst.

»Der Grundgedanke ist gar nicht so schlecht«, meinte sie. »Vor allem, wenn Sie sich aus vermeintlicher Scham erst einmal Ingrid anvertrauen. Die wird das mit Sicherheit an Hauptsturmführer Markmann weitergeben. Und wenn der ohnehin schon misstrauisch wegen Brehm war und daraufhin dessen Haus durchsucht und dort die Brieftasche des Toten findet, dürfte Brehm Schwierigkeiten haben, sich da wieder rauszureden. Allerdings …« Fräulein Wermut zögerte.

»Was allerdings?«, hakte Friederike nach.

»Wir wissen noch nicht genau, welche Eisen Brehm überall im Feuer hat. Markmann ist ja nur Hauptsturmführer. Im Zweifelsfall müsste er dem Sturmbannführer gehorchen. Und wenn Brehm einflussreiche Gönner hat, könnte der Schuss auch nach hinten losgehen.«

»Dann müsste ich das in die Geschichte mit einbauen.« Friederike wiegte nachdenklich den Kopf. »Ingrids Schwiegervater ist ebenfalls sehr einflussreich. Ich müsste so tun, als bräuchte ich ihre Hilfe nicht nur zum moralischen Beistand, sondern auch, um eine handfeste Unterstützung zu haben. Wir müssten herausfinden, ob es für Ingrids Schwiegervater von Vorteil wäre, einen Sturmbannführer, der sich nicht an die Regeln hält und allem Anschein nach einen anderen SS-Mann getötet hat, auffliegen zu lassen. Ich denke, wenn wir es sehr geschickt anstellen, sodass Ingrid glaubt, das sei ihre Idee, könnte ihr Schwiegervater denken, die Ausnutzung der Situation sei auch seine Idee, und vielleicht zieht er dann selbst ein paar Strippen.«

»Und Sie können wahrheitsgemäß beeiden, dass Brehm Ihnen das Tötungsdelikt gestanden hat.«

»Ja, und dass er mir Avancen gemacht und eine Ehe in Aussicht gestellt hat, ohne mir zu verraten, dass er bereits verheiratet ist. Durch meine erste Aussage bei Markmann ist bekannt, dass er mir den Witwer vorgespielt hat. Der Mistkerl hatte ja sogar das Bild einer Frau und eines kleinen Mädchens auf seinem Kamin stehen. Und ich dumme Kuh habe mich so von ihm täuschen lassen!«

»Seien Sie nicht so hart zu sich selbst. Sie konnten nicht ahnen, dass er solch ein raffinierter Schwindler ist«, sagte Fräulein Wermut. »Wenn wir Markmann dazu bringen könnten, das Haus von Brehm zu durchsuchen, solang der sich noch wer weiß wo rumtreibt, wird er das Bild dort ja auch finden.«

Friederike lehnte sich zurück. »Wissen Sie, dass ich große Lust habe, mir Brehms Haus noch heute Abend, wenn wir wieder in Mohlenberg sind, näher anzusehen? Wir könnten auch jetzt schon die Papiere dort verstecken, solang er nicht da ist.«

»Haben Sie einen Zweitschlüssel?«

»Nein, aber Wolfgang ist geschickt darin, Schlösser zu öffnen. Das stellt er zur Genüge unter Beweis, wenn unsere Bewohner ihre Schlüssel mal wieder verlegt haben.«

»Meinen Sie, die Polizei wird an den Papieren Fingerabdrücke nehmen?«

»Daran habe ich noch gar nicht gedacht«, sagte Friederike. »Wissen Sie, wie man die entfernen könnte?«

»In den Kriminalromanen wischen die Einbrecher die immer ab.«

»Aber kann man die von Papieren abwischen?«

»Vielleicht mit einem feuchten Lappen?«, schlug Fräulein Wermut vor. »Auf jeden Fall sollten wir irgendetwas damit machen, nur für alle Fälle.«

Friederike nickte. »An was man alles denken muss, wenn man jemandem einen Mord anhängen möchte.«

Fräulein Wermut brach in Gelächter aus. »Ich liebe Ihren trockenen Humor.«

»Ebenso wie ich den Ihren, Fräulein Jägermeister.«

Die beiden lachten noch immer, als die Tür plötzlich aufging und der Schaffner kam, um ihre Fahrkarten zu kontrollieren.

»Na, hier geht es ja fröhlich zu«, sagte er mit einem Augenzwinkern.

»Ja, das Leben ist zu kurz, um nicht ab und zu auch einmal herzlich zu lachen«, sagte Fräulein Wermut, während sie ihm ihre Karte zum Lochen reichte.

Wolfgang erwartete sie bereits mit der Droschke am Bahnhof, als der Zug um kurz nach vier in Lüneburg einrollte. Friederike nutzte die lange Fahrt nach Gut Mohlenberg, um ihn über alles zu informieren. Wolfgang war genauso erschüttert wie Friederike, als er von Brehms wahrer Identität erfuhr.

»Das kann uns sehr gefährlich werden«, meinte er nachdenklich. »Vor allem, wenn wir nun selbst noch anfangen, Intrigen zu spinnen.«

»Was wäre denn die Alternative?«, fragte Friederike zurück. »Wenn wir gar nichts tun, gefährden wir Adnan. Und wissen wir, was Brehm noch alles aus dem Hut zaubert, um sich Gut Mohlenberg anzueignen?«

»Das ist ja erst mal nur eine Vermutung«, widersprach Wolfgang.

»Nein«, sagte Fräulein Wermut energisch. »Das ist eine logische Schlussfolgerung. Dieser Mann hat von Anfang an falsch gespielt, gelogen und betrogen. Mit Ehrlichkeit werden wir nichts erreichen. Jetzt müssen wir den Spieß umdrehen und ihn an die Wand nageln.«

Wolfgang holte tief Luft. »Wir können auf jeden Fall kurz beim Brenner-Hof anhalten und schauen, ob er immer noch fort ist.«

Tatsächlich war der Brenner-Hof noch immer verlassen und das Motorrad weiterhin verschwunden. Friederike schaute überall nach und überprüfte die Türen. Sämtliche Türen zum Wohnhaus waren verschlossen.

Sie bat Wolfgang, ebenfalls kurz auszusteigen und sich die Schlösser anzusehen.

»Könntest du die öffnen?«

»Ja, das ist ein einfaches Schloss für einen Schlüssel mit einem großen Bart. Das müsste ich mit einem Dietrich beinahe genauso schnell aufbekommen wie mit dem passenden Schlüssel.«

»Dann lass uns doch nachher noch mal hierherkommen. Ich will keine Zeit mehr verlieren. Wer weiß, wann Gustav wieder aufkreuzt.«

Wolfgang runzelte die Stirn. »Sollten wir das nicht lieber eine Nacht überschlafen?«

»Und was, wenn er morgen schon wiederkommt? Nein, ich muss einfach etwas tun. Ich will nicht hilflos abwarten. Außerdem wird er es ja gar nicht merken, wenn wir die Brieftasche in seinem Haus verstecken.«

»Die Polizei könnte fragen, wieso ein Täter die Brieftasche mitgenommen hat.«

»Ja, aber das soll sie dann Brehm fragen«, gab Friederike zurück. »Dem wird schon was einfallen. Vermutlich behauptet er, der Täter hätte sie ihm untergeschoben, aber das klingt dann erst recht unglaubwürdig, wenn man alles zusammenzählt.«

»Ich weiß nicht recht … Nun gut, lass uns erst mal zum Gut fahren.«

* * *

Sie kamen gerade noch rechtzeitig zum Abendessen. Ingrid brannte vor Neugier, was sie in Hamburg erlebt hatten.

»Lass uns morgen darüber reden«, sagte Friederike betont erschöpft. »Es ist so viel, da möchte ich gern ganz in Ruhe mit dir von Freundin zu Freundin sprechen.«

»Ist etwas Schlimmes passiert?« Immerhin hatte Ingrid ihren Tonfall auf die gewünschte Weise interpretiert.

»Das erzähle ich dir morgen.«

»Ich bin immer für dich da. Übrigens habe ich heute mit Fräulein Weißkopf einen Spaziergang zum See unternommen. Sie ist wirklich eine ganz reizende Person. Auch wenn ihr so übel mitgespielt wurde.«

Friederike horchte auf. »So?«

Ingrid beugte sich ein Stück vor und flüsterte: »Wusstest du das gar nicht? Dass ihr Liebster sie einfach mit einem Kind im Bauch hat sitzen lassen? Ungeheuerlich, nicht wahr? Aber ich werde versuchen, ihr zu helfen. Ich habe da sogar schon jemanden im Auge.«

Friederike erstarrte. Karla hatte Ingrid von ihrer Schwangerschaft erzählt und die wollte sie nun verkuppeln? Verdammt, warum hatten Charlotte und Irmgard nicht besser aufgepasst und die beiden voneinander ferngehalten?

»Wen?«

»Das verrate ich dir dann auch morgen.« Ingrid zwinkerte ihr zu und Friederike hatte das Gefühl, ihr bliebe die Luft weg ... Was, wenn jemand von Karlas Vorgeschichte erfuhr? Sie musste darüber unbedingt mit Fräulein Wermut sprechen. Verdammt, war es nicht schon schlimm genug, dass Krieg herrschte? Warum musste es zusätzlich noch so viele andere Bedrohungen für ihre Welt geben?

Nach dem Essen bemühte Friederike sich darum, mit den Eingeweihten unauffällig ein beinahe konspiratives Treffen im Büro ihres Vaters abzuhalten. Adnan musste sich regelrecht davonstehlen, damit Annemarie und Maurice nichts bemerkten.

»Das ist alles noch viel schlimmer, als ich befürchtet habe«, sagte Doktor Meinhardt, nachdem er den Bericht von Friederike und Fräulein Wermut gehört hatte. Adnan sagte kein Wort, aber sein Gesichtsausdruck war beredt genug. Er war ebenso erschüttert wie Friederike, als sie Gustav auf dem Foto von Fräulein Ewert erkannt hatte.

»Und was hältst du von unserem Plan, den Spieß umzudrehen und Gustav als Mörder zu präsentieren?«, fragte Friederike.

Ihr Vater atmete tief durch. »Wohl ist mir bei der Sache nicht. Andererseits – kann es überhaupt noch schlimmer werden? Wenn du ihm heute Nacht die Brieftasche in seinem Haus unterschiebst, kann nicht viel passieren. Er ist nicht da und wird nicht danach suchen. Sollte er plötzlich auftauchen, während du noch da bist, sagst du einfach, du wolltest sehen, ob er schon zurück ist.«

»Und was ist mit möglichen Fingerabdrücken?«, fragte Fräulein Wermut. »Haben Sie eine Idee, wie man die entfernen kann?«

»Ich bin kein Kriminalist«, erwiderte Friederikes Vater. »Allerdings bestehen Fingerabdrücke aus den fettigen Ablagerungen, die jeder Mensch auf der Haut hat. Mit Wasser lässt sich das nicht so ohne Weiteres entfernen, aber ich denke, wenn man mit einer winzigen Spur Fett über die Brieftasche und die Papiere reibt und anschließend noch mal mit einem feuchten Lappen, wären eventuelle Fingerabdrücke unkenntlich.«

»Das klingt nachvollziehbar«, sagte die Gouvernante. »Dann sollten wir uns daran machen, das in feiner Millimeterarbeit durchzuführen, bevor Friederike die Unterlagen in Brehms Haus versteckt.«

»Aber falls die Papiere näher untersucht werden, würde die Polizei das dann nicht merken?«, fragte Wolfgang.

»Doch«, sagte Doktor Meinhardt. »Aber man wüsste nicht, ob Brehm es womöglich nicht selbst getan hat, um die Papiere jemand anderem unterzujubeln. Welchen Grund sollte er sonst haben, sie bei sich zu verstecken und nicht zu verbrennen?«

»Papa, du bist genial!«, rief Friederike. »Das ist eine hervorragende Begründung dafür, warum ein Täter die Papiere bei sich aufbewahrt! Und es passt zu den anderen Lügenmärchen, die er aufgetischt hat, und dass er Hauptsturmführer Markmann aus dem Weg gegangen ist. Und selbst wenn Gustav hier nie wieder auftaucht, um nicht erkannt zu werden, so hat er doch mit vielen Menschen hier gesprochen, sogar mit Kommissar Lechner. Und die könnten ihn anhand von Fotografien identifizieren. Ich glaube, wir müssen tatsächlich richtig groß denken und dürfen vor keiner Lüge zurückschrecken. Wir haben es hier schließlich mit Menschen zu tun, die keine Skrupel kennen und uns in Teufels Küche bringen könnten, wenn wir gar nichts tun. Also kämpfen wir lieber mit den Mitteln, die wir haben.«

»Ja, das sehe ich auch so«, sagte Fräulein Wermut. »Es mag nicht die feine englische Art sein, jemandem ein Verbrechen anzuhängen, das er nicht begangen hat, aber Gustav Brehm hat ja schon bereitwillig die Verantwortung dafür auf sich genommen, weil er sich Vorteile davon versprach. Jetzt soll ihm das alles so kräftig auf die Füße fallen, dass es ihm die kurzen Beine seiner Lügen bricht!«

Trotz der angespannten Situation lachte Friederikes Vater. »Sie haben eine ganz besondere Art, Dinge auszudrücken, Fräulein Wermut«, sagte er.

»Dann sind wir uns also alle einig?«, fragte Friederike. »Gibt es Gegenstimmen gegen die Manipulation der Brieftasche und dass ich sie heute Abend noch bei Gustav verstecke?«

Niemand meldete sich. Stattdessen sah Friederike in lauter entschlossene Gesichter und all ihre Sorgen und Befürchtungen verwandelten sich in trotzigen Kampfgeist. Sie würden es Gustav Brehm gemeinsam zeigen!

23. Kapitel

Kurz vor Mitternacht verließen Friederike und Wolfgang Gut Mohlenberg in Richtung Brenner-Hof. Sie waren zu Fuß unterwegs, um im Falle, dass Gustav Brehm unerwartet auftauchte, schnell und unauffällig verschwinden zu können.

Der Brenner-Hof war nach wie vor stockdunkel. Friederike leuchtete Wolfgang mit der Taschenlampe, während er sich an der Eingangstür zu schaffen machte. Ebenso wie Friederike trug er seine Reithandschuhe, um keine Fingerabdrücke zu hinterlassen.

Piels Brieftasche ruhte in ein altes Taschentuch gewickelt sicher in ihrer Handtasche. Fräulein Wermut und Adnan hatten gute Arbeit geleistet und behutsam mit einem kleinen Lappen, der nur mit einem Hauch von Fett in Berührung gekommen war, sorgfältig über alle Papiere, Fotografien und auch das Leder der Brieftasche gestrichen. Wie gut, dass die wichtigen Papiere wie Führerschein und Ausweis aus festem Gewebe waren, das sogar Wasser abwies.

Nach drei Versuchen sprang die Haustür auf.

»Bitte sehr, meine Dame.« Wolfgang hielt ihr galant die Tür auf.

Sie betraten das Haus und leuchteten die Möbel mit ihren Taschenlampen ab.

»Wo willst du die Papiere verstecken?«, fragte Wolfgang. »Es muss ein Ort sein, an dem Brehm nicht sucht und sie auch nicht zufällig entdeckt, aber den die Polizei bei einer Durchsuchung sicher überprüft.«

»Lass uns mal in die Schränke schauen«, schlug Friederike vor.

Das Haus war nach wie vor sehr spartanisch eingerichtet und nach allem, was Friederike nun wusste, war auch nicht zu erwarten, dass die Möbel aus den Journalen, die sie mit ihm gemeinsam ausgesucht hatte, jemals kämen.

Eines der wenigen Möbelstücke neben dem Tisch und den Stühlen in der Stube war eine große Truhe, die vermutlich noch von den Vorbesitzern stammte, aber von Gustav aufgearbeitet worden war. Dafür, dass er eigentlich ein SS-Arzt war, besaß er viel handwerkliches Geschick. Ob er sich das in jungen Jahren beim Militär angeeignet hatte?

Sie öffnete die Truhe. Als Erstes fielen ihr sauber zusammengelegte Hemden und Leibwäsche auf. Ohne nachzudenken, nahm sie die Kleidungsstücke heraus und schaute, ob sich sonst noch etwas in der Truhe befand. Tatsächlich, ganz unten lag ein kleines Kästchen aus Metall.

»Wolfgang, sieh mal hier!«, rief sie.

Ihr Begleiter, der sich im restlichen Haus umgesehen hatte, kam sofort. »Was ist?«

»Hier ist eine kleine Kassette.« Sie hielt ihm das verschlossene Kästchen entgegen. »Meinst du, du kriegst das Schloss auf?«

»Stell sie mal da vorn auf den Tisch«, sagte er. Dann leuchtete er intensiv in das Schloss. »Mal sehen.« Er zog einen kleinen Draht aus der Hosentasche und fing an, vorsichtig in dem Schloss zu manipulieren. Nach ein paar Minuten, in denen

Friederike kaum zu atmen wagte, während sie ihm leuchtete, sprang das Kästchen auf und gab den Blick auf ein in Leder gebundenes Büchlein frei.

Wolfgang holte es heraus und schlug es auf. »Das scheint so eine Art Tagebuch zu sein. Oder der Versuch, seine Memoiren zu schreiben. Sieh selbst.« Er reichte es Friederike.

»Aber warum hat er das hierhergebracht? Warum hat er es nicht zu Hause gelassen?«, fragte sie erstaunt.

»Vielleicht hat er sich so die Abende vertrieben? Oder er wollte nicht, dass seine Familie es findet? Manche Ehefrauen schnüffeln ja in den Sachen ihrer Männer, wenn die nicht da sind.«

»Glaubst du, eine Frau wie Therese Brehm hätte das gewagt?« Friederike runzelte zweifelnd die Stirn.

»Nun, dass ihr Mann ein gut aussehender Filou ist, wird sie mitbekommen haben«, entgegnete Wolfgang. »Aber warum er es mitgenommen hat, werden wir erst verstehen, wenn wir wissen, was drinsteht.«

Friederike nickte und begann zu lesen. Bereits die ersten Sätze bestätigten Wolfgangs Verdacht. Es handelte sich um eine Art Memoiren.

Irgendwann kommt die Zeit, in der jeder Mann, der Großes vollbringt, ein Zeugnis für die Nachwelt hinterlässt, las sie. *Einigen fliegen die Worte wie von selbst zu, andere überlassen es bezahlten Biografen. Doch den meisten ist gemein, dass sie ihren Lebenslauf schönen, all das, was ein Staubkorn auf ihre blütenweiße Reputation werfen könnte, weglassen. So gut meine Familie und meine Freunde auch die strahlende Seite kennen, die sie bewundern, den Mann, der sich aus kleinen Verhältnissen hochgearbeitet hat, so wenig wissen sie von den Schattenseiten, die einen Mann überhaupt erst dazu zwingen, sich aus der Masse zu erheben, um einer Vision zu folgen. All das, was ich hier niederlege, ist für die Nachwelt bestimmt, für die Forschung, die sich eines Tages mit meinem Leben befassen wird, wenn sie auf der Suche nach immer neuen Einzelheiten ist. Denn ein großer Mann muss so viele Geheimnisse hüten, dass er die Historiker über Jahrzehnte beschäftigt, indem sie alle Quellen sammeln und immer wieder neu bewerten, aber doch niemals seine Größe vollständig zu erfassen vermögen.*

»Der Mann scheint unter Größenwahn zu leiden«, sagte Friederike und las dann laut vor, sodass Wolfgang mithören konnte.

»Geboren wurde ich im Jahr 1894, in einer Zeit, die heute von vielen als die gute alte Zeit verklärt wird, in der der Kaiser noch den Glanz des Reiches verkörperte und Deutschland eine ernst zu nehmende Macht am Firmament der Weltpolitik war. Ein Land des technischen Fortschritts und des Aufbruchs. Aber zugleich auch ein Sumpf des Elends und Unglücks. Nicht so schlimm wie in England, wo sie selbst Kinder ins Bergwerk steckten, sodass sie an Rachitis eingingen, ohne jemals das Licht des Tages gesehen zu haben. Aber auch in Deutschland gab es viel Dunkelheit. Mein Vater hatte seine Kindheit noch auf den weiten Feldern Ostpreußens verbringen dürfen, als Sohn eines Gestütsknechts, dem durch seinen Fleiß eine Schuhmacherlehre möglich war, die ihn aus der ewigen Abhängigkeit der großen Gutsherren befreite. Mir hingegen schien das Schicksal zunächst weitaus weniger gewogen, obwohl ich als Sohn eines angesehenen Handwerksmeisters in Berlin geboren wurde. Aber ich will nicht vorgreifen, sondern noch eine Weile bei meinem Vater bleiben. Mein Vater war ein sehr geschickter Schuhmacher und hätte in Ostpreußen gewiss sein Auskommen finden können, aber er träumte davon, in der Hauptstadt des Deutschen Reiches eine eigene Schuhmacherei zu eröffnen. Sein größter Traum war es, die Schuhe der Mächtigen herzustellen. Der Titel eines Hoflieferanten wäre die Krönung seines Lebenswerks gewesen. Er wollte sein Talent nicht an die Bauern und einfachen Leute verschwenden, dazu war er zu geschickt. Er wollte mit edlen Materialien arbeiten und so verließ er seine Heimat noch als Geselle, um in Berlin die Meisterprüfung

abzulegen und sich seinen Traum zu erfüllen. Er hatte nicht viel Geld, aber er war jung und voller Idealismus. In Berlin fand er zunächst eine Anstellung in einer kleinen Schuhmacherei, die nur wenige Straßen vom Berliner Schloss entfernt war. Diese Lage war meinem Vater wichtig, denn wer hoch hinaus will, darf sich nicht in den Armenvierteln herumtreiben. Der Meister war schon recht alt und hatte keinen Sohn, sondern nur eine Tochter, die er verzweifelt an den Mann zu bringen suchte. Das ahnte mein Vater damals aber noch nicht und so genoss er es, wenn die junge Frau scheinbar absichtslos in die Werkstatt kam. Hilde war sehr hübsch, wenngleich mit ihren zweiundzwanzig Jahren schon hart an der Grenze zur alten Jungfer, wie ihr Vater immer wieder spaßhaft sagte. Hilde lachte dann immer. Wenn mein Vater mir später von diesen Dingen erzählte, verklärten sich seine Züge stets, so als hätte es das weitere Leid nie gegeben. Er hat sein Hildchen immer geliebt, ohne sie zu hinterfragen. Und er forderte stets meinen Respekt und meine Achtung für meine Mutter ein. Nun, lieber Leser der späteren Jahrhunderte, der du dich mit meinem Leben befasst, du fragst dich gewiss, warum ich diese Selbstverständlichkeit erwähne. Sollte ein Sohn, und gar der einzige Sohn, seine Mutter nicht immer lieben und ehren, ja geradezu verehren? Doch ehe du dir ein Urteil erlaubst, lies weiter. Für meinen Vater schien es zunächst ein großes Glück zu sein. Er lebte nun in Berlin, hatte eine Anstellung bei einem angesehenen Meister, der mit den exotischsten Materialien vertraut war. Selbst Krokodil- und Schlangenleder verarbeitete er zu prächtigem Schuhwerk und er überließ es meinem Vater sogar für sein Meisterstück. Denn längst hatte mein Vater sein Herz ebenso wie das der Tochter gewonnen. Für meinen Großvater war es ein Glücksfall, nicht nur einen künftigen Nachfolger, sondern zugleich auch den lang ersehnten Schwiegersohn gefunden zu haben. Am 10. März 1893, nur wenige Tage, nachdem mein Vater erfolgreich seine Meisterprüfung abgelegt hatte, heiratete er meine Mutter. Elf Monate später erblickte ich das Licht der Welt und meine Eltern waren, wenn ich den Erzählungen meines Großvaters glauben darf, die glücklichsten Menschen der Welt. Leider habe ich an diese Zeiten keine Erinnerungen mehr, denn meine früheste Erinnerung beginnt erst nach meinem dritten Geburtstag und sie ist nicht geeignet, das Bild einer liebevollen Mutter ins Gedächtnis eines kleinen Kindes zu prägen. Wie ich bereits erwähnte, war meine Mutter nahe daran, eine alte Jungfer zu werden, als das Schicksal meinen Vater in die Werkstatt ihres Vaters führte. Im Nachhinein betrachtet waren bestimmte Verhaltensweisen meiner Mutter, die sie von jungen Männern fernhielten, schon ein erstes Zeichen dafür, was noch kommen sollte. Erst jetzt, da ich längst selbst erwachsen und in der Behandlung Geisteskranker erfahren bin, weiß ich, dass es Anzeichen einer beginnenden Geisteskrankheit waren. Mochten sie anfangs nur ein absonderliches Verhalten offenbaren, das die meisten jungen Männer abstieß, so gipfelte es später darin, dass sie mich als kleinen Knaben von noch nicht einmal vier Jahren in der Badewanne zu ertränken suchte. Das Gefühl, von der eigenen Mutter so verraten worden zu sein, keine Luft mehr zu bekommen, während das Wasser in meine Lungen strömen wollte, begleitet mich bis heute. Wann immer ich an meine Mutter denke, verschlägt es mir bis heute den Atem, wird in mir wieder dieses Tosen und Brausen in den Ohren ausgelöst, das ich hörte, als ich kurz vor dem Ertrinken stand. Ich hatte Glück, dass mein Vater rechtzeitig kam und mir das Leben rettete. Der Familie wurde erzählt, es sei ein Unfall gewesen, aber trotz meines jungen Alters wusste ich es besser. Meine Mutter hatte versucht, mich wie eine lästige Katze zu ertränken. Seither mied ich ihre Nähe und folgte meinem Vater bereits als kleiner Bub in die Werkstatt. Er ließ mich gewähren, vielleicht aus Mitleid, vielleicht aber auch aus Sorge, das Monster in seiner Frau könnte wieder zum Vorschein kommen. Dennoch hielt er an der Ehe fest, vielleicht, um ihrem Vater zu gefallen oder weil er sie trotz allem wie ein aufrechter deutscher Ehemann liebte, in guten wie in schlechten Zeiten. Vielleicht aber auch um meinetwillen, damit ich nicht mit dem Stigma einer schizophrenen Mutter beschmutzt würde.

Mein Leben war von Anfang an zweigeteilt. Nach außen hin gab es den schönen Schein, ich war der fröhliche Schusterbub, dem der Vater jeden Wunsch erfüllte. Oft hörte ich, wie die Nachbarn ihn ermahnten, seinen Jungen nicht so sehr zu verwöhnen, wenn ich jedes Spielzeug bekam, das ich begehrte. Doch den wahren Grund erkannten sie nicht: Seinen hilflosen Versuch, sich von seiner Schuld freizukaufen, dass ich hinter den Kulissen mit einer Frau aufwachsen musste, die den Namen Mutter nicht verdiente.

Nachdem meine Mutter versucht hatte, mich zu ertränken, wurde ihr Verhalten immer absonderlicher. Ihr Blick war starr und wenn sie mich in die Arme schließen wollte, wich ich aus und versteckte mich unter dem Bett, solange ich noch zu klein war, um mich wirkungsvoll zur Wehr zu setzen, falls sie mir wieder etwas antun wollte. Ganz gleich, wie sehr sie mich lockte, ich versteckte mich. Einmal hörte ich, wie sie meinen Vater fragte, ob ich wohl ein Wechselbalg sei? Ihr leibliches Kind könne doch nicht so schreckhaft sein. Mein Vater wies auf den Vorfall im Bad hin, doch meine Mutter lachte nur. Es war ein irres Lachen, das mir, während ich unter dem Bett lag, durch Mark und Bein ging. Sie sagte, ich sei doch noch viel zu klein gewesen und könne mich daran nicht mehr erinnern. Es sei nur ein Versehen gewesen. Sie habe doch nur sehen wollen, ob ich ein Wechselbalg wäre. Die Wahnidee des Wechselbalgs ließ sie nie mehr ganz los. Mein Vater und mein Großvater hielten sie von Fremden fern, denn sie neigte dazu, auch anderen gegenüber Unsinn zu erzählen, der diese sehr verwirrte. Wenn sie tatsächlich einmal in die Werkstatt kam, wenn Kunden da waren, und ihre Wahnvorstellungen zum Besten gab, lachten mein Vater und mein Großvater immer, als hätte sie einen Witz gemacht. Meist lachten die Kunden mit, doch ich, der ich still in einer Ecke der Werkstatt mit meinem neuen Spielzeug saß, merkte sofort, dass das Lachen erzwungen war. Niemand, nicht einmal die unbedarften Kunden, glaubten an einen Scherz. Zu erschreckend waren die starren Blicke meiner Mutter, mit denen sie jedem Menschen Angst einjagen konnte. Zu diesem Zeitpunkt sagte mein Großvater einmal zu mir, das sei nicht mehr meine Mutter, wie sie einst gewesen war. Das sei nur noch ihre leere Hülle, denn die echte Frau sei längst gegangen. Und ich begriff als kleiner Knabe von sechs Jahren, dass meine Mutter der wahre Wechselbalg war und nicht ich.

Als ich kurz darauf in die Schule kam, lernte ich auch die Mütter anderer Jungen kennen. Es gab liebevolle Mütter, die ihre Kinder vergötterten, aber auch hartherzige, die häufig zum Teppichklopfer griffen, wenn die Jungen sich als allzu rechte Lausbuben entpuppten. Doch ganz gleich, ob es liebevolle oder strenge Mütter waren, ihr Verhalten war stets berechenbar. Artiges Wohlverhalten zauberte ein Lächeln auf die Lippen der Mütter, während ungezogene Jungen mit Strafe rechnen mussten. Bei meiner Mutter war es hingegen völlig gleichgültig, was ich tat. Sie konnte von einer auf die andere Minute ihr Verhalten verändern. Nannte sie mich eben noch ihren lieben Jungen, um meinem Vater zu gefallen, so war ich im nächsten Moment, ohne dass ich etwas dazu getan hätte, schon wieder der Wechselbalg, den sie mit Misshandlungen zu vertreiben suchte, damit der Dämon, der mich angeblich ausgetauscht hatte, ihr das wahre Kind zurückbrachte. Mein Vater sagte, ich solle darüber lachen, sie würde doch nur unsinnige Geschichten erzählen und könne nichts dafür. Sie sei schließlich krank und ein guter Junge müsse mit einer kranken Mutter Mitleid haben. Mein Mitleid war jedoch längst aufgebraucht, da ich es für mich selbst benötigte, um nach außen hin die Fassade der glücklichen Familie aufrechtzuerhalten. Je älter ich wurde, umso mehr begriff ich, warum mein Vater die Krankheit meiner Mutter geheim hielt und sie mittlerweile sogar in der Wohnung über der Werkstatt einsperrte, wenn er Kundschaft empfing. Eine Verrückte war nicht nur schlecht fürs Geschäft, sondern hätte auch mein Ansehen als seinen

Sohn schwer beschädigt. Nicht nur, dass die Schulkameraden mich gehänselt hätten, nein, man hätte mit Sicherheit nach schlechtem Blut in mir gesucht und nur darauf gewartet, dass der Irrsinn auch mich ergriff.

Lieber Leser, der du aus fernen Jahrhunderten zu mir blickst, ich will dich nicht langweilen, sondern nun fortfahren, wie ich aus dem Elend meine Befreiung fand und zu dem Mann wurde, der ich heute bin.

Der Zustand meiner Mutter wurde immer schlimmer. Als ich zwölf Jahre alt war, genügte es nicht mehr, sie in der Wohnung einzusperren, weil sie dort wie eine Furie tobte. Sie geiferte und griff nun auch meinen Vater und Großvater an. Noch immer wagte niemand, einen Irrenarzt hinzuzuziehen, wobei auch fraglich war, was der überhaupt hätte bewirken können. Vermutlich hätte man sie bloß in einer Irrenanstalt weggesperrt und die Kosten für die Verwahrung meinem Vater in Rechnung gestellt. Also bauten sie den Dachboden um und richteten dort eine Zelle ein, in der sie nichts zerstören konnte. Von nun an lebte sie dauerhaft auf dem Dachboden. Sie war noch unberechenbarer geworden und wir wagten nur noch zu zweit, den Eimer zu entfernen, in dem sie ihre Notdurft hinterließ, oder ihr etwas zu essen zu bringen. Manchmal war sie ganz sanft und liebevoll und da hatte ich das Gefühl, einen letzten Abglanz des Wesens zu erkennen, das einst in dieser leeren Menschenhülse heimisch gewesen war, aber meist war sie wie eine böse Hexe, ungepflegt und boshaft, grausam und gefährlich. Und ich begriff, dass unsere Familie eine schwere Bürde zu tragen hatte, ein Geheimnis, das sie niemals teilen durfte. Zugleich verfluchte ich die Tatsache, dass die Welt uns mit dieser Bürde alleinließ. Warum gab es niemanden, der uns helfen konnte? Und warum war mein Vater nicht bereit, nach jemandem zu suchen, der uns einen Teil dieser Last abnahm? Als ich ihn einmal fragte, sagte er, wir seien Männer und müssten unser Los tragen. Und ein anständiger Mann sorge eben auch dann für seine Frau, wenn sie krank sei, ebenso wie für den Ruf der Familie. Ob ich denn wirklich als Sohn einer irren Mutter gelten wolle? Und so blieb ich zurück mit dem Gefühl, dass es da nichts gab, was uns jemals Befreiung schenken könnte, und dass ich diese Bürde vermutlich noch tragen müsste, wenn mein Vater längst gegangen war und ich selbst eine Familie gegründet hätte. Würde ich noch in dreißig Jahren mit meinen eigenen Kindern die Stiege zum Dachboden hinaufschleichen, dann kurz innehalten und lauschen, was das tobsüchtige, schmutzige Familiengeheimnis gerade trieb?

Eines Mittags im Sommer 1907 lauschten mein Großvater und ich wieder vorsichtig an der Tür, bevor wir sie öffneten, um meine Mutter zu versorgen. Doch wir hörten nichts, nur das Summen der Fliegen, die sich hier im Sommer in Scharen tummelten. Als wir die Tür öffneten, sahen wir meine Mutter. Sie hatte ihren Rock zerrissen und daraus einen Strick gewunden, mit dem sie sich an der Dachschräge aufgehängt hatte. Ihre Augen waren halb offen, starrten mit glasigem Ausdruck in die Leere und ihre trockene Zunge quoll aus dem Hals. Mehrere Fliegen saßen auf ihrer Zunge wie ein dunkler Pelz. Mein Großvater bekreuzigte sich, dann beeilte er sich, meine Mutter abzunehmen. Ich hingegen starrte fassungslos auf das Geschehen und begriff erst langsam, dass wir nun endlich frei waren.«

An dieser Stelle unterbrach Friederike den Lesefluss und sah Wolfgang an.

»Das ist einfach grauenvoll«, sagte Wolfgang leise. »Wie konnte der Vater seinem Sohn diese Last aufbürden?«

»Weil er es nicht besser wusste«, sagte Friederike. »Weil niemand da war, der ihm lebenswerte Alternativen aufzeigte. Mein Vater kannte viele solcher Geschichten, weshalb er eine humanistisch geprägte Anstalt auf Gut Mohlenberg gründete.«

Dann wandte sie sich wieder dem Buch zu und überflog im Schein der Taschenlampe die Seiten, um mehr über das wahre Wesen von Gustav Brehm zu erfahren. Und vielleicht auch die Antwort darauf zu finden, warum er ein Auge auf Gut Mohlenberg geworfen hatte.

Nach dem Tod seiner Mutter war Gustavs weiterer Lebensweg in deutlich ruhigeren Bahnen verlaufen. Sein Vater ermöglichte ihm den Besuch des Gymnasiums, auch wenn sein Großvater ihn gern als Erben des Familienbetriebs gesehen hätte. Doch Gustav entwickelte großes Interesse an der Medizin und der Behandlung Geisteskranker. Leider konnte sein Vater ihm kein Studium finanzieren und Gustav schlug die Militärlaufbahn ein, sehr zum Verdruss des Großvaters, der meinte, das wäre Verschwendung des Abiturs, dann hätte er lieber gleich Schuhmacher werden können. Allerdings hatte Gustav schon immer eine Schwäche für Pferde gehabt und meldete sich deshalb zur Kavallerie. Während des Ersten Weltkriegs war er zunächst als Meldereiter eingesetzt und wurde für seine Tapferkeit mit dem Eisernen Kreuz ausgezeichnet. Nachdem seine Kavallerie-Einheit aus taktischen Gründen aufgelöst worden war, meldete er sich zum Sanitätsdienst, wo er nicht nur erste medizinische Erfahrungen mit Wunden und Schädigungen durch Senfgas sammelte, sondern sich auch um die Kriegszitterer kümmerte. Zu jener Zeit überwog in ihm noch der Wunsch, diesen Männern zu helfen, bis er einmal von einem, der im Geschützdonner den Verstand verloren hatte, mit einem Bajonett attackiert wurde und nur mit knapper Not einer tödlichen Stichwunde ausweichen konnte. Sofort waren die Erinnerungen an die Unberechenbarkeit seiner Mutter wieder da. Dennoch bemühte er sich auch nach dem Krieg und während seines Medizinstudiums um Geisteskranke und promovierte über Behandlungsmöglichkeiten. Doch je mehr er sich damit befasste, umso stärker verfestigte sich sein Eindruck, dass Geisteskranke nur eine Last für ihre Umwelt wären, und er schloss sich den Befürwortern des Gnadentods für unheilbare Irre an. Der letzte Abschnitt seiner Aufzeichnungen beschrieb seinen Besuch bei Doktor Weiß in Lüneburg. Er wollte von ihm Informationen über Gut Mohlenberg und ob das angesehene Gestüt sich tatsächlich von der Behandlung Geisteskranker abgewandt hatte.

Ich weiß nicht, ob ich darauf hoffen soll, dass dem so ist, schloss er seine Aufzeichnungen, *oder ob ich mir wünschen sollte, dass sich hinter den Mauern des Gestüts tatsächlich noch ein Sammelbecken für menschlichen Auswurf verbirgt, von dem die Welt gesäubert werden sollte. Denn wenn dem so ist, wäre es nur die gerechte Belohnung, demjenigen das Gut zu übergeben, der im Dienste des Vaterlands und der Partei, aber vor allem im Dienste all der unschuldigen, blutsgesunden Angehörigen dieser abartigen Kreaturen, die Welt von diesem Auswurf befreit. Doch auch hier gilt es, vorsichtig zu sein, gerade dann, wenn böswillige Zungen mir eigene Bereicherung unterstellen könnten, wobei ich mich doch in Wahrheit nur danach sehne, die deutschen Tugenden ebenso zu verteidigen wie die Rasselinien guter Pferde.*

Friederike klappte das Buch angewidert zu. »Jetzt wissen wir, dass Fräulein Wermut den richtigen Riecher hatte«, sagte sie. »Es geht ihm sowohl um die Auslöschung unserer Schutzbefohlenen als auch um die Aneignung des Gestüts.«

»Was für ein Dreckskerl«, zischte Wolfgang. »Am Anfang, als du das über seine Kindheit vorgelesen hast, da tat er mir beinahe noch leid. Zu dumm, dass seine Mutter ihn nicht wirklich ertränkt hat, dann wäre uns eine Menge erspart geblieben.«

Friederike senkte den Blick. »Damals war er wirklich noch ein unschuldiges Kind, das Grauenvolles erlebte. Wer weiß, was für ein Mensch aus ihm geworden wäre, wenn seine Mutter rechtzeitig Hilfe bekommen hätte? Wenn ihr Vater sie nach Mohlenberg gebracht hätte? Wenn er die gleichen Erfahrungen mit Geisteskranken hätte machen können wie ich?« Sie atmete schwer. »Er hätte durchaus die notwendige Feinfühligkeit besessen, um ein guter Psychiater zu werden, und keiner, der all das vernichten muss, was ihn an die Grauen der Kindheit erinnert. Er kann sich in andere Menschen hineinfühlen, allerdings hat er gelernt, es nur noch zu seinem persönlichen Vorteil zu tun. Er hat mir genau das vorgespielt, was ich mir insgeheim am meisten ersehnte.«

Eine Weile schwiegen sie.

»Hast du schon eine Idee, wo du die Brieftasche verstecken könntest?«, fragte Wolfgang schließlich.

»Nun, auf keinen Fall in dieser Truhe, denn wir können davon ausgehen, dass Gustav seine Memoiren fortführen wird, wenn er zurückkommt. Und da er sie hiergelassen hat, gehe ich davon aus, dass er wiederkommen wird.«

»Ja, schließlich hat er es ja in doppelter Hinsicht auf Gut Mohlenberg abgesehen.« Wolfgang stieß die Worte verbittert zwischen den Zähnen hervor. »Wie gut dieser Verbrecher sich doch getarnt hat. Sogar mit Familienfoto.« Er wies auf das Bild auf dem Kamin.

Friederike ging auf den Kamin zu und betrachtete das verzierte Sims genauer, vor dem das Bild stand.

»Hier ist eine Spalte im alten Mauerwerk«, stellte sie fest. »Vielleicht passt die Brieftasche da hinein.«

»Wenn du glaubst, dass die Polizei sie da bei einer Durchsuchung findet?«, sagte Wolfgang. Friederike zog die Brieftasche hervor. Dann schob sie sie in die Mauerritze. Sie füllte den Spalt tatsächlich aus, allerdings lugte ein winziges Stück des Leders noch hervor, was man allerdings nur sah, wenn man das Bild zur Seite schob und genau hinschaute. Dass Gustav die Brieftasche entdeckte, war unwahrscheinlich, da er das Bild mit Sicherheit nicht anfasste, schließlich hatte es ja nur dazu gedient, seine Lügengeschichte zu untermauern. Wer mochte diese Frau wohl in Wirklichkeit sein? Eine Bekannte? Oder hatte er es aus dem Fotoalbum einer Haushaltsauflösung? Friederike dachte daran, was Fräulein Wermut über das Haus der Brehms erzählt hatte. Es hatte einer jüdischen Familie gehört, die angeblich ausgewandert war. Es wäre eine besondere Ironie, wenn dieses Foto womöglich eine jüdische Mutter mit ihrem Kind zeigte. Schließlich gab es auch unter den Juden blonde Frauen und Kinder, selbst wenn die Propaganda der Nazis es anders darstellte.

»Dann wollen wir mal hoffen, dass die richtigen Leute die Brieftasche zur rechten Zeit finden«, sagte Wolfgang. »Ich werde jetzt das Kästchen wieder verschließen, damit wir es in Gustavs Truhe zurückpacken können.«

Friederike nickte.

Als sie kurz darauf den Brenner-Hof verließen, sah alles wieder so aus, wie sie es vorgefunden hatten. Gustav würde nie auf die Idee kommen, dass sie hier gewesen waren. Aber wo um alles in der Welt war er gerade? Und wann würde er zurückkommen?

Nun, im Grunde war es gleichgültig. Morgen würde sie sich daran machen, Ingrid scheinbar ins Vertrauen und die Schlinge um Gustavs Hals fester zu ziehen. Dieser Mann hatte es nicht besser verdient.

24. Kapitel

Am folgenden Morgen fiel es Friederike schwer, rechtzeitig zum Frühstück aufzustehen, und das lag nicht nur daran, dass sie erst in den frühen Morgenstunden ins Bett gekommen war. Sie kannte durchwachte Nächte, nicht nur aus Zeiten, da Mohlenberg noch eine Nervenheilanstalt gewesen war, sondern auch, wenn sie bei einer tragenden Stute wachen musste, bei der Komplikationen beim Abfohlen zu erwarten waren.

Nein, das, was ihr an diesem Morgen die Kraft raubte, war die tiefe Enttäuschung über Gustav, aber auch über sich selbst, weil sie sich von diesem Mann so sehr hatte einwickeln lassen. Der Schlag, den Gustav ihr durch seinen Verrat versetzt hatte, war härter, als sie sich nach außen anmerken ließ. Härter, als sie es sich zunächst selbst hatte eingestehen wollen. Es würde vermutlich noch sehr lange dauern, bis sie endlich darüber hinwegkäme und nicht mehr morgens in dieser schrecklichen Mischung aus Enttäuschung und Wut erwachte.

Dabei wusste sie nicht genau, auf wen sie wütender war – auf Gustav oder auf sich selbst. Gott sei Dank hatte sie ihre grundsätzliche Vorsicht nie aufgegeben, wenn auch aus den falschen Motiven. Sie hatte ihn ebenso schützen wollen wie ihre Familie, indem sie ihn nicht mit gefährlichem Wissen belastete. Was wäre wohl passiert, wenn sie ihn für stärker gehalten hätte? In ihm jemanden gesehen hätte, der die Last mit ihr teilen konnte? Und sie war kurz davor gewesen. Hätte es den Todesfall Hannes Piel nicht gegeben, dann hätte Gustav sein Ziel erreicht. Vor diesem Hintergrund musste sie Adnan beinahe dankbar sein, dass es zu diesem schrecklichen Vorfall gekommen war. Denn andernfalls hätte Gustav gewonnen und ihr wirklich alles genommen – das Lebenswerk ihres Vaters, das Gestüt, vielleicht sogar das Leben …

Je länger Friederike darüber nachdachte, umso mehr verwandelte sich ihre heiße Wut in einen brennenden Hass. Sie hätte nicht gedacht, dass der Wunsch, es Gustav heimzuzahlen, noch größer werden könnte. Und das gab ihr letztlich die Kraft, sich nach dem Frühstück mit einem freundlichen Lächeln und bösen Hintergedanken mit Ingrid zu treffen, um deren Neugier bezüglich ihres Besuchs in Hamburg zu stillen. Sie hatte mit Fräulein Wermut abgesprochen, ihr anschließend zu erzählen, wie das Gespräch mit Ingrid verlaufen war, damit sie ihre Erzählungen aneinander anpassen konnten, falls die Frau auch mit Fräulein Wermut ins Gespräch käme. Es war Friederike wichtig, dass sie bei diesem ersten Gespräch mit der SS-Gattin spontan agieren konnte, also noch keine vorgefasste Geschichte hatte, sondern sich genauso auf Ingrid einlassen konnte, wie Gustav sich auf sie eingelassen hatte. Als ihr das bewusst wurde, mischte sich Scham in ihre Wut. Verdammt, jetzt brachte dieser Mistkerl sie auch noch dazu, zu genauso schmutzigen Mitteln zu greifen wie er selbst. Der einzige Unterschied bestand darin, dass sie es zur Verteidigung tat, während er auf einem Eroberungsfeldzug war.

Friederike bat Ingrid in ihr Büro, damit sie sich ungestört unterhalten konnten. Außerdem hatte sie ihren letzten Rest echten Bohnenkaffee hervorgesucht, um die Abgeschiedenheit ihres

Büros für dieses Gespräch zu begründen, denn offiziell gab es nur noch Tee auf Gut Mohlenberg.

Neben ihrem Schreibtisch hatte Friederike vier Korbsessel um einen runden Tisch gruppiert. Dort bat sie Ingrid, Platz zu nehmen. Früher hatte sie hier mit ihren Patientinnen gesessen, wenn sie therapeutische Gespräche führte. Inzwischen diente der Tisch den Kundengesprächen des Gestüts.

»Du hast ein wirklich schönes Büro.« Ingrid ließ ihren Blick über die Wände schweifen, an denen gerahmte Fotografien von Friederikes Pferden hingen. Und ein riesiges gerahmtes Ölgemälde, das Bernhard in der Uniform eines Leutnants auf Wotan zeigte. Bernhards Brüder hatten es ihr anlässlich seines fünften Todestages 1925 geschenkt. Ein bekannter Künstler hatte es nach der alten Schwarz-Weiß-Fotografie, die auf Friederikes Schreibtisch stand, ausgesprochen lebensnah gestaltet.

»Ich muss sagen, das Gemälde deines verstorbenen Mannes macht sich hier auch viel besser als das obligatorische Führerporträt.« Ingrid kicherte verschämt, als hätte sie einen verbotenen Witz gemacht. Friederike lächelte, sagte aber nichts.

»Also, nun erzähl«, bat Ingrid. »Was liegt dir so sehr auf der Seele?«

Friederike atmete tief durch. Die Tatsache, dass Ingrid auf Bernhards Porträt zu sprechen gekommen war, bot ihr einen unverfänglichen Einstieg.

»Es geht um unseren neuen Nachbarn, Gustav Brehm. Er … nun ja, ich fand ihn ursprünglich sehr charmant. Er …« – Friederike schniefte – »er war der erste Mann nach Bernhard, für den ich mehr empfunden habe. Ich dachte …« Sie senkte den Blick, doch aus den Augenwinkeln sah sie, wie Ingrid an ihren Lippen hing. »Nun, ich dachte bereits über mehr nach. Vor allem, als … als er mir seine Liebe eingestanden hat.«

»Aber das ist doch wunderbar!« Ingrid klatschte begeistert in die Hände. »Du hättest es so sehr verdient.«

»Ja, wenn er wirklich der Mann gewesen wäre, als der er sich ausgegeben hat. Nachdem Hauptsturmführer Markmann dich nach Gut Mohlenberg gebracht hatte und sich gleichzeitig um die Aufklärung dieses schrecklichen Mordfalls kümmerte, veränderte sich Gustav. Ich hatte das Gefühl, er würde ein Geheimnis hüten. Und dann ist er plötzlich spätabends hier auf Gut Mohlenberg erschienen, weil er mich dringend sprechen wollte. Er war sehr verunsichert. Ich habe ihm damals noch vertraut, also habe ich ihn heimlich mit in mein Schlafzimmer genommen, damit uns niemand sieht.«

»In dein Schlafzimmer?«

»Nun ja, wo hätte ich ihn um Mitternacht sonst verstecken sollen?«

»Soso.« Ingrid zwinkerte verschwörerisch und Friederike musste sich bemühen, nicht genervt die Augen zu verdrehen. Stattdessen senkte sie den Blick, als fiele es ihr schwer, über alles Weitere zu sprechen.

»Weißt du, Ingrid, ich … ähm … wenn wir nicht so gut befreundet wären, wüsste ich gar nicht, ob ich es dir überhaupt anvertrauen kann. Aber … ich weiß nicht mehr weiter.« Sie zog ein Taschentuch hervor und tat so, als müsste sie sich damit Tränen abtupfen.

Sofort verschwand Ingrids belustigter Blick. »Was ist passiert?« Ihre Stimme klang wirklich betroffen.

»Nun, er … na ja, wir haben zusammen … du weißt schon.« Friederike räusperte sich. »Und dann sagte er mir, dass er mich liebt, und ich war so glücklich. Da gab es auf einmal wieder ein Licht in meinem Leben und die Hoffnung, nicht alles allein durchstehen zu müssen. Du weißt ja selbst – in meinem Alter … da findet eine Frau normalerweise nicht mehr die große Liebe. Aber … aber dann …«

»Was ist dann passiert?« Ingrid starrte sie mit großen Augen an.

»Er hatte mir erzählt, dass er Finanzbeamter ist und nach dem Tod seiner Frau und Tochter im Bombenkrieg hier im Ort neu anfangen will.«

Ingrid nickte. Die Geschichte hatte sie auch gehört.

»Aber dann sah ich eine Blutgruppentätowierung auf der Innenseite seines linken Oberarms. Er sagte, er wäre schon lange aus der SS ausgetreten. Und die alten Kameraden würden es ihm übel nehmen. Und deshalb …« Friederike schluckte. »Und deshalb wäre ihm einer auf den Fersen gewesen und … Er sagte, es sei ein Unfall gewesen, sie hätten sich nur geprügelt und dabei habe sich Hannes Piel bei einem Sturz den Kopf eingeschlagen. Aus Angst habe er ihn vergraben, er habe nicht damit gerechnet, dass man ihn so schnell findet. Und er wollte, dass ich schweige. Oh, Ingrid, es war so furchtbar!« Friederike vergrub ihr Gesicht in ihrem Taschentuch und täuschte einen Weinkrampf vor.

Sie spürte, wie Ingrid ihr sanft über die Schulter strich. »Mein Gott, Friederike, das ist ja furchtbar!«

»Ja, und dann sagte er, er müsse untertauchen. Und ich musste mir erst einmal klar werden, was ich eigentlich wollte. Ich hätte natürlich sofort Hauptsturmführer Markmann anrufen müssen, aber … ach, Ingrid, ich war so verwirrt und deshalb war ich dankbar, als ich von Fräulein Wermut hörte, dass sie in einer dringenden Angelegenheit nach Hamburg müsse. Ich dachte mir, wenn ich sie begleite, lenkt mich das ab und ich komme erst einmal wieder zu mir, bevor ich dann Markmann informiere.« Sie schniefte. »Denn weißt du … es kam mir ja trotzdem wie ein Verrat vor. Er hat mir seine Liebe gestanden und dann … dann passiert so etwas. Aber in Hamburg wurde dann alles noch viel schlimmer.«

»Wie kann das sein? Hast du ihn da getroffen?«

»Nein, das nicht, aber Fräulein Wermut hatte eigene Angelegenheiten zu regeln. Sie ist sehr engagiert in der NS-Frauenschaft, weißt du?«

Ingrid nickte.

»Und als wir uns dann um ihre Angelegenheiten gekümmert hatten, wollte ich sehen, wo Gustav früher gewohnt hat, bevor er ausgebombt wurde. Er hat mir seine Adresse aber nie verraten, deshalb habe ich in Hamburg beim Bahnhofspostamt ins Adressbuch geschaut. Da gab es zwei Männer mit diesem Namen: einen Finanzbeamten und einen Arzt. Als ich jedoch zu dem Finanzbeamten gefahren bin, war das ein völlig fremder Mann. Fräulein Wermut hat dann ihre Kontakte in Hamburg genutzt, um etwas über den Arzt in Bergedorf zu erfahren. Und jetzt weiß ich auch, warum Hauptsturmführer Markmann so hellhörig auf den Namen Gustav Brehm reagiert hat. Jener Gustav Brehm ist ein verheirateter SS-Mann! Mein Gott, Ingrid, ich bin so durcheinander! Wenn das wirklich mein Gustav ist, dann ist er verheiratet, hat mir aber trotzdem die Ehe versprochen und außerdem noch einen seiner Kameraden umgebracht! Aber das würde mir doch keiner glauben. Wer weiß, was jemand, der so geschickt lügt, über mich erzählt?«

Ingrid starrte Friederike fassungslos an. »Aber … aber warum hat er sich denn hier in Mohlenberg überhaupt niedergelassen und dir solche Lügen erzählt?«

»Ich weiß es nicht, Ingrid. Wirklich nicht. Ich kann das einfach nicht verstehen. Ich meine, wenn er nur auf ein amouröses Abenteuer aus gewesen wäre, da gäbe es doch ganz andere Möglichkeiten mit jüngeren und hübscheren Frauen als mir.« Sie holte tief Luft. »Ingrid, kannst du dir vorstellen, was in mir vorgeht? Ich bin zutiefst enttäuscht, aber ich habe auch große Angst! Wenn ich das alles anzeige, glaubt mir doch keiner. Ich bin ja nur eine Frau und dann werden einige Kreise bestimmt sagen, ich würde mir das einbilden und ob das nicht von den

Verrückten abgefärbt hat, weil ich doch bis 1934 als Psychiaterin gearbeitet habe. Wer weiß, was Gustav mir alles antun würde, um mich zum Schweigen zu bringen, nachdem er sich mir in einer schwachen Stunde anvertraut hat.«

»Du musst mit Joachim reden«, sagte Ingrid schließlich. »Er ist ein verständiger Mann.«

»Du meinst Markmann?«

»Ja, Joachim Markmann. Aber vielleicht wäre es ganz gut, wenn du es ihm persönlich sagst, nicht am Telefon.«

»Also verstehst du meine Sorgen? Keiner wird mir glauben! Ich weiß, wer der Mörder ist, doch wenn ich das sage, bringt es mich in Teufels Küche.«

»Ach, Friederike, du hast recht, das ist alles so furchtbar. Und dabei dachte ich doch, dass ich Joachim für etwas Schönes nach Mohlenberg einladen könnte.«

Friederike horchte auf. »Du wolltest ihn einladen?«

»Ja, ich dachte mir, er sollte Karla kennenlernen. Weißt du, Achim hatte es in letzter Zeit auch so schwer. Seine Frau ist vor vier Monaten im Kindbett gestorben, als sie ihr drittes Kind bekam. Er sitzt nun da als Witwer mit drei kleinen Kindern, das älteste ist sechs. Er ist so ein kinderlieber Mann, aber er hat sich nach dem Tod seiner Frau in seine Arbeit gestürzt und keinen Blick für andere Frauen. Jemand wie Karla könnte sich ihm ganz unverfänglich nähern, weil sie ja selbst in einer Situation ist, in der man ihr nicht zutrauen würde, sich einen neuen Mann zu suchen.«

Friederike erstarrte. »Du willst Hauptsturmführer Markmann mit Karla verkuppeln? Aber … aber die SS überprüft doch die Stammbäume der Eheleute sehr genau. Ich glaube nicht, dass das in Karlas Sinne wäre.«

»Wieso, gibt es da Probleme? Sie sieht nicht aus, als wäre sie jüdisch versippt.«

»Nein, das ist sie auch nicht, aber … nun ja, ihr Vater ist … ein Trinker. Bitte behalte das unbedingt für dich, das wäre Karla sehr peinlich. Sie hat alles getan, diesem asozialen Milieu zu entfliehen, aber sie ist dennoch auf den Falschen hereingefallen, weshalb sie nun in dieser schwierigen Lage ist. Damit würdest du doch auch Hauptsturmführer Markmann in Schwierigkeiten bringen. Der Mann hat schon genug erlitten.«

Ingrid senkte den Blick. »Aber die beiden würden wirklich gut zusammenpassen.«

Friederike seufzte. »Vielleicht solltest du Markmann wirklich einladen. Er ist ja ein begeisterter Reiter. Wir lernen uns alle besser kennen und dann kann ich mich ihm persönlich anvertrauen und das erzählen, was ich über Gustav weiß. Und wenn er mich besser kennenlernt, wird er auch verstehen, dass ich keine überspannte Frau bin.«

»Ja, zumal er ja selbst schon beim Namen Brehm aufgehorcht hat. Und dass Gustav sich jetzt verdrückt hat, spricht ja auch für dich und gegen ihn. Ich werde ihn gleich nach unserem Gespräch anrufen. Vielleicht kommt er schon heute Nachmittag vorbei und tarnt es als erneuten dienstlichen Besuch.« Sie zwinkerte Friederike verschwörerisch zu.

»Mir ist da noch ein Gedanke gekommen«, sagte Friederike. »Dein Schwiegervater hat doch auch großen Einfluss, nicht wahr? Es heißt, er wüsste über jeden mit Rang und Namen Bescheid. Könntest du ihn nicht mal anrufen? Vielleicht kann er mir ja helfen, mehr über Gustav Brehm in Erfahrung zu bringen, vor allem, wie es um seine Ehe bestellt ist. Denn irgendeinen Grund muss er ja haben, mir eine Ehe in Aussicht zu stellen, obwohl er verheiratet ist.«

»Das kann ich gern tun. Aber ich würde gern etwas privater telefonieren. Beim Gästetelefon im Foyer könnte jeder mithören, der gerade vorbeikommt.«

»Das ist kein Problem, du darfst selbstverständlich mein Telefon hier benutzen.« Friederike wies auf ihren Schreibtisch. »Soll ich so lange rausgehen?«

»Nein, natürlich nicht, du weißt doch, dass ich dir vertraue.«

»Willst du gleich anrufen?«

»Ja, erst Markmann und dann meinen Schwiegervater. Wenn dieser Gustav Brehm wirklich ein Kameradenmörder ist, muss ihm das Handwerk gelegt werden.«

»Aber sei bitte vorsichtig in der Wortwahl«, bat Friederike eindringlich. »Immerhin ist Brehm ein Sturmbannführer.«

»Wirklich? Dann muss ihm ja erst recht das Handwerk gelegt werden. Mein Hermann ist nur Hauptsturmführer, obwohl er schon so viel für die Partei getan hat. Dabei hätte er längst eine Beförderung verdient!«

»Falls man Gustav aus der SS ausschließt, wäre es eigentlich nur gerecht, wenn dein Hermann seinen Rang bekäme, findest du nicht?«

Ingrids Wangen röteten sich vor Aufregung. »Ja, da hast du vollkommen recht! Das werde ich auch gleich sagen.«

»Warte, Ingrid, das musst du vorsichtiger anfangen. Wir wollen ja nicht, dass dein Hermann in den Ruf kommt, er sei ein Kameradenschwein, das jemand anderen denunziert, um selbst Vorteile zu haben. Überlass die Art und Weise lieber deinem Schwiegervater, der ist darin geschickter.«

Ihr Gegenüber schaute erstaunt. »Wie meinst du das?«

»Nun, vielleicht solltest du nicht Markmann zuerst anrufen, sondern deinen Schwiegervater. Er ist ein kluger Mann und kann uns sicher sehr gut zur Seite stehen, aber er sollte das Gefühl haben, selbst auf diese Idee zu kommen. Du weißt doch, wie Männer sind. Sie lassen sich ungern etwas von einer Frau sagen. Vielleicht wäre es am besten, wenn du deinem Schwiegervater zunächst nur von dem Ehebruch von Gustav erzählst und dass er einen Kameraden im Streit erschlagen hat.

Wir wissen ja nicht wirklich, was dahintersteckt. Vielleicht hat es auch Streit zwischen den beiden Männern gegeben, weil Hannes Piel dahintergekommen ist, dass Gustav mir schöne Augen gemacht hat.«

»Ja, aber glaubst du, er hat nur deshalb den alten Hof gekauft?« Ingrid runzelte die Stirn und Friederike stellte fest, dass sie doch nicht ganz so naiv und dumm war, wie sie immer geglaubt hatte.

»Nein, natürlich nicht. Doch die Schlussfolgerungen sollte dein Schwiegervater selbst ziehen. Sag ihm nur das, was du jetzt weißt, und erkläre ihm, wie sehr mich das verunsichert. Vielleicht hat er ja auch einen Rat für mich.«

»Dann soll ich ihm sagen, dass du zuhörst?«

»Ja, selbstverständlich«, sagte Friederike aus einer Eingebung heraus. Vermutlich würde Claas Ströbel dann umgehend verlangen, dass seine Schwiegertochter den Hörer weiterreichte, weil er lieber Informationen aus erster Hand wollte. Und dann hatte sie ihn genau da, wo sie ihn haben wollte.

Ingrid nickte, dann ging sie zu Friederikes Schreibtisch und wählte die Nummer ihres Schwiegervaters. Es dauerte sehr lange, bis am anderen Ende jemand ranging. Ingrid verzog schon das Gesicht, doch dann wurde sie ernst und daraus ersah Friederike, noch bevor sie antwortete, dass der Hörer abgehoben worden war.

»Papa, ich bin's, Ingrid«, sagte sie. Es hatte trotz allem etwas Rührendes, wie die erwachsene Frau ihren Schwiegervater im Tonfall eines kleinen Mädchens »Papa« nannte. »Ja, ich bin gut auf Gut Mohlenberg angekommen.« Anscheinend stellte ihr Schwiegervater ein paar Fragen, denn Ingrid nickte und sagte immer wieder »Ja, ja.« Dann schien sie endlich selbst zu Wort zu kommen. »Papa, warum ich anrufe … Friederike hätte gern deinen Rat, weil es da einen SS-Offizier gibt, der ihr Schwierigkeiten macht, aber selbst in schmutzige Geschäfte verwickelt ist. – Ja, sie ist hier bei mir. Ja, ist gut.« Ingrid nahm den Hörer vom Ohr. »Papa möchte selbst mit dir sprechen.«

Friederike nickte erleichtert und tauschte mit Ingrid den Platz.

»Guten Tag, Claas«, begrüßte sie ihn. »Vielen Dank, dass Sie sich die Zeit nehmen.«

»Nun, wenn meine Schwiegertochter meint, es gäbe ein Problem, dann würde ich es lieber von Ihnen aus erster Hand hören, Friederike. Sie sind ja nicht so leicht aus der Ruhe zu bringen wie die gute Ingrid.« Er lachte leise.

»Ja, es ist in der Tat … delikat. Und da hatte ich mich zunächst Ingrid anvertraut, aber wir sind zu dem Schluss gekommen, dass wir den Rat eines erfahrenen Mannes, wie Sie einer sind, brauchen.«

»Erfahren worin?«

»Im Umgang mit einem Sturmbannführer, der mir nicht nur Avancen machte und eine Ehe in Aussicht stellte, obwohl er längst verheiratet ist, sondern mir auch noch den Mord an einem SS-Kameraden gestanden hat.«

Sie hörte, wie Claas Ströbel am anderen Ende der Leitung schluckte. »Wie bitte?«

»Ja, ich dachte, ich komme lieber gleich zur Sache. Lange Umschweife waren noch nie meine Sache«, sagte sie. Dann erzählte sie Claas das Gleiche, was sie bereits Ingrid erzählt hatte.

Sie hörte, wie er heftig die Luft einsog. »Das ist ja ungeheuerlich.«

»Ja, und ich habe Angst, dass mir niemand glaubt. Sie kennen mich, Claas. Sie wissen, dass ich keine Frau bin, die sich leicht aus dem Gleichgewicht bringen lässt. Aber hier weiß ich nicht mehr weiter. Ich habe keine Ahnung, warum Gustav Brehm mir so etwas vorgespielt hat und warum er seine Frau betrügt. Ich meine … ich hätte mich nie darauf eingelassen, wenn er mir nicht vorgelogen hätte, dass er Witwer ist. Er hat sich hier als Finanzbeamter ausgegeben und behauptet, er wäre aus der SS ausgetreten. Warum macht ein Mann so etwas? Er muss sich doch nicht dafür schämen, zur SS zu gehören. Ich meine … das ist doch eine Ehre, wenn man dort Mitglied ist. Aber er hat mir so viel vorgelogen. Und nun weiß ich auch noch von dem Mord … ich habe keine Ahnung, was er tun wird, wenn ich das alles an Hauptsturmführer Markmann weitergebe. Claas, ich habe Angst. Ich habe keine Ahnung, in was ich da hineingeraten bin.«

Sie hörte, wie Claas Ströbel am anderen Ende der Leitung schwer atmete. Ob ihr Plan wohl aufging? Überlegte er schon, wie er aus diesen Informationen selbst Nutzen ziehen könnte? »Es geht also um Doktor Gustav Brehm?«, fragte Claas noch einmal nach.

»Ja«, bestätigte Friederike. »Kennen Sie ihn persönlich?«

»Vom Sehen«, lautete die Antwort.

»Und wie schätzen Sie ihn ein, Claas?«

Erneutes schweres Atmen am anderen Ende der Leitung. »Was genau erwarten Sie von mir, Friederike?«

»Das, wofür Sie bekannt sind«, gab sie selbstbewusst zurück.

»Und das wäre?«

»Sie wissen, was ich meine, Claas. Oder wollen wir jetzt wie die Katze um den heißen Brei herumschleichen, weil sich niemand traut, den ersten Schritt zu tun?«

»Gut, dann sollten Sie mir sagen, was Sie von mir erwarten, Friederike.«

Jetzt war es an Friederike, tief durchzuatmen. »Sie sind ein Mann, der dafür bekannt ist, aus brisanten Informationen seinen Nutzen zu ziehen«, sagte sie. »Ich will ganz offen sein, Claas. Mir macht diese ganze Situation Angst, weil ich nicht einschätzen kann, was in Gustav Brehm vorgeht. Ist es wirklich eine plötzlich aufgekommene Leidenschaft oder steckt ein perfider Plan dahinter? Auf jeden Fall gibt es Hinweise, dass er hinter dem Rücken der SS handelt, weil er sich vor Hauptsturmführer Markmann versteckt. Und er hat einen Kameraden umgebracht. Er will nicht, dass man ihm das nachweisen kann, aber aus irgendeinem Grund hat er es mir gestanden. Vielleicht um meine Loyalität zu überprüfen, doch vielleicht steckt auch etwas anderes dahinter. Ich fühle mich von diesem Mann benutzt und sein Handeln widerspricht allem, wofür die SS als Kameradschaft steht. Die SS steht für Männer wie Markmann oder Ihren Sohn Hermann. Aufrechte Deutsche, die alles fürs Vaterland tun, die für ihre Familie leben und keine Intrigen spinnen, wie man es sonst nur von volksfremden Elementen gewohnt ist, nicht wahr? Also muss es irgendein dunkles Geheimnis geben, das Brehm hütet, wenn er so agiert, anstatt offensiv für seine Belange einzutreten. Wir können davon ausgehen, dass seine Absichten nicht mit den Werten der SS übereinstimmen. Und in dem Fall wäre es für einen Mann, dessen Ansehen groß genug ist und der nicht in diese Machenschaften verwickelt ist, von Vorteil, sie aufzudecken. Dass Sie in den höchsten Kreisen verkehren und sogar das Vertrauen des Führers genießen, ist ja allgemein bekannt, seit Sie auf dem Berghof zu Gast waren.«

»Ich sehe schon, Sie sind tatsächlich die kluge Frau, die ich immer in Ihnen vermutet habe, Friederike. Was glauben Sie denn, was ich in dieser Situation erreichen könnte?«

»Das weiß ich nicht. Aber ich vermute, dass Sie von allen, die ich kenne, derjenige sind, der diese Angelegenheit am ehesten bereinigen könnte, ohne dass ein schlechtes Licht auf die Truppe fällt, was die Moral in diesen Tagen möglicherweise zersetzen könnte. Wenn man ein schwarzes Schaf in einer Herde stolzer Widder hat, sollte man es diskret entfernen, ehe es die Herde in Aufruhr versetzt, nicht wahr? Und das müsste intern aus der SS heraus geschehen. Nur leider hat Gustav Brehm einen sehr hohen Rang. Keiner der Männer, die ich kenne, Ihren Sohn eingeschlossen, könnte es riskieren, sich mit einem offiziellen Vorgesetzten anzulegen, erst recht nicht, wenn der Dreck am Stecken hat und deshalb zu unlauteren Mitteln greifen würde. Aber jemand wie Sie, der kein SS-Mitglied ist, sondern ein angesehener Geschäftsmann mit vielen Verbindungen, könnte vielleicht an der richtigen Stelle die richtigen Worte fallen lassen, damit ich mich sicherer fühlen kann, wenn ich Hauptsturmführer Markmann in alles einweihe. Schließlich ist die Aufklärung dieses Verbrechens seine Aufgabe.«

Schweigen am anderen Ende der Leitung. Friederike hielt die Luft an. War sie zu weit gegangen? Hatte sie Claas Ströbels Einfluss überschätzt?

»Also gut, Friederike«, sagte er schließlich. »Ich werde sehen, was ich in der Sache unternehmen kann. Allerdings ist es wichtig, dass Sie meinen Namen da heraushalten, ebenso wie den meines Sohnes. Wichtig ist zudem, dass Sie Hauptsturmführer Markmann umgehend informieren. Ich werde mich darum kümmern, dass die richtigen Leute auf den Hauptsturmführer hören werden.«

»Vielen Dank, Claas!«

»Gern geschehen. Ich hoffe, Sie vergessen meine Hilfe nicht, falls ich einmal eine Gefälligkeit brauche.« Obwohl Friederike ihn nicht sehen konnte, war sie sich sicher, dass er ihr zuzwinkerte, und sie spürte, wie ihr eine Gänsehaut über den Rücken lief.

Nachdem sie aufgelegt hatte, fasste sie Claas Ströbels Antwort kurz für Ingrid zusammen.

»Du musst dir keine Sorgen machen, Friederike. Mein Schwiegervater weiß, was er tut. Soll ich dann jetzt Joachim anrufen?«

»Ja, tu das bitte. Lade ihn zum Reiten ein und sage ihm außerdem, dass ich dringend mit ihm sprechen muss, da es wichtige Neuigkeiten gibt.«

»Noch nichts über den Inhalt?«

»Nein. Und falls er mit mir sprechen will, sag ihm, dass ich persönlich mit ihm reden möchte. Wir müssen deinem Schwiegervater schließlich erst einmal Zeit geben, die richtigen Leute zu informieren, damit Markmann ausreichende Rückendeckung bekommt.«

Ingrid nickte und Friederike fühlte sich trotz allen Unbehagens etwas erleichtert. Sie hatte sich entschieden und die richtigen Schritte in die Wege geleitet. Gustav Brehm würde den Tag noch verfluchen, an dem er den Plan gefasst hatte, ihr Gut Mohlenberg zu nehmen!

25. Kapitel

Friederike war sehr froh, als Ingrid nach ihrem Telefonat mit Hauptsturmführer Markmann einen Ausritt auf Wozwo unternahm und sie selbst die Möglichkeit hatte, mit Fräulein Wermut zu sprechen und auch ihren Vater, Wolfgang und Adnan über die neuesten Ereignisse zu unterrichten.

Der Hauptsturmführer hatte sich für den frühen Nachmittag angekündigt, zumal Ingrid sich erstaunlich geschickt ausgedrückt hatte, als sie ihn nicht nur zum Reiten einlud, sondern auch Friederikes neue Erkenntnisse ankündigte, die sie ihm aber nur persönlich mitteilen wolle.

Adnan war nicht besonders erbaut, dass sich nun wieder die SS auf dem Hof herumtreiben würde, zumal er sich angewöhnt hatte, Uniformierten möglichst aus dem Weg zu gehen. Er begriff aber, dass es die einzige Möglichkeit war, aus der verfahrenen Situation herauszukommen.

Hauptsturmführer Markmann kam um halb drei am Nachmittag mit dem Auto. SS-Arzt Kessler begleitete ihn und das gab Friederike die Hoffnung, dass die beiden Männer am Abend wieder nach Lüneburg zurückfahren würden. Schließlich hatte Ingrid keine Einladung über Nacht ausgesprochen und die Besucher schienen auch kein Gepäck dabeizuhaben.

»Frau Doktor von Aalen«, begrüßte Markmann Friederike mit einem freundlichen Lächeln und Handschlag. »Ich bin gespannt, was uns hier heute erwartet. Frau Ströbel machte Andeutungen, dass es um mehr als einen angenehmen Ausritt in der Lüneburger Heide gehen könnte?«

»Ja, so ist es«, erwiderte Friederike und reichte auch Doktor Kessler die Hand. »Sind Sie deshalb mitgekommen oder weil es Sie auch zu den Pferden treibt, Herr Kollege?«

»Beides«, sagte der SS-Arzt.

»Wollen wir dann zunächst einmal die Pflicht vor das Vergnügen setzen?«, schlug Markmann vor.

»Selbstverständlich«, erwiderte Friederike. »Meine Herren, bitte begleiten Sie mich doch in mein Büro.«

Auch wenn sie nach außen hin Gelassenheit ausstrahlte, schlug Friederikes Herz so heftig, als hätte sie gerade einen Olympiarekord im Hundertmeterlauf gebrochen. Zum Glück bemerkten ihre Gäste nichts.

Kurz darauf saß sie mit den beiden SS-Offizieren am gleichen runden Tisch, an dem sie am Vormittag noch mit Ingrid gesessen hatte.

»Ich muss gestehen, es fällt mir sehr schwer, das, was ich zu sagen habe, in Worte zu fassen, denn die ganze Situation erscheint mir noch immer sehr … unwirklich«, begann sie. »Es geht um unseren neuen Nachbarn Gustav Brehm.«

»Ist er wieder aufgetaucht?«

»Nein, noch nicht. Aber …« – Friederike räusperte sich – »… in der Nacht, bevor er verschwand, suchte er mich noch einmal auf. Und … nun ja, das hat mich nachhaltig verunsichert. Sie müssen verstehen, es ist nicht leicht für mich als Frau, über gewisse Dinge zu sprechen.« Sie atmete tief durch. »Also gut, es muss heraus. Gustav und ich hatten eine Liebesbeziehung und er hat mir die Ehe in Aussicht gestellt. Aber dann, in der Nacht, bevor er verschwand, hat er mir gestanden, dass er Hannes Piel getötet hat. Er sagte, er sei früher mal selbst in der SS gewesen, aber mittlerweile ausgetreten und seither verfolge ihn die SS. Außerdem habe er das behinderte Kind seiner Schwägerin versteckt, das zusammen mit seiner Frau und Tochter bei den Bombenangriffen ums Leben gekommen sei. Er habe sich hier auch vor den Nachstellungen der SS verstecken wollen. Und Piel sei ihm auf die Schliche gekommen und dann habe es Streit gegeben, sie hätten sich geprügelt, Piel sei unglücklich gestürzt und aufgrund seiner Kopfverletzung gestorben. Er selbst sei in Panik geraten und habe die Leiche dann einfach vergraben in der Hoffnung, niemand würde sie finden.« Friederike schluckte. »Dann ist er gegangen und ich war völlig verwirrt. Ich konnte das nicht glauben. Ich wusste nicht, was ich tun sollte, zumal er mich angefleht hat, es niemandem zu sagen. In diesem Loyalitätskonflikt musste ich mir erst einmal klar werden, was ich selbst wollte, und deshalb bin ich nach Hamburg gefahren. Da Gustav mir nie seine ehemalige Hamburger Adresse genannt hat, schaute ich im Adressbuch nach. Ich hoffte, vielleicht in der verbliebenen Nachbarschaft weitere Auskünfte zu bekommen. Allerdings war der dort unter dem Namen Gustav Brehm eingetragene Finanzbeamte nicht mein Gustav.«

»Ich weiß«, sagte Markmann. »Das haben wir längst überprüft. Die Mühlenstraße wurde auch nicht ausgebombt.«

»Dann wissen Sie inzwischen auch, wer Gustav wirklich ist?« Sie sah Markmann direkt in die Augen.

Er hielt ihrem Blick stand, sagte aber kein Wort.

»Sie müssen nichts sagen, ich habe es selbst herausgefunden. Er ist ein verheirateter SS-Arzt im Rang eines Sturmbannführers, der mit seiner Frau und seinen beiden Söhnen in einem Haus in Bergedorf wohnt. Er hat mich belogen. Er ist kein Witwer, hatte nie eine Tochter und wurde auch nie ausgebombt. Und da fragte ich mich, warum sollte mir ein Sturmbannführer solche Märchen erzählen? Und ich bekam Angst. Was stimmt hier nicht? Und warum hat er einen Kameraden ermordet? Und so habe ich mich dann Ingrid anvertraut, die mir riet, Ihnen alles zu sagen. Das ist die ganze Geschichte.«

Friederike beobachtete die Gesichter der Männer genau. Glaubten sie ihr oder tauchte da Misstrauen auf?

Doktor Kesslers Miene war unbeweglich, doch Markmann nickte langsam. »Das habe ich befürchtet, als ich den Namen zum ersten Mal hörte«, sagte er. »Auch wenn ich es nicht wahrhaben wollte.«

»Gustav erzählte mir, dass er Sie aus der Reiterstandarte kennt. War das auch eine Lüge oder entsprach das der Wahrheit?«

»Es ist wahr«, sagte Markmann. »Allerdings kenne ich ihn nur flüchtig.« Er warf Kessler einen Blick zu. »Was ist mit dir? Kennst du ihn näher?«

Der Angesprochene runzelte die Stirn. »Ich weiß nicht, ob es angemessen ist, das vor einer Zeugin zu erörtern.«

»Das verstehe ich sehr gut, Herr Kollege«, sagte Friederike. »Es muss für Sie mindestens ebenso erschreckend sein wie für mich, wenngleich aus anderen Gründen. Wir wurden alle hintergangen.«

»Das mag wohl stimmen«, sagte Kessler. »Allerdings bleiben viele Fragen offen.«

»Ich bin bereit, Ihnen alle Fragen zu beantworten, soweit ich es vermag.«

»Das Problem ist, dass Sie diese Fragen wohl kaum beantworten können, Frau Kollegin«, sagte der Arzt.

»Sie meinen, die Frage nach Gustav Brehms Motiv?« Friederike musterte Doktor Kessler mit einem entschlossenen Blick. Sie würde sich von ihm nicht einschüchtern lassen.

»Genauso ist es«, erwiderte Kessler. »Brehm ist ein angesehener Arzt und hat es aufgrund seiner Leistungen für die Partei und auch unter Berücksichtigung seiner frühen Parteimitgliedschaft bis zum Sturmbannführer gebracht. Welchen Grund sollte er haben, sich hier einzuschleichen, um Ihnen – bitte verzeihen Sie mir meine Offenheit – den Hof zu machen?«

»Sie meinen, weil ich in seinem Alter bin und er bei seinem Rang und Namen genügend jüngere Frauen für ein amouröses Abenteuer gefunden hätte?«

Kessler räusperte sich. »Ja«, sagte er dann.

»Nun, ich glaube nicht, dass er herkam, weil er in Liebe zu mir entbrannt ist. Ich denke, er hatte andere Ziele.«

»Und welche?«, hakte Markmann nach. Die Schnelligkeit, mit der er einhakte, ließ Friederike aufhorchen. War das ein abgekartetes Spiel zwischen den beiden, um sie auszuhorchen? Einer spielte den Verständnisvollen und der andere den Skeptiker?

»Das weiß ich leider nicht, deshalb hatte ich mir im Gegenzug für meine Offenheit von Ihnen Informationen über Brehms Person erhofft. Aber ich verstehe natürlich, dass Sie mir darüber nichts sagen können. Es ist ja schließlich eine polizeiliche Angelegenheit und ich bin nur eine Zeugin.« Sie bemühte sich, die beiden Männer unbefangen anzulächeln.

Markmann warf Kessler einen Blick zu. Gehörte das zur Verhörstrategie oder war er wirklich unsicher, wie sie weiter verfahren sollten? Sein Kollege erwiderte den Blick und deutete ein kaum merkliches Nicken an.

»Also gut, Frau Doktor von Aalen«, sagte Markmann. »Ich denke, in Ihrem Fall profitieren beide Seiten davon, wenn wir etwas offener sind.«

Meinte er das ernst oder war es Taktik? Friederike beschloss, auf der Hut zu bleiben. »Das freut mich sehr«, sagte sie. »Wissen Sie, mich verunsichert diese ganze Angelegenheit über alle Maßen. Schließlich haben wir uns hier niemals etwas zuschulden kommen lassen und nun geraten wir ins Blickfeld eines

Sturmbannführers, der sich unter falschen Voraussetzungen in mein Herz geschlichen hat. Da stellt sich für mich natürlich die Frage, ob er es im Dienst der SS tat oder ob es die Verirrungen eines einzelnen Mannes ganz unabhängig von seinem Rang sind.«

Markmann nickte langsam. »Es gibt in der Tat einige Ungereimtheiten. Hannes Piel war der Adjutant von Gustav Brehm. Nach außen hin verband die beiden Männer eine tiefe Freundschaft. Warum sollte er also ausgerechnet einen Vertrauten im Streit erschlagen?«

»Weil der Vertraute möglicherweise etwas herausgefunden hat, das niemand wissen durfte?«, schlug Friederike vor. »Sehen Sie, wenn Brehm hier im Auftrag der SS gewesen wäre – und wäre es noch so geheim – dann hätte er es doch gar nicht nötig gehabt, sich vor Ihnen zu verstecken, weil er Ihnen als Sturmbannführer vorgesetzt ist. Es hätte genügt, Ihnen den Befehl zukommen zu lassen, seine Tarnung aufrechtzuerhalten. Die Tatsache, dass er es nicht getan hat, spricht dafür, dass er etwas hinter dem Rücken der SS plante.«

»Das klingt plausibel«, sagte Doktor Kessler.

»Aber was?«, fragte Markmann.

»Vielleicht finden sich die Hinweise darauf auf dem Brenner-Hof?«, schlug Friederike vor. »Hätten Sie die Möglichkeit, einen Durchsuchungsbefehl zu erwirken?«

Markmann sah wieder Kessler an. Diesmal schüttelte der SS-Arzt kaum merklich den Kopf. Bemerkenswert, der Hauptsturmführer hielt sich also an das, was Kessler ihm riet. In welcher Beziehung standen die beiden eigentlich?

»Ich glaube, in einer derart delikaten Angelegenheit wäre es besser, wenn wir zunächst diskret vorgehen«, sagte Markmann. »Man kann sich auch in einem Haus umsehen, ohne es allzu offiziell zu machen.«

Eigentlich hätte sie bei diesen Worten ein Triumphgefühl verspüren müssen. Markmann war bereit, in Gustavs Angelegenheiten herumzuschnüffeln, und würde dabei mit Sicherheit sowohl dessen Memoiren als auch die Brieftasche finden. Aber zugleich klingelte eine kleine Alarmsirene in ihrem Hinterkopf. Was, wenn die beiden sich inoffiziell umsahen, um Beweismittel zu vernichten? Was, wenn sie mit Gustav unter einer Decke steckten? Gewiss, das war nach allem, was sie bereits wusste, mehr als unwahrscheinlich, aber dennoch … Sie hatte in all den Jahren, seit die Nationalsozialisten an der Regierung waren, schon zu viel Hinterhältigkeit erlebt. Andererseits waren sich die hohen Parteifunktionäre oft selbst nicht grün. Sie erinnerte sich daran, wie Ernst Röhm, Chef der SA, von der SS ermordet worden war. Gewiss, das war noch zu den Anfängen der Hitlerregierung gewesen, aber sie konnte sich sicher sein, dass die SS die Beseitigung unliebsamer Personen mittlerweile perfektioniert hatte.

Nun gut, wichtig war, dass sie sich nichts anmerken ließ. »Ich sehe schon, ich kann mich auf Ihre Professionalität und Ihren Schutz verlassen, meine Herren«, sagte sie deshalb. »Was halten Sie davon, wenn wir uns jetzt, nachdem Sie Ihre Entscheidung über das weitere Vorgehen getroffen haben, dem Angenehmen zuwenden? Hätten Sie Lust, mich in den Stall zu begleiten und sich Pferde für einen Ausritt auszusuchen?«

Ihre scheinbare Unbekümmertheit wirkte und die beiden Männer erhoben sich mit freundlichem und irgendwie auch erleichtertem Gesichtsausdruck. Oder bildete sie sich das nur ein? Es war sehr schwierig, bei all diesen Täuschungsmanövern noch ehrliche Regungen von gespielten zu unterscheiden.

Als sie das Büro verließen, schien es, als hätte Ingrid sie abgepasst. Und sie war nicht allein. In ihrer Begleitung befand sich Karla Weißkopf.

»Joachim, wie schön, dass ihr endlich fertig seid. Ich wollte dir meine neue Freundin Fräulein Karla Weißkopf vorstellen.« Sie strahlte Markmann an. Der Hauptsturmführer sah Ingrid erstaunt an, aber als sein Blick auf Karla fiel, huschte doch tatsächlich ein Lächeln über seine Lippen. Friederike hätte fast der Schlag getroffen! Wollte Ingrid Karla tatsächlich so zielstrebig mit Markmann verkuppeln? Verdammt, sie hatte gedacht, ihr dies mit Hinweis auf die Schwierigkeiten, die das auch für einen SS-Mann bedeuten würde, ausgeredet zu haben.

Die junge Frau erwiderte das Lächeln, senkte dabei jedoch schüchtern die Augenlider. »Ich freue mich, Sie kennenzulernen, Herr Hauptsturmführer«, sagte sie mit ihrer mädchenhaften Stimme, während sie ihm die Hand reichte.

»Die Freude ist ganz meinerseits, Fräulein Weißkopf.« Markmann ergriff ihre Hand und hielt sie etwas länger fest, als es einer einfachen Begrüßung angemessen gewesen wäre. Karla hob den Blick und musterte ihn nun etwas mutiger. Ihr Lächeln wurde strahlender. Und Friederike fragte sich, was sie tun konnte, um diese Szene unauffällig zu unterbrechen. Allerdings kam ihr Doktor Kessler zuvor, indem er sich räusperte.

Markmann zuckte kaum merklich zusammen, ließ Karlas Hand los und stellte nun seinerseits Doktor Kessler vor, der sich auf einen kurzen, höflichen Händedruck beschränkte, ohne sich von Karlas Liebreiz verzaubern zu lassen.

»Ich bin gespannt auf Ihre Pferde, Frau Kollegin«, sagte er dann zu Friederike. Sie nickte und schickte sich an, die Männer in den Stall zu führen. Als sie dabei an Ingrid vorbeiging, raunte die ihr schnell zu: »Hast du gesehen, wie er auf Karla reagiert hat? Sie sieht seiner verstorbenen Ehefrau sehr ähnlich.«

Friederike musste sich bemühen, nicht laut aufzuseufzen. Das war schlimmer, als sie gedacht hatte. Zumal sie sich gut vorstellen konnte, dass Karla sich nur zu gern von Ingrid mit einem vermeintlichen Traummann verkuppeln ließe. Dass sie eine Liaison mit einem SS-Mann in ernste Gefahr bringen konnte, überstieg ihre Vorstellungskraft.

Im Stall ging über Doktor Kesslers Gesicht das gleiche Strahlen, das Markmann bei Karlas Anblick an den Tag gelegt hatte.

»Sie haben wirklich wunderbare Pferde!«, rief er begeistert und streichelte über Widos Nüstern.

»Ja, da haben Sie auch gleich den Blick auf mein Lieblingspferd geworfen«, sagte Friederike. »Wido wird nur von mir und meinem Bereiter Herrn Adler geritten. Aber Sie können sich gern in Ruhe unter allen anderen Pferden eines für einen Ausritt aussuchen.«

Doktor Kessler blieb fasziniert vor Berties Box stehen. »Was für ein schönes Pferd«, sagte er und strich dem Rappen über den Nasenrücken.

»Sie haben eine Schwäche für Rappen?«

»Ja, die liebe ich schon, seit ich als Junge Karl May gelesen habe.«

Friederike lachte. Es war erstaunlich, dass Karl May Menschen aller politischen Überzeugungen ansprach. Zur deutschen Kindheit, und erst recht zu der eines Jungen, gehörten nun mal Winnetou und Old Shatterhand.

»Nun, Bertie ist ein Pferd, das einen erfahrenen Reiter braucht. Ich denke, Sie sind genau der Richtige für ihn.«

Dass Bertie ein Faulpelz war, den man ordentlich fordern musste, behielt sie für sich. Wenn man wollte, dass Bertie galoppierte, schwitzte der Reiter hinterher mehr als das Pferd.

Hauptsturmführer Markmann blieb unterdessen vor Tamarindes Box stehen. »Ich habe eine Vorliebe für elegante Füchse«, sagte er.

»Dann ist Tamarinde die Richtige für Sie. Sie hat Hummeln im Hintern und ist temperamentvoller als jeder Hengst. Hätten

Sie etwas dagegen, wenn ich Sie auf dem Ritt begleite und Ihnen die Gegend zeige? Oder möchten Sie sie lieber selbst erkunden?«

»Es wäre uns eine Ehre«, sagte Doktor Kessler.

»Dann entschuldigen Sie mich kurz, ich werde mich umkleiden, während die Pferde gesattelt werden. Mein Stallbursche Felix wird das erledigen.«

Sie rief nach Felix. Leider kam auch sofort Ferdinand hinterher, zwar mit seiner Mütze, aber für das Auge eines Arztes sofort als Behinderter zu erkennen.

»Ich dachte, Sie hätten den Anstaltsbetrieb schon lange aufgegeben.« Doktor Kessler runzelte die Stirn.

»Sie meinen, wegen Ferdinand hier?« Friederike bemühte sich um ein unbefangenes Lächeln. »Ferdinand ist als Stalljunge angestellt und lernt, sich nützlich zu machen. Bei den vielen Männern an der Front bin ich für jede helfende Hand dankbar und Ferdinand macht seine Sache sehr gut.«

»Sie hätten Anspruch auf Fremdarbeiter.«

»Herr Kollege, möchten Sie etwa Polen auf Ihrem Besitz herumlaufen lassen? Ich ziehe einen aufrechten, ehrlichen Deutschen jederzeit einem unwilligen Fremdarbeiter vor, bei dem ich nicht weiß, ob er lange Finger macht und dessen Sprache ich nicht verstehe. In diesen Zeiten ist es doch die Pflicht eines jeden Deutschen, sich da nützlich zu machen, wo er gebraucht wird. Und ich bin mit meinen Arbeitern sehr zufrieden.«

»Wenn man es so sieht«, murmelte Kessler.

»Ich kann das sehr gut nachvollziehen«, sagte Markmann. »Und willst du auch mal Bereiter werden?«, wandte er sich dann an Ferdinand.

»Jawohl«, sagte der, beeindruckt von den Uniformen der Männer, und versuchte unbeholfen die Hacken zusammenzuschlagen.

Die SS-Männer lachten.

»Komm, Ferdinand, ich habe noch eine Aufgabe im Haus für dich«, sagte Friederike. »Ich bin in zehn Minuten wieder da, meine Herren, wenn die Pferde gesattelt sind.«

Ferdinand folgte ihr gehorsam ins Haus. »Was soll ich machen?«, fragte er.

»Du sollst den beiden SS-Männern aus dem Weg gehen«, sagte Friederike. »Such nach Wolfgang und bitte ihn, dir eine Aufgabe zu geben, die dich von ihnen fernhält.«

»Warum?«

»Weil ich nicht will, dass sie dich von Mohlenberg wegholen. Du willst doch auch hierbleiben, oder?«

Ferdinand sah sie ängstlich an. »Warum wollen die mich wegholen?«

»Das wollen sie noch nicht. Aber sie könnten auf die Idee kommen, wenn sie dich länger sehen. Und deshalb musst du ihnen aus den Augen gehen. Frag Wolfgang, der erklärt dir das.«

Nachdem Ferdinand gehorsam zu Wolfgang gegangen war, atmete Friederike erleichtert auf und zog sich rasch um. Kurz darauf kehrte sie in Bluse, Reithosen und Reitstiefeln zurück in den Stall. Felix hatte mittlerweile alle Pferde gesattelt.

»Es ist bemerkenswert, wie gut Sie hier die …«, Doktor Kessler räusperte sich, »geistig Minderbemittelten zum Arbeiten einsetzen.« Sie hatten den Stall mittlerweile verlassen und waren im Hof in den Sattel gestiegen. »Dieser Felix macht auch nicht gerade den Eindruck einer Leuchte.«

»Bei einem Pferdeburschen genügen Pferdeverstand und Zuverlässigkeit«, erwiderte Friederike. »Felix geht gut mit den Tieren um und erledigt seine Arbeit zu meiner vollsten Zufriedenheit. Er leistet mehr als zwei polnische Fremdarbeiter zusammen, ohne dass man ihm ständig hinterherlaufen muss, denn er tut es gern und nicht, weil er dazu gezwungen ist.«

»Sie scheinen keine gute Meinung von Fremdarbeitern zu haben«, bemerkte Markmann.

»Ich traue niemandem über den Weg, der nicht freiwillig für mich arbeitet«, erwiderte Friederike. »Wer gegen seinen Willen in einem fremden Land zum Arbeiten genötigt wird, bedarf der ständigen Aufsicht und ich kann mir nie sicher sein, dass er keine Sabotage betreibt. Wie würden Sie denn handeln, wenn Sie beispielsweise von den Franzosen zur Zwangsarbeit auf irgendeinem Hof in Frankreich verpflichtet worden wären? Würden Sie das mit deutscher Gründlichkeit für den Erbfeind tun, der Sie noch dazu schlecht behandelt, oder gerade nur so viel, damit Sie möglichst keinen Ärger kriegen?«

Markmann senkte den Blick. »Da ist was dran«, sagte er.

»Genug geredet«, ging Doktor Kessler dazwischen. »Ich brenne darauf, diesen feurigen Rappen im Galopp zu erproben.«

»Na, dann los«, sagte Friederike und trieb Wido aus dem Stand heraus in den Galopp an. Tamarinde mit Hauptsturmführer Markmann folgte unmittelbar, ohne dass er sie groß antreiben musste, während Bertie sich einen kurzen Machtkampf mit seinem Reiter lieferte und erst in den Trab und dann in den Galopp fiel.

»Sehr feurig wirkt dein Rappe aber nicht«, spottete Markmann, nachdem Kessler zu ihnen aufgeschlossen hatte.

»Sie sagten, er bräuchte einen erfahrenen Reiter.« Kessler sah Friederike beinahe vorwurfsvoll an.

»So ist es. Es braucht einen erfahrenen Reiter, um ihn anzutreiben.« Sie lachte und Markmann stimmte umgehend in ihr Lachen ein.

»Aber wenn er erst mal begriffen hat, wer der Chef ist, dann ist er ein wirklich ausgezeichnetes Pferd«, fügte Friederike hinzu. »Dann tut er alles für seinen Reiter.«

»Auf jeden Fall machst du eine gute Figur auf ihm«, bemerkte Markmann noch immer lachend, und diesmal stimmte Kessler mit ein.

Friederike hatte eigentlich vor, mit ihren Reitgästen den üblichen Weg zum kleinen See zu nehmen, aber Kessler bestand auf dem Waldweg. War es nur Zufall oder steckte ein Kalkül dahinter? Unwillkürlich musste sie an Piels Motorrad denken, das auf der anderen Seite des Waldstücks nahe der Straße gestanden hatte. Hatte die SS die fehlende Maschine noch nicht gefunden? Das konnte sie sich nicht vorstellen. Sofort war wieder ihre Befürchtung da, dass man die Maschine beobachtet und sie womöglich gesehen hatte, als sie dort vom Pferd gestiegen war. Wollten die Männer sie jetzt prüfen? Andererseits waren die beiden auf ihre Einladung hin gekommen. Hätte sie Ingrid nicht erlaubt, Markmann einzuladen, wären sie gar nicht da. Allerdings hatte ihre Einladung nur dem Hauptsturmführer gegolten. Warum hatte er Kessler mitgebracht? Das machte ihr vor allem Sorgen, da Markmann sich ja ständig mit Blickkontakten der Zustimmung des Arztes versichert hatte.

Friederike zwang sich innerlich zur Ruhe und versuchte, sich ganz dem angenehmen Gefühl des Galopps hinzugeben, die sommerliche Natur zu genießen und alle Sorgen vom Wind des schnellen Rittes aus ihren Gedanken fegen zu lassen. Ganz gleich, ob die beiden Männer von dem Motorrad wussten oder nicht, sie würde sagen, sie hätte sich gewundert, dass dort ein Motorrad stand, sich aber nichts weiter dabei gedacht. Man konnte ihr überhaupt nichts anhaben.

Als sie das Ende des Reitwegs erreichten, wo es nur noch im Unterholz weiterging, das man durchqueren musste, wenn man die Landstraße erreichen wollte, fragte Kessler, ob die Pferde es durch das Unterholz schaffen würden, und falls ja, ob es am anderen Ende einen ordentlichen Weg gab oder ob sie lieber umdrehen sollten. Friederike wurde hellhörig. Wollte Kessler wissen, ob sie dort normalerweise auch geritten wäre, weil man sie beim Motorrad gesehen hatte? Oder bildete sie sich das alles nur ein? Ihr Herz schlug schneller.

»Man kann langsam durch das Unterholz reiten«, sagte sie schließlich. »Dann kommt man auf die Landstraße. Ich mache das manchmal mit Wido, um seine Aufmerksamkeit für den Weg und seine Trittsicherheit zu schulen, aber niemals mit Anfängern, weil ich dann Angst um meine Pferde habe. Sie wissen ja selbst, wie schnell ein Huf einsinken kann, wenn der Reiter unachtsam ist, und dann bricht sich das Pferd womöglich ein Bein.«

»Also, ich würde lieber wieder zurückreiten«, sagte Markmann. »Ein langsamer Ritt im Schritt durch das Gestrüpp erscheint mir wenig verlockend.«

Kessler nickte. »Das sehe ich genauso. Dann zeigen Sie uns doch nun den Weg zum See.«

Friederike atmete auf. »Sehr gern, meine Herren.«

War es reiner Zufall gewesen oder eine Prüfung? Wollte Kessler wissen, ob der Weg bereitbar war, weil man gesehen hatte, wie sie dort vor ein paar Tagen aus dem Gesträuch gekommen war? Sie hatte keine Ahnung. Am liebsten hätte sie nachgeschaut, ob das Motorrad noch dort stand. Sie konnte sich beim besten Willen nicht vorstellen, dass es bei einer gründlichen Suche in der Umgebung übersehen worden war. Aber es war besser, es nicht zu erwähnen, denn wenn sie fragte oder gar selbst nachschaute, wäre ihre mögliche Ausrede, sie hätte sich nichts weiter dabei gedacht und es dann schnell vergessen, nichts mehr wert.

Auf dem Weg zum See, dem kleinen Ritt um ihn herum und dann noch an den ausgedehnten Pferdekoppeln vorbei, bevor es zurück nach Gut Mohlenberg ging, passierte nichts mehr, das Friederikes Misstrauen weiter befeuern konnte. Die Männer genossen den Ritt und die Gespräche drehten sich ausschließlich um Pferde und die Reiterei.

Nach ihrer Rückkehr fragte Hauptsturmführer Markmann plötzlich: »Sagen Sie, Frau Doktor, mir ist aufgefallen, dass Sie auf der Koppel, an der wir vorbeigekommen sind, auch ein Pony hatten. Haben Sie hier in den Tagen, als Sie noch regelmäßig Sommergäste hatten, auch Kinder unterrichtet?«

»Manchmal«, gestand Friederike. »Warum fragen Sie?«

Er räusperte sich. »Meine Frau ist vor Kurzem im Kindbett gestorben. Meine Kinder sind zurzeit bei meiner Schwester, während ich hier nach Lüneburg abkommandiert bin. Meine beiden älteren Kinder leiden sehr unter dem Verlust, Karin ist sechs und ihr Bruder Lothar vier. Ich würde den beiden gern etwas Abwechslung gönnen und wollte fragen, ob ich bei Ihnen über das Wochenende ein Zimmer für meine beiden Ältesten und mich mieten könnte, damit die Kinder mal etwas anderes sehen. Meine Schwester hat zwar ein gutes Verhältnis zu ihnen, aber sie ist auch sehr mit dem Säugling und ihren eigenen Kindern beschäftigt, sodass für die beiden nicht viel Aufmerksamkeit bleibt.« Er seufzte. »Dabei bräuchten sie gerade jetzt, so kurz nach dem Tod ihrer Mutter, viel Zuwendung und schöne Erlebnisse, die ihnen helfen, die Trauer zu überwinden.«

Verdammt, das konnte sie natürlich nicht ablehnen, zumal Ingrid wusste, dass sie noch freie Zimmer hatten. Also lächelte sie tapfer. »Sehr gern, Herr Hauptsturmführer. Wollen Sie Sonnabend kommen?«

»Ja, das wäre mir ein Vergnügen. Meine Kinder werden sich sehr freuen. Sagen Sie, ist Fräulein Weißkopf eigentlich länger zu Gast?«

Das wird ja immer schlimmer, dachte Friederike, aber sie nickte. »Ja, sie wird noch eine Weile bei uns bleiben.«

»Das freut mich zu hören.«

Friederike atmete tief durch. Heute war Mittwoch, sie hatte also noch eine Galgenfrist, bis Hauptsturmführer Markmann sich mit seiner Familie bei ihr einquartierte. Sie musste sich dringend überlegen, wie sie ihn das ganze Wochenende auf Trab halten konnte, damit Ingrid ihn nicht mit Karla verkuppeln konnte. Denn wenn der SS-Mann sich näher für die junge Frau interessierte und Nachforschungen anstellte, käme er vermutlich sehr schnell hinter ihr Geheimnis und wer konnte schon wissen, was das für Karla bedeuten würde? Dass ein SS-Mann sich von der Liebe blenden ließ und darüber hinwegsehen würde, war schlichtweg ausgeschlossen.

26. Kapitel

»Frau Ströbel will Karla mit Markmann verkuppeln?« Fräulein Wermut starrte Friederike fassungslos an. »Und der will auch gleich noch seine Kinder mitbringen, damit sie Karla kennenlernen können?«

»So direkt hat er es natürlich nicht gesagt. Er meinte, die Kinder bräuchten nach dem Tod der Mutter etwas Ablenkung, und das kann ich gut verstehen.«

Nachdem die beiden SS-Männer abgefahren waren, hatte Friederike umgehend die Gouvernante aufgesucht und sie zum Gespräch in ihr Büro gebeten. Es war schon seltsam, früher war Juliane ihre erste Ansprechpartnerin gewesen, aber jetzt war es Fräulein Wermut. Friederike wusste nicht, ob es daran lag, dass die alte Dame erfahrener war oder weil sie Juliane schützen wollte. Diese war in den letzten Wochen ohnehin belastet genug gewesen. Vor zwei Monaten hatte sie von ihrer Tante einen Brief bekommen, dass ihr erster Sohn Ludwig, den man ihr gleich nach der Geburt weggenommen und zur Tante gegeben hatte, damit er dort als deren Kind ausgegeben werden und aufwachsen konnte, seinen Gestellungsbefehl erhalten hatte. Der zweiundzwanzigjährige Ludwig hielt Juliane schon sein ganzes Leben lang für seine Cousine und hatte niemals daran gezweifelt, dass ihre Tante seine Mutter war. Es war Juliane sehr schwergefallen, diese Scharade aufrechtzuerhalten, aber sie wusste, dass es für ihren Sohn das Beste war. Dennoch sorgte sie sich um ihn. Wenn sie jetzt auch noch erfahren hätte, dass Adnan für Piels Tod verantwortlich war und was sonst noch alles im Argen lag, hätte sie das möglicherweise an den Rand eines Nervenzusammenbruchs gebracht und das wollte Friederike unter allen Umständen verhindern.

»Das können wir nicht zulassen!« Fräulein Wermuts energische Stimme riss Friederike aus ihren Gedanken in die Gegenwart zurück. »Ich werde morgen mit Karla abreisen.«

»Und wohin wollen Sie? Bei Ihnen zu Hause wird sich die Schwangerschaft nicht verbergen lassen und sie wäre auch in Gefahr, weil die Leute Fragen stellen.«

»Aber immerhin nicht im direkten Blickfeld der SS. Zumal dieser Markmann Karla sehr leicht für sich gewinnen wird. Und dann wird er ganz schnell merken, was mit ihr los ist, und sie in die nächstbeste Anstalt abschieben lassen.« Fräulein Wermut schnaubte. »Ich könnte diese Ingrid schütteln!«

Friederike senkte den Blick, sagte aber nichts.

»Selbst wenn Markmann sich von ihrem Äußeren blenden lässt und nichts merkt, weil wir irgendeine Geschichte erfinden, wird Karla das aufklären, denn sie kann nicht lügen«, fuhr die Gouvernante aufgebracht fort. »Und selbst wenn sie lügen könnte, ein SS-Mann ist wirklich nicht der Richtige für sie. Diese SS-Kerle suchen doch nur dumme Blondinen für ihr Ahnenerbe und nehmen die Bedürfnisse einer Frau nicht wahr.«

Friederike räusperte sich. »Wenn es nur darum ginge, wäre Karla vermutlich tatsächlich genau das, was er sich wünscht. Sie ist hübsch, sieht arisch aus, ist kinderlieb und ihre Fruchtbarkeit ist so exorbitant, dass sie sogar trotz Sterilisation schwanger wurde.«

»Frau Doktor, manchmal ist Ihr Humor so schwarz, dass selbst die Raben weiß dagegen wirken.«

»Ich weiß, das sagt man mir immer wieder. Aber lassen Sie uns mal mit dem pechrabenschwarzen Humor weiterspinnen. Markmann weiß noch nichts von Karlas Schwangerschaft. Er hat sie bislang nur einmal kurz gesehen. Würde er denn eine schwangere Frau wollen? Das ist doch eigentlich Karlas bester Schutz.«

»Wer weiß schon, wie diese Männer ticken«, schimpfte Fräulein Wermut. »Er ist ja selbst Witwer mit drei Kindern, und da das jüngste noch ein Säugling ist, findet er es womöglich sogar noch passend, wenn es dazu ein beinahe gleichaltriges Stiefgeschwisterchen gibt. Nein, wir müssen Karla hier wegbringen.«

»Und falls er dann erst recht neugierig wird und nach ihr sucht?«, warf Friederike ein.

Fräulein Wermut runzelte die Stirn. »Glauben Sie im Ernst, dass er die Zeit und Muße dazu aufbringen würde?«

»Ich weiß es nicht, aber ich habe mir angewöhnt, immer vom Schlimmsten auszugehen. Außerdem frage ich mich, ob Karla überhaupt bereit wäre, mit Ihnen abzureisen, nachdem Ingrid ihr Markmann schon angepriesen hat. Karlas Blicke waren eindeutig: Der Mann gefällt ihr ebenso wie sie ihm.«

»Aber wir können das Mädchen nicht sehenden Auges ins Unglück rennen lassen.« Die Gouvernante schlug mit der flachen Hand auf den Tisch. »Das werde ich nicht zulassen!«

»Und wenn wir offen mit Karla reden?«

»Nein, das geht gar nicht!«, rief Fräulein Wermut. »Sie ist so naiv und ehrlich, die würde Markmann sofort zur Rede stellen und viel mehr sagen, als gut für sie wäre. Sie glaubt ja, dass jeder, der sie nett anlächelt, ein guter Mensch ist, zu dem man ehrlich sein muss.«

Eine Weile schwiegen sie.

»Und wenn wir paradox intervenieren?«, fragte Friederike schließlich.

»Paradox?« Fräulein Wermut zog die Brauen hoch.

»Nun, Männer lieben es doch, Eroberer zu sein. Aber sie ergreifen sehr schnell die Flucht, wenn Frauen zu aufdringlich werden. Noch schlimmer ist es, wenn da eine Schwiegermutter oder eine vergleichbare ältere Verwandte vorhanden ist. Mir ist da gerade ein wunderbarer Gedanke gekommen, Fräulein Wermut. Für eine Rolle, die Sie ganz formidabel ausfüllen werden.«

Die Angesprochene sah Friederike irritiert an. »Wie meinen Sie das?«

»Nun, wenn Markmann mit seinen Kindern kommt, sollten Sie und Karla sich sofort um seine Kinder kümmern. Seien sie zu Karla wie eine Mutter und zu Markmann wie eine Schwiegermutter – keine böse Schwiegermutter, sondern eine überbehütende. Schnüren Sie ihm mit Ihrer Fürsorglichkeit die Luft zum Atmen ab und bringen Sie Karla dazu, das auch zu tun. Schlagen Sie den Kindern Dinge vor, die ihr Papa mit ihnen tun sollte, und erwähnen Sie gleichzeitig ständig, wie gut Sie sich Karla als Mutter für die Kinder vorstellen könnten. Und wie gut es sich trifft, wenn Markmanns Säugling dann ein fast gleichaltriges Stiefgeschwisterchen bekommt. Treiben Sie ihn mit weiblicher Fürsorge in die Flucht. Seien Sie so wie die aufdringlichen Schwiegermütter, die in den Ufa-Komödien ihre altbackenen Töchter an den Mann bringen wollen.«

Der Gesichtsausdruck der erfahrenen alten Dame wurde nachdenklich. »Das könnte tatsächlich funktionieren«, meinte sie schließlich. »Ich habe vor etlichen Jahren schon einmal eine ähnliche Rolle gespielt, um für einen meiner Schützlinge das Beste zu erreichen.«

»Sie sollten mal Ihre Memoiren schreiben, Fräulein Wermut.«

»Oh, lieber nicht.« Die Gouvernante lachte. »Die würden bei unserer gegenwärtigen Regierung mit Sicherheit verboten werden.«

»Sie machen mich immer neugieriger. Vielleicht sollten Sie sie heimlich verfassen, so wie Gustav Brehm schon mit den seinen für die Nachwelt begonnen hat.«

»Nun, dann müssen wir aber erst einmal hoffen, dass sie gut ausgehen.« Sie zwinkerte Friederike zu. »Also schön, dann werden wir Hauptsturmführer Markmann ein unvergessliches Wochenende bereiten und gleichzeitig dafür sorgen, dass seine kleinen Kinder wirklich eine schöne Zeit haben.«

Die Art, wie Fräulein Wermut das sagte, nahm Friederike einen großen Teil ihrer Sorgen.

* * *

Am Freitag bekam Friederike vormittags einen Anruf von Claas Ströbel.

»Meine liebe Friederike«, begann er, »Ihre Geschichte hat mich sehr neugierig gemacht und ich habe ein paar interessante Informationen eingezogen.«

»So schnell? Damit hätte ich nie gerechnet. Sie sind wirklich ausgesprochen effizient.«

Sie hörte, wie Ströbel am anderen Ende der Leitung leise lachte. »Gustav Brehm befindet sich zurzeit in Dachau bei seinem Kollegen Rascher, zu dessen Hochzeit er eingeladen ist. Die beiden kennen sich aus dem Deutschen Ahnenerbe, wo sie beide Mitglied sind. Rascher plant, im Konzentrationslager Dachau eine medizinische Forschungseinrichtung für Versuche zur Höhenkrankheit einzurichten. Die Arbeiten sind noch im Planungsstadium. Brehm möchte gern selbst im Lager Neuengamme eine vergleichbare Einrichtung aufbauen, hatte aber bislang nicht die entsprechenden Genehmigungen, weil seine Konzepte nicht überzeugten. Man will die Arbeitskraft der Häftlinge nur im Rahmen sinnvoller Forschung riskieren, nicht für experimentelle Forschung ohne kriegswichtigen Nutzen.«

»Sie meinen, da geht es um Menschenversuche?« Friederike bemühte sich angestrengt, ihr Entsetzen zu verbergen.

»Es sieht ganz danach aus«, bestätigte Ströbel. »Es ist mir gelungen, an das Konzept zu kommen, das Brehm vorgelegt hat.«

»Und in welchem Bereich möchte er forschen?«

»Er ist von Haus aus Psychiater, so wie Sie. Seine Dissertation befasste sich mit verschiedenen Heilungsmethoden für Geisteskranke, allerdings ist er ein glühender Verfechter der Euthanasie geworden, seit er weiß, dass es keine Heilung gibt.«

Friederike ertappte sich dabei, wie sie nickte, obwohl Ströbel sie ja gar nicht sehen konnte.

»Er will nun mehr über die Natur der Geisteskrankheiten erfahren und durch geeignete Versuchspersonen herausfinden, wie man Geisteskrankheiten aktiv auslösen kann. Als die erste Absage kam, weil das nicht kriegswichtig sei, da eine Ausmerzung des kranken Erbguts immer dem halbherzigen Heilungsversuch vorzuziehen ist, behauptete er, dass seine Forschungsergebnisse auch dazu beitragen könnten, eine Waffe zu entwickeln, um feindliche Truppen mit der Geisteskrankheit zu infizieren.«

»Das ist doch Blödsinn!«, entfuhr es Friederike.

»Ja, so ähnlich lautete auch die Einschätzung der Experten, denen er das Konzept vorlegte. Ich nehme an, er ist jetzt nicht nur bei Rascher, um an dessen Hochzeitsfeier teilzunehmen, sondern auch, um sich von ihm ein paar Ratschläge geben zu lassen, wie man dürftige Forschungsideen als grandiose Innovationen verkauft.«

Friederike runzelte die Stirn. »Wie meinen Sie das?«

»Nun, ich habe mich auch ein wenig über diesen Sigmund Rascher informiert. Er hat als junger Arzt ein paar renommierte

Stipendien erhalten, wobei der Verdacht im Raum steht, dass er sie sich mit falschen Angaben erschwindelt hat. Ich will da nicht näher ins Detail gehen, zumal der Mann dann schlau genug war, von seinen abstrusen Ideen auf etwas Handfestes wie die Luftfahrtforschung zu wechseln. Interessant ist auch die Vorgeschichte zu Raschers Eheschließung mit der Sängerin Karoline Diehl. Die gute Frau ist Jahrgang 1893 und damit sechzehn Jahre älter als Rascher. Sie ist seit 1929 verwitwet. Reichsführer Himmler verweigerte dem Paar über längere Zeit die Heiratsgenehmigung, weil nicht davon auszugehen war, dass Frau Diehl noch Kinder bekommen könnte. Darauf legt er aber großen Wert. Der Rang eines SS-Mannes bemisst sich seiner Meinung nach auch an der Zahl seiner leiblichen Nachkommen. Nachdem Karoline Diehl jedoch seit 1939 zwei uneheliche Kinder von Rascher bekommen hat, gab der Reichsführer nun doch noch seinen Segen zu dieser sehr ungleichen Eheschließung. Allerdings …« Claas zögerte.

»Was, allerdings?«, hakte Friederike nach.

»Nun, ich glaube, ich werde diese Angelegenheit etwas näher im Auge behalten. Es gibt da Gerüchte, die nur unter vorgehaltener Hand weitergegeben werden, da Rascher ein Protegé von Himmler ist. Der Mann teilt Himmlers esoterische Ideen und mit dieser Karoline Diehl scheint auch nicht alles so, wie es nach außen wirken soll.« Claas lachte leise. »Das tut aber nichts zur Sache, was Brehm angeht. Brehm ist ein Mann, der stets versucht, aufs richtige Pferd zu setzen, dabei allerdings auch gern eigene Wege geht, die ihn an den Weisungen seiner Vorgesetzten vorbeiführen. Damit hatte er in der Vergangenheit wiederholt Erfolg und ohne diese Sonderwege wäre er vermutlich niemals Sturmbannführer geworden.«

»Was genau hat er denn getan?«

»Das tut hier nichts zur Sache, das ist schon lange her«, wehrte Claas ab. »Ich nehme deshalb an, dieses doppelte Spiel

Ihnen gegenüber ist ebenfalls nicht abgesprochen. Was genau er plant, weiß ich nicht, aber es wird sicher nicht im Sinne oder Auftrag der SS sein, weil er den Brenner-Hof sonst gekauft hätte und im Grundbuch eingetragen wäre.«

»Wie bitte? Er hat den Hof gar nicht gekauft?«

»Nein. Der Hof ist nach wie vor auf einen Herbert Schlei eingetragen, einen Großneffen des letzten Besitzers, der sonst keine Angehörigen hatte. Schlei wohnt in München, also nahe bei Dachau. Es könnte sein, dass es da eine Absprache mit Schlei gab, die vielleicht mit Brehms anderen Plänen zusammenhängt.«

»Welche anderen Pläne?«

»Die bezüglich der medizinischen Forschungsabteilung in Neuengamme.«

»Sie meinen, dieser Schlei hängt mit drin?«

»Ich habe auch Schlei überprüft, der Mann ist zweiundsiebzig Jahre alt, hat eine verwitwete Tochter und keine Enkel. Mit Schleis Tochter stirbt die Erblinie aus, dann würde der Hof ohnehin an den Staat fallen. Möglicherweise hat Brehm einen Pachtvertrag mit dem alten Mann abgeschlossen, aber darüber habe ich nichts gefunden. Falls es passiert ist, hat er dafür gesorgt, dass nichts davon ins Grundbuch kommt.«

»Ich finde es bemerkenswert, wie schnell Sie an all diese Informationen gekommen sind.«

»Gute Kontakte und die Erfindungen der Neuzeit in Form von Telefon und Fernschreiber sind dabei extrem hilfreich.«

Obwohl Friederike ihn nicht sehen konnte, wusste sie, dass er selbstzufrieden lächelte.

»Haben Sie noch mehr über Brehms Werdegang herausgefunden? Warum er so schnell Sturmbannführer geworden ist, obwohl seine Anträge auf die medizinischen Forschungen abgelehnt wurden?«, versuchte Friederike es noch einmal.

»Manchmal erfahren Psychiater Dinge über die Vorgeschichte anderer SS-Leute oder deren nahe Blutsverwandte«, sagte

Claas. »Dann werden schnell mal hohe Ränge verteilt, um das Schweigen zu sichern. Das ist dann doppelt abgesichert. Sollte sich herausstellen, dass derjenige, der die Beförderung verantwortet hat, von seiner geistig-moralischen Integrität her gar nicht in der Lage dazu war, verlieren die von ihm beförderten Männer womöglich den Rang. Es ist dann also im Interesse aller, den Mund zu halten.«

»Solche Auswüchse hat das dort? Wissen Sie, wen er in der Hand hat?«

Sie hörte Claas erneut leise lachen. Er hatte ihren Versuch, ihn weiter auszuhorchen, sofort durchschaut. »Brehm ist ebenfalls in Himmlers Forschungsgemeinschaft Deutsches Ahnenerbe aktiv«, sagte er. »Ich nehme an, da hat er einige interessante Kontakte geknüpft. In diesen Zeiten sind Beziehungen ebenso wie Wissen über andere Macht. Das wissen Sie doch genauso gut wie ich, sonst hätten Sie mich gar nicht hinzugezogen, nicht wahr?«

»Ja, ich weiß es. Und ich bin Ihnen sehr dankbar für Ihre Hilfe. Glauben Sie, dass es für Hermanns Vorankommen in der SS von Vorteil wäre, wenn er sich daran beteiligt, Brehms Schandtaten aufzudecken? Oder möchten Sie Ihren Sohn lieber aus allem heraushalten?«

»Ich habe schon mit Hermann darüber gesprochen. Ingrid hat mir erzählt, dass Sie Hauptsturmführer Markmann und seine beiden größeren Kinder über das Wochenende auf Gut Mohlenberg erwarten?«

»Ja«, sagte Friederike und war zugleich erstaunt, wie schnell sich die Neuigkeiten herumsprachen. Wann hatte Ingrid mit ihrem Schwiegervater telefoniert?

»Gut. Hermann wird Ingrid ebenfalls über das Wochenende besuchen und die Gelegenheit nutzen, mit Markmann über Brehm zu sprechen. Wir haben schon eine Idee, wie man Brehm zweifelsfrei überführen könnte, aber dazu muss Hermann erst einmal vorfühlen, wie weit Markmann zu gehen bereit ist. Und Sie brauchen wir dabei ebenfalls.«

»Mich?« Die Tatsache, dass sie selbst eine Rolle spielen sollte, erschreckte Friederike.

»Ja, Sie. Wie genau wir uns das vorstellen, wird mein Sohn Ihnen persönlich erklären, sobald er Markmann auf seiner Seite hat. Keine Sorge, wir werden das alles zu Ihrer Zufriedenheit regeln, Friederike. Jemand, der Kameraden ermordet und sich Eigenmächtigkeiten hinter dem Rücken der Einheit erlaubt, muss entfernt werden.«

»Aber Sie meinen mit entfernt nicht, dass er …« Friederike schluckte.

»Sie meinen, dass er ohne Verhandlung beseitigt wird? Keine Sorge, wir werden lediglich alle Beweise zusammentragen, damit Markmann eine ordnungsgemäße Verhaftung vornehmen kann.«

»Ich nehme an, Hermanns Einsatz wird ihm dabei helfen, dann jenen Rang einzunehmen, den Gustav Brehm nach der Aktion verliert?«

Claas Ströbel lachte leise am anderen Ende der Leitung. »Friederike, Sie sind eine sehr kluge Frau. Und ich hoffe, dass Sie nach wie vor über die Tugend der ärztlichen Schweigepflicht verfügen.«

»Selbstverständlich, Claas. Ich bin Ihnen für alles ausgesprochen dankbar.«

»Ich weiß«, sagte er. »Und ich hoffe, Sie vergessen nicht, dass Sie mir dafür eine Gefälligkeit schuldig sind.«

»Welcher Art?«

»Keine bestimmte, sondern einfach nur die Tatsache, dass Sie mir einen Gefallen schulden, falls ich mal einen brauche.«

Friederike merkte, wie ihr eine Gänsehaut über den Rücken lief.

27. Kapitel

»Das fühlt sich an, als hätten wir hier morgen einen NSDAP-Parteitag«, schimpfte Friederikes Vater, als er die Neuigkeiten erfuhr. Auch Wolfgang und Adnan waren besorgt, während alle Übrigen den Besuch der SS-Offiziere zwar lästig fanden, aber bei Weitem nicht so beunruhigt waren wie Friederike und alle, die in Adnans Geheimnis eingeweiht waren. Nur Fräulein Wermut blieb äußerlich ruhig und gefasst.

»Niemand fühlt sich damit wohl«, sagte Friederike. »Aber nichts zu tun ist viel gefährlicher.«

»Ich hoffe nur, dass das nicht wie beim Zauberlehrling ausgeht und wir die Geister, die wir riefen, nicht mehr loswerden«, entgegnete ihr Vater.

»Keine Sorge«, sagte Friederike. »Die Rolle des Zauberlehrlings ist bereits für Gustav Brehm vorgesehen. Im Augenblick haben wir sämtliche Trümpfe in der Hand. Brehm hat seine eigenen Vorgesetzten in der SS nicht eingeweiht, er hat mir den Totschlag an Piel gestanden, er hatte eine geisteskranke Mutter, die er verschwiegen hat, weil man ihn sonst nie in der SS aufgenommen hätte. Er hat seine Frau betrogen und – was das Wichtigste ist – er hat Feinde in der SS, die auf seinen Posten scharf sind. Die werden all das mithilfe von

Hermann Ströbel nutzen, um Gustav zu Fall zu bringen. Diese ganze SS-Hierarchie ist doch von Intrigen durchzogen. Es geht nicht um Wahrheit, sondern darum, wer die richtigen Leute auf seiner Seite hat. Und Brehm ahnt noch nicht, dass jemand aus der zweiten Reihe, aber mit einem einflussreichen Vater im Hintergrund, Blut geleckt hat, um selbst Sturmbannführer zu werden.«

Doktor Meinhardt nickte langsam. »Ich hoffe, du behältst recht. Es bleibt trotz allem ein Risiko. Vor allem, da du nun in Claas Ströbels Schuld stehst.«

»Solange ich in seiner Schuld stehe, bin ich nützlich und das bedeutet, ich habe jemanden im Hintergrund, an den ich mich in Notfällen wenden kann, wenn es um Intrigen gegen stramme Nazis geht. Und wenn er irgendwann einen Gefallen von mir einfordert, kann ich immer noch entscheiden, wie ich den erfülle.«

Trotz ihrer mutigen Worte sah Friederike dem folgenden Tag voller Unruhe entgegen. Da sie sich auch um Adnan und Maurice Sorgen machte, hatte sie Tante Vera in Hannover angerufen und sie gefragt, ob sie die Familie übers Wochenende als Gäste in Hannover beherbergen könnte. Tante Vera war sofort dazu bereit gewesen und so fuhr Wolfgang die Familie noch am Freitagnachmittag zum Lüneburger Bahnhof, damit sie dort den Zug nach Hannover nehmen konnte.

Friederike atmete erleichtert auf. Am liebsten hätte sie auch Karla und Ferdinand nach Hannover geschickt, aber es wäre aufgefallen, wenn allzu viele Bewohner verschwunden wären. Vor allem, da Markmann explizit nach Karla gefragt hatte. Auch was Ferdinand anging, hätte es nur unnötig Aufmerksamkeit erregt, wenn er plötzlich nicht mehr da wäre.

Als Friederike nach dem Abendessen aufstand, folgte ihr Charlotte.

»Wir müssen miteinander reden, Mama.«

»Worüber?«

»Lass uns in dein Büro gehen.«

Friederike war erstaunt, wie energisch Charlotte auftrat. »So ernst?«, fragte sie, kam Charlottes Bitte aber nach.

Nachdem sie in ihrem Büro waren und die Tür hinter sich geschlossen hatten, setzte Charlotte sich an den runden Tisch und verschränkte demonstrativ die Arme vor der Brust. »Findest du nicht, dass es an der Zeit ist, mich einzuweihen, was hier wirklich vorgeht?«

»Was genau meinst du?« Friederike setzte sich zu ihrer Tochter an den Tisch.

»Mama, bitte tu nicht so, als wäre ich noch ein kleines dummes Mädchen. Ich kann verstehen, wenn du Juliane schützen willst, weil sie sich um Ludwig wegen seiner Einberufung sorgt. Und Irmgard ist erst siebzehn. Dass du Adnan und seine Familie heraushalten willst, weil die auch schon genug um die Ohren haben, verstehe auch ich. Aber ich bin alt genug, um mir meinen eigenen Reim auf alles zu machen. Ich kann dir ansehen, dass du dir Sorgen machst, und du schützt mich nicht, indem du schweigst, sondern machst mich damit ganz verrückt, weil ich mir im Geiste alles Mögliche ausmale, was wohl los ist. Und das ist schlimmer als die unangenehmste Wahrheit. Und deshalb möchte ich wissen, was es mit diesem Aufmarsch an SS-Mitgliedern, die plötzlich alle ihre Liebe zu einer glücklichen Sommerfrische auf Gut Mohlenberg entdeckt haben, auf sich hat.«

Die Art, wie Charlotte sie anblickte, führte Friederike vor Augen, dass sie hier wirklich nicht mehr ihr kleines Mädchen vor sich hatte, sondern eine erwachsene junge Frau mit dem gleichen Kampfgeist wie sie selbst. Sie würde sich nicht eher zufriedengeben, bis sie Antworten bekam. Die Frage war nur, wie viele Antworten sie ihr geben musste. Würde Charlotte merken, wenn sie ihr etwas verschwieg?

»Also gut, Charlotte«, sagte sie schließlich. »Du willst die Wahrheit wissen, dann musst du auch damit leben. Ich weiß, dass ich mich auf dich verlassen kann und du dich nicht durch eine Unachtsamkeit verraten wirst. Aber du musst mir versprechen, dass alles, was ich dir jetzt verrate, hier in diesem Raum bleibt.«

»Du hast mein Wort darauf, Mama. Du kannst mir vertrauen.«

»Ich weiß, Charlotte.«

Und so weihte Friederike ihre Tochter in alles ein, sogar in Adnans Täterschaft.

Während Friederike erzählte, wurden Charlottes Augen immer größer. »Das ist ja furchtbar«, sagte sie, als ihre Mutter geendet hatte.

»Übertrifft es deine schlimmsten Befürchtungen?«, fragte Friederike.

Charlotte atmete tief durch. »Das kann ich nicht einmal sagen. Am schlimmsten war die Ungewissheit. Wenn man nicht weiß, worauf man sich einzustellen hat. Aber das wissen wir ja nun. Und auch, wenn es riskant ist: Ich bin mir sicher, dass wir es alle zusammen schaffen, dieses Wochenende zu überstehen und außerdem Gustavs Fall vorzubereiten. Dieser verdammte Mistkerl. Gesteht dir einen Mord, den er gar nicht begangen hat, um sich in dein Vertrauen zu schleichen.«

»Ja. Zu dumm nur, dass er es nur mir gegenüber gestanden hat.«

»Glaubst du, er wird weiter versuchen, dich um den Finger zu wickeln, indem er nach der Hochzeit von diesem anderen SS-Arzt zurückkommt? Er weiß doch, dass ihm seine Kollegen auf den Fersen sind. Sonst würde er sich ja nicht verstecken.«

»Er war sehr geschickt darin, seine Spuren zu verwischen. Natürlich hat Markmann herausgefunden, wer er wirklich ist, aber da Gustav selbst Sturmbannführer ist, hat er mit Sicherheit noch einige Eisen im Feuer. Andererseits ist Claas Ströbel sehr daran interessiert, ihn zu Fall zu bringen, um die Karriere seines Sohnes Hermann voranzutreiben. Und wenn sich SS-Offiziere mit Intrigen gegenseitig bekämpfen, können wir uns diskret zurücklehnen und müssen nur darauf achten, die Seite zu unterstützen, die uns weniger gefährlich ist. Und das sind natürlich Gustavs Gegner. Der Vorteil auf meiner Seite besteht darin, dass Gustav keine Ahnung hat, was ich alles weiß. Und ich bin mir sicher, dass seine Gegner sich das zunutze machen wollen, nachdem Claas schon sagte, dass sie dabei meine Hilfe brauchen.«

»Aber er hat dir nicht gesagt, wie du ihm helfen sollst?«

Friederike schüttelte den Kopf. »Allerdings vertraue ich in dem Fall auf Claas' Vorsicht. Er wird schon darauf achten, dass seine Familie nicht ins Kreuzfeuer gerät.«

»Nur leider gehörst du nicht zu seiner Familie«, sagte Charlotte. »Befürchtest du nicht, dass er dich im Zweifelsfall opfert?«

»Im Zweifelsfall, ja. Aber im Augenblick ist es für ihn nützlicher, mich unbeschädigt zu lassen, weil meine Aussage wichtig ist. Ich kann bestätigen, dass Gustav mir die Tötung gestanden hat. Wenn Claas mich als politisch unzuverlässig darstellen würde, wäre meine Aussage wertlos. Gustav Brehm würde triumphieren und Hermann könnte ihn nicht rangmäßig beerben.«

»Allerdings können sie dich danach abservieren.«

»Wozu? Ich wirke harmlos und es ist besser, jemanden in der Hinterhand zu haben, der einem eine Gefälligkeit schuldet.«

»Und wenn sie selbst auf die Idee kommen, dir Gut Mohlenberg zu nehmen?«

Friederike senkte den Blick. Daran hatte sie noch gar nicht gedacht. Charlotte war scharfsinniger, als sie es mit zwanzig gewesen war. Da war keine Spur mehr von jugendlicher Gutgläubigkeit. Lag es daran, dass Charlotte in schwierigeren Zeiten groß geworden war, oder war sie tatsächlich die geborene Juristin, die sofort das Schlimmste annahm, während Friederike als Psychiaterin noch in allem das Beste suchte? »Wir müssen das Risiko eingehen«, sagte sie schließlich. »Bei Gustav Brehm wissen wir es mit Sicherheit. Bei den Ströbels ist es nur die schlimmste anzunehmende Unterstellung. Und da vertraue ich darauf, dass Ingrid mich als ihre Freundin betrachtet und Hermann Ströbel nichts von Pferden versteht. Das ist anders als bei Gustav, der es aus verschiedenen Gründen ganz gezielt auf das Gut abgesehen hat.«

»Das hoffe ich«, sagte Charlotte nur.

* * *

Ingrid freute sich sehr auf die Ankunft von Hauptsturmführer Markmann und seinen beiden Kindern und mit dieser Vorfreude steckte sie – sehr zu Fräulein Wermuts Missfallen – Karla an.

»Die beiden sind so entzückend«, schwärmte Ingrid am Samstagmorgen am Frühstückstisch. »Die kleine Karin kommt bald in die Schule, sie ist so aufgeweckt. Und Lothar ist ein wahrer Sonnenschein. Wie schade, dass er das Baby nicht mitbringen kann. Das hätte ich auch so gern kennengelernt.«

»Du schwärmst ja mehr von Markmanns Ankunft als von der deines Mannes«, neckte Friederike sie, um sich ihren Unmut nicht anmerken zu lassen.

Ingrids eben noch so fröhliche Miene gefror für einen winzigen Augenblick, bevor sie sich wieder in der Gewalt hatte. »Ja, ich freue mich natürlich auch sehr auf Hermann«, sagte sie, doch die lebendige, unbeschwerte Fröhlichkeit, die sie beim Schwärmen von Markmann an den Tag gelegt hatte, war verschwunden. Ganz so, als heuchele sie als pflichtbewusste Ehefrau Vorfreude auf ihren Mann, auch wenn sie ihn lieber gar nicht sah.

Oder bilde ich mir das nur ein?, fragte Friederike sich im Stillen. Bislang galten Hermann und Ingrid doch als Musterpaar und auch Claas hielt viel von seiner Schwiegertochter, auch wenn sie allenfalls bauernschlau war. Oder mochte er sie vielleicht gerade deshalb?

Nun, es war müßig, länger darüber nachzudenken. Viel wichtiger war es, die Kuppeleiversuche wirkungsvoll zu unterbinden.

»Wann endet denn Ihr Urlaub hier, Frau Ströbel?«, fragte Fräulein Wermut. »Kommt Ihr Mann, um Sie abzuholen?«

»Nun, ich hoffe, ich kann ihn davon überzeugen, dass mir der Aufenthalt hier noch eine Weile guttut, sodass ich zeitgleich mit unseren Söhnen nach Hause zurückkehre, die derzeit im Sommerlager der HJ sind.« Ingrids Mund lächelte, doch ihre Augen straften den Mund Lügen. Ingrid war ganz und gar nicht erfreut, dass Hermann ebenfalls erwartet wurde. Warum wohl? Stand es mit der Ehe der beiden nicht zum Besten oder hatte Ingrid selbst ein Auge auf Markmann geworfen? Aber wenn dem so wäre, würde sie ja nicht alles daran setzen, ihn mit Karla zu verkuppeln.

* * *

Um halb elf Uhr vormittags kam Hermann Ströbel mit seinem Privatwagen. Er hatte Markmann und dessen Kinder dabei. Beide Männer trugen Zivil und erinnerten Friederike sehr an die alten Zeiten, als sie noch normale Sommergäste beherbergt hatte.

»Ich bin Hermann sehr dankbar, dass er meine Kinder erst in Hamburg abgeholt und mich dann auf dem Weg in Lüneburg aufgesammelt hat«, sagte Markmann, während er Friederike strahlend die Hand reichte. Dann stellte er seine Kinder vor, die Friederike und den anderen Erwachsenen nacheinander wohlerzogen die Hand gaben. Hermann nutzte indes die Zeit, um Friederike zuzuraunen: »Können wir gleich mal in einem etwas vertraulicheren Rahmen sprechen?«

»Du meinst über die Sache, über die ich mit deinem Vater gesprochen habe?« Es kam Friederike immer noch seltsam vor, Hermann zu duzen, aber Ingrid hatte bereits bei einem ihrer ersten Aufenthalte auf Gut Mohlenberg darauf gedrängt – ganz so, als würde das eine familiäre Harmonie herstellen. Damals hatte Friederike um des lieben Friedens willen zugestimmt, denn sie wollte die einflussreiche Familie nicht verärgern. Heute hatte sie zum ersten Mal das Gefühl, dass sich diese Vertraulichkeit als Vorteil erweisen könnte.

Hermann nickte. »Sobald Ingrid mir unser Zimmer gezeigt hat. Bist du gleich in deinem Büro?«

Friederike nickte. Hermann ging zu seiner Frau, die in der Tür stand, hauchte ihr einen Kuss auf die Wange, sagte etwas und folgte ihr dann ins Haus. Markmann stand noch immer mit den Kindern neben dem Auto, wo sich auch Friederikes Vater, Charlotte, Fräulein Wermut und Karla versammelt hatten. Karla machte keinen Hehl aus ihrem Entzücken über Markmanns Kinder, ging vor ihnen in die Hocke, um mit ihnen auf Augenhöhe zu sprechen. Instinktiv schien sie genau zu wissen, wie eine Mutter sich verhalten musste, und gerade diese kinderliebe Unbefangenheit ließ es Friederike schwer ums Herz werden. Diese arme Frau hatte schon so viel Leid erlebt, indem man ihr zwei Kinder weggenommen hatte und auch plante, das dritte Kind woanders aufwachsen zu lassen. Wäre Karla wirklich mit der Mutterschaft überfordert?

Eingedenk ihrer vorgesehenen Rolle kümmerte sich Fräulein Wermut ebenfalls sofort um die Kinder und um deren Vater. Noch schien es Hauptsturmführer Markmann zu gefallen, wie ein Hahn im Korb gehandelt zu werden und mit seinen niedlichen Kindern Aufmerksamkeit zu erregen. Friederike hoffte, dass sich das bald ändern würde, sie hatte großes Vertrauen in Fräulein Wermut.

Hermann Ströbel ließ nicht lange auf sich warten. In seinem hellen Sommeranzug erinnerte er Friederike an den Schauspieler Willy Fritsch und er lächelte auch genauso charmant. Allerdings ließ Friederike sich von seinem charmanten Äußeren nicht täuschen. Sie wusste ganz genau, dass sie einen kühlen Taktiker vor sich hatte, dem es nur um seinen eigenen Vorteil ging.

»Also, was ist so dringend, dass du es sofort mit mir besprechen willst, noch während die anderen Gäste begrüßt werden?«, fragte sie, nachdem sie an ihrem runden Tisch Platz genommen hatten.

»Genau das ist der Grund, Friederike. Ich wollte mit dir sprechen, solange Joachim noch beschäftigt ist. Ich wollte dich in den Schlachtplan einweihen, damit du weißt, worauf es in den nächsten beiden Tagen ankommt. Und auch danach.«

Friederike schluckte, bemühte sich aber, sich nichts anmerken zu lassen. »Also, Hermann, ich höre. Was erwartest du von mir?«

Hermann zog sein Zigarettenetui hervor. »Stört es dich, wenn ich rauche?«, fragte er mehr aus Höflichkeit denn in Erwartung einer Ablehnung.

»Natürlich nicht.« Friederike wies auf den Aschenbecher, der auf ihrem Tisch stand. Die meisten ihrer Geschäftspartner griffen bei Verhandlungen um den Verkauf der Pferde zur Zigarette.

Hermann nahm eine Zigarette und entzündete sie mit einem silbernen Feuerzeug, auf dem ein Hakenkreuz eingraviert war. Sie hätte sich nicht gewundert, wenn auf der anderen Seite eine Widmung vom Führer persönlich geprangt hätte, allerdings hätte Hermann das Feuerzeug dann bestimmt so gehalten, dass sie sie gesehen hätte.

»Mein Vater hat dir ja schon einige Dinge erzählt«, sagte er. »Jetzt kommt es nur darauf an, dass wir Brehm einwandfrei überführen. Und dafür brauchen wir dich. Einen Plan haben wir schon. Meine Aufgabe ist es, dich zu informieren und Markmann davon zu überzeugen, das Spiel mitzumachen.«

»Ist es illegal?«

»Nein, wie kommst du darauf?« Hermann schenkte ihr sein falsches Filmstarlächeln. »Wir wollen uns nur moderner Technik bedienen, damit wir etwas gegen ihn in der Hand haben, um ihn dann elegant aus der SS zu entfernen.«

Friederike runzelte die Stirn. »Ich hoffe, keine Waffentechnik.«

Hermann brach in schallendes Gelächter aus. »Nein, natürlich nicht. Das wäre ja nicht elegant, oder? Nein, wir haben uns überlegt, in seinem Haus hier Abhöranlagen zu installieren. Irgendwann wird er ja wieder auftauchen. Und dann wirst du, die du offiziell von nichts weißt und ihn immer noch für den Mann hältst, den du heiraten möchtest, ihn besuchen und dazu bringen, dass er dir noch einmal von dem Mord an Hannes Piel erzählt. Wenn wir das im Aufnahmekasten haben, ist er geliefert. Dann werden wir ihn vor die Wahl stellen, freiwillig aus der SS auszutreten und an die Ostfront zu gehen – mit der Zusage, dass seine Frau im Falle seines Ablebens die volle Pension bekommt –, oder wir werden ihn vor Gericht stellen.«

»Und wenn er sagt, dass es nur eine Taktik war? Dass er mich belogen hat?«

Hermann lachte. »Nun, eigentlich sollte ich es dir nicht sagen, aber gestern waren bereits ein paar unserer Spezialisten auf seinem Hof und haben sich umgesehen. Die haben ein paar Dinge gefunden, die ihn schwer belasten, und außerdem schon ein paar Mikrofone versteckt. Sein Geständnis ist sozusagen das i-Tüpfelchen, damit wir ihn ganz sicher im Sack haben.«

Friederikes Herz schlug schneller. Hatten sie die Brieftasche des Toten und die Memoiren gefunden? Aber warum hatten sie das inoffiziell gemacht? Waren diese Spezialisten bereits länger in der Umgebung?

»Davon haben wir hier gar nichts gemerkt.«

»Na, das war ja auch Sinn der Sache, nicht wahr?« Hermann nahm einen tiefen Zug seiner Zigarette.

»Weiß Markmann davon?«

»Von den Spezialisten und ihren Funden weiß er. Von den Abhörgeräten noch nicht. Er wollte sich Brehm gern persönlich vornehmen, aber das haben wir erst einmal unterbunden. Zum Glück kennt mein Vater Männer, die ganz oben stehen, und hat die dazu gebracht, mir die Sache zu übertragen. Brehm ahnt noch nichts, der ist noch in Dachau. Es wird gerade daran gearbeitet, ihn in Sicherheit zu wiegen und nach Mohlenberg zurückzulocken. Wir haben das Gerücht gestreut, wegen der Mordsache einen verdächtigen Fremdarbeiter festgenommen zu haben.«

»Und habt ihr jemanden festgenommen, damit es echt genug wirkt?« Friederike spürte, wie Übelkeit in ihr aufstieg. Würden sie im Zweifelsfall tatsächlich einen Unschuldigen ergreifen, um ihm den Totschlag in die Schuhe zu schieben? Sie tröstete sich damit, dass sie den Mann, falls es so wäre, freilassen müssten, wenn sie Brehm überführten.

Hermann lachte. »Wozu? Für Brehm ist nur das Gerücht entscheidend. Er soll sich sicher fühlen.«

»Aber wenn er glaubt, ihr hättet einen Täter festgenommen, dann muss er mir nichts mehr gestehen.«

»Doch, wenn du ihn direkt darauf ansprichst, dass er in Gefahr ist hier in Mohlenberg, weil er ja noch wegen des Mordes verdächtigt wird. Dann wird er dir von dem Gerücht erzählen und dann kannst du sagen, dass du froh bist, dass nun niemand erfahren wird, dass er der Täter war. Wenn er das nicht abstreitet, haben wir ihn. Es ist deine Aufgabe, das alles aus ihm herauszulocken. Kannst du das, Friederike?«

Hermann sah sie durchdringend an. Friederike schluckte. Sie sollte einen Unschuldigen dazu bringen, eine Tat zu gestehen, die er nicht begangen hatte. Durch List und Tücke. Andererseits hatte Brehm es nicht besser verdient. Er hatte sie belogen. Er hatte ihr alles nehmen wollen. Und er hatte mit diesem Lügenkonstrukt begonnen und sie überhaupt erst auf die Idee gebracht, sein falsches Geständnis, das dazu dienen sollte, ihr Vertrauen zu gewinnen, gegen ihn zu verwenden. Wenn sie Gut Mohlenberg retten wollte, ja wenn sie selbst und alle, die ihr wichtig waren, überleben sollten, dann durfte sie hier keine falsche Rücksicht an den Tag legen. Sie musste diesen Weg weitergehen. Das war die einzige Möglichkeit und sie konnte dankbar sein, dass die SS in diesem Fall auf ihrer Seite stand und nicht hinter Gustav. Wie gut, dass die SS in Wirklichkeit gar keine so einige und kameradschaftliche Truppe war, wie es nach außen immer gern dargestellt wurde, von wegen: »Meine Ehre heißt Treue.« Wenn es das eigene Fortkommen betraf, dann ging es diesen Männern um viel mehr als die Ehre. Oder um viel weniger, je nachdem, wie man es betrachtete.

»Selbstverständlich kann ich das«, antwortete sie daher und lächelte Hermann mit aller Selbstsicherheit an, die sie aufbringen konnte. Nur keine Schwäche zeigen. Ihr Gegenüber sollte wissen, dass er sie mit nichts in der Welt verunsichern konnte, auch wenn er vermutlich der Meinung anhing, Frauen wären den Männern in jeglicher Hinsicht unterlegen.

»Das freut mich zu hören, Friederike. Dann hoffe ich, dass wir alle ein angenehmes Wochenende verbringen werden.«

Da war es wieder, dieses charmante Willy-Fritsch-Lächeln, das einen allzu leicht dazu verführen konnte, ihn für einen völlig harmlosen, netten Mann von nebenan zu halten.

Friederike erwiderte das Lächeln mit dem schauspielerischen Talent einer Lilian Harvey, die längst aus Deutschland emigriert war, dann verließen sie gemeinsam ihr Büro.

Hauptsturmführer Markmann schien es nicht besonders zu behagen, dass Hermann Ströbel sich schon kurz darauf an ihn wandte, um ihn zu einem Gespräch unter vier Augen zu bitten. Es war Markmann deutlich anzusehen, dass er sich lieber weiter mit seinen Kindern beschäftigt hätte, die auf Martins ehemaligem Shetlandpony ihre ersten Reitversuche unternahmen. Der zehnjährige Martin war sogar galant genug, die sechsjährige Karin auf seinem Rih reiten zu lassen. Natürlich nur, wenn er das Pferd in der Reitbahn führte. Das Mädchen hielt sich dabei am Sattelknauf des Cowboysattels fest und strahlte über das ganze Gesicht, während ihr Vater das Shetlandpony Polly mit dem vierjährigen Lothar im Sattel dahinter führte.

»Gehen Sie ruhig«, sagte Friederike. »Wir werden Sie gebührlich vertreten.«

»Ja«, bestätigte auch Karla, die mit Ingrid und Fräulein Wermut am Rand der Reitbahn stand und ihn anstrahlte. »Aber bleiben Sie nicht zu lang weg, die Kinder brauchen ihren Vater.«

Markmann erwiderte Karlas Lächeln, dann nickte er, übergab Friederike die Zügel des Ponys und ging mit Hermann ins Haus. Ob Hermann ihm jetzt seinen weiteren Plan darlegte? In Friederikes Augen waren viele Fragen offengeblieben. Welchen

Einfluss hatte Hermann in der SS, dass er sich in eine laufende Polizeiermittlung mischen konnte?

Wieder musste sie daran denken, wie Markmann sich beim letzten Besuch immer mit Blickkontakten an Doktor Kessler gehalten hatte. Gab es in der SS auch innerhalb gleicher Ränge Hierarchien? Galt ein Polizeibeamter, der im Rahmen der Dienstrangangleichung beigetreten war, weniger? Ein bürokratischer Schritt, der die Verzahnung von SS und Polizei zeigte. Andererseits war Markmann seinen eigenen Aussagen zufolge ja auch Mitglied der Reiterstaffel *Nordsee*.

Vielleicht sollte sie selbst heute Abend nach einer Gelegenheit suchen, ganz zwanglos wie mit jedem anderen Feriengast mit ihm zu plaudern. Auf diese Weise könnte sie ihn nicht nur von Karla ablenken, sondern auch mehr über ihn als Menschen erfahren.

Markmanns Kinder waren anfangs noch sehr zurückhaltend und ruhig gewesen, aber durch den Umgang mit den Pferden und dem übermütigen Martin als Vorbild trauten sie sich bald schon, selbst laut zu lachen, und – nachdem die Reitstunde vorüber war – Gut Mohlenberg zu erkunden. Karla hatte wirklich ein erstaunlich gutes Händchen im Umgang mit den Kindern, was Friederike erstaunte. Schließlich hatte sie ja einen großen Teil ihres Lebens in einer Landesheilanstalt verbracht und vermutlich keinen Umgang mit Kindern gehabt. Oder kam ihr dabei ihr eigenes kindliches Gemüt zugute? Erinnerte sie sich wieder an das Kind, das sie einst gewesen war und das jetzt wie ein älteres Geschwister mit den Kleinen spielte?

Fräulein Wermut blieb immer in Karlas Nähe und behielt alle fürsorglich und zugleich wachsam im Auge.

»Wollen wir noch zusammen ausreiten, wenn hier alle so gut beschäftigt sind?«, hörte Friederike plötzlich Ingrids Stimme hinter sich. »Wir beide sind noch gar nicht dazu gekommen, mal gemeinsam einen Ritt in die Umgebung zu unternehmen.

Und du weißt doch, dass ich deine Begleitung immer sehr schätze.«

Friederike überlegte kurz, dann sagte sie zu. Fräulein Wermut hatte alles im Blick und im Notfall würden ihr Vater und Wolfgang schon das Richtige tun. Das bedeutete, Hermann – der ja kein so begeisterter Reiter wie alle anderen war – zu beschäftigen, sobald er Markmann wieder aus seinen Fängen gelassen hatte. Außerdem konnte sie einen gemeinsamen Ritt mit Ingrid nutzen, um sie ein bisschen auszuhorchen. Was war zwischen ihr und ihrem Mann vorgefallen und warum legte sie so viel Wert darauf, Karla mit Markmann zu verkuppeln?

28. Kapitel

Es war sehr angenehm, mit Ingrid auszureiten. Das hatte Friederike schon bei ihrem ersten Kennenlernen und dem ersten gemeinsamen Ausritt erkannt. Ingrid war eine echte Amazone, die schon seit ihrer Kindheit regelmäßig ritt. Leider teilte ihr Mann diese Leidenschaft nicht und auch ihre Söhne, Tankred und Witold, waren mehr an Motorrädern interessiert. Immerhin hatten sie sie in den Vorkriegsjahren regelmäßig zur Sommerfrische nach Gut Mohlenberg begleitet, aber dann lieber mit ihrem Vater Ausflüge mit dem Auto unternommen oder die Landschaft zu Fuß erkundet. Friederike hatte das schon damals etwas irritiert, schließlich liebten die meisten Kinder Pferde. Doch Ingrids Söhne hatten schon im jugendlichen Alter erkannt, dass Reiten in der Realität nicht so einfach war wie bei Karl May, sondern dass es viel mehr Anstrengung kostete, ein Pferd zum Galopp zu bringen, um den Rausch der Geschwindigkeit zu genießen, als auf dem Sozius des väterlichen Motorrads zu sitzen. Ingrid hingegen schien mit ihrem Pferd eins zu sein, sie hatte nicht nur einen guten Sitz und Pferdeverstand, sondern auch großes Einfühlungsvermögen. Und das Talent, sofort zu erkennen, was ein Pferd brauchte, damit es seine Aufgabe erfüllte. Diese Gabe stand in völligem Gegensatz zu ihrem sonstigen Auftreten, das sie oft naiv und nicht sonderlich intelligent erscheinen ließ. Die Frau war in vielerlei Hinsicht widersprüchlich und Friederike fragte sich schon seit Langem, warum Ingrid und Hermann wohl verheiratet waren. Von der äußeren Attraktivität passten sie gut zusammen, aber das war auch schon alles.

Und so nutzte Friederike die Gelegenheit, während sie durch den Wald ritten, nach Hermann zu fragen. »Ich hatte vorhin den Eindruck, dass irgendetwas zwischen dir und deinem Mann steht«, sagte sie geradeheraus. Ingrid war keine Frau, die lange Umwege verstand, es war immer am besten, direkt zur Sache zu kommen. Selbst wenn sie ausweichen sollte, war das schon Antwort genug.

»So?«, fragte Ingrid, ohne es in Abrede zu stellen.

Ein gutes Zeichen für ein offenes Gespräch, dachte Friederike bei sich. »Ja, deine Augen leuchteten viel mehr, als Hauptsturmführer Markmann mit seinen Kindern ausgestiegen ist. Bei Hermann … nun ja, das erschien mir eher pflichtgemäß.«

Ihre Begleiterin ließ ihren Blick über den Reitweg vor sich schweifen und tätschelte Wozwo den Hals.

»Du musst nicht darüber reden«, sagte Friederike. »Es ging mir gerade nur so durch den Kopf und ich dachte, vielleicht könntest du ein Gespräch mit einer Freundin brauchen, bei dem uns niemand stört.«

Ingrid holte tief Luft. »Man merkt, dass du eine gute Psychiaterin bist«, sagte sie leise. »Ja, Hermann steht in letzter Zeit sehr unter Druck. Er redet mit mir nicht darüber, er meint, das wären interne Angelegenheiten der SS, aber es verletzt mich, dass er mich so außen vor lässt. Schließlich sollte eine gute Ehefrau doch immer hinter ihrem Mann stehen und ihn mit Rat und Tat unterstützen. Wenn ich jedoch zu sehr in ihn dringe, dann … nun ja, dann wird er sehr abweisend.«

Die Art, wie sie den Blick senkte, machte Friederike stutzig. »Abweisend?«, fragte sie deshalb nach. »Einfach nur kalt oder gibt es da auch heißen Zorn mit … Dingen, die ihm später leidtun?«

»Willst du damit etwa andeuten, dass er mich schlägt?«, rief Ingrid so empört, dass Friederike darin bereits die Bestätigung ihrer Vermutung sah. Sie ließ sich aber nichts anmerken.

»Hast du meine Frage etwa so verstanden?«

Ingrid räusperte sich verlegen. »Nein, natürlich nicht, ich … ähm … Hermann hat einfach viel um die Ohren und muss aufpassen, dass er selbst nicht abgesägt wird. Du erlebst das ja gerade mit Gustav Brehm. In der SS ist nicht alles heller Sonnenschein.«

»Aber Hauptsturmführer Markmann magst du, nicht wahr? Sonst hättest du auch nicht versucht, ihn mit Karla zu verkuppeln, oder?« Friederike zwinkerte ihr verschwörerisch zu.

Sofort verschwand Ingrids angespannter Gesichtsausdruck und sie lachte. »Ja, der ist ein herzensguter Mensch. Er war immer so liebevoll zu seiner Frau und den Kindern. Das siehst du ja auch jetzt noch. Einen solchen Mann kann sich jede Frau nur wünschen und Karla hätte nach ihrer Enttäuschung so jemanden verdient. Auch wenn ich natürlich weiß, dass das schwierig wird, weil ja Himmler höchstpersönlich einer Eheschließung von SS-Männern zustimmen muss.«

Die Art, wie Ingrid das sagte, verriet Friederike mehr über deren eigene Ehe, als ihre Gesprächspartnerin glaubte. Sie war vermutlich sehr unglücklich, würde dies aber niemals zugeben. Bemerkenswert war auch die Tatsache, dass sie sich bemühte, so lange auf Gut Mohlenberg zu bleiben, wie ihre Söhne im Sommerlager der HJ waren. Gab es weniger Konflikte, wenn die Kinder zu Hause waren? Friederike wusste, dass manche Männer sich vor den Kindern zurückhielten, während sie ihren Zorn vollständig an ihren Frauen ausließen, wenn niemand da war. Unterstützte Claas Ströbel die Aufenthalte seiner Schwiegertochter auf Gut Mohlenberg auch deshalb? Weil er wusste, dass sein Sohn gewalttätig war? Schließlich warf so etwas stets einen Schatten auf die eigene Reputation, wenn es offenkundig wurde. Vor allem, wenn die Neider überall saßen und versuchten, aus allem ihren eigenen Vorteil zu ziehen.

»Wie lange kennst du Markmann eigentlich schon?«, fragte Friederike nun.

»Seit er der SS beigetreten ist«, erwiderte Ingrid. »Er war damals noch ein ganz normaler Polizeibeamter, aber es gab die Möglichkeit, im Rahmen der Dienstrangangleichung der SS beizutreten. Ich habe dann bei einem gemeinsamen Treffen der SS zunächst seine Ehefrau kennengelernt. Die war ein wahrer Schatz, so liebenswert und immer freundlich. Wir haben uns bald angefreundet und sie meinte, es erschrecke sie trotz allem, dass die Polizei jetzt immer mehr militarisiert werde. Ich habe sie beruhigt und ihr erklärt, dass die SS ja sehr viele Untergruppen hat und die Polizei natürlich niemals in kriegerische Handlungen einbezogen werden würde. Das war noch vor dem Krieg. Und sie meinte dann, die Uniform stünde ihm ja schon sehr gut, aber bei normalen Ermittlungen als Kriminalpolizist würde er sie ohnehin nicht tragen, nur dann, wenn er offiziell Eindruck schinden müsse.«

»So wie hier auf Gut Mohlenberg?«, hakte Friederike nach.

»Vermutlich«, erwiderte Ingrid.

»Kennst du Doktor Kessler eigentlich auch näher?«

»Nein, nur sehr oberflächlich.«

»Was für einen Eindruck macht er auf dich?«

»Er ist sehr korrekt, sehr zuverlässig und der Partei gegenüber absolut loyal.«

»Ist das nicht selbstverständlich für einen SS-Mann?«

Ingrid lachte. »Nicht, wenn man sich Gustav Brehm anschaut, oder? Ich glaube, da gibt es solche und solche. Und Hermann hat meist mit diesen schwarzen Schafen zu tun. Ich glaube, deshalb hat mein Schwiegervater ihn auch hierhergeschickt. Damit er sich beweisen und ein Exempel statuieren kann, damit andere, die ihm was am Zeug flicken wollen, gewarnt sind.«

»Ich hätte mir jedenfalls niemals träumen lassen, wie viele Intrigen sich unter den hochrangigen Mitgliedern der SS finden. Ich dachte, die Truppe wäre vom Geist der Kameradschaftlichkeit durchdrungen. Bernhard und Wolfgang schwärmten in Erinnerung an ihre Militärzeit beide immer von dem Kameradschaftsgeist. Auch unter den Offizieren.«

Ingrid nickte. »Vielleicht hat Hermann einfach nur Pech«, sagte sie. »Dein Mann stammte aus einer alten Offiziersfamilie und da hat man noch Benehmen gelernt. In der SS kann jeder Mitglied werden, wenn er dem Führer treu ergeben ist und die körperlichen und abstammungsrechtlichen Voraussetzungen erfüllt. Und natürlich sind ungebildete Arbeiter nicht so gestrickt wie Männer aus besseren Kreisen. Die haben sich ja schon immer mit den Fäusten durchzusetzen versucht. Da muss ein kultivierter Mann wie Hermann schon sehr aufpassen, nicht in deren Schmutz hinabgezogen zu werden.«

Friederike nickte, auch wenn sie sich nicht so sicher war, dass es an der Abkunft lag. Sie hatte viel mehr den Eindruck, dass die SS Karrieristen aus allen Gesellschaftsschichten anzog, die vor allem ihr eigenes Wohlbefinden im Sinn hatten.

Sie ritten noch eine Weile schweigend durch den Wald und dann den üblichen Weg um den See, aber weitere tiefgreifende Gespräche über die SS führten sie nicht.

Als sie zurückkehrten, war Markmann wieder mit seinen Kindern bei den Pferden und schien sich sowohl mit Fräulein Wermut als auch mit Karla gut zu verstehen.

Juliane versuchte indes, ihren Sohn Martin dazu anzuhalten, sich nicht zu sehr in den Mittelpunkt zu stellen.

»Ach, lassen Sie ihn doch, Frau Adler«, hörte Friederike Markmann sagen. »Ein echter Junge möchte gern zeigen, was er kann, nicht wahr? Vornehme Zurückhaltung ist doch eher etwas für junge Damen.«

»Da hörst du es, Karla«, griff Fräulein Wermut diese Worte sofort auf. »Vornehme Zurückhaltung, auch wenn der Herr Hauptsturmführer ein Mannsbild ist, das eine Frau mit Herz natürlich sofort vom Fleck weg heiraten möchte. Gerade dann, wenn er so reizende Kinder hat.«

»Ja, das stimmt«, sagte die junge Frau. »Haben Sie denn schon mal an eine neue Ehe gedacht?«

Markmann bekam große Augen. »Ähm, meine Frau ist erst vor vier Monaten beigesetzt worden.«

»Ja, ich weiß«, sagte Karla. »Und das tut mir auch sehr leid. Ich weiß, wie das ist, wenn man jemanden verliert. Ich werde mein Kind deshalb auch ohne Vater bekommen.« Sie strich über ihren Bauch und Markmanns Augen wurden noch größer.

»Ähm, Sie sind auch verwitwet?«

»Nein, er wollte nichts mehr mit mir zu tun haben«, sagte Karla mit treuherziger Naivität. »Deshalb bin ich jetzt hier, weil ich allein bin.«

»Oh«, sagte der Hauptsturmführer nur.

»Karla, nun belaste Herrn Markmann doch nicht mit deiner Geschichte. Damit verschreckst du ihn ja nur.«

»Weil ich ein Kind bekomme?«, fragte Karla und ließ ihren Blick zwischen Fräulein Wermut und Markmann hin und her schweifen. »Aber das macht doch nichts, Herr Markmann hat ja selbst drei Kinder. Und Kinder sind eine Bereicherung für jede Familie, nicht wahr?« Sie strahlte ihr Gegenüber liebevoll an. Er zwang sich zu einem Lächeln und sagte ausweichend: »Ja, so ist es.«

»Ja, nicht wahr?«, sagte Karla. »Wir könnten so schön eine neue Familie gründen.«

Markmanns Gesichtsausdruck verriet, dass Fräulein Wermut sich keine Sorgen mehr machen musste.

»Ähm … ich … ähm, ich muss mich noch ein bisschen um Lothar kümmern«, stammelte er.

»Ja, Sie sind so ein liebevoller Vater.«

Friederike musste sich bemühen, nicht laut loszulachen, als Markmann den Rückzug antrat, während Ingrid, die neben ihr stand, leise seufzte.

»Das war wirklich ungeschickt von Karla«, flüsterte sie. »Ob wir das wohl wieder in Ordnung bringen können? Ich hoffe, sie hat ihn jetzt nicht vollständig vergrault.«

»Wir sollten den beiden Zeit geben und uns da nicht einmischen, Ingrid. Wenn Markmann merkt, dass du die Kupplerin spielen willst, wird ihn das womöglich auch zu dir auf Abstand bringen, und das möchtest du doch nicht, oder?«

»Nein, natürlich nicht.«

»Dann lass uns jetzt erst mal die Reitkleidung gegen etwas Bequemeres tauschen.«

Ingrid nickte und ging ins Haus.

Friederike wartete noch einen Moment, bis sie weg war, um dann Fräulein Wermut einen kurzen Wink zu geben.

»Das Problem hat sich anscheinend gerade in Wohlgefallen aufgelöst, oder?«, raunte sie ihr zu.

Die Gouvernante lächelte. »Ja, ich habe schon ein paar Andeutungen gemacht, in der Hoffnung, dass Karla genau so reagiert, wie sie es jetzt getan hat. Ich denke, Markmann wird sich künftig sehr zurückhalten. Eine sitzen gelassene Schwangere, die auf Teufel komm raus einen neuen Mann sucht, ist gewiss nicht das, was er sich wünscht.«

»Obwohl es auf eine Art auch traurig ist, dass Karlas Träume schon wieder enttäuscht werden, nicht wahr?«

»Nun«, sagte Fräulein Wermut, »ich denke, für mich war der heutige Tag auf andere Weise lehrreich. Karla kann sehr gut mit Kindern umgehen. Und sie möchte ihr Kind behalten. Sie hat bislang auch gezeigt, dass sie sich zurückhalten kann.

Vielleicht gäbe es ja doch die Möglichkeit für sie, dauerhaft mit ihrem Kind auf Gut Mohlenberg zu bleiben.«

»Aber dann wird Familie Klonki sehr enttäuscht sein, nicht wahr?«

Fräulein Wermut seufzte. »Ja, das stimmt, aber sie könnten auch auf regulärem Weg versuchen, ein Kind zu adoptieren. Es gibt ja so viele Kriegswaisen. Karla hat hingegen bewiesen, dass wir sie unterschätzt haben. Sie kann sich beherrschen, sie wurde bislang immer nur ausgenutzt. Man muss lediglich regelmäßig mit ihr sprechen, damit sie darauf achtet, sich nicht wieder ausnutzen zu lassen. Aber ich glaube nicht, dass die jungen Männer auf Mohlenberg es wagen, sie auszunutzen.«

Friederike senkte den Blick. »Bewusst wohl nicht, aber wo die Liebe hinfällt …«

»Nun, dann müssen sie eben heiraten, nicht wahr? Wenn also einer ihrer jungen Männer noch mal für ein Malheur sorgt, muss er die Konsequenzen tragen.«

»Ähm, ich weiß nicht so recht, wie das mit der Ehefähigkeit ist.«

»Papperlapapp«, wischte Fräulein Wermut die Bedenken weg. »Stellen wir es doch gleich klar. Wir sagen Karla, dass sie nur mit jemandem lieb sein darf, wenn der ihr verspricht, sie zu heiraten. Und zwar muss er erst Ihnen mitteilen, dass er den Wunsch nach einer Ehe hegt. Ich denke, darauf wird Karla hören. Und somit haben Sie es immer im Blick.«

»Und wenn doch etwas passiert?«

»Nun, augenblicklich kann ja nicht noch mehr passieren, als schon passiert ist.« Die alte Dame sah Friederike tief in die Augen. »Würden Sie Karla denn dauerhaft auf Gut Mohlenberg leben lassen?«

Friederike hielt Fräulein Wermuts Blick stand. »Ja«, sagte sie schließlich. »Ich mag die junge Frau und ich denke, wir sollten es versuchen. In diesen Zeiten muss man Menschen wie Karla schützen.«

Trotz allem herrschte am Abendbrottisch eine recht ausgelassene Stimmung. Hermann verhielt sich seiner Frau gegenüber charmant und wurde von Ingrid mit einem Lächeln belohnt. Markmann zeigte sich als stolzer Vater, dessen Kinder sich auch bei Tisch mit Erwachsenen wohlerzogen zeigten, und bemühte sich zugleich, Karlas sehnsuchtsvollen Blicken möglichst taktvoll auszuweichen. Mochte er sie zunächst auch attraktiv gefunden haben, die Tatsache, dass sie mit einem Kind im Bauch sitzen gelassen worden war, hatte ihren Attraktivitätsgrad deutlich sinken lassen. Karla bemerkte das jedoch nicht und blieb auf eine rührend naive Weise aufdringlich und freundlich zugleich. Markmanns Kindern gefiel ihre Art und das wiederum bestärkte sie in ihrem Verhalten. Fräulein Wermut musste gar nicht mehr eingreifen, Karla vergraulte Markmann ganz ahnungslos selbst. Wäre es nicht zu ihrem eigenen Besten gewesen, hätte Friederike ihr aus lauter Mitleid den einen oder anderen guten Ratschlag gegeben. Aber das musste warten. Irgendwann würde der Richtige für Karla auftauchen – ein Mann, vor dem sie sich nicht hüten musste, sondern der sie so akzeptieren würde, wie sie war. Denn dass die junge Frau mit dem richtigen Mann durchaus eine glückliche Familie gründen könnte, glaubte Friederike inzwischen mit einiger Sicherheit einschätzen zu können.

Nach dem Abendessen nutzte Friederike die Zeit, sich mit ihrem Vater, Wolfgang und Charlotte zu besprechen, um sie über all das zu unterrichten, was sie im Verlauf des Tages erfahren hatte.

Doktor Meinhardt war erkennbar beunruhigt, dass Hermann Ströbel ihr eine Rolle in diesem Spiel zugedacht hatte, aber Wolfgang fand die Idee mit den versteckten Mikrofonen und der Abhöranlage raffiniert.

»Ich mache mir da keine Sorgen um Friederike«, sagte er. »Brehm weiß ja nicht, was hier inzwischen schon alles passiert ist. Er hat keinen Grund, Friederike zu misstrauen. Und außerdem hat ihn die Gier nach Mohlenberg gepackt.«

»So sehe ich das auch«, bestätigte Friederike. »Wenn ich ihn dazu bringe, sein Geständnis zu wiederholen, wird er seinen Kopf nie mehr aus dieser Schlinge ziehen können. Zumal seine Feinde in der SS keinerlei Interesse daran haben, ihm zu helfen. Hermann hat doch längst Blut geleckt und ist ganz versessen darauf, selbst Sturmbannführer zu werden.«

»Und Hauptsturmführer Markmann?«, fragte Charlotte, die bis dahin schweigend zugehört hatte.

»Ich denke, der wird tun, was man ihm sagt. Nach allem, was Ingrid mir erzählt hat, ist er das kleinste Rädchen im Getriebe. Vermutlich wird er ebenso als Schachfigur genutzt wie wir.«

»Wie wir?« Wolfgang hob erstaunt die Brauen.

»Nun, Hermann glaubt zumindest, wir wären Schachfiguren«, erwiderte Friederike. »Dass wir ihn unsererseits benutzen, ahnt er nicht.«

»Vielleicht sollten wir Tante Vera anrufen und sie bitten, Adnan und seine Familie noch ein paar Tage länger zu beherbergen, zumindest so lange, bis hier alles vorbei ist«, sagte Doktor Meinhardt. »Es ist vermutlich das Beste, wenn Adnan gar nicht mehr auf der Bildfläche erscheint, solange die SS hier noch herumschnüffelt. Nicht, dass Brehm ihn noch ins Spiel bringt, um seine Haut zu retten.«

»Wie kommst du darauf, Papa?« Friederike runzelte die Stirn.

»Hermann Ströbel will ihn doch mit dem Gerücht, man hätte einen Fremdarbeiter festgenommen, zurück nach Mohlenberg locken. Und da Brehm in Wirklichkeit unschuldig ist, was aber nur wir wissen, wird er es sofort glauben. Wenn er sich jedoch später in die Falle gelockt sieht, weiß er als Einziger außer uns, dass der wahre Mörder noch auf freiem Fuß ist. Und wenn er nicht ganz blöd ist, könnte er schnell auf Adnan kommen.«

»Warum?«, wollte Wolfgang wissen.

»Ganz einfach. Er kennt seinen Freund Piel gut. Und nach allem, was Adnan erzählte, hat Piel ihn ja von sich aus attackiert und wegen seiner Hautfarbe beschimpft. Brehm weiß mit Sicherheit, was der Mann über Neger dachte, und er weiß, dass Adnan in der Nähe war – da könnte er schnell eins und eins zusammenzählen. Also ist es gut, wenn er nicht in Erscheinung tritt. Dann müssen wir uns keine Ausrede überlegen, die vielleicht doch nicht glaubhaft klingt. Wenn sie allerdings selbst Adnan verdächtigen, könnte das alles verkomplizieren, selbst wenn sie Brehm loswerden wollen. Sie könnten ja schlecht einen Neger davonkommen lassen, wenn der einen SS-Kameraden getötet hat – selbst wenn es nur Notwehr war.«

»Das klingt einleuchtend«, sagte Friederike. »Ich werde Tante Vera gleich anrufen und sie bitten, Adnan und seine Familie auch noch nächste Woche zu beherbergen.«

Tante Vera war in der Tat sofort bereit. »Die drei machen mir überhaupt keine Umstände«, sagte sie. »Ich finde es einfach schön, wie viele Schwierigkeiten diese Liebe überwunden hat. Und Maurice ist wirklich ein großartiger junger Mann geworden. Der hat übrigens tatsächlich mein altes Auto wieder auf Vordermann gebracht und fehlende Ersatzteile organisiert, wo mein Hausmechaniker verzweifelt ist. Ein wahres Naturtalent. Den behalte ich gern noch länger hier.« Sie lachte und Friederike stimmte erleichtert in das Lachen ein. Wie gut, wenn man in der Not ein weitverzweigtes Netz an Freunden und Verwandten hatte, auf die man sich in jeder Lebenslage verlassen konnte.

29. Kapitel

Der Einfluss von Vater und Sohn Ströbel war nicht zu unterschätzen. Die entsprechenden Gerüchte über die Festnahme eines Fremdarbeiters, der Hannes Piel erschlagen hatte, waren erst vier Tage zuvor in die Welt gesetzt worden, da tauchte Gustav Brehm am Mittwoch bereits wieder in Mohlenberg auf.

Am Sonntag zuvor war Markmann mit seinen Kindern wieder abgereist. Die Kinder waren traurig gewesen, denn sie wären gern noch länger bei den Pferden und den anderen Tieren geblieben. Und trotz Karlas Aufdringlichkeit hatte Friederike den Eindruck, dass Markmann seinen Kindern ebenfalls gern mehr Zeit hier gegönnt hätte. Besonders Stallkater Manou, der immer mit Wallach Tamo schmuste, indem er seinen Kopf an dessen Nüstern drückte, hatte das Herz der Kinder gewonnen und Hauptsturmführer Markmann musste seinen Kindern hoch und heilig versprechen, ihnen in Hamburg ein Kätzchen zu schenken, damit ihre Tränen versiegten.

Gleichzeitig hatte Friederike den Eindruck, dass Markmann seit seinem Gespräch mit Hermann deutlich unruhiger geworden war. Es fiel ihr nach wie vor schwer, ihn richtig einzuschätzen. War er aus reinem Mitläufertum Mitglied der SS geworden oder aus Überzeugung? Nun, ganz gleich, wie es sein mochte, vertrauen konnte sie ihm auf gar keinen Fall. So war sie froh, als die Familie zusammen mit Hermann abreiste, der versprach, seine Frau in zwei Wochen wieder abzuholen.

»Aber es kann sein, dass wir schon deutlich früher wiederkommen. Ruf mich unbedingt sofort an, wenn Brehm hier wieder auftaucht. Unter dieser Nummer erreichst du zu jeder Tag- und Nachtzeit jemanden.« Er reichte Friederike ein schmuckloses weißes Kärtchen, auf dem lediglich mit schwarzer Tinte handschriftlich eine Telefonnummer vermerkt war.

»Wer wird da rangehen?«

»Jemand von unserer Spezialeinheit. Melde dich einfach mit deinem Namen und sag, dass der Wolf in seinen Bau zurückgekehrt ist. Dann bekommst du weitere Instruktionen.«

Friederike wusste nicht, ob sie darüber lachen oder es mit der Angst bekommen sollte. »Das klingt ja wie eine Spionagegeschichte«, versuchte sie zu scherzen.

»Ist es das denn nicht?«, fragte Hermann mit einem Lächeln zurück. Vielleicht sollte es aufmunternd wirken, die Anspannung aus der Situation nehmen, aber auf eine nur schwer zu beschreibende Art kam es Friederike höhnisch, ja beinahe bösartig vor.

»Wenn du meinst«, sagte sie und steckte die Karte mit der Telefonnummer ein.

Das war am späten Sonntagnachmittag passiert und genau daran musste Friederike denken, als sie bei ihrem täglichen Ausritt mit Ingrid Gustavs Motorrad vor dem Schuppen stehen sah.

Ihre Begleiterin war ihrem Blick gefolgt. »Er ist wieder da«, flüsterte sie.

»Ja.« Friederike nickte. »Lass uns zurückreiten, ich muss die Telefonnummer anrufen, die Hermann mir zum Abschied gegeben hat.

»Werden sie ihn gleich festnehmen?« Ingrid bekam große Augen.

»Hat Hermann dich nicht eingeweiht?«, fragte Friederike statt einer Antwort.

»Nein, das tut er nie.« Ingrid seufzte. »Also gibt es wohl einen anderen Plan?«

Friederike nickte. »Allerdings darf ich es dir nicht erzählen, wenn Hermann dir nichts gesagt hat. Nur so viel – Gustav darf nicht ahnen, dass wir Bescheid wissen. Kennst du ihn von früher persönlich?«

Ingrid schüttelte den Kopf.

»Gut, dann musst du dich ja nicht vor ihm verstecken. Aber sollte er nach Gut Mohlenberg kommen, geh ihm aus dem Weg. Es ist wichtig, dass er ahnungslos bleibt.«

Sie nickte und Friederike hoffte inständig, dass sie sich an alles halten würde.

Zurück auf Gut Mohlenberg übergab sie Wido Felix, damit er sich um das Pferd kümmerte. Ingrid gab Wozwos Zügel an Ferdinand, der sehr stolz war, dass man ihm so viel Vertrauen entgegenbrachte. Er hatte schon einiges gelernt und das Absatteln und Trockenreiben beherrschte er bereits.

Friederike ging in ihr Büro, schloss die Tür hinter sich ab und wählte die geheimnisvolle Nummer, die Hermann ihr gegeben hatte.

Nach dreimaligem Klicken ging jemand am anderen Ende ran. Anstatt sich mit Namen zu melden, wie es üblich war, fragte ein Mann: »Mit wem spreche ich?«

»Mit Friederike von Aalen. Ich soll Ihnen sagen, dass der Wolf in seinem Bau ist. Können Sie damit etwas anfangen?«

Eine Weile hörte sie nur ein Rascheln, dann war da wieder die Stimme. »Einer unserer Männer macht sich jetzt auf den Weg zu Ihnen. Vermeiden Sie bis dahin jeden Kontakt zum

Wolf. Sobald Herr Müller bei Ihnen ist, wird er Ihnen neue Anweisungen geben.«

»Wann wird Herr Müller hier erscheinen?«

»Ich nehme an, in einer halben Stunde. Ich werde ihn gleich kontaktieren, sobald ich aufgelegt habe.«

»Dann ist er hier in der Nähe stationiert?«

»Herr Müller wird in Zivil erscheinen und direkt nach Ihnen fragen«, sagte der Mann am anderen Ende der Leitung, ohne auf ihre Frage einzugehen. »Wenn sich jemand erkundigt, was er bei Ihnen will, sagen Sie, er sei ein alter Bekannter aus Studientagen, der zufällig in der Nähe ist.«

»Ist er Arzt? Oder welchen Studiengang soll ich angeben, wenn man mich fragt?«

»Denken Sie sich etwas aus. Ich wünsche Ihnen viel Erfolg.« Mit diesen Worten legte der unbekannte Mann auf und Friederike atmete mehrfach tief durch.

War das ein Mitarbeiter des Geheimdienstes oder hatte die SS einen eigenen Sicherheitsdienst? Oder war er ein Mitarbeiter der Polizei? Unzählige Fragen stürmten auf sie ein, aber sie würde keine Antworten erhalten. Das Einzige, was man von ihr erwartete, war Kooperation, um Brehm in die Falle zu locken. Verdammt, sie hätte niemals gedacht, dass sie eines Tages dazu genötigt sein würde, einen ihrer Nachbarn auf diese Weise hereinzulegen. Andererseits – war Gustav wirklich ihr Nachbar? Der Hof gehörte ihm nicht und er hatte sie über alles belogen. Ja, er war sogar eine Gefahr für das Leben der Menschen, die ihr etwas bedeuteten, und auch für ihren Besitz.

Wir sind im Krieg, dachte sie. *Und da sind alle Mittel zur Selbstverteidigung erlaubt.*

Herr Müller war ein mittelalter, schmächtiger kleiner Mann mit Halbglatze und dicken Brillengläsern, der sich auf einem Fahrrad mit mächtigen Gepäcktaschen den Feldweg mit sichtlicher Anstrengung heraufmühte. Niemand, den man für einen Spion oder gar ein Mitglied der SS halten würde.

»Gibt es hier einen Raum, wo wir ungestört sprechen können?«, fragte er Friederike, noch während er seine großen, unförmigen Satteltaschen vom Fahrrad abschnallte.

»Mein Büro«, sagte Friederike. Müller nickte und Friederike fragte sich, ob das wohl sein echter Name war.

In ihrem Büro öffnete er die Satteltaschen. Darin befanden sich verschiedene elektronische Geräte. Das Einzige, was Friederike zu erkennen glaubte, war ein hochmodernes Magnetofon in der Größe einer Hutschachtel. Friederike wusste, dass nur Rundfunkanstalten sich so etwas leisten konnten – oder Abhörspezialisten, wie Müller einer zu sein schien.

»Folgendes«, sagte er zu Friederike. »Wir müssen sichergehen, dass die Aufnahmen funktionieren. Ich muss dazu auf dem Brenner-Hof vor Ort sein. Meine Kollegen haben bereits einen passenden Raum gefunden und vorbereitet, wo alle Kabel zusammengeführt sind. Sie müssen Brehm ablenken, damit ich durch den Hintereingang in eines der noch nicht bewohnbaren Zimmer komme, um diese Anlage« – er deutete auf das Magnetofon und die übrigen Ausrüstungsstücke – »aufbauen zu können. Nur dann werden die Aufnahmen eine ausreichende Qualität haben. Es ist wichtig, dass wir uns auf die Sekunde genau absprechen. Hat Ihre Uhr einen Sekundenzeiger?«

Friederike nickte.

»Dann lassen Sie uns jetzt unsere Uhren vergleichen.«

Immerhin weiß ich jetzt, warum die Gangster in Kriminalfilmen kurz bevor sie das Ding drehen immer ihre Uhren vergleichen, dachte Friederike bei sich. Es führte jedoch nicht dazu, dass sie sich besser fühlte, ganz im Gegenteil.

Die Differenz beider Uhren betrug siebenunddreißig Sekunden. Friederike stellte ihre Uhr entsprechend nach. »Ich nehme an, um den Stromanschluss haben sich Ihre Leute gekümmert?«, fragte sie dabei.

»Selbstverständlich.« Müller sah sie an, als zweifelte er an ihrem Verstand, dass sie es wagte, ihm so eine Frage zu stellen.

»Und wie soll es dann genau ablaufen?«

»Suchen Sie Brehm heute Abend um Punkt sieben auf. Halten Sie ihn bis sechs Minuten nach sieben außerhalb seines Hauses auf. Anschließend gehen Sie ins Haus. Sorgen Sie dafür, dass Sie am Esstisch mit dem Rücken zum Kamin sitzen, sodass Brehm in Richtung des Kamins spricht.«

»Sind dort die Mikrofone?«

Müller beantwortete ihre Frage nicht, sondern fuhr unbeeindruckt fort: »Sorgen Sie dafür, dass er sein Geständnis innerhalb der ersten zwanzig Minuten klar und verständlich ausspricht. Sollte es Ihnen in dieser Zeit nicht gelingen, warten Sie mindestens neunzig Sekunden, bevor Sie es erneut versuchen, weil ich diese Zeit brauche, um das Tonband im Magnetofon zu wechseln. Können Sie sich das merken oder wollen Sie es sich lieber notieren?«

»Innerhalb von zwanzig Minuten oder aber nach Ablauf der zwanzig Minuten zwei weitere Minuten warten.«

»Neunzig Sekunden«, erwiderte Müller scharf.

»Besser dreißig Sekunden zu lang als zu kurz«, entgegnete Friederike. Von diesem Gartenzwerg würde sie sich nicht maßregeln lassen, selbst wenn sie ihn brauchte.

Müller räusperte sich, widersprach aber nicht. »Wenn Sie seine Aussage haben, suchen Sie einen Vorwand, um in den Garten zu gehen. Dort halten Sie ihn mindestens sechs Minuten hin, damit ich die Gelegenheit habe, meine Ausrüstung zusammenzupacken und durch die Hintertür zu verschwinden. Zehn Minuten wären besser, sechs sind das absolute Minimum.«

»Das klingt ja, als hätten Sie das alles mit der Stoppuhr geübt.«

»Selbstverständlich«, sagte Müller. Die Ironie in ihren Worten war ihm vollständig entgangen.

»Und was soll ich machen, wenn Brehm heute Abend zu mir kommt?«

»Dann sollten Sie einen Vorwand finden, mit ihm zu seinem Hof zurückzukehren. Wichtig ist, dass Sie die Zeiten beachten. Wenn Sie mit ihm zu seinem Hof zurückkehren, legen Sie noch einen kleinen romantischen Umweg ein, damit ich schneller bin und Zeit gewinne. Sobald Sie im Garten sind, halten Sie ihn zur Sicherheit dennoch sechs Minuten auf.«

»Alles klar«, sagte Friederike. »Und wo verbringen Sie den restlichen Tag, Herr Müller? Möchten Sie hier ein Zimmer haben, um sich vorzubereiten?«

»Das wäre wünschenswert. Ich lege allerdings keinen Wert darauf, die Bekanntschaft der übrigen Bewohner zu machen.«

»Keine Sorge, ich werde Sie als einen skurrilen Studienkollegen vorstellen, der aufgrund eines Nervenzusammenbruchs nicht mehr als Arzt arbeiten kann und deshalb durch die Lüneburger Heide radelt, aber Angst vor Menschen hat und mir dankbar war, dass er hier eine Pause machen durfte.«

Sie beobachtete gespannt, wie er darauf reagierte. Er ließ sich jedoch nichts anmerken. »Dadurch, dass es wenig schmeichelhaft für mich ist, ist es eine glaubwürdige Erklärung«, sagte er stattdessen.

Eitel ist er immerhin nicht, dachte Friederike und aus irgendeinem Grund erfüllte sie das mit etwas mehr Zuversicht. Der Mann hatte nur seinen Auftrag im Sinn und war professionell genug, nicht nach Beifall zu heischen, sondern das zu tun, wofür er da war. Bemerkenswert nach allem, was sie in den letzten Wochen so erlebt hatte.

Gustav Brehm kam bereits gegen vier Uhr nachmittags auf den Hof. Friederike war gerade in ihrem Büro, als Charlotte es ihr mitteilte. Jetzt war Friederike froh, dass sie ihre Tochter eingeweiht hatte, und so bat sie Charlotte, Brehm zu vertrösten und ihm zu sagen, dass sie gerade mit einem Kunden des Gestüts telefoniere und gleich zu ihm herauskommen werde. Dann ging sie schnell ins erste Stockwerk und klopfte an die Tür des Zimmers, das sie Müller zur Verfügung gestellt hatte.

»Brehm ist da. Ich denke, es geht los.«

Müller nickte. »Lassen Sie uns noch einmal die Uhren vergleichen.«

Die Uhren gingen auf die Sekunde genau gleich.

»Dann also los«, sagte er und griff nach seinen Packtaschen. »Bringen Sie ihn dazu, Sie auf seinen Hof einzuladen, und zwar jetzt gleich. Aber denken Sie an meine Vorlaufzeit.«

»Nehmen Sie das Rad? Das könnte ihm auffallen.«

»Halten Sie mich für einen Anfänger, Frau Doktor von Aalen?« Wieder dieser vorwurfsvolle Blick.

»Nein, aber ich habe mir angewöhnt, selbst an alle Eventualitäten zu denken.«

»Sie sind schlimmer als meine Frau«, murmelte Müller und Friederike war überrascht, dass so ein pedantischer Gartenzwerg überhaupt eine Frau gefunden hatte. Aber vielleicht war seine Frau ja noch pedantischer als er. Dann konnte das Kerlchen einem wirklich leidtun.

Als Friederike kurz danach die Treppen hinunterstieg, kam Charlotte ihr entgegen.

»Wie hat er die Verzögerung aufgenommen?«, fragte Friederike.

»Er wirkte unbeschwert und fröhlich«, erwiderte ihre Tochter. »Wenn ich nicht genau wüsste, was für ein Schwein er ist, hätte ich ihn direkt sympathisch gefunden. Er wollte sich zurückmelden und Oswald abholen. Er sitzt jetzt auf der Terrasse in der Sonne und wartet, bis du fertig bist.«

»Ich hoffe, er hat noch nichts weiter vor.« Friederike runzelte die Stirn. »Ich habe nämlich gerade diesen Abhörspezialisten im Haus«, fügte sie dann flüsternd hinzu.

»Du meinst, er will euch heute schon abhören?« Charlotte bekam große Augen.

Friederike nickte. »Eigentlich erst heute Abend, aber wenn die Gelegenheit günstig ist, ginge es wohl auch jetzt, wenn er schon mal da ist. Allerdings müsste ich dann eine entsprechende Situation mit Gustav herstellen und dem Mann einen Vorsprung geben, damit er alles in Gustavs Haus vorbereiten kann.«

»Keine Sorge, das werde ich für dich regeln.« Charlotte lächelte verschmitzt. »Du gehst jetzt mit Gustav in den Stall zu Oswald und ich komme dann gleich hinterher und bringe euch eine Tasche mit einer Flasche Wein und schlage vor, dass ihr euch bei Gustav einen gemütlichen Nachmittag macht. Und dann kannst du Gustav ja sagen, dass du dem Wunsch deiner Tochter unbedingt nachkommen musst, weil die sonst so wählerisch ist, wenn du dich mit Männern verabredet hast, und er sich was darauf einbilden kann, wenn ich ihn mag.«

»Du bist ein kleines Schlitzohr.«

»Wie die Mutter, so die Tochter, nicht wahr?« Charlotte zwinkerte ihr zu, dann ging sie in Richtung Küche, um sich am Weinvorrat zu bedienen.

Als Friederike auf die Terrasse kam, erhob Gustav sich und kam ihr mit einem strahlenden Lächeln entgegen. Sie begriff, was Charlotte gemeint hatte. Obwohl sie genau wusste, wie hinterlistig er war, schlug ihr Herz schneller, so als sehnte sich ihr Körper nach seiner Umarmung, während ihr Verstand sich eher danach sehnte, ihm kräftig in die Weichteile zu treten.

»Friederike, ich freue mich, wieder hier zu sein.« Er nahm sie in die Arme. Friederike erwiderte seine Umarmung, wieder in diesem Zwiespalt zwischen Sehnsucht und Berechnung. Sie ärgerte sich über sich selbst, dass sie sich nicht nur von ihrer Wut auf ihn leiten lassen konnte, sondern es trotz allem noch diese tiefe Sehnsucht nach seiner Umarmung gab. Vielleicht war das auch ganz gut so. Es würde ihr die Sache leichter machen.

»Ich freue mich auch«, flüsterte sie. »Aber ich möchte nicht, dass es hier noch Gerede gibt.« Sie befreite sich lächelnd aus seinen Armen. »Charlotte sagte, dass du gekommen bist, um Oswald abzuholen?«

Er nickte.

»Na, dann lass uns mal zu ihm in den Stall gehen.«

Charlotte schien sie genau beobachtet zu haben, denn gerade, als sie vor Oswalds Box stehen blieben, tauchte sie in der Stallgasse auf, in der Hand einen hellbraunen Stoffbeutel.

»Ich dachte mir doch, dass ich dich hier mit Herrn Brehm finde«, sagte sie lächelnd. »Und da ihr euch so lange nicht gesehen habt, dachte ich, ihr wolltet vielleicht ein wenig Zeit miteinander verbringen und könntet dabei das hier gut gebrauchen.« Sie öffnete den Beutel und zog die Weinflasche gerade so weit hervor, dass man das Etikett erkennen konnte.

»Ein Merlot?« Brehm zog anerkennend die Brauen hoch.

»Jahrgang 1938«, sagte Charlotte. »Noch aus den guten alten Vorkriegsbeständen, auch wenn die Weinlieferungen ja dank unseres schnellen Sieges über Frankreich niemals wirklich ausgeblieben sind.«

»Sie sind eine wirkliche Kennerin, Fräulein von Aalen.«

»Weil ich in der Lage bin, das Etikett auf einer Weinflasche zu lesen?« Charlotte lachte. »Der wahre Kenner ist mein Großvater. Aber Sie sollten auch meine Mutter nicht unterschätzen.« Dann sah Charlotte ihre Mutter an. »Ich könnte mir vorstellen, dass ein Mann wie Herr Brehm auch die perfekten Weingläser dafür auf seinem Hof hütet.«

Friederike räusperte sich. »Das klingt ja ganz so, als wolltest du uns loswerden.«

Charlotte lachte. »Habe ich recht mit den Weingläsern, Herr Brehm?«

»Mit Sicherheit. Aber würden Sie mir denn auch Ihre Mutter zusammen mit einer Flasche Wein anvertrauen?«

»Ich hoffe, Sie erwarten auf so eine Frage keine ernsthafte Antwort, Herr Brehm.« Charlotte schob die Flasche zurück in den Beutel und reichte ihn Brehm. »Ich wünsche euch einen angenehmen Nachmittag fernab des unruhigen Treibens von Gut Mohlenberg.«

Friederike sah ihrer Tochter anerkennend nach. Sie spielte ihre Rolle geschickt. »Dann werde ich Felix mal bitten, Oswald und Halla für uns zu satteln«, sagte sie.

Während sie auf das Aufsatteln der Pferde warteten, raunte Gustav Friederike zu: »Du hast gar keine Fragen?«

»Nicht hier«, erwiderte sie mit einem schnellen Seitenblick auf Felix. »Ich gehe davon aus, dass du meine Neugier stillen wirst, wenn wir nachher vor deinem Kamin gemeinsam diesen edlen Wein trinken.«

»Dann werde ich nicht nur deine Neugier stillen«, flüsterte er zurück und legte seinen Arm um ihre Taille.

Friederike holte tief Luft. Unter anderen Umständen hätte sie diese Ankündigung erregt, aber so fühlte sie sich einfach nur unwohl. Alles klang so echt, so liebevoll, und dabei hatte dieser Mann eine Frau und zwei Söhne. Wie konnte jemand nur so ein geschickter Lügner sein?

Sie ließ sich jedoch nichts anmerken, sondern wartete, bis Felix fertig war. Dann sah sie unauffällig auf ihre Uhr. Seit sie Müller informiert hatte, waren dreizehn Minuten vergangen. War er schon beim Brenner-Hof angekommen und hatte sein Fahrrad dort versteckt? Oder war er zu Fuß gegangen? Nein, das konnte sie sich nicht vorstellen. Sie war sich sicher, dass er sein Fahrrad in dem Strauchwerk verbarg, in dem sich auch

Adnan versteckt hatte, als er Piels Ankunft beobachtet hatte. So gut, wie Müller gerüstet war, würde es sie nicht wundern, wenn er die Vorbereitungen im Brenner-Hof vor einigen Tagen selbst durchgeführt hätte. Wieso war er überhaupt so schnell zur Stelle gewesen? Hatte die SS hier in der Nähe tatsächlich Posten bezogen, sodass er es mit dem Fahrrad innerhalb von dreißig Minuten schaffen konnte? Sie musste wieder an das Motorrad im Wald denken. Gab es dort vielleicht doch einen Beobachtungsposten? Der hätte allerdings kaum einen Telefonanschluss gehabt. Also musste Müller in irgendeinem der umliegenden Dörfer untergekommen sein. Aber wer arbeitete so eng mit der SS zusammen, dass er Zimmer an sie vermietete?

Es war vermutlich besser, nicht zu genau darüber nachzudenken, sondern weiterhin möglichst unbefangen zu bleiben. Offen dazu zu stehen, dass sie auch geistig minderbemittelte Menschen für Hilfsarbeiten einstellte, weil die mit wenig Lohn zufrieden waren und nicht von der Einberufung bedroht. Die Arbeitsfähigkeit war der beste Schutz und niemand von außen konnte ihr nachweisen, dass sie auch Leute beschäftigte, deren Arbeitskraft nur einen rein symbolischen Wert hatte. Solange sie sich bei nichts offensichtlich Verbotenem ertappen ließ, konnte ihr nichts passieren. Und wenn sie der SS half, ein schwarzes Schaf wie Brehm festzusetzen, würde das ihren Status weiter festigen. Zumindest hoffte sie das.

»Ich frage mich, wie ich die Weinflasche am besten verstaue«, sagte Gustav. »Wenn ich so einen Cowboysattel wie Martin hätte, könnte ich den Beutel über den Knauf hängen.«

»Wir können langsam reiten und du hältst den Beutel dabei in der Hand. Du könntest sie auch mir geben, dann kann ich sie im Damensattel halb auf den Schoß nehmen. Aber auf den feurigen Galopp müssen wir verzichten, damit uns der Wein nicht sauer wird.«

»Immerhin ist es kein Champagner, der würde womöglich explodieren.« Gustav lachte. Friederike stieg als Erste auf und er reichte ihr den Beutel mit der Weinflasche, bevor er sich selbst in den Sattel schwang. Die Weinflasche war ein guter Grund, langsam zu reiten und Müller einen weiteren Vorsprung zuzugestehen. Vermutlich war er inzwischen längst dabei, seine Abhöranlage aufzubauen.

Während sie gemeinsam den Feldweg entlangritten, überlegte Friederike krampfhaft, wie sie die Zeit mit belanglosem Geplänkel füllen könnte, damit er bloß nicht auf die Idee kam, ihr jetzt schon Dinge zu erzählen, die für Müllers Mikrofone bestimmt waren.

»Ich hoffe, das Wetter hält sich weiterhin«, sagte sie daher. »Charlotte soll ihre Semesterferien auf Gut Mohlenberg genießen. Mir graut jetzt schon davor, wenn sie wieder nach Hamburg zurückkehren muss, zu all den schrecklichen Bombenangriffen.«

»Sie könnte ein Semester aussetzen.«

»Nein, das möchte ich auch nicht«, erwiderte Friederike. »Sie hat schon ein Jahr durch das Pflichtjahr verloren. Ich möchte nicht, dass sie ein weiteres Jahr verliert.«

»Wo hat sie denn ihr Pflichtjahr gemacht? In der Landwirtschaft oder in der Hauswirtschaft?«

»In der Landwirtschaft bei einem befreundeten Gestütsbesitzer«, erwiderte Friederike. Das Pflichtjahr war seit 1938 für alle Frauen unter fünfundzwanzig Jahren vorgeschrieben. Ohne den Nachweis des Pflichtjahres konnten sie keine weiterführenden Ausbildungen machen oder eine Arbeitsstelle antreten.

»Aber eigentlich sollen die jungen Frauen dabei doch die Haushaltsführung lernen und nicht die Pferdezucht.«

»Glaubst du etwa, auf einem Gestüt fällt keine Hauswirtschaft an? Das kann auch nur einem Städter einfallen.«

Gustav lachte. »Weißt du, wie sehr mir deine Schlagfertigkeit gefällt?«

»War Carola ebenso?«

»Meine Frau?«, fragte er, ohne sich aus der Ruhe bringen zu lassen. Friederike konnte nicht umhin, ihn für seine Schauspielkunst zu bewundern. Er lebte diese Lüge vollständig aus und hatte allem Anschein nach ein sehr gutes Gedächtnis, das ihm dabei half, jede Einzelheit seines Lügengebäudes stets parat zu haben.

»Ja, deine Frau. Wie war sie so?«

Brehm senkte den Blick, als fiele ihm die Erinnerung schwer. Bevor sie die Wahrheit gekannt hatte, hätte sie sich jetzt sofort für ihre Aufdringlichkeit entschuldigt, um ihn nicht weiter zu belasten, aber jetzt durchschaute sie diese raffinierte Geste, die weitere Fragen verhindern sollte. Und so blieb sie hartnäckig. »Wie war Carola, Gustav?«

»Ach, Friederike«, sagte er leise. »Es fällt mir immer noch sehr schwer, von ihr zu sprechen.«

»Das verstehe ich«, erwiderte sie mit sanfter Stimme. »Aber irgendwann ist der Zeitpunkt gekommen, an dem man die alten Erinnerungen zulassen muss. Und ich möchte gern mehr von ihr wissen. Von ihr und Caroline.« Noch während sie sprach, begriff sie auch, warum er sich für das Kind den Namen Caroline ausgedacht hatte. Carola und Caroline, die kleine Carola, wie er es ihr zu Beginn ihrer Bekanntschaft erklärt hatte. Diese Verbindung war leicht im Kopf zu behalten.

»Du hast dir ihre Namen gut gemerkt«, sagte er mit einem wehmütigen Lächeln.

»Ja«, bestätigte sie. »Und – war Carola auch schlagfertig oder war sie eher zurückhaltend? Eine mustergültige Ehefrau, die alles dafür getan hat, ihrem Mann den Rücken freizuhalten?«

»Hast du das für Bernhard getan?«

Was für ein raffinierter Hund, jetzt kommt er mir mit einer Gegenfrage, um mich abzulenken, dachte sie. *Und das so geschickt, dass ich darauf reingefallen wäre, wenn ich die Wahrheit nicht kennen würde.*

Andererseits kam es ihr auch gelegen, dass er sie nötigte, von sich zu erzählen, denn sie wollte auf dem Weg zum Brenner-Hof ja verhindern, dass die wichtigen Fragen zu früh zur Sprache kamen. Also ging sie darauf ein.

»Ich habe für Bernhard mein Studium unterbrochen, um für ihn da zu sein. Ich denke, mehr kann eine Frau ihrem Mann nicht den Rücken stärken, oder? Indem sie ihre Träume für ihn begräbt.«

»Wenn er noch leben würde, hättest du dann jemals dein Studium beendet?«, fragte Gustav weiter.

Am Ende des Weges sah Friederike schon die Umrisse des Brenner-Hofs auftauchen. »Das weiß ich nicht«, gab sie zu. »Er hatte sich kurz vor seinem gewaltsamen Tod sehr gut erholt und es wäre möglich gewesen, allerdings erst nach der Geburt meiner Tochter. So habe ich das letzte Semester und die Abschlussprüfung noch während meiner Schwangerschaft absolviert.«

Sie lenkte den Blick in die Ferne, als würde sie über die Vergangenheit nachsinnen, während sie in Wirklichkeit die Hufschläge zählte, mit denen sie sich dem Brenner-Hof näherten.

Auch Gustav sagte nichts, er schien wieder den einfühlsamen Freund zu spielen, der nicht in ihre traurigen Gedanken dringen wollte.

Und so erreichten sie schweigend seinen Hof. *Oder vielmehr den Hof, den er als seinen Hof ausgegeben hat,* dachte Friederike bei sich. Dieser Mann hatte sich wirklich verdammt viel Mühe gegeben, um ihr Mohlenberg zu nehmen. Das wiederum sprach dafür, dass ihre Tarnung als Gestüt nahezu unangreifbar war, denn sonst hätte er sich nicht so viele Umstände machen müssen. Eine Durchsuchung der SS hätte genügt, um sie alle in Teufels Küche zu bringen. Andererseits hätte Brehm sich bei einem offiziellen Einschreiten nicht sicher sein können, dass ihm dann auch das Gut zufiele. Sein ganzes Auftreten erinnerte vielmehr an einen Heiratsschwindler. Er wollte sie für sich gewinnen und dann, wenn er glaubte, sie wäre Wachs in seinen Händen, die Maske vom Gesicht ziehen und sie womöglich durch Erpressung dazu nötigen, ihm das Gestüt zu überschreiben. So ähnlich, wie es die Nazis auch mit reichen Juden getan hatten. Wer eine Ausreisebewilligung wollte, musste einem hohen Funktionär sein Eigentum überantworten. Nur war das eben bei einer angesehenen deutschen Staatsbürgerin mit rein arischen Wurzeln nicht so ohne Weiteres möglich.

Brehm hatte auf seine Stärke als Psychiater gesetzt, auf seine Menschenkenntnis, sein Schauspieltalent und seine Abgebrühtheit. Er hatte abgewogen, wofür Friederike empfänglich wäre. Und er ging davon aus, dass sie eine labile, vereinsamte Frau war. Das Frauenbild der meisten Männer – und vor allem das überzeugter Nationalsozialisten – kam ihr nun entgegen. Sie war ihm in jeder Hinsicht ebenbürtig und im Augenblick sogar überlegen, weil er nicht ahnte, dass sie ihn durchschaut und seine eigenen Leute zu ihren Verbündeten gemacht hatte. Er hatte hoch gepokert, indem er ihr einen Mord gestanden hatte, den er gar nicht begangen hatte. Andererseits hätte er wohl im Traum nicht daran gedacht, welches Tor er damit aufstieß … Hätte Adnan ihr nicht verraten, dass er der Täter war, wäre Gustavs Spiel aufgegangen. Sie hätte alles getan, ihn zu beschützen. Vor dem Hintergrund war er wohl doch der abgebrühtere Spieler, der sie richtig eingeschätzt hatte. Und das machte ihr Angst. Sie hatte Glück gehabt, verdammt viel Glück. Und sie schwor sich, künftig nicht mehr so vertrauensselig zu sein.

Immerhin hatte Adnans Vertrauen sie gerettet. Und das hätte er nicht gehabt, wenn sie ihm nicht ebenfalls Vertrauen entgegengebracht hätte.

Noch während sie ihren Gedanken nachhing, erreichten sie den Hof. Gustav stieg als Erster ab und nahm ihr dann die Weinflasche ab, damit sie ungehindert aus Hallas Sattel steigen konnte. Anschließend gab er ihr die Flasche zurück, um die beiden Pferde auf die Weide zu führen. Während er Oswald vollständig absattelte, nahm er Halla wie schon bei Friederikes früheren Aufenthalten nur den Zaum ab.

»Vielleicht solltest du sie auch ganz absatteln«, sagte Friederike, eingedenk der Tatsache, dass sie Zeit schinden musste. Vor allem, wenn sie später wieder ginge, würde es dauern, bis das Pferd gesattelt war.

»Ganz wie du meinst«, sagte Gustav und erfüllte ihren Wunsch.

Dann gingen sie ins Haus.

Friederike lenkte ihre Schritte zielsicher auf einen Stuhl am Tisch, der mit dem Rücken zum Kamin stand. Gustav stellte die Weinflasche auf den Tisch und holte dann zwei Weingläser und einen Korkenzieher.

Friederike sah zu, wie er den Korken zog und anschließend die Weingläser füllte. Erst danach nahm er ihr gegenüber Platz – mit Blick auf den Kamin. Hoffentlich waren die Mikrofone gut genug versteckt. Friederikes Herz klopfte immer schneller, als sie ihr Weinglas hob und mit Gustav anstieß. »Auf unsere gute Nachbarschaft«, sagte sie.

»Auf uns«, erwiderte Gustav mit einem herausfordernden Lächeln, das ihr gewiss Schmetterlinge im Bauch beschert hätte, wenn sie noch immer so blauäugig gewesen wäre, wie Gustav dachte.

Nachdem sie einen Schluck Wein gekostet hatte, begann sie das gefährliche Spiel. »Ich habe mir große Sorgen um dich gemacht, Gustav. Und das mache ich noch immer, seit du mir gestanden hast, dass du diesen Hannes Piel getötet hast.«

Gustav lächelte. »Die Polizei hat mittlerweile einen Fremdarbeiter als Schuldigen überführt. Du musst dir um nichts mehr Sorgen machen.«

»Aber der Mann ist doch unschuldig! Wie kannst du zulassen, dass man einen Unschuldigen womöglich zum Tode verurteilt, wo es doch eigentlich ein Unfall war, an dem du die Schuld trägst?«

Sie sah ihm aufrichtig empört in die Augen. Wie würde er reagieren? Wenn er sie wirklich wie ein Heiratsschwindler für sich gewinnen wollte, dann durfte er sie nicht verärgern. Wenn er zugab, dass er gar nicht der Täter war, hätte er sie belogen. Aber wenn er zuließ, dass sie glaubte, er würde einen Unschuldigen für sich büßen lassen, wäre es ebenso schlimm.

»Was erwartest du denn von mir?«, fragte er deshalb zurück. »Du weißt, was sie mit mir machen werden. Ich bin aus der SS ausgetreten und habe mir einige Dinge erlaubt, die mir die SS nie verzeihen wird. Die würden doch niemals glauben, dass es ein Unfall war.«

Friederike holte tief Luft. »Vielleicht finden wir eine Lösung, wenn du mir noch einmal ganz genau erklärst, was damals passiert ist. Warum hat Hannes Piel dich überhaupt aufgesucht?«

»Ich nehme an, der war mir auf der Spur wegen all dieser Dinge. Er hat mich beobachtet.«

»Und dann? Hast du ihn zur Rede gestellt?«

Gustav senkte den Blick, so als wäre es ihm unangenehm. Gleichzeitig wusste Friederike, dass er krampfhaft überlegte, was er sagen konnte, das sie nicht verschreckte, ihn aber gleichzeitig glaubwürdig bleiben ließe. Vermutlich bereute er seinen spontanen Entschluss bereits bitterlich, ihr eine Tat gestanden zu haben, die er gar nicht begangen hatte.

»Ich …« Er atmete schwer. »Warum willst du das jetzt alles wieder aufwühlen?«

»Um dir zu helfen, einen Weg zu finden, wie du auf anständige Weise aus dieser Situation herauskommen kannst. Du hast mich zur Mitwisserin gemacht, Gustav. Du verlangst von mir, dass ich schweige, um dich zu schützen. Weil du fürchtest, dass man dir wegen deiner Vergangenheit keinen fairen Prozess machen wird. Dabei bist du zumindest Deutscher. Was glaubst du, hätte dieser unschuldige Fremdarbeiter zu erwarten? Willst du dir doppelt die Hände blutig machen?«

Gustav atmete erneut schwer und Friederike frohlockte innerlich. Sie hatte ihn in die Enge getrieben. Er konnte ihr nicht sagen, dass er eigentlich unschuldig war, weil das all seine vertrauensbildenden Maßnahmen zu Staub zermahlen würde. Er konnte sie aber auch nicht in dem Glauben lassen, dass er einen Unschuldigen büßen lassen würde, ohne dasselbe zu erreichen. Außerdem musste er davon ausgehen, dass der Fremdarbeiter tatsächlich der Mörder seines Freundes war. Denn genau das war Piel gewesen, sein Freund. Warum hatte der ihn überhaupt besucht? Weil er eingeweiht gewesen war? Gustavs einziger Vertrauter? Sein getreuer Adjutant, der ihm Mitteilung machen sollte, was in Hamburg vor sich ging?

Wie auch immer, Piel war tot und Gustav hatte versucht, den Tod seines Freundes auszunutzen, um ihr Vertrauen zu gewinnen, und sich nun die eigene Henkersschlinge geknüpft.

»Ist dir denn so ein Fremdarbeiter wirklich wichtiger als ich?«, rief er schließlich verzweifelt aus.

»Nein, aber ich kann es nicht mit meinem Gewissen vereinbaren, dass ein Unschuldiger für deine Tat stirbt«, hielt sie ihm entgegen. »Wenn du dich stellst und gestehst, dass es ein Unfall war, dass ihr euch einfach nur geprügelt habt und er unglücklich gestürzt ist, wie du es mir erzählt hast, dann kommst du mit ein paar Jahren Gefängnis davon. Und du hättest wieder ein reines Gewissen. Ich würde auf dich warten, Gustav.«

»Du bist so naiv!«, schrie er. »Ich dachte, du liebst mich, doch jetzt stellst du das Leben eines Polen über mein Leben! Wenn du mich wirklich lieben würdest, dann wärst du froh, dass die Sache für uns so glimpflich ausgegangen ist!«

Friederike holte tief Luft. »Und wenn du mich wirklich lieben würdest, Gustav, dann würdest du zu deiner Tat stehen und dich stellen. Das ist das, was ich von einem anständigen Mann erwarte. Aber langsam verstehe ich, warum du die SS verlassen hast. Ein aufrechter SS-Mann, der dem Kodex verpflichtet ist, hätte niemals so feige gehandelt, sondern zu seiner Verfehlung gestanden und die Strafe wie ein Mann ertragen. Zumal du ja noch nicht einmal sagen kannst, dass du für deine Familie sorgen musst. Du hast alles weggeworfen, sogar deinen Beamtenstatus. Du hast dich wie ein getretener Hund verkrochen, um deine Wunden zu lecken, und weil du nicht Manns genug warst, das alles mit dir selbst auszumachen, hast du mir deine Täterschaft gestanden und mir damit eine Verantwortung aufgebürdet, die ich niemals haben wollte. Du willst, dass ich mich für dich gegen die staatliche Ordnung stelle und die Polizei belüge! Warum, verdammt noch mal, hast du nicht einfach den Mund gehalten? Warum musstest du mir das sagen?« Sie sprang auf. »Tu, was du willst, ich werde dich nicht verraten. Aber du bist auf Gut Mohlenberg nicht mehr willkommen, solange du dich nicht zu deiner Tat bekennst, sondern lieber einen Unschuldigen verhaften lässt. Ich möchte dich jetzt bitten, mir Halla und Oswald zu satteln, denn ich werde Oswald wieder mitnehmen.«

Gustav schluckte. »Und was ist, wenn ich mich weigere?« Er funkelte sie drohend an.

»Willst du mir drohen, mich auch totzuschlagen und dann im Moor zu verscharren? Gustav, ich meine es wirklich gut mit dir, indem ich deinen Hof jetzt verlasse und dir Zeit zum Nachdenken gebe. Wenn du die Sache in Ordnung bringst, werde ich dich mit offenen Armen empfangen, dich im Gefängnis besuchen und auf dich warten. Ich kann jede Verfehlung verzeihen, allerdings keine Lüge.«

Da war immer noch dieses gefährliche Glimmen in seinen Augen, aber er beherrschte sich, schluckte und sagte dann: »Gut, ich werde darüber nachdenken.«

»Dann wirst du mir jetzt die Pferde satteln?«

Er nickte und stand ebenfalls auf, um sie nach draußen zu begleiten. Friederike schaute unauffällig auf die Uhr. Die zwanzig Minuten waren noch nicht um, sie hatte gute Arbeit geleistet. Jetzt musste sie nur die notwendigen sechs Minuten abwarten, aber da Gustav nun zwei Pferde zu satteln hatte, wäre die Zeit ausreichend ausgefüllt, damit Herr Müller ungesehen durch den Hinterausgang verschwinden konnte.

Ob er mit dem Ergebnis zufrieden war? Gustav hatte zwar nicht noch einmal detailliert geschildert, wie Piel zu Tode gekommen war, doch er hatte ihr nicht widersprochen. Und vielleicht war es auch gut so, dass er nicht zu viel gesagt hatte. Schließlich kannte er die näheren Umstände ja nur vom Dorfklatsch. Je mehr er sich zum eigentlichen Totschlag geäußert hätte, desto eher hätte jemand Zweifel an seiner Aussage anmelden können, wenn man seine Angaben mit dem gerichtsmedizinischen Befund verglich.

Schade um die Flasche Wein, dachte Friederike noch beim Gehen. Auf der anderen Seite war sie sehr gut angelegt gewesen, um den Sack zuzumachen. Wenn Müller jetzt keinen Fehler mehr beging, war die Karriere von Sturmbannführer Doktor Brehm vorbei.

Während Gustav die Pferde für sie sattelte, schwiegen sie beide. Friederike lauschte etwas unsicher auf Geräusche, die auf Müller hinwiesen, aber da war nichts zu vernehmen.

»Mein Wort steht, Gustav«, sagte sie, nachdem sie bereits in Hallas Sattel saß und Oswald als Beipferd an ihrer Seite stand. »Wenn du zu deiner Schuld stehst und verhinderst, dass ein Unschuldiger dafür büßen muss, werde ich auf dich warten. Denn dann weiß ich, dass du es wert bist.«

Gustav senkte den Blick und sagte nichts mehr.

Als Friederike auf Gut Mohlenberg zurückkehrte, kam Charlotte ihr neugierig als Erste entgegen.

»Und, wie ist es gelaufen?«

Friederike reckte siegesgewiss den Daumen in die Luft.

»Und dieser Müller? Ist er gut rausgekommen?«

»Davon gehe ich aus.« Friederike stieg aus dem Sattel. »Der Mann mag unscheinbar sein, aber er ist ein Spezialist.«

»Gut, dass du Oswald gleich wieder mitgebracht hast«, sagte Charlotte und nahm ihr die Zügel ab. »Ich hätte kein gutes Gefühl gehabt, wenn er noch eine Nacht länger bei diesem Mistkerl geblieben wäre.«

»Ich auch nicht«, bestätigte Friederike und tätschelte Oswalds Hals.

Inzwischen war auch Fräulein Wermut aus dem Haus gekommen. »Gibt es interessante Neuigkeiten?«, fragte sie.

Friederike lächelte. »Ich werde nach dem Abendessen in aller Ruhe in unserem kleinen Verschwörerkreis darüber berichten. Immerhin ist der Tag trotz allem noch relativ jung, nicht wahr? Gustav Brehm wird den Nachmittag vermutlich mit Grübeln verbringen, wie er meine Gunst zurückerobern kann, ohne zu ahnen, dass er längst in der Falle sitzt.«

30. Kapitel

Nach dem Abendessen traf Friederike sich mit ihrem Vater, Wolfgang, Fräulein Wermut und Charlotte im Büro ihres Vaters. Wolfgang meinte, es wäre auch an der Zeit, Juliane einzuweihen, aber die hatte zwei Stunden zuvor die Droschke angespannt, weil Martin Zahnschmerzen hatte. In Betzendorf, dem größten Nachbardorf von Dorf Mohlenberg, praktizierte der Dentist Paul Wechsler, dessen Tür für Notfälle jederzeit offen stand. Martin war davon zwar nicht sonderlich begeistert gewesen, aber die Schmerzen waren schlimmer als seine Angst.

»Scheint wohl eine größere Angelegenheit zu sein«, meinte Friederikes Vater, als Juliane und Martin nach dem Abendessen noch immer nicht zurück waren. »Ich hoffe, der Zahn muss nicht gezogen werden.«

»Wenn es so wäre, bräuchten sie nicht so lange«, erwiderte Wolfgang. »Ich halte auf Paul Wechsler größere Stücke als auf so manchen studierten Zahnarzt. Der tut alles, um Zähne zu erhalten. Vor allem bei Kindern.«

Friederike nickte. Sie wusste, was Wolfgang meinte. Wechsler war ein wahrer Künstler in seinem Fach, ein gelernter Zahntechniker, der nach Absolvierung der Dentistenschule 1922 die staatliche Dentistenprüfung abgelegt hatte und seither in seinem Heimatdorf praktizierte. Der nächste studierte Zahnarzt war in Lüneburg und hatte am Mittwochnachmittag geschlossen, während Wechsler sich seine Praxis in einem Nebengebäude der alten Schmiede seines Vaters eingerichtet hatte, die mittlerweile von seinem Bruder übernommen worden war. Er scherzte gern, dass die Leute im Mittelalter zum Schmied gegangen waren, wenn sie einen Zahn gezogen haben wollten, aber das wäre dank der brüderlichen Arbeitsteilung nun nicht mehr nötig.

»Ich hoffe es«, sagte Friederikes Vater. »Doch jetzt möchte ich erst einmal von Friederike hören, wie das Treffen mit Brehm verlaufen ist.«

Das ließ Friederike sich nicht zweimal sagen und sie berichtete ausführlich von dem Gespräch. Trotz des ernsten Themas sah sie in den Augen ihrer Zuhörer Schadenfreude aufblitzen, als sie erzählte, wie sie Brehm in die Enge getrieben hatte und schließlich energisch aufgestanden war.

»Du hast Glück, dass er keine Ahnung hatte, wer da noch in seinem Haus Mäuschen spielte«, sagte Wolfgang.

»Ja, wenn er das gewusst hätte, hätte ich gut Fräulein Wermuts Stock gebrauchen können.« Friederike zwang sich zu einem Lächeln. »Und jetzt heißt es abwarten, ob Markmann oder Hermann Ströbel schon morgen zugreifen oder ob Brehm noch die Zeit bleibt, sich etwas auszudenken, damit ich ihm wieder gewogen bin.«

»Das dürfte schwierig werden«, meinte die Gouvernante. »Und wie Sie schon sagten, es muss doppelt bitter für ihn sein, weil der Tote eigentlich sein Freund war und er naturgemäß selbst ein großes Interesse daran hätte, den wahren Täter zu überführen. Sein scheinbar so cleverer Schachzug, sich selbst als Täter auszugeben, um das vermeintlich butterweiche Herz einer naiven verliebten Frau zu täuschen, scheiterte an seiner mangelnden Menschenkenntnis. Sonst hätte er gewusst, dass man einer klugen Frau auf diese Weise direkt eine Waffe in die Hand drückt.«

Die Anwesenden lachten, nur Friederike blieb ernst. Sie wusste am besten, wie geschickt dieser Schachzug tatsächlich gewesen war. Brehm hatte sie vollkommen richtig eingeschätzt. Ohne Adnans Geständnis wäre sie darauf hereingefallen. Erneut schwor sie sich, nie wieder so naiv und butterweich zu sein, wie Fräulein Wermut es scherzhaft ausgedrückt hatte. Es war besser, künftig zu misstrauisch zu sein, als noch einmal das Risiko einzugehen, durch zu großes Vertrauen alles zu verlieren.

Eine halbe Stunde später kam Juliane endlich mit Martin zurück. Friederike saß gerade mit Fräulein Wermut und Karla im Salon, als sie ihre Stimme in der Diele hörte. Der Junge hatte eine Amalgamfüllung im Backenzahn erhalten und jammerte nun, er habe Hunger, dürfe aber erst in zwei Stunden wieder etwas essen.

»Selbst schuld«, sagte Juliane. »Hättest du rechtzeitig gesagt, dass du da ein Loch hast, und nicht erst, als du Schmerzen hattest, hätten wir einen Termin machen können, nachdem du dich satt gegessen hast. Und komm nicht auf die Idee, heimlich was zu essen. Ich kontrolliere morgen, ob die Füllung noch drin ist, und wehe, sie ist draußen, dann kannst du dir das alles noch mal antun!«

Martin maulte unwirsch und ging auf sein Zimmer.

Juliane atmete tief durch, dann kam sie ebenfalls in den Salon. »Seid ihr heute nur zu dritt?«, fragte sie und bewunderte zugleich Karla, die irgendwo zwei Stricknadeln und ein Wollknäuel gefunden hatte und sich als ausgesprochen geschickte Strickerin entpuppte. Es war schon deutlich zu erkennen, dass sie ein Babyjäckchen strickte.

»Ingrid ist noch zu einem abendlichen Ausritt auf Wozwo aufgebrochen und Charlotte und Irmgard begleiten sie«, erwiderte Friederike.

»Es ist ja auch ein sehr schöner Abend.« Juliane setzte sich zu den drei Frauen. »Irgendetwas geht da in Betzendorf vor sich«, sagte sie dann. »Ich habe da mehrere uniformierte SS-Leute gesehen, die sich im Dorfgasthof versammelt haben. Während Paul Martin behandelt hat, war ich bei seinem Bruder Werner in der Schmiede und habe ihn gefragt, was da los sei. Er meinte, es seien schon seit ein paar Tagen Sommerfrischler im Ort, lauter Männer, die jedoch gar nicht so wirkten, als wären sie zum Vergnügen da. Erst als um die Mittagszeit mehrere SS-Leute eingetroffen sind, kam ihm der Verdacht, dass die Leute im Gasthof wohl auch dazugehören. Aber was genau die hier wollen, war unklar. Werner meinte, die seien wohl immer noch auf der Suche nach dem Mörder von dem SS-Mann, doch gleichzeitig erschien es ihm seltsam, dass die in Betzendorf und nicht in Mohlenberg Quartier bezogen haben. Ich meinte scherzhaft, vielleicht sei denen unser Gasthof zu klein und die hohen Tiere auf Gut Mohlenberg wollten beim Reiten unter sich sein. Da hat er gelacht und damit war das Thema beendet. Sorgen wegen der SS macht sich da keiner.«

»Warum auch«, sagte Fräulein Wermut. »Wenn man ein arischer Deutscher ist, der der Politik des Führers nicht kritisch gegenübersteht, ist die SS ja keine Gefahr für einen, zumal sie auch schon die Polizei unterwandert hat.«

Friederike sah sich um. »Wollen wir kurz in mein Büro gehen? Ich würde dir gern etwas Wichtiges erzählen, Juliane.«

Juliane sah Friederike irritiert an. »Weißt du mehr über die SS?«

Friederike nickte. »Entschuldigen Sie uns kurz?« Sie sah zu Fräulein Wermut und Karla. Karla war jedoch so in ihre

Handarbeit vertieft, dass sie gar nicht mitbekam, was um sie herum geschah.

»Selbstverständlich.« Fräulein Wermut nickte ihr lächelnd zu.

»Also, was hast du mir zu erzählen?«, fragte Juliane, nachdem sie an Friederikes rundem Tisch Platz genommen hatten.

Friederike räusperte sich. Es fiel ihr schwer, der Freundin einzugestehen, dass sie ihr so lange nichts von allem anvertraut hatte.

»Ich wollte dich nicht beunruhigen, solange die Sache noch in der Schwebe war«, begann sie. »Deshalb habe ich geschwiegen und deshalb haben wir auch Annemarie, Adnan und Maurice zu Tante Vera geschickt. Als die SS hier war, ging es um viel mehr als die Suche nach einem Mörder.«

Juliane sah sie ernst an, sagte aber nichts, und so fuhr Friederike damit fort, ihre Freundin einzuweihen. Während sie sprach, wurden Julianes Augen immer größer und ihr Gesicht immer blasser.

»Das ist ja furchtbar«, stammelte sie, nachdem Friederike geendet hatte.

»Ja, das ist es, aber die größte Gefahr ist gebannt. Ich wollte, dass alle möglichst unbefangen wirken, deshalb habe ich damit gewartet, dich einzuweihen, weil du ja schon genügend andere Sorgen hattest.«

Juliane senkte den Blick. »Du meinst, wegen Ludwig?«

Friederike nickte.

Juliane holte tief Luft. »Ich verstehe das«, sagte sie. »Du wolltest mich schützen. Dennoch … du hättest es mir ruhig sagen können. Ich bin stärker, als du vielleicht glaubst.«

»Du bist eine der stärksten Personen, die ich kenne, Juliane. Und meine beste Freundin. Es ist mir sehr schwergefallen, aber ich wollte dich nicht damit belasten.« Sie atmete tief durch.

»Und wenn ich ganz ehrlich bin … es gab in diesen letzten Tagen Zeiten, da hätte ich mir gewünscht, auch nichts von alldem zu wissen.«

»Vor allem wegen Gustav, nicht wahr?« Juliane griff mitfühlend nach Friederikes Hand. »Ich habe mir so sehr gewünscht, dass er der Richtige für dich ist. Nach allem, was du schon durchgemacht hast, hättest du jemanden an deiner Seite verdient, der sich mit dir den Stürmen des Lebens stellt.«

Friederike drückte Julianes Hand fester. »So jemanden habe ich doch schon in dir, in Wolfgang und all meinen anderen Freunden. Ich musste mich nie allein den Stürmen des Lebens stellen, wie du es so schön nennst. Ich hatte immer Freunde um mich und so wird es auch bleiben.«

Juliane nickte lächelnd und Friederike war froh, dass die Freundin sie verstand und ihr das Schweigen nicht nachtrug.

* * *

In dieser Nacht schlief Friederike schlecht. Immer wieder grübelte sie über das nach, was sie von Juliane erfahren hatte, um ihr Bild zu vervollständigen.

Die SS hatte also schon vor Längerem in Betzendorf Quartier bezogen. Das sprach dafür, dass ihr Verdacht, sie hätten das Motorrad im Wald längst entdeckt und beobachtet, stimmte. Und es sprach auch dafür, dass sie den Täter im näheren Umfeld von Mohlenberg vermutet hatten, ihn aber nicht auf sich aufmerksam machen wollten. War der Verdächtige von Anfang an Gustav Brehm gewesen?

Und was würde wohl passieren, wenn die SS ihn festnahm? Wenn sie Markmanns und Kesslers Andeutungen richtig verstanden hatte, hatten sie Gustavs Haus durchsucht und Beweismittel gefunden. Sie ging davon aus, dass die Memoiren dazugehörten. Wenn Gustav seine Gier nach Mohlenberg nicht abstreiten konnte, könnte er, wenn er in die Enge getrieben wurde, immer noch versuchen, ein anderes Pfund in die Waagschale zu werfen. Dass er sich an sie herangemacht hätte, um zu beweisen, dass Mohlenberg weiterhin Geisteskranke und Behinderte behandelte, um sie vor Euthanasie und Zwangssterilisation zu bewahren. Andererseits könnte sie sich dann damit herausreden, dass sie niemanden versteckte, sondern ganz offen dazu stand, Menschen mit Behinderung in diesen schwierigen Zeiten zu beschäftigen, um damit wehrfähige junge Männer freizustellen. Gerade die Tatsache, dass sie nicht einmal Ferdinand vor der SS versteckt hatte, würde diese Darstellung bestätigen. Blieb die Frage nach dem Motiv, warum Gustav seinen Freund erschlagen haben sollte.

Vermutlich war es das Beste, bei jener Geschichte zu bleiben, die sie sich von Anfang an zurechtgelegt hatte. Sie ging den Gedanken noch einmal von vorn bis hinten durch. Die Tat war im Affekt passiert. Gustavs Angaben über den Streit und den tödlichen Unfall stimmten mit dem überein, was wirklich passiert war. Außerdem hatte sie bereits zugegeben, eine sexuelle Affäre mit ihm gehabt zu haben. Er war verheiratet, was er ihr verschwiegen hatte. Aber Hannes Piel kannte Gustavs Frau. Es klang durchaus plausibel, dass es darüber zum Streit zwischen den beiden Männern gekommen war. Piel könnte Gustav vorgehalten haben, dass es keinen Grund gebe, seine Frau zu betrügen. Daraufhin war es zu Handgreiflichkeiten gekommen und Piel tödlich gestürzt. Gustav war so erschüttert, dass er nicht mehr klar denken konnte. Zum einen, weil es sein Freund war, zum anderen, weil man nach dem Motiv gefragt hätte, und dann wäre nicht nur sein Ehebruch offenbar geworden, sondern auch sein Ziel, sich Gut Mohlenberg anzueignen. Und zwar hinter dem Rücken der SS auf Kosten einer unbescholtenen deutschen Bürgerin, da er im Fall eines wirklichen Verstoßes gegen das geltende Recht seine Vorgesetzten hätte einweihen müssen.

Aber dann wäre nicht sicher gewesen, ob er Gut Mohlenberg bekommen hätte oder ob es öffentlich versteigert worden wäre, genauso wie der Besitz enteigneter Juden. Schließlich war es ein begehrtes Gut und viele SS-Männer aus den Reiterstandarten hätten sich die Finger danach geleckt. Wenn man sie als Zeugin befragte, musste sie also geschickt diese Version vertreten. Brehm wollte sie verführen und erpressen – nur leider gab es da nichts, mit dem man sie erpressen konnte. Das wusste er zu diesem Zeitpunkt aber noch nicht mit Sicherheit, als er Piel im Streit erschlug.

Je länger Friederike sich diese Geschichte im Kopf ausmalte, um so glaubwürdiger erschien sie ihr und sie merkte, wie sie langsam selbst anfing, daran zu glauben, und Adnan in dieser Geschichte immer weiter in den Hintergrund rückte. Hannes Piel war bei einem Streit mit Gustav Brehm unglücklich zu Tode gekommen. Alles passte zusammen. Egal, was noch passierte – sie wäre allem gewappnet.

* * *

Am nächsten Morgen haute Martin beim Frühstück ordentlich rein, so als müsste er das verpasste Abendessen gleich mit nachholen. Immerhin war die Füllung im Zahn geblieben und der Junge wieder putzmunter, sodass er gleich nach dem Frühstück seinen Rih sattelte, um in der Reitbahn neue Kunststücke zu üben.

Ingrid fragte Friederike, ob sie mit ihr gemeinsam ausreiten wolle, und sie stimmte zu. Sie war sich sicher, dass es Ingrid voller Neugier am Brenner-Hof vorbeitreiben würde, und sie musste sich eingestehen, dass sie selbst neugierig war, ob Gustav noch dort war oder ob er die Segel bereits gestrichen hatte. Er konnte schließlich nicht ahnen, dass sie ihm längst auf die Schliche gekommen war, und falls er keine passende

Ausrede für sie hatte, musste ihm klar sein, dass sein Versuch, ihr Vertrauen zu gewinnen, gescheitert war. Da er sich jedoch sicher war, dass man den wahren Täter gefasst hatte, würde er nicht befürchten, dass ihm die SS weiter auf der Spur war. Wenn er nun einfach seine Zelte abbrach, würde ihm, nach seiner Einschätzung, niemand diesen kleinen Ausflug jemals nachweisen können, da es in Hamburg ja noch immer einen Finanzbeamten namens Gustav Brehm gab, während er selbst nicht einmal im Grundbuch des Brenner-Hofs stand.

»Ich weiß, dass du mir nichts erzählen darfst«, sagte Ingrid, als sie gerade den Hof verlassen hatten und ihren üblichen Weg in Richtung See nahmen. »Aber vielleicht könntest du mir ja doch ein ganz klein bisschen verraten.« Sie sah Friederike mit treuherzig bittendem Blick an.

»Was möchtest du denn hören?«, fragte Friederike zurück, in der Hoffnung, dass die Antwort auf ihre Gegenfrage ihr verraten würde, wie viel die andere wirklich wusste.

»Du warst gestern noch bei Brehm, nicht wahr?«

»Ja.«

»Und?«

»Was, und?«, stellte Friederike sich dumm.

»Na, worüber habt ihr gesprochen? Warum bist du ihm nicht aus dem Weg gegangen?«

»Wie du schon sagtest, Ingrid, ich darf darüber nicht reden. Wäre es anders, hätte Hermann dich doch eingeweiht.«

»Also war es in Hermanns Sinn?«

»Versuchst du etwa, mich auszufragen?«

»Natürlich.« Ingrid lächelte gewinnend. »Du weißt doch, dass ich neugierig bin. Und immerhin habe ich dir geholfen, den Kontakt zu meinem Schwiegervater herzustellen.«

»Ja, das hast du und dafür bin ich dir auch sehr dankbar. Ich werde dir alles erzählen, sobald die Sache vorbei ist.

Versprochen. Aber bitte führe mich vorher nicht in Versuchung, mein Versprechen deinem Mann gegenüber zu brechen.«

Ingrid seufzte. »Wie du meinst. Was hältst du von einem kleinen Wettritt zum See? Ich denke, Wozwo ist der Einzige, der seinen Vater Wido schlagen könnte, oder?«

»Ja, das wäre möglich.« Friederike war froh, dass Ingrid so schnell nachgegeben hatte. »Also los!« Sie trieb Wido zum Renngalopp an. Ingrid hielt es mit Wozwo ebenso. Als sie den See erreichten, lagen sie beide gleichauf.

»Ich glaube, Wozwos Nasenspitze lag vorn«, rief Ingrid.

»Du bist keine unparteiische Schiedsrichterin«, gab Friederike lachend zurück. »Aber wenn es dir so wichtig ist, darfst du dir diesen Sieg an die Brust heften.«

Sie ritten in etwas gemächlicherem Tempo einmal um den See herum und anschließend – ohne dass sie darüber gesprochen hätten – wie von selbst in Richtung des Brenner-Hofs.

Schon von Weitem sahen sie das Auto, mit dem Hauptsturmführer Markmann immer unterwegs war, sowie einen Mannschaftsbus. Friederike spürte, wie ihr Herz schneller schlug. War das bereits der Zugriff? Das Ende von Gustav Brehms Tarnung? Hielten sie ihn für so gefährlich, dass sie gleich mit einem größeren Aufgebot aufwarteten?

»Wusstest du, dass sie heute kommen?«, raunte Ingrid Friederike zu, obwohl sie so weit entfernt waren, dass sie nicht mal zu hören gewesen wären, wenn sie sich etwas zugerufen hätten.

»Ich habe es vermutet. Aber gewusst habe ich es nicht.«

»Wollen wir näher heranreiten oder lieber umdrehen?« Ingrid sah Friederike verunsichert an.

»Lass uns zum Gut zurückkehren«, beschied Friederike. »Falls sie ihn wirklich festgenommen haben, könnte es sein, dass sie danach noch mal zu mir kommen, weil sie eine Zeugenaussage brauchen.«

Ingrid nickte und wirkte plötzlich sehr eingeschüchtert. Es war eben doch etwas anderes, sich den Einsatz der SS auszumalen, als es von Ferne zu beobachten. Und auch, wenn Friederike selbst gern Mäuschen gespielt hätte, war sie froh, dass Ingrid sie ohne Widerspruch zurück zum Gut begleitete.

Tatsächlich rollte Markmanns Dienstwagen kurz nach ihnen auf den Hof von Gut Mohlenberg. Er war nicht allein, in seiner Begleitung befand sich nicht nur Doktor Kessler, sondern auch Hermann Ströbel, obwohl der ja gar nicht zur Polizei gehörte. Allerdings wunderte Friederike sich nicht wirklich, schließlich hatte er ihr ja bereits angekündigt, dass sie sich vermutlich sehen würden, bevor er seine Frau nächste Woche abholte.

Ingrid wirkte wieder sehr reserviert. Sie winkte ihrem Mann nur einmal kurz zu, nachdem er ausgestiegen war, und führte Wozwo dann auf die Reitbahn, ganz so, als wollte sie ihrem Mann lieber aus dem Weg gehen. Zum wiederholten Mal fragte Friederike sich, wie es wohl um die Ehe der beiden stand, aber sie hütete sich zu fragen. Manche Dinge wollte sie gar nicht so genau wissen. Stattdessen gab sie Felix Widos Zügel mit der Bitte, ihn abzusatteln, dann ging sie den drei Männern entgegen.

»Meine Herren, was führt Sie denn bereits vor dem Mittagessen zu uns nach Mohlenberg?«

Hauptsturmführer Markmann lächelte. »Ich würde ja gern sagen, die Liebe zu den Pferden, aber wie Sie sich anhand unseres offiziellen Aufzugs sicher denken können, ist es die schnöde Pflicht. Wir müssen noch einmal dringend mit Ihnen sprechen.«

Friederikes Herz schlug schneller. Gab es in ihrer Geschichte irgendwelche Ungereimtheiten oder war das einfach nur das übliche Vorgehen? Dass die SS-Männer extra gekommen waren, um sie über alles zu informieren und ihre Neugier zu stillen, war schließlich mehr als unwahrscheinlich. Sie ließ sich jedoch nichts anmerken, sondern erwiderte Markmanns Lächeln. »Dann begleiten Sie mich doch bitte in mein Büro.«

Kurz darauf saß sie mit den drei Männern an ihrem runden Tisch und bemühte sich, möglichst viel Gelassenheit auszustrahlen, vor allem, als Hermann ein Magnetofon auf den Tisch stellte. Wollte er ihr die Abhörprotokolle vorspielen?

»Wir brauchen noch eine Zeugenaussage«, sagte Markmann. »Und um Ihnen weitere Umstände zu ersparen, würden wir das Gespräch gern aufzeichnen. Sind Sie damit einverstanden?«

»Selbstverständlich«, erwiderte Friederike, auch wenn sie sich unwohl fühlte. »Aber warum wollen Sie es aufzeichnen?«

»Weil wir keine Stenotypistin dabeihaben«, sagte Doktor Kessler. »Wir ersparen uns damit einen Weg.«

»Ich verstehe. Darf ich noch eine Frage stellen?«

»Natürlich.«

»Warum sind Sie als Arzt dabei, Herr Kollege? Das habe ich mich schon die ganze Zeit gefragt. Und auch, welche Fachrichtung Sie wohl vertreten.«

»Haben Sie eine Vermutung?«, stellte Kessler ihr eine Gegenfrage.

»Hinsichtlich Ihrer Funktion oder Ihres Fachgebiets?«

»Beides.«

»Nein, ich habe keine Vermutung. Ich bin einfach nur neugierig. Also?«

»Ich bin von Haus aus Psychiater, so wie Sie.«

»Dann ist es Ihre Aufgabe, Verdächtige und Zeugen in Ermittlungen einzuschätzen?«

»Unter anderem.«

»Und was denken Sie über mich?«

»Es gehört nicht zu meinen Aufgaben, den Zeugen meine Einschätzung mitzuteilen.«

»Ich verstehe.« Friederike zwang sich zu einem Lächeln, auch wenn es ihr aus irgendeinem Grund eiskalt den Rücken hinunterlief.

»Können wir anfangen?«, fragte Hermann. Markmann nickte und Hermann schaltete das Magnetofon ein.

»Mögen Sie uns noch einmal von dem Augenblick erzählen, als Gustav Brehm Ihnen erstmals gestanden hat, dass er Hannes Piel erschlagen hat?«

»Das war am Morgen nach Ingrids Anreise«, erwiderte Friederike ohne zu zögern. »Gustav war am Tag zuvor sehr unruhig geworden, weil die SS im Ort war. Er hatte mir ja erzählt, er sei ein Finanzbeamter aus Hamburg, der Frau und Tochter bei einem Bombenangriff verloren hat. Er hatte sogar eine Fotografie seiner Familie auf dem Kaminsims stehen.«

»Hat es Sie nicht gewundert, dass er eine Fotografie besaß, wenn er doch alles durch einen Bombenangriff verloren hatte?«, fragte Markmann.

»Er erzählte, sie sei das Letzte, was ihm geblieben sei, da sie früher immer auf seinem Schreibtisch in der Finanzbehörde gestanden habe. Ich hatte keinen Grund, an seiner Geschichte zu zweifeln. Ich habe ihm dann auch ein Pferd vermietet, den Oswald, weil er wegen der Rationierungen nicht genügend Benzin für sein Motorrad hatte. Am Tag, als die SS auftauchte, wollte er mir Oswald zurückbringen, weil er ein paar Tage verschwinden müsse. Ich fand das seltsam und er bat mich, ihn um Mitternacht zu treffen, damit er mir Genaueres erklären könne. Er sagte, es ginge nicht um den Toten, aber er hätte in Hamburg ein paar Schwierigkeiten mit der SS gehabt, weshalb er lieber keinem SS-Mann begegnen wolle. Da ich neugierig war, stimmte ich dem Treffen zu. Damit ihn niemand sah, nahm ich ihn mit in mein Schlafzimmer. Er erzählte mir eine rührselige Geschichte von seinem Neffen, dem behinderten Sohn seiner Schwägerin, den er und seine Frau versteckt hätten. Deshalb seien sie auch nicht in den Luftschutzkeller gegangen. Er habe Angst, dass die SS wegen des unbekannten toten Kindes, das auch in der Wohnung gefunden wurde, Fragen stellen könnte.«

»Warum glauben Sie, hat er Ihnen so eine Geschichte erzählt?«, fragte Doktor Kessler.

»Ich nehme an, er glaubte, ich hätte eine Schwäche für Menschen, die behinderte Kinder verstecken.«

»Und haben Sie die?«

»Nein«, sagte Friederike. »Ich würde niemals jemanden verstecken, sondern halte mich an alle Gesetze. Sie wissen, dass ich auch Leute beschäftige, die geistig behindert sind, aber sie sind trotzdem in der Lage, Arbeit von wirtschaftlichem Wert zu erbringen, genau so, wie es den Richtlinien entspricht. Jeder deutsche Volksgenosse soll die Leistungen für das Volkswohl erbringen, die er beizutragen vermag.«

»Wie ging es dann weiter?«

»Nun ja, er ist dann über Nacht bei mir geblieben. Er ist ja ein durchaus attraktiver Mann und wir waren uns sehr sympathisch. Ich … ich bin schon lange verwitwet und war durchaus empfänglich für seine Reize. Möchten Sie weitere Einzelheiten?«

Markmann räusperte sich verlegen. »Fahren Sie damit fort, was danach geschah. Wann hat er Ihnen den Mord gestanden?«

»Irgendwann sind wir eingeschlafen und am nächsten Morgen im ersten Sonnenlicht fiel mir die Blutgruppentätowierung auf der Innenseite seines linken Oberarms auf. Da wusste ich, dass er mich belogen hatte und bei der SS war. Ich habe ihn damit konfrontiert. Daraufhin sah er mich bestürzt an und erzählte, er sei längst ausgetreten, aber genau aus diesem Grund sei ihm die SS nicht wohlgesonnen. Ich hielt ihm entgegen, dass das doch Unsinn sei. Nur weil er ausgetreten sei, werde ihn niemand verfolgen, auch nicht wegen eines toten, geistig behinderten Kindes. Daraufhin gestand er mir, dass es noch einen weiteren Grund gebe. Und dann erzählte er mir, dass Piel ihm auf den Fersen gewesen sei und ihn hier zur Rede gestellt habe. Sie seien daraufhin in Streit geraten, es sei zum Handgemenge gekommen, Piel sei gestürzt und dabei habe er sich eine tödliche Kopfverletzung zugezogen.« Friederike hielt inne.

»Und wie ging es weiter?«

»Ich war schockiert und zugleich völlig verwirrt und wusste nicht, was ich tun sollte. Er bat mich flehentlich und eindringlich, ihn nicht zu verraten, weil das seinen Tod zur Folge hätte, die SS würde ihm das niemals verzeihen. Ich hielt dagegen, dass es ein Unfall gewesen war, eine Schlägerei und somit kein Mord, sondern eine Körperverletzung mit Todesfolge. Aber er wirkte so bestürzt und verzweifelt und nahm mir das Versprechen ab, ihn nicht zu verraten. Ich war hin- und hergerissen. Ich wollte loyal sein, doch gleichzeitig regte sich mein Gewissen als Staatsbürgerin. Deshalb bin ich nach Hamburg gefahren, um mir vor Ort ein Bild von diesem Mann zu machen. Ich wollte seine Nachbarn befragen, wie er einzuschätzen sei und ob alles der Wahrheit entsprach. Insgeheim hoffte ich auch, Argumente zu finden, die ihn bewegen würden, sich zu der Tat zu bekennen und zu stellen. Menschen, die nicht zu ihren Taten stehen, sind mir aus tiefster Seele zuwider. Gustav hatte mir nie seine Adresse genannt, also habe ich zunächst im Adressbuch im Hauptpostamt nachgesehen und fand dort zwei Männer mit dem Namen Gustav Brehm. Einen Finanzbeamten in der Mühlenstraße und einen Arzt in Bergedorf. Nachdem ich feststellte, dass die Mühlenstraße gar nicht ausgebombt war und der Mann, der dort wohnte, nicht mein Gustav, wusste ich, dass er mich belogen hatte. Über meine Freundin Fräulein Wermut fand ich heraus, dass es sich bei dem Mann, der hier unser Nachbar ist, um den SS-Arzt Gustav Brehm aus Bergedorf handelte, einen verheirateten Familienvater. Nach meiner Rückkehr habe ich meine Freundin Ingrid ins Vertrauen gezogen und die hat mir Mut zugesprochen, mich aus dem Loyalitätskonflikt zu lösen. Meine Loyalität gehört dem deutschen Volk und keinem hinterhältigen Lügner. Der weitere Verlauf ist Ihnen bekannt.«

»Angenommen, seine Geschichte wäre wahr gewesen, wie hätten Sie dann reagiert?«

»Ich hätte ihm dasselbe aus ehrlicher Überzeugung gesagt, was ich ihm gestern sagte, um ihn dazu zu bringen, sein Geständnis noch einmal zu wiederholen. Ich hätte alles darangesetzt, ihn dazu zu bringen, sich zu stellen.«

»Und wenn er sich geweigert hätte?«

»Ich hätte ihm Zeit gegeben, und wenn er die nicht genutzt hätte, hätte ich es gemeldet, um zu verhindern, dass womöglich ein Unschuldiger festgenommen wird. Außerdem haben die Angehörigen des Toten Gewissheit über den Hergang verdient.«

»Ich habe noch eine Frage an Sie, Frau Kollegin«, sagte Kessler. »Sie haben uns jetzt die Geschichte erzählt, die Gustav Brehm Ihnen erzählt hat. Inzwischen wissen wir aber, dass er einen ganz anderen Plan verfolgte. Hannes Piel war sein Freund und Adjutant. Warum hätte er ihn erschlagen sollen?«

»Das müssen Sie Gustav fragen.«

»Das haben wir. Er bestreitet, ihn getötet zu haben, und erzählt eine völlig andere Geschichte.«

»Was für eine Geschichte?«

»Das tut hier nichts zur Sache. Wir glauben Ihnen, dass er Ihnen die Geschichte so erzählt hat. Dafür sprechen auch die Aufnahmen, die Herr Müller gestern gemacht hat. Aber wir wollen auf Nummer sicher gehen.«

»Auf Nummer sicher?« Friederike runzelte die Stirn. »Was meinen Sie damit?«

Hermann schaltete das Magnetofon kurz ab. »Wir wollen die Sache ohne großes Gerichtsverfahren intern klären«, sagte er zu Friederike. »Deshalb dieser Aufwand. Es würde dem Ansehen der SS schaden, wenn das an die große Glocke gehängt wird. Wir wollen Brehm die Möglichkeit geben, ein Geständnis zu unterschreiben, seinen Ausschluss aus der SS und die Versetzung an die Ostfront zu akzeptieren. Wenn er das tut, bleibt das Ansehen seiner Söhne unbefleckt und seine Frau bekommt im Fall seines Ablebens an der Front eine großzügige Witwenpension. Er wird dem nur zustimmen, wenn wir ihm und seinem Anwalt klarmachen, dass er durch einen Prozess nur verlieren kann. Deshalb ist es uns so wichtig, dass wir für alle Eventualitäten die passenden Aussagen haben. Er war heute Morgen recht … widerspenstig und schwierig. Das werden wir ihm natürlich noch austreiben, aber wir wollen ganz sichergehen.«

»Austreiben?« Friederike schluckte. »Was soll das heißen?«

»Mach dir darüber keine Gedanken, Friederike. Er bekommt genau das, was er verdient, und es liegt an ihm, wie schnell er mit uns zu einer Einigung kommt.« Ein selbstgefälliges Lächeln huschte über Hermanns Lippen, während Markmann betroffen den Blick senkte.

Kesslers Miene blieb unverändert. »Können wir fortfahren?«, fragte er.

Hermann nickte und schaltete das Magnetofon wieder ein.

»Da ich Piel nicht kannte, kann ich auch nichts zum Verhältnis der beiden sagen«, sagte Friederike. »Ich weiß nicht, worüber sie sich gestritten haben, aber ich könnte mir vorstellen, dass Gustav sich vielleicht ungeschickt ausgedrückt haben könnte, was meine Person angeht.«

»Wie meinen Sie das?«, fragte Kessler. Friederike begriff, dass der Psychiater hier der eigentliche Verhörspezialist war. Ob er sie genauso beobachtete und auf jede ihrer Regungen achtete, wie sie es gestern bei Brehm getan hatte? Vermutlich. Nun, da das, was sie erzählte, tatsächlich weitestgehend der Wahrheit entsprach und sie sich sicher fühlte, waren keine verdächtigen Reaktionen zu erwarten. Sie war allerdings davon überzeugt, dass man mit Gustav beim Verhör keinesfalls so liebenswürdig war wie bei ihrer Zeugenvernehmung. Markmanns gesenkter Blick hatte ihr genug verraten. Vermutlich schreckten die Verhörspezialisten nicht vor körperlicher Gewalt zurück, trotz seines hohen Ranges. Sie fragte sich, ob sie ihm wohl einen Strick daraus drehen würden, dass er als Kind einer schizophrenen Mutter aufgewachsen war und das vor der SS verheimlicht hatte, weil man ihn sonst niemals aufgenommen hätte. Allerdings durfte sie sich nicht anmerken lassen, wie viel sie wirklich über ihn wusste.

»Möglicherweise missfiel es Piel, dass Gustav einer anderen Frau schöne Augen machte, obwohl er verheiratet war. Ich weiß nicht, wie gut er Frau Brehm kannte, aber vielleicht stand er auf ihrer Seite. Das ist natürlich nur eine Vermutung. Es gibt unzählige Möglichkeiten, worüber die Männer sich gestritten haben könnten. Eventuell ging es auch nur ganz banal um Geld oder irgendetwas anderes. Wie sagte der Führer doch vor Jahren mal über die SA? Sie sei kein Mädchenpensionat. Ich nehme an, das gilt auch für die SS.«

»Sie kennen sich gut mit den Worten des Führers aus«, bemerkte Kessler.

»Ist das nicht die Pflicht einer deutschen Volksgenossin?«, gab Friederike mit ernster Miene zurück.

»Haben Sie noch weitere Fragen an die Zeugin?«, fragte Markmann, als Kessler nichts mehr sagte.

»Nein, Sie können das Magnetofon abschalten.«

Nachdem das Gerät abgestellt war, sagte Doktor Kessler: »Ich würde Sie gern noch einmal unter vier Augen sprechen, Frau Kollegin.«

Friederike warf einen Blick in die Runde. »Ich habe nichts dagegen. Meine Herren, ich danke Ihnen für Ihre Unterstützung.«

»Wir warten im Wagen«, sagte Markmann und reichte Friederike zum Abschied die Hand.

Hermann folgte seinem Beispiel und nahm das Magnetofon. »Wir sehen uns am Sonntag, wenn ich Ingrid abhole.«

Nachdem die beiden Männer draußen waren, lehnte Doktor Kessler sich ein Stück zurück und zündete sich eine Zigarette an. Friederike fiel auf, dass er darauf verzichtete, der Höflichkeit halber zu fragen, ob es sie störe. War es nur eine Nachlässigkeit oder wollte er ihr damit zeigen, dass er die Situation kontrollierte? Dass er allein entschied, was hier geschah und was nicht?

»Also, was möchten Sie noch mit mir besprechen?« Sie lehnte sich ein Stück vor und sah ihn erwartungsvoll an.

»Wir beide wissen, dass Brehm nicht so ganz unrecht hatte, nicht wahr?«

»Inwiefern?«

»Was Ihre Tätigkeit auf Mohlenberg angeht.«

»Die Pferdezucht?«

»Die Fürsorge für Behinderte.«

»Ich beschäftige hier Männer, die nicht tauglich zum Kriegsdienst sind, aber dafür durchaus in der Lage, andere Tätigkeiten zu verrichten. Das ist im Sinne des Führers.«

»Ist es das?«

Friederike verschränkte die Arme vor der Brust. »Hören Sie auf, seltsame Andeutungen zu machen, und sagen Sie mir klipp und klar, was Sie wollen.«

»Ich könnte Ihnen helfen, Frau Kollegin.«

»Wobei?«

»Menschen zu helfen, die hier durch alle Maschen fallen.«

»Gut Mohlenberg hat seine Zulassung als Nervenklinik bereits vor sieben Jahren zurückgegeben. Wir sind ein reines Gestüt.«

»Sie müssen mir nichts vorspielen, Frau Kollegin. Ich bin nicht blind. Dieser Junge mit dem Mikrozephalus ist doch keine wirkliche Arbeitskraft.«

»Er ist in der Lage, als Stallbursche zu arbeiten. Es genügt, dass ich mit seinen Leistungen zufrieden bin.«

»Ich verstehe Sie ja, Frau Kollegin. Ich wollte Ihnen nur meine Hilfe anbieten. Für alle Fälle.«

»Herr Doktor Kessler, ich habe keine Ahnung, was Sie hier andeuten wollen. Aber für den Fall, dass Sie mich zu verbotenen Machenschaften auffordern wollen, sollten Sie vorsichtig sein. Ich bin nicht gewillt, das zu dulden. Hier auf Gut Mohlenberg halten wir uns an die Gesetze. Und sollten Sie sich nicht daran halten, bin ich gezwungen, Sie zu melden.«

Er sah Friederike erstaunt an. »Denken Sie wirklich, man würde Ihnen glauben?«

»Es ist völlig irrelevant, ob man mir glaubt oder nicht. Viel entscheidender ist die Frage, ob Sie in der SS Feinde haben, die von allem profitieren könnten, was Ihnen schadet. Und wenn ich eines in den letzten Tagen gelernt habe, dann dass in der SS ab einem bestimmten Rang jeder Feinde hat. Sie auch.«

»Was wollen Sie damit sagen?«

»Ich denke, das wissen Sie selbst am besten, Herr Kollege.« Friederike lächelte überlegen, obwohl sie völlig ins Blaue spekulierte. »Tun Sie mir einen Gefallen, Herr Kollege. Halten Sie sich künftig von Gut Mohlenberg fern, dann wird auch niemand von Ihrem kleinen Geheimnis erfahren.«

Kessler wurde blass. »Wollen Sie mir drohen?«

»Nein, das ist nur eine Warnung.« Friederike erhob sich und streckte Kessler die Hand entgegen. »Leben Sie wohl, Herr Kollege. Es war mir eine Freude, Sie kennengelernt zu haben. Sorgen Sie in Ihrem eigenen Interesse dafür, dass es mir weiterhin eine Freude bleibt.«

Kessler drückte seine Zigarette aus, erhob sich ebenfalls und ergriff die ausgestreckte Hand. »Sie sind in der Tat eine beeindruckende Frau«, sagte er. »Es ist wirklich schade, dass ich derzeit unabkömmlich bin und keine Gelegenheit mehr haben werde, zum Reiten hierherzukommen.«

Friederike lächelte zufrieden. Sie hatte keine Ahnung, welche Leichen Kessler im Keller hatte und was er mit seinen seltsamen Andeutungen wirklich bezweckt hatte. War es eine Falle gewesen oder tatsächlich der Versuch des Widerstands? Nun, wie auch immer, nichts in der Welt würde sie dazu bringen, jemals einem SS-Mann zu vertrauen.

31. Kapitel

Am Sonntag holte Hermann seine Frau mit seinem Auto ab. Während Ingrid sich noch überall verabschiedete, nutzte Friederike die Gelegenheit, ihn nach Gustav Brehm zu fragen.

Hermann grinste. »Das hat sich alles in unserem Sinne geregelt«, sagte er. »Er hat sein Geständnis bereits am Freitagabend unterschrieben. Sobald er das Krankenhaus verlassen kann, geht es an die Front.«

»Krankenhaus?«, rief Friederike entsetzt.

»Wir mussten wegen des Geständnisses ein wenig Überzeugungsarbeit leisten, die über die Tonbänder hinausging. Dabei haben uns Hannes Piels Kameraden sehr gern unterstützt.«

»Ihr habt ihn gefoltert?«

»Was für ein hässliches Wort. Das solltest du ganz schnell aus deinem Vokabular streichen, Friederike. Der korrekte Fachterminus lautet ›scharfes Verhör‹.«

»Aber er war Sturmbannführer. War das überhaupt zulässig?«

»Weißt du, Friederike, wir haben einige interessante Dinge über ihn herausgefunden. Er hatte eine geisteskranke Mutter und war erblich vermutlich belastet, denn normal war das, was er getan hat, ja nun wirklich nicht, oder?«

Friederike nickte stumm, denn sie wusste nicht, was sie darauf erwidern sollte. Die Tatsache, dass man Gustav gefoltert hatte, damit er alles gestand, erschütterte sie bis ins Mark. Damit hatte sie nicht gerechnet. Und wenn sie schon mit einem Mann aus den eigenen Reihen so verfuhren, der sich Feinde gemacht hatte, was hätten sie dann erst mit Adnan gemacht? Vermutlich hätte es nicht einmal ein Verfahren gegeben, weil er die Befragung nicht überlebt hätte.

Auf einmal kamen Friederike all die Gerüchte über die Verhörzimmer bei der Gestapo und die Machenschaften in den Konzentrationslagern wieder in den Sinn. Folter und Menschenversuche. Tötungen von Geisteskranken … Wie weit würde diese Regierung noch gehen? Würde irgendwann jeder ausgelöscht werden, der den Machthabern nicht genehm war? Unwillkürlich musste sie an Doktor Kesslers Verhalten nach ihrer Zeugenaussage denken. Hatte er wirklich Dreck am Stecken? Hatte er versucht, sie durch ein Geständnis in die eigenen Hände zu bekommen und das fortzusetzen, was Brehm begonnen hatte? Aber was hatte ihn dann so massiv verunsichert, als sie einfach ins Blaue eine Andeutung über seine eigenen Geheimnisse gemacht hatte?

»Du sagst gar nichts?« Hermanns Frage riss sie aus ihren Gedanken.

»Ich dachte gerade darüber nach, wer in der SS wohl noch Dreck am Stecken hat«, sagte sie schließlich. »Ich denke, es könnte sich lohnen, wenn dein Vater seine Kontakte nutzt, um Doktor Kessler mal etwas mehr auf den Zahn zu fühlen.«

Hermann hob die Brauen. »Wie kommst du darauf?«

»Als er mich am Donnerstag noch um ein Gespräch unter vier Augen bat, machte er seltsame Andeutungen. Ich habe ihm sehr deutlich gesagt, dass ich kein derartiges Gespräch wünsche, und dann wurde er plötzlich sehr still.«

»Was für Andeutungen?«

»Ich möchte hier nichts wiederholen, um keine Gerüchte in die Welt zu setzen, Hermann.« Sie lächelte ihn liebenswürdig an. »Aber ich denke, dein Vater wird bei all seinen Kontakten mit Sicherheit einen Weg finden, aus dieser Information auch einen Vorteil für die Familie zu schinden, oder?«

Hermann lachte leise. »Ja, darin ist er wirklich gut. Er ist stolz darauf, dass er über sehr viele einflussreiche Männer Akten hat.«

»Ich weiß.«

»Deshalb erwähne ich es. Du warst übrigens sehr geschickt mit Gustav Brehm. Ich war beeindruckt, als ich die Aufnahme gehört habe. Du hast ihn wirklich gezielt in die richtige Richtung gelenkt.«

»Es hat seine Vorteile, Psychiaterin zu sein. Ich habe das notwendige Wissen über viele Dinge, aber Männer neigen dazu, mich zu unterschätzen.«

»In der Tat. Ich hoffe, wir bleiben einander gewogen. Ingrid schätzt die Aufenthalte auf Gut Mohlenberg über alle Maßen.«

»Und ich schätze ihre Freundschaft und genieße den Besuch meiner Freundin. Im Spätsommer und beginnenden Herbst ist es auch sehr schön auf Gut Mohlenberg, wenn die Heide blüht. Ich würde mich freuen, Ingrid dann wieder hier begrüßen zu dürfen.«

»Ich bin mir sicher, dass sie darauf von Herzen gern eingehen wird.«

Inzwischen war Ingrid aus dem Haus gekommen und umarmte ein letztes Mal Karla, was Friederike trotz allem berührend fand. Ob Ingrid zu Karla auch so liebenswert gewesen wäre, wenn sie ihre wahre Geschichte gekannt hätte? Natürlich war es ein Risiko, wenn sie regelmäßig zu Gast war, andererseits war es die beste Tarnung für Gut Mohlenberg und zugleich auch die beste Art, sich ihren Mann und Schwiegervater gewogen zu halten. Man konnte in diesen Zeiten nie wissen, was noch alles auf sie zukäme.

»Friederike, es war wie immer wunderschön bei euch.« Ingrid umarmte auch sie zum Abschied. »Ich freue mich schon auf meinen nächsten Besuch. Es gibt keinen Ort, wo ich mich wohler fühle.«

»Das freut mich sehr, Ingrid. Ich habe Hermann gerade schon vorgeschlagen, dass du im Spätsommer oder Frühherbst noch einmal vorbeikommen könntest. Wenn die Heide in voller Blüte steht.«

»Sehr gern, liebste Friederike. Und ich hoffe, dass es dann etwas ruhiger ist. Dieser Todesfall war wirklich schrecklich. Und dieses falsche Spiel, das Gustav Brehm mit dir getrieben hat. Dabei hättest du so sehr einen anständigen Mann an deiner Seite verdient. Wenn du möchtest, werde ich mich mal umsehen.«

»Das ist sehr lieb von dir, Ingrid, aber mach dir bitte nicht die Mühe. Die Geschichte mit Gustav hat mir nur erneut bewusst gemacht, dass meine verstorbene Großmutter recht hatte. In unserer Familie sind wir wie die Schwäne. Wenn wir einmal die große Liebe gefunden haben und sie verlieren, fällt es uns schwer, uns wieder zu binden. Sei froh, dass du deinen Hermann noch hast.«

Sie lächelte ihm zu. Die Art, wie er und Ingrid dieses Lächeln erwiderten, zeigte, dass es mit der Ehe wirklich nicht zum Besten stand. Allein vor dem Hintergrund war es beiden vermutlich sehr recht, wenn Ingrid regelmäßig einige Zeit auf Gut Mohlenberg verbrachte. Ob Hermann wohl eine Geliebte hatte?

Eine letzte Verabschiedung, dann stieg das Paar ins Auto und verließ Gut Mohlenberg.

Friederike atmete auf.

Im Haus traf sie ihren Vater, Charlotte, Fräulein Wermut und das Ehepaar Adler mit Irmgard und Martin.

»Jetzt sind wir wieder unter uns«, sagte Friederike. »Zumindest bis zum Spätsommer.«

»Ich fühle mich sehr geschmeichelt, dass Sie mich dazuzählen«, sagte Fräulein Wermut.

»Nun ja, Sie wollten ja hierbleiben, bis Karlas Kind geboren ist. Und mir kam so der Gedanke, dass wir uns tatsächlich mal in den benachbarten Dörfern umsehen könnten, ob wir da den richtigen Mann für Karla finden. Denn dass sie ihr Kind behalten wird, steht inzwischen ja wohl außer Frage.«

»Jetzt willst du also schon als Kupplerin in Ingrids Fußstapfen treten?« Friederikes Vater schmunzelte. »An wen hättest du denn da gedacht?«

»Ich werde unseren Pastor fragen, der kennt doch die meisten Leute hier. Und wir wissen, dass Karla gut mit kleinen Kindern umgehen kann. Ein Witwer mit Kindern wäre vermutlich genau der Richtige für sie.«

»Außer, er ist bei der SS«, bemerkte Charlotte augenzwinkernd. »Auch wenn Karla Markmann ja liebend gern genommen hätte. Zum Glück hat ihre aufdringliche Zuneigung ihn rechtzeitig in die Flucht geschlagen.«

Die Anwesenden lachten.

»Nun, da wir jetzt wieder allein sind, werde ich gleich mal Tante Vera anrufen, dass Adnan und seine Familie zurückkommen können. Ohne die SS ist es hier vermutlich am sichersten für die Familie.«

»Und dann könnten wir Maurice mit Karla verkuppeln«, rief Irmgard vorlaut.

»Der ist doch viel zu jung für sie«, schalt Juliane ihre Tochter.

»Und außerdem kein Witwer«, sagte Wolfgang. »Nein, so eine gestandene Frau wie Karla braucht schon einen richtigen Mann, der sich bereits als Familienvater bewährt hat.«

»Also so einen wie dich?« Juliane sah ihren Mann liebevoll an.

»Nein, denn ich werde hoffentlich niemals Witwer.« Er legte Juliane den Arm um die Schultern und hauchte ihr einen Kuss auf die Wange.

Auf einmal fühlte Friederike sich so unbeschwert wie schon seit Tagen nicht mehr. Gewiss, es herrschte nach wie vor Krieg und in zwei Monaten würde sie sich vermutlich große Sorgen um Charlotte machen, wenn sie zum Beginn des Wintersemesters wieder in Hamburg wäre, aber jetzt wollte sie mit ihrer Familie und ihren Freunden erst einmal diesen Sieg genießen. Ganz gleich, was die Zukunft noch für sie bereithielt – sie war sich sicher, dass Gut Mohlenberg und seine Bewohner allein dadurch, dass sie fest zusammenstanden, alle Herausforderungen meistern würden. Wer es mit der SS erfolgreich aufgenommen hatte, würde alles schaffen. Selbst wenn sie dafür einen Pakt mit überzeugten Nationalsozialisten wie der Familie Ströbel eingehen mussten. Aber wie hieß es so schön: Im Krieg und in der Liebe sind alle Mittel erlaubt. Es herrschte Krieg, doch ihre Liebe zu Gut Mohlenberg würde ihr helfen, alles zu überstehen.

Nachwort

Die meisten Leute verbinden mit der Zeit des Nationalsozialismus die Judenverfolgung und den Zweiten Weltkrieg. Allerdings beschränkten sich die Nazis nicht darauf, Juden und politische Gegner zu beseitigen, sondern weiteten ihre Bestrebungen, einen in ihren Augen »gesunden Volkskörper« zu schaffen, auch auf psychisch Kranke und Behinderte aus sowie auf Menschen, die nicht ihrem Rasseideal entsprachen. Zu dem Zeitpunkt dieser Geschichte, im Juli 1941, hatten die organisierten Massenvernichtungen von Juden in den Gaskammern der Tötungslager im besetzten Polen noch nicht begonnen. Allerdings gab es schon Vergasungen von psychisch Kranken und Behinderten innerhalb Deutschlands in Tötungsanstalten wie beispielsweise Hadamar und Brandenburg, wohin Kranke und Behinderte verlegt wurden, die laut der Naziideologie keine Arbeit von wirtschaftlichem Wert erbringen konnten. Während Deutsche, die in den Augen der Nazis als arisch galten, durch die Einstufung als arbeitsfähig auch im Fall einer psychischen Erkrankung oder geistigen Behinderung noch einen gewissen Schutz vor der Ermordung hatten, wurden jüdische Insassen von Pflege- und Heilanstalten unabhängig von ihrer Arbeitskraft ab September 1940 im Rahmen der

»Euthanasieaktion« ermordet. Nachdem die Vorgänge im Rahmen der »Euthanasieaktion« unter anderem auch durch die Predigt des Bischofs von Münster, Clemens August von Galen, am 3. August 1941 bekannt wurden und Beunruhigung in der Bevölkerung auslösten, beendeten die Nazis die Vergasungen in den Tötungsanstalten am 24. August 1941. Allerdings gingen die Massentötungen in sehr vielen Anstalten weiter, indem man die Opfer einfach verhungern ließ oder aktiv durch Luminal-Injektionen tötete.

Die erste Massenvergasung in Auschwitz fand Ende 1941 statt, als neunhundert sowjetische Kriegsgefangene vergast wurden. Der systematische Massenmord an den Juden durch Gas begann im Jahr 1942, nachdem im Jahr 1941 bereits Massenerschießungen vorgenommen wurden.

Es gab noch weitere Tötungslager im besetzten Polen, beispielsweise Belzec, dessen Gaskammern im November 1941 fertiggestellt wurden. Vor diesem Hintergrund befinden wir uns im vorliegenden Roman noch in einer Zeit, zu der bereits Gräueltaten sichtbar wurden, aber das ganze schreckliche Ausmaß noch in der Zukunft lag. Auch eine Polizeiverordnung zur Kennzeichnung der Juden mit dem berühmten gelben Stern trat erst am 19. September 1941 in Kraft.

Es war allerdings nicht verboten, sogenannte »Geisteskranke« oder »Geistesschwache« zu beschäftigen, sofern sie deutschblütig und in der Lage waren, einfache Arbeiten zu erbringen. Besonders gern wurden diese Menschen in der Landwirtschaft eingesetzt. Vor diesem Hintergrund muss man die Handlungen von Friederike und ihren Freunden auf Gut Mohlenberg verstehen. Sie versteckten niemanden, denn damit hätten sie sich strafbar gemacht, sondern sie stellten Arbeiter ein. Tatsächlich war ein Arbeitsvertrag zu jener Zeit der beste Schutz vor der Euthanasie und Friederikes scheinbar so offener Umgang auch vor den SS-Offizieren ist Teil einer Tarnung, die damals tatsächlich so funktioniert hätte. Menschen wurden nämlich nicht wegen ihrer Behinderungen der Euthanasie zugeführt, sondern wegen der fehlenden Leistungsfähigkeit, da die Nationalsozialisten der Meinung waren, die Versorgung lebensuntüchtiger Geisteskranker in Heimen und Anstalten würde die Gesellschaft nur unnötig belasten. Wer arbeitsfähig war, musste allerdings mit der Sterilisation rechnen, sofern man von einer Erbkrankheit ausging. Wer sich näher für dieses Thema interessiert, dem sei mein Roman »Im Lautlosen« ans Herz gelegt, der sich mit der Rolle von Psychiatern in staatlichen Anstalten in dieser Zeit befasst.

Die psychische Erkrankung, an der die Mutter von Gustav Brehm litt, ist eine Schizophrenie. Dabei handelt es sich nicht, wie vielfach fälschlich von Laien angenommen, um eine »gespaltene Persönlichkeit«, sondern um eine psychotische Erkrankung, die durch ein Botenstoffungleichgewicht im Gehirn hervorgerufen wird. Die betroffenen Menschen leiden unter Wahnvorstellungen und Halluzinationen, oft hören sie Stimmen, die ihnen Dinge befehlen oder kommentieren. Wenn diese Erkrankung unbehandelt bleibt, kommt es zu einer Schädigung des Gehirns, was die Menschen dauerhaft kognitiv einschränkt. Mit modernen Antipsychotika (auch Neuroleptika genannt), die erst nach dem Zweiten Weltkrieg entwickelt wurden, ist die Erkrankung heutzutage gut behandelbar.

Gustav Brehms Mutter hatte den Wahn entwickelt, dass ihr Sohn ein sogenannter »Wechselbalg« war. Dabei handelt es sich um einen Mythos im alten Volksglauben, dass Kobolde oder andere übersinnliche Wesen einen Säugling gleich nach der Geburt gegen eines ihrer eigenen Kinder austauschen.

Im Roman wird für Menschen mit Trisomie 21 der damals übliche Begriff „mongoloid“ verwendet, damit der historische Kontext authentisch bleibt. Dieser Begriff war noch bis in die frühen 1990er-Jahre selbst in Fachkreisen weit verbreitet. Der Begriff „Mongoloider" bedeutet „so ähnlich wie ein Mongole" – oid steht als Endung im medizinischen Sprachgebrauch für „ähnlich wie". Der damalige Begriff orientierte sich an der klassischen Augenform, die typisch für diese Chromosomenaberration ist, bei der das Chromosom 21 dreimal statt wie üblich zweimal vorkommt. Mittlerweile hat sich der Begriff Trisomie 21, der genau beschreibt, welches Chromosom überzählig ist, durchgesetzt und „mongoloid" gilt als despektierliche Bezeichnung, die im heutigen Kontext nicht mehr verwendet werden sollte.

Bis in die 1980er-Jahre war die Bezeichnung »Neger« in der deutschen Sprache für Schwarze Menschen üblich. Erst in den 1990er-Jahren begann ein Wandel in der Wahrnehmung und Sprachsensibilisierung.

Zwar wurde der Begriff »Neger« auch von Leuten verwendet, die keine Rassisten waren, einfach deshalb, weil sie diese Bezeichnung für Schwarze* Menschen so gelernt hatten, aber allein die Tatsache, dass jemand eine dunkle Hautfarbe hatte, wurde zu dieser Zeit als Makel betrachtet. Beispiele dafür zeigten sich unter anderem darin, dass es damals üblich war, bei Schwarzen Deutschen in den Personalausweis als besonderes Kennzeichen »Neger« einzutragen, oder dass Frauen, die mit einem Schwarzen verheiratet waren, gern als »Negerschlampen« bezeichnet wurden. Die im Roman dargestellten Repressionen, zum Beispiel bei der Suche nach einer Unterkunft nach der Ausbombung, die Adnan und Annemarie erleben, sind historisch authentisch.

---

*Schwarz« wird hier großgeschrieben, weil es nicht als Zuschreibung bzw. Beschreibung einer Hautfarbe zu verstehen ist, sondern als politische Selbstbezeichnung (in Fachpublikationen so etabliert).

Aus Gründen der historischen Korrektheit wird in diesem Roman der Begriff »Neger« in der wörtlichen Rede verwendet. Zum einen, weil dies damals so üblich war und man Geschichte nicht im Nachhinein schönfärben sollte, und zum anderen auch, um darzulegen, wie sich die Verwendung dieses Begriffs für die Betroffenen anfühlte. Letztendlich ging es nicht um den Begriff, sondern um die Bedeutung dahinter, das Gefühl weißer Überlegenheit gegenüber dunkelhäutigen Menschen.

Bemerkenswert war zu jener Zeit auch die universelle Beliebtheit von Karl May sowohl bei Nazigegnern als auch überzeugten Nazis. Das lag daran, dass die Nazis vor allem die Überlegenheit der Deutschen feierten, die sie bei Karl May fanden, da die größten Helden allesamt Deutsche waren, während die Gegner der Nazis Karl Mays versöhnliches Menschenbild schätzten, denn in seinen Büchern geht es vor allem darum, aus Feinden Freunde zu machen oder seinen Gegnern zu vergeben. Auch Friederike liest Karl May und ich habe ein passendes Zitat aus »Am Jenseits« ausgewählt, einem der Orientromane von Karl May, wo es um Versöhnung, aber auch den Umgang mit scheinheiligen und verlogenen Menschen geht.

In der heutigen Wahrnehmung der Geschichte wird oft der Eindruck vermittelt, die SS sei eine geschlossene Kameradschaft gewesen, in der einer für den anderen einstand. Tatsächlich war dies nicht der Fall und je höher die Mitglieder im Rang aufstiegen, umso mehr Intrigen gab es.

Der im Roman erwähnte Arzt Sigmund Rascher, an dessen Hochzeit Gustav Brehm in der Geschichte teilnimmt, ist historisch belegt. Er war nicht nur für seine grausamen Menschenversuche im KZ Dachau bekannt, sondern auch für seine Ehe mit einer sechzehn Jahre älteren Frau, die Himmler nicht genehmigen wollte, da es als Pflicht eines SS-Mannes galt, möglichst viele Kinder zu zeugen. Karoline Diehl war schon zu alt, um eigene Kinder zu bekommen, also griff sie zu einer List und entführte Säuglinge, die sie als ihre eigenen Kinder ausgab. Nachdem sie auf diese Weise angeblich zwei uneheliche Kinder von Rascher bekommen hatte, stimmte Himmler der Eheschließung zu. Auch nach der Eheschließung entführte Karoline Diehl weitere Kinder und gab sie als ihre eigenen Söhne aus. Als die Taten ans Licht kamen, fiel dies auch auf ihren Ehemann zurück. Niemand glaubte dem Arzt, dass er nicht bemerkt hatte, dass die Schwangerschaften vorgetäuscht waren, und sein hoher SS-Rang half ihm nicht mehr. Er wurde zunächst im KZ Buchenwald und später in seinem eigenen KZ in Dachau interniert und 1945, nur drei Tage vor der Befreiung des KZs, von SS-Kameraden durch einen Genickschuss hingerichtet.

Die SS ging also keineswegs zimperlich mit ihren eigenen Mitgliedern um, wenn die sich in den Augen des Regimes unverzeihlicher Verbrechen schuldig gemacht hatten. Diese Geschichte inspirierte mich auch zu dem falschen Spiel von Gustav Brehm, der letztendlich durch Friederikes Intrige von seinen eigenen SS-Kameraden ausgeschaltet wird – in diesem Fall allerdings nicht durch Mord, sondern nur durch unehrenhafte Entlassung und Versetzung an die Ostfront.

Die beschriebenen technischen Möglichkeiten und Abhöranlagen sind ebenfalls historisch belegt.

Historisch belegt ist auch, dass die Reiter-SS einen anderen Stellenwert hatte als die Waffen-SS, da viele Gestütsbesitzer tatsächlich einfach aus Opportunismus beitraten. Zahlreiche SS-Reiterstandarten bestanden nach 1940 nur noch auf dem Papier und erreichten nicht die von Himmler geforderten

Sollstärken. Dennoch waren einige dieser Standarten ebenfalls an Kriegsverbrechen beteiligt und die 15. Reiterstandarte Süd in München unter Hermann Fegelein, dem Schwager von Hitlers Geliebter und späterer Ehefrau Eva Braun, war auch an der Bewachung des KZ Dachau beteiligt.

Die SS-Reiterstandarte, die in Hamburg stationiert war, war die 4. Reiterstandarte *Nordsee*.

Bemerkenswert ist, dass die Reiter-SS 1946 von der Verurteilung zur »verbrecherischen Organisation« ausgenommen wurde. Sie wurde vielmehr als elitärer Reitverein innerhalb der SS betrachtet. Es ist auch belegt, dass es nicht Voraussetzung war, in der NSDAP zu sein, wenn man in der SS oder SA Mitglied werden wollte. Ein bekanntes Beispiel ist der ehemalige deutsche Bundespräsident Karl Carstens, der bereits 1933 Mitglied der SA war, aber erst Jahre später in die NSDAP eintrat und auf kritische Fragen zu seiner Kandidatur zum Bundespräsidenten 1978 angab, er habe die SA vorgezogen, um nicht in die NSDAP eintreten zu müssen. Die genaueren Hintergründe zur Vorgeschichte von Karl Carstens können in einem Artikel aus DER SPIEGEL 46/1978 vom 12.11.1978 nachgelesen werden.

Hamburg wurde bereits seit Mai 1940 regelmäßig von britischen Flugzeugen bombardiert. Dabei hielten sich die Schäden im Vergleich zu dem, was die Operation Gomorrha im Sommer 1943 zerstören sollte, jedoch in Grenzen. Allerdings gab es schon damals besonders in der Nähe des Hafens und in Industriegebieten schwere Schäden, sodass man regelmäßig mit Ausgebombten zu tun hatte.

Im Dritten Reich war alles geordnet. Wer ausgebombt wurde, erhielt das »Merkblatt für Fliegergeschädigte«, um den Schaden anzumelden. In meinem Besitz befinden sich noch die Original-Ausbombungsbescheinigungen meiner Urgroßmutter und meiner Großeltern. Fliegerschaden wurde damals ebenso gemeldet wie heute ein Wasserschaden, allerdings konnte man sich nicht gegen Fliegerschaden versichern.

Historisch belegt ist auch, dass die Binnenalster mit einer Holzkonstruktion überbaut wurde, um feindliche Flugzeuge zu täuschen und dazu zu bringen, ihre Bomben nicht zielgenau in der Innenstadt abzuwerfen.

Falls sich einige Kenner der Hamburger Hochbahn über die Bezeichnung der Haltestellen wundern, während Friederike und Fräulein Wermut vom Hauptbahnhof zu den Landungsbrücken fahren, sei angemerkt, dass einige Bezeichnungen nach dem Zweiten Weltkrieg geändert wurden. So hieß die U-Bahn-Haltestelle Landungsbrücken früher Hafentor und die Haltestelle St. Pauli Millerntor. Bei der Eröffnung der Hochbahnlinie 1912 hieß die heutige Haltestelle Rathaus noch Rathausmarkt und wurde dann unter den Nazis in Adolf-Hitler-Platz umbenannt.

Die Adressbücher in den Hauptpostämtern sahen schon damals aus wie spätere Telefonbücher, allerdings standen auch Adressen von Familien ohne Telefonanschluss darin. Im Bibliothekssystem der Universität Hamburg kann man online die alten Adressbücher einsehen. Ich habe mir den Spaß gemacht und tatsächlich einmal nachgezählt, wie viele Brehms und Ewerts damals in Hamburg aufgeführt wurden. Es gab tatsächlich eine Krankenschwester mit dem Nachnamen Ewert, die am Pinnasberg 31 wohnte. Es war üblich, dass auch die Berufe der Familienvorstände eingetragen wurden.

Falls jemand Interesse an eigener Ahnenforschung hat, sind die alten Adressbücher, sofern sie in den großen Städten digitalisiert wurden, eine ideale Fundgrube.

Zusammenfassend lässt sich festhalten, dass Friederike und ihre Freunde zwar viel Glück hatten, aber dass ein derartiges Unterfangen aufgrund der Strukturen der SS und der Tatsache, dass es sehr viele Intrigen gab und trotz der vielgepriesenen Kameradschaft hoher Konkurrenzdruck herrschte, mit großer Wahrscheinlichkeit tatsächlich funktioniert hätte. Die meisten SS-Leute – vor allem die Polizeibeamten, die im Rahmen der Dienstrangangleichung zur SS übertraten – handelten aus Opportunismus und um des persönlichen Vorteils willen und weniger, weil sie tatsächlich von der Ideologie überzeugt waren. Das ist auch der Hauptgrund, warum sich rund 900 000 ehemalige SS-Männer nach dem Untergang des Dritten Reiches nahezu unbemerkt wieder in die Gesellschaft der jungen Bundesrepublik eingliederten, aber noch immer den Mythos der Kameradschaftlichkeit pflegten.

Mehr darüber werden die geneigten Leserinnen und Leser im nächsten Abenteuer von Friederike erfahren, das 1957 spielt. In einer Zeit, in der sich unter dem bunten Lack der Wirtschaftswunderjahre noch immer der braune Filz versteckt und Leute wie Hermann Ströbel weiter ihr Unwesen treiben …

FSC
www.fsc.org
MIX
Papier | Fördert gute Waldnutzung
FSC® C083411

Zeitfracht Medien GmbH
Ferdinand-Jühlke-Straße 7
99095 Erfurt, Deutschland
produktsicherheit@kolibri360.de

Druck:
CPI Druckdienstleistungen GmbH
im Auftrag der
Zeitfracht Medien GmbH
Ein Unternehmen der Zeitfracht - Gruppe
Ferdinand-Jühlke-Str. 7
99095 Erfurt